# 情皇子
# 特工妃

李海舟◎著

中國華僑出版社

**图书在版编目(CIP)数据**

多情皇子特工妃/李海舟著. —北京:中国华侨出版社,
2013.6

ISBN 978-7-5113-3729-0

Ⅰ.①多… Ⅱ.①李… Ⅲ.①言情小说—中国—当代
Ⅳ.①I247.5

中国版本图书馆 CIP 数据核字(2013)第 138196 号

**●多情皇子特工妃**

---

**著　　者**/李海舟
**出 版 人**/方　鸣
**策　　划**/周耿茜
**责任编辑**/尹　影
**责任校对**/孙　丽
**装帧设计**/玩瞳装帧
**经　　销**/全国新华书店
**开　　本**/710mm×1000mm　1/16　印张 17　字数 350 千字
**印　　刷**/北京紫瑞利印刷有限公司
**版　　次**/2013 年 8 月第 1 版　2020 年 5 月第 2 次印刷
**书　　号**/ISBN 978-7-5113-3729-0
**定　　价**/51.00 元

---

中国华侨出版社　北京市朝阳区静安里 26 号通成达大厦 3 层　邮编:100028
**法律顾问:陈鹰律师事务所**
编辑部:(010)64443056　64443979
发行部:(010)64443051　传真:(010)64439708
网　址:www.oveaschin.com
E-mail:oveaschin@sina.com

# 目　录

# 楔子　生死之间

2013年4月1日，凌晨3时45分，上海某博物馆内。

最后一盏灯无声地熄灭，巡夜的人“嗒嗒”的脚步声逐渐走远，四周陷入了一片沉寂。在西侧楼一处保安室内，监视器却依然亮着幽蓝的光，在监视器前，一个头发依稀有些花白的男人直直地盯着监视器，眉头拧在了一块儿。

“老爹，你再盯着看也看不出朵花儿来的……要我说啊，这监视器要是管用，能抓着那些老鼠，我们就没用了不是。”

坐在一旁抱着一桶方便面吃得不亦乐乎的女警员发话了，看这模样，长得甚是亮眼，和她穿着的这身英姿飒爽的警服有些不搭调。

“司徒晓，警员编号SP1203，给我立——正——”

被称作“老爹”的男人挑着眉看着这个叫作司徒晓的女警员。

“Yes——Sir——”

司徒晓急忙放下手里的泡面，直挺挺站了起来，却是满脸无奈地看着她的师傅兼上司魏青山。

魏青山是司徒晓的父亲司徒炎的至交好友，在司徒晓很小的时候，亲眼目睹父母被凶徒所杀后，魏青山便成了司徒晓最亲近的人。司徒晓会选择走上警察这条道路，除了想要为父母报仇，找到那夜闯入他们家里的凶徒以外，也是受了魏青山的影响。

“一个女孩子家，吃泡面也要吃得优雅一点，你看看你，吃成什么样了?!况且，我们现在是在工作，在工作啊大小姐！你居然在这里给我吃泡面，要是那个什么什么老鼠贼的在我们眼皮底下把东西给偷走了，以后我们拿什么脸出来混……”

魏青山又开始念念叨叨开了，司徒晓无奈地翻了个白眼，却不敢顶嘴，要知道，顶了一句，这接下来可能会收到100句的“唠叨”。

虽然从态度上来说，确实不是那么“端正”，但司徒晓这个“工作狂”的能力却是有目共睹的，进了警队不满3年，便被上头看中，加入了特警部队，成为了能与魏青山并肩作战的伙伴，光这一点来说，便是令人刮目相看了。

这一次，特警部队接到的任务是要来抓一伙“贼”，这伙贼可不是平时那些小偷小摸的家伙所能比的，这是一伙国际大盗，自称是“飞鼠大盗”，他们专门瞄准各国文物下手。这一次，警方接到消息，这伙国际大盗看上的是上海博物馆近日新添的一件秘密文物，还未经过正式发表。

这已经是接到消息的第三天了，却依然是风平浪静，司徒晓不免有些放松了，只觉得大约又是一个寻常夜。但魏青山却始终觉得有些惴惴不安，多年来的直觉告诉他，今夜，将会发生一件大事！

接近凌晨4点的时候，监控设备突然“刷”地齐齐闪了一下，随即又恢复了正常，如果是电压不稳，导致这样的状况是十分正常的，但在这里，任何“正常”的意外下，都可能隐藏着不正常的事情。

司徒晓和魏青山对望了一眼，随即又默契地拿了武器，冲出了监控室，一边联系着潜藏在各处的队员。

他们几乎把博物馆从头到尾查探了一圈，却没有任何发现，看来似乎又将是一场虚惊。司徒晓收起了枪，伸了个懒腰，心里盘算着这伙老鼠的计划究竟是什么，忽然却觉得似乎有什么事情不太对劲。

“糟了！老爹！快去北馆！”

司徒晓脑海中突然闪过了一些东西，一把抓住了魏青山的袖子。

“怎么了？去北馆？”

魏青山一时之间有些摸不着头脑，他们要保护的文物明明是在南馆，即使哪里不对，也应该在南馆，怎么突然要去北馆了？

“东西被他们移到北馆去了。那伙老鼠恐怕已经打探到了消息，现在很可能已经在北馆了。”

“怎么可能？”

“刚才巡视的时候，我遇到一个人，我记得他是苏馆长的秘书，他来南馆的办公室给苏馆长拿东西。这几日，苏馆长并没有留在南馆，听说却是一直守在北馆。而且，现在几乎博物馆里所有的安保力量都集中到了北馆。虽然说是有我们保护，但你不觉得馆长也太放心了吗？”

“即使他们真的把东西移过去了，连我们都不知道，那几只老鼠又怎么会……”

“恐怕老鼠们也和我一样，忽然之间恍然大悟了。”

“你的意思是……”

“在巡视的时候，我还发现了一件事情似乎不太对劲。”

“什么事？”

“我们队里，有一个本来今晚不该出现在这里的人。”

“谁？”

“何德诺。”

听到这个名字，魏青山愣了一下，在脑海里努力搜索着这个名字的主人，却只能记得一个依稀模糊的轮廓。何德诺是新近加入特警部队的一名警员，特征就是毫无特征。长相平凡无奇，个性平凡无奇，实在是个很难让人记住的人。

“他是我们中的一员，就算出现……”

“他上周调了两次班，和3个人换过4次班，今晚他出现在这里，是因为原本应该上岗的Ben吃错了东西拉肚子了。”

“就算是这样……”

“刚才散了的时候，他往北门那边走去了，他的岗位应该在西楼梯。”

“你也太关注他了吧……”

“因为从一开始我就看他不顺眼。”

司徒晓轻蔑地说着，大步朝着北馆奔去了。

对于这丫头经常异想天开的办案手法，魏青山也是早已经习惯了，担心她过于鲁莽，便也跟在司徒晓身后去了。

北馆里异常安静，不像是有什么事情发生的样子。两人警惕地巡视了一圈，却竟未发现任何人。

“糟了，可能出事了。”

魏青山压低声音说着，眼睛看向了楼上的办公室。

司徒晓跟在魏青山身后，顺着旋转楼梯一步一步悄声地走了上去，两人站在了门的两边，握着枪，在心里默数着数字。

魏青山一脚踢开了门，司徒晓急忙上去接应，拿起枪指着里面，只见馆长和秘书以及两个保安被捆得像粽子一般坐在地上。

忽然背后蹿出了一个人影，一脚踢向了魏青山，司徒晓急忙冲了上去，在后面推了魏青山一把，在巨大的冲力下，一个站立不稳踉跄地往后退了过去，只觉腰部一阵剧痛，司徒晓直直地撞在了齐腰的栏杆上，整个人向后从楼上翻了下去……

留在司徒晓眼中最后的影像，是魏青山张大着嘴巴喊着什么的脸……

这一刻，司徒晓脑海中出现了走马灯，回想自己这一生，还真是没什么值得骄傲、值得回味的事情啊……自从父母离开之后，除了埋头学习，便是努力工作、进入警队……没有初恋，没有初吻，没有家人，没有朋友……最后，竟然还是这样丢脸地失去了性命……

啊……如果可以再活一次的话……

想要家人，想要朋友，想要爱一次看看呢……

# 第一章　笼中鸟

## 1

“娘娘……娘娘你可千万不能有事啊……呜呜……娘娘……你等着，晴好……晴好去……去求王爷……”

……

一个柔弱的带着哭腔的女声断断续续地在耳边回荡。

天堂这么吵吗?

司徒晓有些疑惑，原本一片混沌的脑袋似乎慢慢地开始清醒过来，也不知道经过了多长时间，在脑袋慢慢清醒之际，记忆也逐步清晰地呈现在眼前，现在的她，应该已经上天堂了吧，想想这些年来，自己应该是没做过什么坏事情的，而且还是个保卫人民的好警察呢……

不过想想真可笑，原本还想着等抓到那几只老鼠以后要领个军功章的，结果居然是坠楼而死……这种死法也太可悲了。不知道老爹有没有抓住那几只老鼠为自己报仇啊……

不过都已经死了，抓住抓不住对于一个死人而言，还有什么重要的呢……

这么想着，司徒晓禁不住笑了笑，死了也好，以后不用操心了，只是很亏呢，这一辈子过得，没有家人，没有朋友，没有爱人……大约，也不会有人因为自己的死去而哭泣吧，啊，不对，老爹应该会为自己流几滴眼泪的，这么多年来，虽然没有血缘关系，他对自己也算是照顾有加了。这么安慰着自己，司徒晓的心里好受多了。

然而，耳边的啜泣声却也越来越清晰，是有人在为自己哭泣吗?

带着几分疑惑，司徒晓动了动眼皮，竟然似乎能看到一些微弱的光亮，莫非是从人间到达天堂，或者地狱的路程已经走完了?那自己是不是应该要和这里的主人打个招呼呢……虽然从小到大受到的教育几乎都是破除迷信的，但此刻，这种清晰的感觉却让司徒晓开始觉得人死后大约应该是有另一个世界的，不然自己怎么会有意识，还能思考这些平日里没什么时间来思考的事情呢。

“唔……这里是天堂……还是地狱呀?”

司徒晓张了张嘴，感觉有些口渴，问出这句话以后，听着自己的声音，有种很别扭的感觉，难道因为太疲惫，所以连声音听上去都比平时要轻柔许多?

“啊……娘娘！娘娘您醒了?！您真的醒了?！娘娘……太好了……”

刚才啜泣的那个女声又响了起来，这一次声音更加清晰了，司徒晓感觉似乎就是在自己耳边回荡的。紧接着，一张粉嫩嫩的鹅蛋脸出现在了自己眼前，约莫是一个十三四岁的小姑娘，满脸泪痕，又哭又笑的。

“你……是谁？仙女？鬼卒？引路人？……”

司徒晓有些莫名地看着眼前的女孩，想要起身，却发现身上没有丝毫力气。

“娘娘？您……您怎么了？我是晴好呀！是一直跟着您的晴好呀！”

叫作晴好的小姑娘急得快哭了，不断地说着。

“晴好？”

司徒晓努力在脑海中搜寻着有关于这个名字的任何信息，但结果却是——无。她确实不熟悉这个名字，这张脸这么陌生。这时，司徒晓也才注意到，这个叫作“晴好”的女孩子打扮得非常奇怪，头上像中国娃娃似的绑了两个包包，身上也穿得很奇怪，穿了一件看上去轻飘飘的长褂裙，倒是有几分像电视剧里的古代人。

“是啊娘娘！您终于想起我来啦？”

晴好满是泪水的脸又笑开了。

司徒晓皱了皱眉头，她什么时候想起她了……她根本不认识她啊……而且，难道自己一不小心来到了拍戏的地方……或者是精神病院？

“水……”

司徒晓无力地抬了抬手，不管这里是哪里，先补充体力，解决身体上的问题才是最主要的。这些年来，什么龙潭虎穴没闯过，小小的精神病院，还难不倒她！

“娘娘，水……水……”

晴好倒是挺机灵，迅速端来了一碗水，小心翼翼地扶起司徒晓，把水喂到她嘴边。几大口水顺着干得快要着火的喉咙滑下去之后，司徒晓才感觉自己的生命力一点一点地回来了。

司徒晓抬了抬手，这才注意到自己身上穿了一件奇怪的白色袍子，准确地说它其实也不是袍子，总之就是一件自己绝对不会穿的奇怪的衣服，暂且可以把它认为是睡衣吧。

带着一大堆的疑问，司徒晓环顾了一下四周的环境，木雕的床、花梨木的桌子、雕龙画风的梁柱……

司徒晓使劲地闭了闭眼睛，一定是伤得太重的幻觉吧……或者真的是已经死了，到了天堂或者地狱？然后它们正在流行中国风的装潢……

“你叫……晴好？”

司徒晓无力地偏过头，看着漂亮的小丫头。

晴好点了点头，满脸担忧的样子。

“这里是哪里？”

“娘娘……娘娘您怎么了……这里是王爷府啊……”

晴好再次显出一副快要哭了的表情，娘娘这次大病初愈，怎么好像一副什么都不记得了的样子啊……

“王爷府……”

司徒晓喃喃着，随即倒了下去，闭上眼睛。

一定是做梦，一定是做梦，或者又胡思乱想了……嗯，或者是伤得太重出现的幻觉……幻觉……睡着，再醒来，睁开眼睛，就会发现我死了，或者可能还活着……

再次睁开眼睛，依然是一样的雕龙画凤，依然是一样的晴好……

“呵呵呵……呵呵呵……王爷府……呵呵呵……我是怎么到这里的……”

司徒晓怔怔地看着眼前这一切离自己的理智和生活似乎都很遥远的东西。

“娘娘……您是皇上指婚……嫁进来的啊……”

晴好怯怯地说着，看着眼前这个疑似“脑袋坏掉”了的娘娘。

“皇上指婚……嫁进来……王爷府……呵呵……你可不要告诉我，我像电视剧似的穿越了一下，到了古代……”

“穿越？电视剧？古代？娘娘您在说什么啊……晴好再去叫大夫来看看吧……”

晴好一脸着急，转身欲走。

“等一下，晴好。”

司徒晓急忙叫住了小姑娘，目前还没有搞清楚情况，怎么可以让她随便去叫人？敌人越多，到时候越难对付。

“你先不要去找大夫。我饿了，弄点吃的给我。”

“娘娘您想吃东西啦?！我马上去，马上给您弄来！”

听到司徒晓说想吃东西，晴好一副开心的样子，毕竟大夫也说过了嘛，这生病的人啊，要是想吃东西了，那就说明离病好不远了！听到司徒晓想吃东西，晴好高兴得完全忘记了先前要去请大夫的事情，直奔厨房去了。

晴好去了许久才回来，本以为有大鱼大肉什么的，却只端回了一碗白米粥，司徒晓不禁有些失望，但肚子已经饿得咕咕叫了，也没力气再去嫌弃，端起来大口大口地吃着，虽然自己主观上来说真的快要饿扁了，但身体却似乎不那么听话，只吃了几口，胃里就一阵翻腾，难受得不得了。

司徒晓只得依依不舍地把碗递给了晴好放下，看来自己伤得确实挺重的。

“晴好，现在是什么时间?”

“回娘娘，刚过午时。”

“午时……我想问的是，现在是哪一年哪一月?”

“啊……现在是英和七年……7月了……”

“英和七年……没听过……那是公元多少年啊?”

“啊？公元?”

“……算了，你刚才说皇上，那是哪个皇帝？什么国?”

“唔……娘娘……”

“回答我。”

“是……是……宏盛皇帝……大齐国……”

……

经过一番盘问式的询问，司徒晓大约算是清楚了，自己似乎真的是“穿越”了，或者依旧是受伤失血过多的幻觉……总之，现在这个地方，是一个她完完全全没听过的地方，一个她完完全全不认识的皇帝所统治的地方。她发誓，确实好好上历史课，但这里的一切，绝对是没有一点点在历史课里出现的……

而眼前这个叫作晴好的小丫头，似乎认为她是一个叫作司徒冰凝的女人，这个女人是皇帝指婚嫁给了一个“王爷”的女人，好像还是个大官的女儿……虽然看着周围的环境不太像，虽然这个房间很大，这个床也不小，可是整个房子里并没有什么穷奢极欲的摆设，甚至来说，让人觉得有些清贫，也许古代物资缺乏……

“娘娘……您在想什么哪？真的不用请大夫来看看吗……”

晴好轻声地说着，依然是满脸的担忧，毕竟一个自己那么熟悉的人，突然之间好像变成白痴一样，什么都不知道了，是挺让人担忧的。

“好了，我没事。可能是在鬼门关绕了一圈，贪嘴喝了几口孟婆汤，所以记忆有些不清不楚的。不要叫什么大夫了。而且，也不想……让人担心……”

司徒晓瞎掰着，突然意识到，如果自己被误认为是这个女人，那这个女人呢？

想到此，司徒晓抬起了手，摸向自己的脸庞。似乎……哪里不太对劲啊！

“晴好！镜子！”

司徒晓突然喊道，吓了晴好一跳。

当晴好把铜镜端到司徒晓面前的那一刻，司徒晓几乎要晕厥过去，镜子映出的这张脸，是谁?!

司徒晓张大了眼睛，仔细端详着镜中那张美艳绝伦的脸蛋，吹弹可破的肌肤、小巧精致的鼻子、鲜嫩欲滴的嘴唇，还有那双似乎总盈着水汽的眼睛……虽然自己曾经也算是个美女，但眼前这张面容还是让司徒晓禁不住感叹。

“穿越……嫁了个王爷……还是个官二代……还长得那么漂亮……天哪……真是赚到了……临死前信了教果然是有好处的呀……”

司徒晓喃喃着，满意地打量着镜中的面容，虽然很是陌生，但原本应该已经结束的生命真的有了再一次活下去的机会，实在是也没什么好抱怨的了，虽然上帝似乎在空间和时间的处理上有了小小的问题，不过这种小错误是可以原谅的，毕竟这简直就是传说中的天之骄女啊！

这么乐呵呵地想了没多久，司徒晓就发现，事情似乎和她所预想的，有了一些偏差……

在司徒晓想来，一个天之骄女处于病痛之中，除了身边服侍的小丫鬟晴好之外，应该总会有人忙忙碌碌、嘘寒问暖的……至少，疼爱自己的夫君应该会守在身边吧，还有那个把自己当作掌上明珠的父亲，不是应该满脸横流着眼泪鼻涕，揪着郎中的衣领大吼着一定要让小姐康复起来云云的……况且，如晴好所说，司徒冰凝可是正儿八经的王妃，还不是一个随随便便的王的妃子，而是当今皇帝最宠爱的七皇子的老婆——七王妃啊！

然而，现实却是，在司徒晓依旧奄奄一息的这 3 天里，服侍左右的人，只有晴好一个，其间甚至没有见到别的任何人的影子，更别说什么夫君爹爹之类的了。无聊又几乎没有一点人气的生活让司徒晓脑海中浮现出了一个词——油尽灯枯。

“晴好，你过来，我有话问你，你要老老实实地回答。要是有半点欺瞒，我可不饶你。”

经过几天的休养，现在这具身体已经可以稍微下床走动了。司徒晓坐在离床不远处的椅子上，对刚洗完衣服回来的晴好招呼着。

晴好小步快走着到了司徒晓跟前。

“娘娘您有什么想问的？晴好知道的一定不敢欺瞒娘娘。”

“你之前说我爹是当朝的丞相大人。他现在还是丞相吗？没被双规吧……”

“老爷当然是丞相！什么叫双规啊？”

“……这个你不用管。那我老公，也就是我丈夫，夫君……总之就是那个王爷，他现在还好吗？有没有什么死了残了，或者不受宠啊之类的……”

“娘娘您说什么哪！王爷可是战功赫赫的零陵郡王，是皇上亲自册封的呀！”

“那就是我嫁给王爷好多年，已经不受宠了？”

“娘娘……您和王爷成亲不满 3 月……”

“那好，你告诉我，为什么会是这样？”

司徒晓皱了皱眉头，看来靠山老爹没被双规，老公王爷也一帆风顺，而似乎唯独只有这个司徒冰凝过得相当不好啊。

“娘娘……您真的全忘了呀……”

晴好欲哭无泪，一副欲言又止的样子，似乎有什么事情不好启齿。

“全部事情都从实说，不要担心。我这症状啊，只是脑筋暂时不太清楚，分不太清楚有些事情真真假假的，再有些时日身体好了，脑筋也就清楚了。到时候要是发现你骗了我，我可不会饶你。”

“唔……是……娘娘……大约 3 个月多前，王爷，也就是皇上的七皇子从边疆大胜归来……然后，皇上亲自指婚，成就了您和王爷的姻缘……不过……不过……王爷从新婚之夜至今也从未到过这里……”

晴好的声音越说越低，小心翼翼地观察着司徒晓的脸色。

司徒晓有些纳闷，一边感叹着这个可怜的司徒冰凝，嫁了人居然要守活寡，一边开始忍不住怀疑起了王爷的性取向。这么娇媚的美人儿，他没理由碰也不碰啊。

看司徒晓似乎没什么过激的反应，晴好继续说了下去。

“在娶娘娘进门的那天，王爷同一天娶了纳兰姑娘……听说纳兰姑娘和王爷是青梅竹马……”

“纳兰姑娘？哪一位？具体的身世背景？”

“唔……纳兰芯蕊姑娘，尚书大人家的千金……”

“尚书大人？也就是拼爹，我赢了……在王府里从地位来说，我是正，她是副，那我也赢了……暂且不管这些了……晴好，作为一个王府里的二把手，为什么我觉得我没有享受到相应的待遇呢？”

“啊？二把手？”

“王妃不就是仅次于王爷的二把手吗？”

“娘娘您说得是没错……不过……”

晴好有些为难地看着眼前脑筋依旧不太清楚的王妃，从进门到现在，这位名满京城的“冰美人”就是一副什么都不在意的样子，从来也不去争什么、管什么，每天郁郁寡欢，大门不出二门不迈，府里的下人见王爷完全不在意这个王妃，自然也就开始越发放肆起来。到现在，突然说这些……看来这一病不轻啊，脑筋不清楚，这性子也转了。

司徒晓却是开始盘算着，自己好不容易死里逃生，能有再活一次的机会，管她司徒冰凝到底受不受宠、多讨人厌，她司徒晓可是要争取自己的合法权益，好好活下去。有朝一日也要多交些朋友，谈几次恋爱，这样才对得起上帝赐给自己的再一次活下来的机会啊。在现代社会里缺失的东西，就在这里一样一样给补回来吧！

“好了，晴好，你去吩咐厨房，本娘娘现在身体在恢复期，需要吃点好的。什么鲍鱼燕窝之类的，还有什么千年人参什么的，反正能怎么补的都给我端上来……每天都要！还有，你看看，我们这破屋子，需要去找那个什么什么王爷多要几个下人过来，顺便那些挂在那里晃晃荡荡的破布……那是什么？帘子？也该换点新货吧……棉被也是，虽然这个也不是很差啦……”

司徒晓嘀嘀咕咕地说出了一大堆，晴好却是听得一愣一愣的，努力地记着各种吩咐，但心里却直犯嘀咕，自己到底能不能如娘娘所愿把她想要的东西都准备齐全呀……

说了半天，司徒晓也觉得累了，再次躺在了床上，这副身体还真是虚弱不堪啊，跟自己那具强健的身体比起来，实在是差了一点儿，也不知道什么时候才能恢复，去追求自己的美好人生……

见司徒晓躺下了，晴好忙去一旁，从一个木制盒子里拿出一支熏香，点了起来，奇异的味道飘散在空气里，司徒晓嗅到熏香的味道，顿时觉得有些不对，连忙捂住了口鼻，有些艰难地起身走到了晴好身后。

“快灭了它……这是什么？”

“啊？娘娘，这是您最喜欢的熏香啊，每天睡前都让晴好点一支的……近日您身体不适，大夫说需要流通空气，看您最近身体好了，所以晴好……”

“拿来我看看。”

不等晴好说完，司徒晓接过了燃烧了一小段的熏香，仔细地嗅了嗅。不会有错，这东西绝对和司徒冰凝的死有关！这股奇异的香味绝对不是什么好东西。对于身体各方面的状态，司徒晓是十分注意的，这和她的工作有相当大的关系，一直游走在生死边缘的人，总是对这方面特别敏感。就在刚才，闻到这股异香的时候，她就能感觉到身体每一个细胞的抗议和挣扎。

“晴好，这东西是哪里来的？”

“这……这是娘娘刚进府的时候，下人送来的……说是一些西域的贡品，皇上赏赐，所以……”

“这么贵重的东西，王爷不是应该赐给他心头上的纳兰姑娘吗？怎么还能到了我们手里？”

“……听说是纳兰姑娘不习惯这个香味……所以……”

“所以差人送来了这里。”

司徒晓冷笑了一下，看着手里握着的纤细的“凶器”。看来，这地方似乎也不是那么太平呢，想要好好活下去，似乎也不是那么容易。这司徒冰凝啊，死得真冤枉。

司徒晓回身看着铜镜中映出的娇美容颜，本该是个如花似玉、享受着人世间最美好的一切的女孩，却因为这样一段身不由己的姻缘，莫名断送了自己的性命……

## 2

虽然司徒晓林林总总提出了不少的“改革”措施，但是直到晴好一次又一次地碰壁之后，司徒晓才发现，原来司徒冰凝这个“王妃”竟是如此的没有威信，所提出的所有要求，下人都是草草应付了事，还一片怨声载道。

“这种东西能吃吗?”

眼看着又一次炖的清淡无味的补品，司徒晓满脸不痛快，这简直都是些边角料啊，虽然说自己是穷人家孩子出身，能吃到也算是不错了，但现在身份不一样，自己可是名副其实的白富美啊，怎么能被此等对待?!

“娘娘……您以前也不在乎的……”

晴好嘀咕着，不时抬头看看司徒晓满脸凝霜的脸。

不在乎？可是再怎么与世无争，最后还不是落得了这样的下场，如果自己没有阴错阳差被上帝放到了这副身体里，即使早早地香消玉殒，估计那个王爷也不会为她流一滴眼泪吧……

想到这里，司徒晓顿时有些难受，大约可以想象，一个活在深闺中的幽怨女子嫁给了万人崇拜的王爷之后，表面风光，却是内里辛酸的故事，心里也不由得对那个直到现在也没有见过的“夫君”产生了一些埋怨和愤恨。

“我今天一定要吃到热乎乎又炖得好的补品。”

司徒晓赌气一般地提着裙子，有些摇摇晃晃地走了出去，晴好急忙跟在后面。

“厨房怎么走?”

司徒晓冷着脸问着，晴好怯怯地引着方向，不知道司徒晓想要去做什么。她可从来没有见过这样的娘娘啊，跟转了性子似的……以前的娘娘就好像是不食人间烟火的仙女一样，对任何事情似乎都不冷不热的……

冲到厨房的时候，里头只有一个小丫鬟在看火，锅里似乎在炖着什么，闻上去差不多也到了火候。

司徒冰凝的衣物大多是素色的，看上去十分朴素，司徒晓也是找了好久，才勉为其难地从里头挑了一件青色罗裙穿上，衣裙虽是简单了些，衬着那张绝美的面容，倒也是有一番清水出芙蓉的风情。

那个小丫鬟大约是不太熟悉这位王妃，愣愣地看了许久，直到看到了跟在一旁的晴好，才意识到，这位就是那个不得宠的正妃娘娘，急忙欠了个身。

“见过娘娘……”

司徒晓随意地摆摆手，示意小丫鬟起来，径自走向了炖锅，揭开盖子以后发现里面炖了3盅补品。嗅了半天，这味道和自己的简直就是天壤之别嘛!

“晴好，火候都差不多到了，全部带走。”

司徒晓淡淡地下了命令。

晴好愣住了，一时之间不知道该怎么办。一旁看火的小丫鬟听到，也愣住了，急急地阻止道：“娘娘……这是……这是纳兰……”

“这府里的家务事，我还有发言权吗？这里到底是你做主呢，还是我？”

司徒晓斜睨着小丫鬟，她原本并不想让人为难，但这些日子里，赤裸裸的现实至少让她明白了一个道理，自己即使是个背景颇硬的白富美，不去争，不去树立点威信，这日子断然是不会好过的。

小丫鬟还想再说些什么，却在触及到司徒晓充满杀气的目光时怯怯地退缩了。

晴好见状，急忙端了托盘，依照着司徒晓的吩咐，把3盅补品一扫而光。

刚走出了厨房门，就碰到了一个穿着嫩黄色春花罗裙的小丫鬟，小丫鬟一见司徒晓，愣了愣，有些不情愿地欠了欠身向司徒晓行礼，突然看到晴好手中端着的托盘上的3盅补品，小丫鬟脱口而出：“这……这是侧妃娘娘的……”

听到了小丫鬟的声音，厨房里看火的小丫鬟从厨房里急急地跑了出来，辩解道：“啊……这不是……我……春水姐姐，这是娘娘她非要……”

小丫鬟小心地看了看司徒晓冰冷的面容，把后面要说的话硬生生吞了下去。

这名唤作春水的丫鬟听了这话，不等司徒晓表态，便直起了身子，满脸假笑道：“这……劳烦娘娘您了，春水端回去就行，一会儿，王爷和侧妃娘娘还要享用呢！”

说道“王爷”两个字的时候，春水特意加重了语气，满脸的轻蔑，赤裸裸的狗仗人势的样子。

司徒晓在心中叹了口气，想好好吃点好东西也这么麻烦。

“晴好，把东西放在那边石桌上。去掌她嘴。”

司徒晓话一出口，晴好和春水都愣住了。

“没听懂？要我亲自下手？”

司徒晓淡淡地说着，仿佛这是一句极其正常不过的家常话。

“是……是……娘娘……”

晴好咽了口唾沫，把托盘放到了一旁的石桌上，怯怯地走到了春水身边，扬起手，却怎么也打不下去。

春水恶狠狠地等着晴好，一副“你敢打”的样子。

司徒晓突然走到了晴好身旁，抓住她的手腕，狠狠地一巴掌扇了过去，春水显然没料到会如此，脸上霎时出现了5个手指红印，惊诧地看着司徒晓和晴好。

这春水平日里仗着自己的主子纳兰芯蕊得宠，总是一副高高在上的样子，晴好也不爽她很久了，这一巴掌打得甚是畅快，虽然心里还有些怕怕的，但这一巴掌下去，却只剩下爽快了。

“学会了吗？打人耳光的时候，不要犹豫，你手慢了，可能被打的就成你了。”

司徒晓唇边勾起一个好看的弧度，轻声在晴好耳边说着。

“你……你……你居然打我……”

不等春水说完，晴好再次扬起手“啪”地一耳光打了下去。

“你……竟敢对娘娘不敬!”

晴好有些怯怯地说着，声音里却透着无比的坚定。

司徒晓这时突然注意到，厨房里看火的那个小丫鬟不知道什么时候不见了，看来大约是去搬救兵了吧。这女人多的地方，总是免不了是非多，倒也不是件坏事，不管谁来了，也该让他们看看“司徒冰凝”这个正妃娘娘可不只是个摆设而已!

果然，不一会儿，一个身影袅袅娜娜地从远处飘来了，身边拥了四五个丫鬟，排场倒是不小。

“芯蕊见过姐姐……”

那身影到了司徒晓跟前，姿态婀娜地欠了欠身，身上披着的丝缎，一看就是上好的品次。司徒晓打量着眼前这个王爷的宠妃，身段略显消瘦，脸蛋娇若桃花，一副楚楚可怜的样子。

纳兰芯蕊的美更像是弱柳扶风，三月桃花，有一股子娇气在，像是一件需要细心呵护的易碎品。而司徒冰凝的美却是灿烂逼人的，宛若九天之上的日月，或明艳照人，或清冷高洁，有一股子傲气在其中。

一看到纳兰芯蕊的瞬间，司徒晓就知道，想要扮可怜博男人的怜爱，自己断不是这女人的对手。可一般这样的女子都不是什么善茬。越是那么柔弱可人的样子，心里就藏着越发狠毒的蛇蝎。

“平身吧。”

司徒晓倒也不客气，淡淡地示意道。

听到司徒晓这么说，纳兰芯蕊顿时有些不快，没预料到她竟也不客气一番，如此理所当然地就承受了这些礼数。

“姐姐，春水今天不知怎么得罪姐姐了，妹妹代为赔罪，姐姐你意下如何?”

纳兰芯蕊脸上依旧是一副惹人怜爱的笑。

“妹妹言重了，怎么能让你代为赔罪呢。”

司徒晓顿了顿，瞥到纳兰芯蕊嘴角似有若无的得意笑容，清了清嗓子。

“总不能让晴好掌妹妹你的嘴吧！这多不合规矩。”

听到这句话，纳兰芯蕊整个脸瞬间变了，这个女人到底明不明白自己的立场，居然想要掌她的嘴?!

司徒晓撩了撩头发，扫了众人一眼，对晴好招了招手。

“晴好，嘴也掌了，我们也不能欺人太甚。端了那些东西，我们回去吧。”

纳兰芯蕊却突然挡在了司徒晓跟前。

“姐姐，你有些误会了吧。那几盅补品，是妹妹特意吩咐厨房为王爷准备的，姐姐就这样拿走，始终有些不太好……如果姐姐喜欢，可以吩咐厨房再做……王爷一会儿就回府了……”

“王爷”这个词再一次闪亮亮地出现了，司徒晓皱了皱眉，这两个字现在在她的耳中一阵阵地刺耳，更是勾起了极大的不快。

“鱼肚炖乳鸽、冰糖燕窝、虫草雪莲炖老鸭……王爷吃得真滋补啊。”

司徒晓拉长了声音慢悠悠地说着，看着纳兰芯蕊越来越僵冷的小脸。

“我几天前就下了单子了，要厨房做什么，虽然现在晚了一些，我也不打算追究厨房的责任了。要是王爷和妹妹吃不上，那只能怪这厨房办事效率极低，该怎么算这笔账，妹妹就和厨房方面协商协商吧。不过，以后若是我下了单子，依然没有照做，恐怕也只能采取些行动了。”

当然，司徒晓也没说什么行动，要是自己没权力把厨房这群家伙开了，像今天这样做回强盗，也还是不错的，过程不重要，只要结果是好的，就是成功嘛。

“姐姐，你这样未免有些不妥！”

纳兰芯蕊沉下了脸，走近了司徒晓一步，死死盯着司徒晓。今天，论身份，司徒冰凝是正，她是侧，论背景，她也比不过司徒冰凝。她唯一的王牌就是王爷的宠爱，如果今天让她就这么走了，那她纳兰芯蕊相当于就向她这个“正妃娘娘”低头了，以后岂不是更难翻身？况且，虽然王爷现在宠爱的是自己，但司徒冰凝始终是个祸患，她的美丽是那么危险地存在，天下的男儿都难以拒绝的美丽。

“不妥？”

司徒晓淡淡地笑着，迎上了纳兰芯蕊的目光，眼睛里透出的森森杀气，着实吓到了纳兰芯蕊，纳兰芯蕊一怔，不由得往后退了几步，一个踉跄，绊到了一块石子，倒在了地上。

“啊！娘娘！娘娘您没事吧?!”

一旁的春水急忙地扑了过去，夸张地喊着，扶着一副可怜巴巴、柔弱得好像一碰就能碎的纳兰芯蕊。身后的四五个丫鬟也都急匆匆地去扶她。

司徒晓冷冷地看着眼前这一幕，这侧妃的排场还真是远远大过了正妃啊，轻轻摔一下，这么多人像死了人似的这么紧张。司徒冰凝都快死了，也没见几个人这么去看看。

“怎么回事？”

正当司徒晓悲哀地想着时，一个冷冷的男人声音突然从背后响起。

司徒晓回过头，对上了一张俊逸的脸，约莫20岁上下，鼻梁高挺，凤眼薄唇，倒是个颇有味道的美男子。看到这张脸的瞬间，司徒晓的心里突然有一种非常异样的感觉，不由得按住了心口，这个人的脸，似乎深深地刻印在了这具身体的记忆里一般，那么熟悉，那么心痛的感觉……

不等司徒晓反应过来，突然一巴掌狠狠地扇在了自己脸上，左脸颊一阵火辣辣的，嘴巴里有咸咸的味道。

司徒晓惊诧地看着眼前这个突然打了自己一耳光的美男子，这混蛋是谁?!

“芯蕊，你没事吧？”

男人急忙走了过去，一把把纳兰芯蕊揽在怀里，一副温柔似水的样子。不用说，这个人自然就是司徒冰凝的夫君，那个所谓的“王爷”了！

莫名地挨了这一巴掌，再看着眼前这一幕，司徒晓怒火中烧，在众人惊诧的目光中，扬起手一巴掌打在了王爷赵无琦脸上。

“啪”——清脆的一声让整个世界似乎突然安静了下来，一时间，众人都屏住呼吸不敢动，看着这怎么也想不到的一幕，她居然打了高高在上的王爷?!

赵无琦也愣住了，惊诧且愤怒地注视着眼前这个满脸怒气、美丽得不可一世的女子，这个自从娶进门来就从未正眼看过的冰山美人，她居然打了他?！打了他的耳光?!

“你!”

赵无琦一把抓住了司徒晓的手腕，愤怒却一时间不知道该怎么反应，他生平还是第一次遇到这种事情。

司徒晓手腕一阵疼痛，却挣脱不开，死死地盯着赵无琦，咬着牙，忍着痛。

“王……王爷……您您……请饶恕娘娘吧……娘娘大病初愈……所以……所以……脑筋还不太清楚……”

晴好“扑通”一声跪了下来，不断求着情。

“晴好，你起来！不要跪！他先打我，凭什么要他饶恕什么的!”

司徒晓怒斥道，用力地想要把手从赵无琦手中挣脱出来。赵无琦愤怒之下，更加用力，捏得司徒晓的手腕“喀啦”作响。

“来人！上家法！反了你!”

赵无琦狠狠地把司徒晓的手腕一甩，巨大的冲力让司徒晓一个踉跄，重重地摔到了地上，由于身体还处于虚弱之中，一时之间竟然站不起来。

随着赵无琦的下令，几个侍卫带上了家法——木凳一条，以及一根巨大的棍子。

“给我打！打到她知错为止！谁敢下手轻了，就和她一起受罚!”

赵无琦冷冷地说着，看着半躺在地上却恶狠狠地盯着自己的司徒晓。

“不要……不要啊王爷……让我代娘娘受罚吧！娘娘身子不好……受不住的……”

晴好跪在地上，哭着不住地磕着头。

“你以为少得了你吗。”

赵无琦冷漠地看了一眼晴好，冰冷的话语让晴好顿时愣住了，流着眼泪却出不了声音。

“你——叫什么名字?”

被几个侍卫架起来的司徒晓突然看着赵无琦问道。

赵无琦一愣，看着司徒晓深邃的眼睛，竟有些参不透她在想什么。

“你——叫什么名字?”

“赵无琦。”

赵无琦怔怔地报了自己的名字，一时之间也不明白，自己怎么就乖乖报了一遍自己的名字，只是看着这双眼睛的时候，竟有些移不开视线，这双眼睛里，似乎藏了很多很多的故事，很多很多他所不知道的故事。

“赵无琦，我记住你了。你凭什么打我？给我个理由！你凭什么要惩罚晴好？给我个理由!”

看着司徒晓的样子，赵无琦更加愤怒了，她居然一副质问他的样子?！他可是零陵郡王，是战功赫赫的天之骄子，居然有人质疑他的权威，这样在他面前质问他?！而且这个人还不是别人，而是那个耍心机让皇上莫名指婚给他的女人！

“凭什么？就凭我是赵无琦，大齐国的零陵郡王！”

赵无琦一挥手，满脸肃杀。

司徒晓被丢到了长凳上，背上、屁股上一阵阵的剧痛，随着棍子重重落下，如同被燃烧了一般。

众人围观着，一副“看好戏”的样子。纳兰芯蕊依然一副我见犹怜的样子，怯怯地拽着赵无琦的袖子，像是在求情一般，但是嘴角却是挂着胜利的笑容。晴好依然跪在赵无琦脚边，不断哭着磕头……

这一切毫无遗漏地印在司徒晓的眼睛里，她死死地咬着牙，不让自己发出一点声音，眼睛却漠然地看着赵无琦，把他的脸、他的一切都记在心里……

这个人，就是司徒冰凝的夫君，就是高高在上的郡王，就是那个见死不救的混蛋……

痛楚让司徒晓几乎要昏厥过去，娇嫩的肌肤哪里经得起这等折磨，不一会儿，背后已经血肉模糊了，然而司徒晓却始终没有吭一声，只是一直看着赵无琦。

赵无琦有些意外，怔怔地看着这个柔弱的女子，她竟一声也没有求饶。从她看着自己的眼睛里，赵无琦却参不透那深邃背后的含义，也许是怨恨？愤怒？或者哀求？他看不透，他突然意识到，这似乎是自从这个女人嫁进门来，他第一次好好地看她的样子，虽然狼狈不堪，但却隐隐透出一份震撼人心的坚毅……

“够了！住手！”

赵无琦终于出了声，皱眉看着司徒晓背后一片血肉模糊，竟有一些揪心。

司徒晓被架到了赵无琦跟前，晴好急忙起身去扶着司徒晓。

“赵无琦，司徒冰凝是你的妻子，你愿也好，不愿也罢，从你八抬大轿娶她进门的那一天起……你就背上了……保护她的责任，你却没有做到。司徒冰凝是皇帝钦点的……钦点的正妃娘娘……在这府里，却说不上……说不上半句话……甚至这权力……还比不上侧妃……莫非这王府里，皇帝的话……已经……已经不顶用了，还是说……你零陵郡王凭着自己宠爱……宠爱谁，就……就能够一手遮天？你……你……”

话还未说完，司徒晓眼前一黑，倒了下去，赵无琦伸手一揽，把司徒晓揽在了怀里，浓郁的血腥味弥漫在空气里，同时还混着一股说不清的淡淡的味道，很清澈，让人久久无法忘怀。

赵无琦面无表情地看着倒在自己怀里的女人，无声地叹了口气，一把横抱起了司徒晓，大步朝着司徒晓的住处走去，倒是没想到，她原来这么轻，这么单薄。一时之间，纳兰芯蕊怔怔地留在原地，却跟也不是，不跟也不是，看着赵无琦的背影，愤恨不已。

晴好一愣，看着赵无琦抱着自己的主子走了，急忙跟了上去，当然，也没有忘记娘娘用命“换”来的那 3 盅补品。此举在日后获得了司徒晓的嘉奖，重要的时候，补品千万不能忘啊！

赵无琦把昏厥的司徒晓抱了回去，这是他第一次进入王妃所住的别院，看着四处的摆设，确实是朴素了一些。

赵无琦轻轻地把司徒晓放到了床上，看着那张惨白的小脸，突然又想到了司徒晓咬着牙对他说的话。

司徒冰凝是你的妻子，你愿也好，不愿也罢，从你八抬大轿娶她进门的那一天起……你就背上了……保护她的责任……

赵无琦苦笑着，看着眼前虚弱不堪的人儿，妻子吗？

看了司徒晓片刻，赵无琦转身离开了别院，看到赵无琦离开了，晴好才敢进了房间，看着司徒冰凝满身的血，哭得稀里哗啦，一把眼泪一把鼻涕地抹着急匆匆跑去叫大夫了。

好不容易刚找了大夫来，晴好就看到一直跟在赵无琦身边的管家赵舍。赵舍大约 50 多岁，是个长得非常严肃的老头，是赵无琦最为信任的大管家，这府里的事情，也算是说一不二的人物。

赵舍似乎是在这里候了许久，见到了晴好以后，把一个白色小瓷瓶递给了晴好，还有几包药。

"晴好姑娘，王爷已经派人帮王妃看过了，这是上好的金疮药，你记得每日为王妃换 3 次药，小心伺候，不会留下一点疤痕，王妃大可放心。这些药每日煎服，王妃不日便能康复。"

晴好愣愣地接过了赵舍递过来的东西，颇为惊诧，这个大管家居然亲自来送这些东西，难道那狠心的王爷对于打了娘娘有了负罪感？

"多谢赵大管家，我这就去伺候娘娘……"

虽然心中有很多疑问，但晴好还是很识相地接了东西，打发走大夫便进了房。有些事情，再多的疑问，不该问的，还是不要问得好，即使问了，人家也不见得会告诉你。

"还有，晴好姑娘，王爷已经吩咐下去了，以后王妃有何需求，晴好姑娘直接下达命令即可。若下人有丝毫怠慢……"

赵舍顿了顿，细小的眼睛里闪过一丝寒光。

晴好一愣，心里默默想着，就凭着您赵大管家，估计也没谁敢怠慢王爷的命令吧……

## 3

晴好小心地伺候着司徒晓，然而由于之前身体并未好全，现在又被打得奄奄一息，司徒晓一直都昏迷未醒，高烧不退。

赵无琦依然没有来探望过王妃，然而，房里的东西却开始每日增多、添新，厨房也总是源源不断地送来各种珍馐美味，和从前相比，仿佛天堂和地狱之别。赵大管家倒是每日都会过来，像监察一般，探视司徒晓的病情，以及王妃房中的各项东西。

然而已经 3 天了，司徒晓却依然没有要醒的迹象，时常像是在做噩梦一般，喃喃着晴好听不清楚的话。

“娘娘……娘娘……您怎么还不醒啊……您快点醒吧娘娘……您看，您不喜欢的那几条破布已经换成上好的丝缎了……每天都有好多炖得浓郁的补品……娘娘……您快点醒过来好不好……娘娘……您不是嫌衣服颜色都太清淡不好看吗……赵大管家差人送了好多漂亮的布匹……娘娘……您起来选一选呀……”

晴好边帮司徒晓擦着额头上的汗水，边带着哭腔念着，仿佛又回到了之前，司徒冰凝奄奄一息的日子，不管自己怎么呼唤，她都没有回应。但是晴好总是觉得，只要自己一直在这里呼唤着她，她就会醒过来的，就跟之前一样，一定会醒过来的。

赵舍照例到了别院，在屋外就听到晴好带着哭腔的声音。

“晴好姑娘，王妃今日如何?”

听到屋外赵舍的声音，晴好急忙擦了擦眼角的泪，起身迎了出来。

“娘娘今日还是……还是如此……”

“烧还未退?”

“嗯。”

“可还有什么东西需要添置?”

“娘娘这副样子……添置什么……又有何用……”

又寒暄了几句，赵舍这才离开，直奔赵无琦的书房。

赵无琦的书房建在王府最北侧的一处山坡上，是府中最高的地方，平日里都不许别人进入，只有赵舍可以自由出入。各个夫人们更是不能踏足，哪怕是备受宠爱的纳兰芯蕊，也不能够进入北侧院落半步。

“王爷，王妃依然还未醒，烧也还未退。”

听到赵舍的汇报，赵无琦把手里的卷轴“啪”地重重放在了案上，心里一阵烦乱。若不是遣了大夫去给那个女人看病，他也不知道原来她之前身体状况竟会如此之差，一时冲动才命人打了她，现在倒好，她要是有什么事情，传了出去，倒是成了自己的不是了，不管怎么说，她也是丞相家的千金，皇上亲自指婚的正妃……是的，他有一大堆的，千个万个的理由去担心这个女人的生命安危。

“把王御医从宫里请来……若是还不行，恐怕要去蝴蝶谷……”

“王爷大可不必担心，此前赵某已经带了医术极高的几名大夫去看过王妃，定不会让她有生命危险。一直未曾好转，大约是王妃身体过于娇弱，再有些时候，便会没事。”

“她一定不能死。如果她这个时候因为这件事情出了什么事，到时候，无论是对皇上，还是对司徒家，都不好交代。”

“王爷的担忧只是因为如此吗?”

“当然，否则呢?”

赵无琦眯着眼睛，冷冷地说着。

赵舍高深莫测地笑了笑，不再言语。

他有千百个理由担心她的生命安全，仅此而已。如果说还有什么别的，也许只是被她深邃目光后面他所看不透的东西感到一丝的好奇吧，仅此而已，再无其他。

这 3 天以来，司徒晓就好像处于一阵迷雾中一般，大片大片断断续续的画面出现在她的眼前，一片杂乱。

她仿佛回到了小时候，躲在床下，闻着房间里浓重的血腥味，听着父母被歹徒杀死的惨叫声，捂着自己的嘴，尽量让自己不发出声音……

那种恐惧感，让她一动也不敢动，不知道一直待了多久，直到警察发现了躲在床下的她，这时的她已经脸色惨白，虚弱得没有一丝力气了。

为了复仇，为了找到那些混蛋，她加入了警队，然而，成为一名警察并不意味着你可以用自己的方法去制裁那些黑暗里的邪恶灵魂。这是她心中一生的痛楚，永远难以忘怀的梦魇，虽然最终历尽千辛万苦，她终于把那些恶魔抓捕归案……

但是，她最终却依然什么也没有……没有家人，没有朋友，没有爱人……当复仇走向胜利之际，她却也不知道自己人生的下一步该怎么走。

那个任务，那个最后的任务，看似手到擒来，却偏偏如同玩笑一般，让她走向了另一段，全然不属于自己的人生。

司徒晓就像是一个看戏的人，看着一幕幕自己经历过的画面，想发声，却说不出话，想要动，却似乎找不到自己的身体。

突然，她似乎变成了一个很小的孩子，呆呆地坐在一片废墟之中，周围是熟悉的血腥味，还有让人感到恶心的腐败的味道，空气里全是沉重的死寂，快要让人无法呼吸……

忽然一个白衣少年出现在自己眼前，但是她却看不清他的脸。他的身上有一股梅花的香味，他的衣襟上一片落梅……

高耸的城门、红艳艳的花轿、热闹的锣鼓喧嚣，却不知不觉满脸泪水……

司徒晓不住地流着泪，流着泪，莫名的悲伤在心头涌起，一阵阵的酸楚难以抵挡地袭来，像是要将她淹没一般……

突然，额上一阵冰冰凉凉的感觉，司徒晓顿时觉得很舒服，似乎还闻到了一阵若有似无的、淡淡的梅花香味，很好闻，很清新。

司徒晓感觉有人似乎往自己嘴里塞了一颗什么药丸，冰冰凉凉的，让自己滚烫的身体慢慢变得舒爽了。那只手轻轻地握着自己的手，很温柔，有些冰冷，有一种似乎很陌生，却又似乎很亲切、很熟悉的感觉……

“唔……”

司徒晓渐渐感觉自己能够掌控自己的身体了一般，眼皮动了动，睫毛颤颤的，张开了眼睛。一片黑暗中，自己的床边上坐着一个蒙着面、穿着夜行衣的男人。

司徒晓一愣，刚想大叫，突然看到男人握着自己的手，顿时敛声，这种感觉，和梦里的好像，冰冰凉凉的手、身上淡淡的梅花香。司徒晓几乎可以确定，这个人绝对是司徒冰凝认识的，并且两个人的关系还不一般！

“冰儿……你没事吧？这一阵子我在湘西一带办事，回来才知道你发生了这么多事！难道赵无琦已经开始怀疑你了？”

黑衣人的声音有些淡漠，听着这声音，司徒晓感觉心里涌上了一阵酸楚。难道眼前的男人……是司徒冰凝的情夫?!司徒晓一怔，顿时觉得，如果是这样的话，大约也能够明白为什么这么个美女那个什么破王爷却看不上了……难道是知道了自己的正妃有情夫，所以……

“冰儿?”

黑衣人有些疑惑地看着司徒晓，似乎觉得哪里有些不对。

“我……很不舒服……身体……很虚弱……”

司徒晓搪塞着，在不知道他们具体关系的时候，不能过早地暴露自己，要是事情不像自己所想的，那不是给自己找麻烦吗……

“唉……让你受苦了……冰儿，莲花和碧玉盘的下落，有消息吗?”

黑衣人终于道出了最终的目的，看来不是想来看望司徒冰凝那么简单的啊。

不过……莲花和碧玉盘又是什么东西……想起偶尔看的电视剧里，司徒晓联想着，估计也就是个价值连城的宝物，或者刻着什么武功秘籍啊、藏宝图啊之类的东西吧……

“碧玉盘还有莲花……它们究竟……嗯……什么个样子……”

司徒晓思索了许久，问道，心里盘算着，要是司徒冰凝曾经见过的话，就继续推说自己大病一场，忘记了好了……

“……碧玉盘、莲花……可惜，知晓它真容的人，已经不在世上了，我也是无法解答。无论如何，冰儿，你一定要想办法取得赵无琦的宠幸，进入北侧书房。那个地方一定藏着他的秘密……冰儿，我知道委屈你了，但我们时日不多了，一定要找到碧玉盘和莲花。”

黑衣人说着，紧紧握着司徒晓的手，淡淡的凉意却让司徒晓不由得有一种留恋的感觉，这是身体最为自然的反应。突然屋外传来了一阵细碎的脚步声，黑衣人深深地看了司徒晓一眼，从窗口一跃而出，消失在了黑暗中。

“碧玉盘……莲花……”

司徒晓喃喃着，看着自己的手，似乎还有淡淡的梅花香味留在手上，看来司徒冰凝似乎并不像自己所想的那么简单，她究竟是谁?

门被推开了，晴好轻声地走了进来，端着一盆水。

司徒晓躺在床上，看着晴好轻手轻脚地端着水，到了自己身旁，似乎没有注意到自己已经醒了。

晴好轻轻地拧着盆里的丝巾，满脸的憔悴，两个大大的黑眼圈显示了自己近来没日没夜的辛劳。

司徒晓顿时觉得鼻子一酸，这么多年来，似乎还没有任何人这样照顾过自己。不管这个小丫鬟到底只是恪尽职守还是真的对司徒冰凝有感情都无所谓了，这一刻，司徒晓心中一阵暖意流过，这一刻，她才发现，原来自己是那么那么的渴望关心、渴望爱、渴望身边有人。原来自己是那么那么的寂寞……

“晴好……”

司徒晓的声音软软地在黑暗里响起。

“啊——”

突然响起的声音把晴好吓了一跳，退后一步撞到了桌子上，随即才看到躺在床上的司徒晓睁着眼睛看着自己，虽然脸色依然一片苍白，但那淡淡的笑容和闪着柔和光辉的眼睛却是真真切切地在那里。

“娘娘！娘娘娘娘！我就知道……我就知道……我就知道您一定会醒的……一定会好的……”

晴好几乎是哭着扑了上去，握着司徒晓的手。

“笨丫头，我醒了，应该笑，哭什么呀！”

司徒晓抿嘴笑了笑，看着眼前满脸鼻涕眼泪的小脸，心中一阵柔软。

“啊！娘娘！您等着，我给您点蜡烛！现在我们这里已经焕然一新了，您吩咐的……”

“晴好，点什么蜡烛呀，都什么时候了，要看什么也等天亮了吧。你下去休息吧。有什么事明天再说。”

“嗯嗯！娘娘您要是有什么事就叫我……”

“嗯，你下去吧，我现在好多了，已经没事了。”

看着晴好离开，司徒晓长舒了口气，呆呆地看着空旷的房间，细细地嗅着不知何时已经消逝在黑夜里的淡淡梅花香……

梦中的白衣少年、神秘的夜访人……

司徒冰凝，你到底是个怎么样的人……你到底留给了我什么样的摊子要收拾……

一阵困倦袭来，司徒晓慢慢闭上眼睛，回忆着那清冷幽远的梅花香，沉沉睡去，睡梦中，她仿佛看到了一张绝美的脸庞，司徒冰凝的脸庞，幽怨哀伤的眼睛似乎在诉说着什么……

这一觉睡得很沉，再醒来的时候，阳光已经透过木窗照射了进来，木窗上精致的雕花映在地上，如同一幅幅婀娜多姿的画作。司徒晓张开眼睛，有些惊诧地看着眼前焕然一新的房间，那几条“破布”已经变成了光滑的绸缎，房间里多添了许多陈设，最让她感到意外的是，竟有几个生面孔的小丫鬟一副恭恭敬敬的样子，候在帘幕一旁。

难道自己又穿越到别处了？

司徒晓第一个反应就是如此，微微张大了眼睛，动了动，发现身体还是酸软无力。

“娘娘，您醒了？”

晴好熟悉的脸凑了过来，司徒晓才确定，现在的她依然还是司徒冰凝，是那个王爷一点也不宠爱的老婆。

“这些……”

“娘娘您看，你让置换的东西，王爷都吩咐下去了，都给办了……娘娘，您一定要赶快好起来，您看，赵大管家还差人送了许多布料来……”

正说着，外面响起了一阵脚步声，一个雄浑的男声响起。

“赵舍求见。”

“赵舍？就是那个赵大管家？”

听到声音，司徒晓问道，见晴好点了点头，微微凝眉思索了片刻，司徒晓抬了抬手。

“让他进来。”

“啊？可是娘娘，晴好还未伺候您起身……”

“不用了，我是病人嘛，这副样子也没什么丢人的。”

“可是……”

见晴好有些犹豫，司徒晓一阵茫然，虽然说这个在这里大约被这些人是称为“睡衣”的，但包裹得如此严严实实……实在也没什么见不得人的。

司徒晓起了身，随意披上了一件青色外衫，说道：“这样可以了吧？”

“是，娘娘，晴好这就去请大管家进来……”

对于王妃的邀请，赵舍有些意外，他平日里和这位王妃娘娘似乎没有过什么往来，按照礼数来说，自己其实只要探听下王妃的情况，回去汇报也就可以了。但既然王妃都开口让自己进去了，似乎也该遵从。

赵舍有些犹豫地走了进来，司徒晓一看到他，顿时惊呆了，脱口而出：“老爹！”

赵舍一愣，一时间竟忘记了行礼。

“赵大管家……那个……娘娘每次大病醒来，脑子都不是很清楚……”

晴好在一旁怯怯地解释着。

司徒晓意识到了自己的失态，充满歉意地笑了笑，招呼赵舍道：“赵大管家，您过来这边坐下吧，晴好，看茶。”

“这……娘娘不用费神，赵某只是来打点娘娘需要的东西，若是没什么事，赵某就……”

“赵大管家，坐一坐，陪我聊聊天吧。赵大管家和我一位故人有些相像，昨夜还在梦中见过那位故人，所以方才才会认错。”

司徒晓温和地笑着，热情地招呼着赵舍，他长得真的太像魏青山了，在这个全然陌生的地方，还能见到一张如此熟悉的面孔，司徒晓不由得心中升腾起了一股亲近的感觉。

看到王妃如此的笑容，赵舍整个人都有些震惊，此前他曾数次与司徒冰凝打过照面，虽然都是匆匆而过，但司徒冰凝那种清冷的气质、拒人于千里之外的态度，却真是名副其实的“冰美人”，今天一见他，竟是这副态度，着实让人有些吃不消啊。而且此前听说这位王妃也是因为顶撞了王爷所以才被……

这，真的是司徒冰凝吗？

赵舍也算是个老狐狸了，虽然一副和气的样子，却时时提防着，只想着这王妃今日突然转性，大约是想通过自己去讨好王爷，或是探听什么消息吧。

但让赵舍意外的是，司徒晓的言谈之中竟像是唠家常一般，从赵舍的身体状况甚至聊到了年轻时候难忘的往事……这话匣子一打开，不知不觉竟已经添了几盏茶了。

和赵舍谈天的过程中，司徒晓竟感觉仿佛回到了现代，在老爹身边的那段日子，她也总是这样，跟他谈天，听着他说当年勇猛的事迹，这份亲切感，却让司徒晓难以忘怀。

聊了许久，直到司徒晓感觉有些疲惫了，赵舍才急急地离去了，让赵舍意外的是，整场谈话中，王妃居然完全没有提及过王爷，也似乎完全没有聊过什么有用的信息，注意力倒真是在他这个老头子身上了……

刚走出王妃的别院，就看到一个早早候在门外的侍卫，一见赵舍，急忙跑了过来。

"赵大管家，王爷找您呢！唉哟，我可在这儿候了许久，急死了……"

"王爷找？怎么不进去通报？"

"这……王爷说不让进去通报，就让在门口候着……"

"知道了，我就去。"

赵舍随着侍卫去了，一看时间，确实已经过去许久，赵无琦已经没有在书房，而是回到了自己所住的别院了。

赵舍刚穿过花园，还未到达院落，就看到纳兰芯蕊一副气呼呼的样子，提着裙子从对面走了过来，身后跟着几个小丫鬟，路过赵舍身边的时候，眼睛也没看一眼，一副愤怒的样子，走了过去，赵舍和侍卫欠了欠身，来不及请安，纳兰芯蕊已经过去了。

赵舍疑惑地看着纳兰芯蕊离开的背影，这方向是从王爷的别院出来的，这王爷平日里专宠这位纳兰侧妃，今日怎么却似乎惹她生气了似的，这女人啊……果然是麻烦。

"赵舍，听说你和王妃倒是挺投缘的。"

赵舍刚进了门，就听到赵无琦的声音淡淡地从帘子后面传了过来。

"回禀王爷，确实如此。王妃邀赵某品茗，盛情难却。"

"司徒冰凝邀你品茗？"

"是。"

"王妃司徒冰凝？"

"是。"

帘幕后的赵无琦不再说话，沉默了许久，无论如何也想不通，这个女人究竟想要做什么。

"王妃说老奴像极了她的一位故人，所以……"

"哼……原来是想拉拢关系。倒也算是聪明，可曾透露本王的事情？"

"回禀王爷，王妃未曾提及王爷，所以老奴自然不会透露任何关于王爷的消息。"

"……那你们都谈了什么？"

"就是些琐事。老奴的风湿腿……还有当年在山间种地……随后又参军的事情……"

赵无琦皱了皱眉，手指在案上有节奏地敲打着，脑海里浮现出司徒冰凝那张绝美的脸庞。那个女人，沉寂了这么久之后，终于开始打算行动了吗……

## 4

“娘娘，娘娘……老爷来了……老爷来了……”

一大早，就听到晴好吵吵嚷嚷的声音，司徒晓翻了个身，接着睡。这一阵子，司徒晓的日子就是吃，睡，吃，睡……基本上没事也绝不踏出别院，在身体尚未康复之际，司徒晓只想默默躲在一边，她可不想再撞上之前那样的事情了，虽然说被打一顿换来了不少福利，似乎并不亏，但几乎赔了半条命出去啊。

“娘娘……娘娘……您怎么还在睡呀……”

晴好的声音轻轻柔柔的，却是不厌其烦地喊着，跟唐僧念经似的。

司徒晓无奈地睁开眼睛，看着晴好一副喜上眉梢的样子。

“什么老爷来了？什么事啊？”

“唔……丞相大人来了……”

“丞相大人来了关我什么事……”

“啊?！娘娘……可是……丞相大人可是您父亲啊……”

司徒晓顿时醒了，一敲脑袋，对啊！司徒冰凝是丞相大人家的千金嘛！怎么忘记了这件事！

不过……司徒冰凝病了这么久，都快死了，这位“爹”也似乎一直没来看看，不闻不问的，现在怎么突然出现了？

“晴好，之前我生病的时候，丞相大人来看过吗？”

“啊？娘娘……不是您不准任何人告诉老爷您的病情的吗……也不准任何人告诉老爷您和王爷……”

“呃……是我吗？好像是呢，想起来了，哈哈……”

司徒晓尴尬地大笑了几声。看来这个司徒冰凝倒是挺孝顺的，自己果然还是不太了解亲人之间的那种感情呢！但是……丞相知道司徒冰凝是“间谍”这件事情吗？况且，堂堂的丞相家的千金小姐，为什么会和那个黑衣人有关系呢……

司徒晓陷入了沉思，看来，司徒冰凝的烂摊子，现在只能由她搞清楚，然后去承担了。

“晴好，帮我装扮一番，许久未见，也该见见‘爹爹’了。”

司徒晓浅笑着，确实也该会会丞相大人了，好好看看，这位白富美究竟是不是货真价实的白富美！

司徒晓穿上了一袭绿罗衣，青丝垂坠，略施粉黛，让晴好顿时看得有些失神。

“娘娘近日来越发好看了……”

“越发好看了？之前不如现在啰？”

听到晴好由衷的赞叹，司徒晓不禁有些得意。

“啊……之前……之前娘娘也是极美的……只是……只是总闷闷不乐的样子，也不爱笑……病愈之后，娘娘变得爱笑了，更好看了……”

晴好涨红着小脸，急急地说着。

司徒晓抿嘴笑了笑，没有言语。虽然她现在还不完全了解这具身体的主人司徒冰凝究竟有着怎样的故事，但就目前所掌握的东西来看，她的人生似乎有着很多很多的麻烦事呢！也难怪了，剪不断理还乱，怎么能时常绽露笑颜呢?

司徒晓在晴好的搀扶下刚行至花园，就看到一个红衣女子怒气冲冲地在责骂一名丫鬟，那名小丫鬟一副战战兢兢的样子，唯唯诺诺地低着头，不敢应声。

“她是?”

“啊，回娘娘，那是连夫人，连璧人，连大将军的侄女，在娘娘和纳兰侧妃进门一月之后嫁进王爷府的夫人。那时娘娘身体不佳，不太出门，所以与她不甚熟识，有些面生。”

“夫人……哼……我还以为那个王爷有了情投意合的纳兰姑娘就不会再拈花惹草了。看来天下男人都一样……这王爷到底有多少个老婆啊?”

“唔……除去连夫人以外，只还有一位苏夫人了，苏通判的小女儿苏烟，刚进门不满一月……”

“每个月娶个老婆……这王爷还真够逍遥的……”

司徒晓嘟囔着，翻了个白眼，心中一阵不爽。还是现代好啊，至少是一夫一妻制，女人也不用整个人生都拴在这些臭男人身上!

“啊……娘娘饶命！娘娘饶命！绿萝知错了！绿萝再也不敢了……娘娘饶命……”

红衣女子忽然给了那个小丫鬟一耳光，小丫鬟“扑通”一声跪在地上，不住地磕着头。

看到这一幕，司徒晓顿时有些生气，提着裙子大步走了过去，晴好急忙跟在后头。

“她都怕成这样了，也算是惩罚过了，犯了什么错也可以饶过了吧。”

司徒晓轻启朱唇，冲着连璧人浅笑着。

连璧人抬起脸看着司徒晓，果真是璧人一个，白里透红的肌肤吹弹可破，美得艳丽逼人，如同天空中的骄阳一般，透着一股子傲气，让人不敢直视。

连璧人看着司徒晓，一副傲气逼人的样子，司徒晓却依然是浅笑着，没有回避她的视线。

“你是谁?！本夫人的事什么时候轮到你来管?！哼……莫不是又是王爷心血来潮娶回来的小新欢!”

听着连璧人带着讥讽和不满的语气，司徒晓顿时竟有些开心，原来这府里头也有不喜欢那个什么王爷的人在啊！敌人的敌人就是朋友，司徒晓顿时对这个连璧人生出了一股好感。

看着司徒晓笑得一脸灿烂的样子，连璧人有些莫名其妙。

“见过连夫人……这是王妃……”

晴好怯怯地伸出头，对着连璧人行了个礼。

听到“王妃”两个字，连璧人皱了皱眉头，上下打量了司徒晓许久，却没有想要行礼的意思。

“原来是王妃……若不是近日得见，我还以为那个病恹恹的纳兰芯蕊是王妃呢!”

连璧人嘴角微仰着，有些不屑地看着司徒晓，虽然眼前这个女人确实有着让人惊叹的美貌，但是却连丈夫的心都抓不住，实在是太无用了。

司徒晓自然知道连璧人心中所想，但却也不恼。

“纳兰夫人深得王爷宠爱，日日得以相伴，若是王爷可以做主，大约是觉得我这王妃当得不够称职，不过可惜……人世间多少事情都不能事事如愿。比如万人之上的王爷，或者跪在你面前的小丫鬟……”

言下之意便是在说，她再得宠爱又如何？王妃之位我坐得岿然不动，王爷再不待见我又如何？万人之上，不也要臣服在皇上一句话之下！

当然，司徒晓最后也没忘记自己的初衷，只是想要替这个小丫鬟说句话。连璧人何其聪明，自然也知道，即使这位王妃再不得宠，她也是丞相之女，皇上钦点的王妃娘娘，自己不见得能占得多少便宜。

“王妃娘娘都开口了，璧人自然不会不给这个面子。今日就不与这丫头计较了。快点滚下去!”

连璧人虽嘴上服了软，但依旧是一副目中无人的样子，话音刚落，跪在一旁的小丫鬟匆匆忙忙就低着头慌乱地走了，司徒晓似乎隐约看到那个小丫鬟的左脸颊上有一道凹凸不平的疤痕……

“这丫头，居然都不叩谢娘娘……”

晴好有些不满地嘟囔着，看着小丫鬟匆匆离开的背影。

“那丫头这次还算机灵，也怕她那副丑样子惊扰了王妃。生得这副样子，手脚却也不利索些，下次再敢摔了我院里的花，看我怎么修理她!”

连璧人依然有些愤愤不平。

司徒晓和晴好一起到了前厅的时候，只见一名穿着甚是得体的老头正和赵无琦坐在一起谈着什么。那个老头大约就是丞相司徒光程了吧。

“王爷，若不是小女什么事也不让人告诉老夫，老夫决不会放任她遭受这样的对待！即使是皇上御笔亲批的亲事，老夫也绝不肯让唯一的女儿遭受这样的对待!”

“丞相大人言重了吧。上次的事情虽然本王确实有些过分，但也是令千金有错在先，本王已经不予责备了。”

“哼……那要请王爷扪心自问，究竟为何小女会如此了……若不是上次王爷对小女动了家法，安都传得沸沸扬扬，老夫恐怕也不知道，小女此前在王府是怎么生活的!”

……

司徒晓听着二人的对话，看来这老头是来替女儿出头的了。

“爹爹，您前来怎么也不预先派人告知女儿一声。”

司徒晓款款走进了厅里，司徒光程和赵无琦停止了争论，齐齐看向这边。司徒晓笑盈盈地迎了上来，司徒光程有些发愣，随即有些不自然地笑了笑。赵无琦深深地看着司徒晓，嘴唇抿成了一条线。

“冰凝。”

司徒光程有些不自然地吐出两个字。

不知为何，司徒晓总觉得司徒光程唤这个名字的时候总是夹杂着些生分，但刚才与赵无琦力争之际所表现出来的愤怒，却又不像是演出来的。

“爹爹，不如随女儿到别院一叙，王爷事务繁忙，恐怕还有许多人需要安抚接见，就不要在此多作打扰了。”

司徒晓说着，别有深意地瞄了赵无琦一眼。

“那就依冰凝的意思。王爷，告辞！”

司徒光程应着，气呼呼地看了赵无琦一眼，拂袖而去。

司徒晓正欲走，忽然被赵无琦一把抓住，赵无琦俊秀的脸庞凑了过去，在司徒晓耳边低声说道：“你刚才什么意思？本王有什么人需要安抚接见的？”

“王爷总不是如此薄情吧，即使有了新人也不该忘了旧人。多位夫人都等待着王爷您的大驾光临呢。或者，在外头又有了新欢？算算也一月有余了，也该再多添一名夫人了吧！”

司徒晓冷冷地说着，有些不屑地看了一眼赵无琦。

赵无琦抓着司徒晓的手不自觉用了力，又凑近了司徒晓一些，几乎是伏在她的耳边。

“怎么？王妃莫非是吃醋了？”

温热的气息喷在司徒晓耳边，有些痒痒的，司徒晓歪过头用肩膀蹭了蹭耳朵，撅着嘴，一副撒娇的样子道：“要是人家说一直在吃醋，是不是王爷就会把她们都打发走嘛！”

赵无琦一愣，没料到眼前这个小女人会是这等反应，怔怔地放开了手，顿时竟有些脸红。

“哈哈……要是纳兰夫人，大概会这么说吧！是吧？王爷！哈哈哈……”

司徒晓突然笑了起来，满脸的得意，调皮地做了个鬼脸，转身走了，留下赵无琦一人待在原地。

“司徒冰凝，你……哈……有趣……”

看着伊人离去的背影，赵无琦突然失声笑了起来，看来，这个王妃不仅仅像是自己想的那么简单啊！

刚进入王妃的别院，司徒光程就打发走了晴好，随即“扑通”一下跪在司徒晓的面前。

“姑娘！是老夫不好，居然这么久才收到消息，让姑娘受苦了！”

司徒晓被吓了一跳，急忙伸手去扶司徒光程。

“您……您……您这是干吗啊！别吓我！”

司徒光程被司徒晓扶起身，有些意外地看着她。

“姑娘……您……总之，这是老夫的责任……要不是公子收到消息……老夫实在无颜面再见姑娘……”

看来果然丞相大人和司徒冰凝的关系并非父女那么简单啊。司徒晓在心中暗自叹了口气，原本以为投身到了一名白富美身上，嫁了个光鲜亮丽的老公，有一个非富即贵的背景，可谁知道如今却是这样的局面，也不知陷进了什么样的破事情里去！

“爹爹……唉，总之，您先坐下吧。我们慢慢说。”

司徒光程应声坐下，却依然是有些拘束的样子，司徒晓啜了口茶，一副漫不经心的样子，却是一直在细细观察着司徒光程，看来如果是以组织的等级来看，这个司徒光程应该是属于司徒冰凝的手下。可是究竟是什么样的人，居然能够控制当朝丞相呢？刚才他所提到的公子，莫非就是那夜的黑衣人……

想到此，司徒晓感觉心里微微动了一下，就好像是这具身体对黑衣人有了反应一般，那夜清冷的梅花香仿佛又再次弥漫在空气中，浅浅的，却又挥之不去。

“姑娘……”

“爹爹，您还是继续叫我冰凝吧。我……喜欢您那么称呼我……有家的感觉……”

“冰……冰凝……”

“是，爹爹。”

司徒晓浅笑着，看着眼前的老人，一瞬间，她仿佛竟在他的眼中看到了有泪光在闪动似的，心里微微有些惊诧。原本只是想以“亲切”来让这个老头对自己去掉所有戒心，从而方便打听消息的，此刻，却突然对这个老人产生了一股难以名状的情感。

司徒晓的目光黯淡了一下，现在的她已经不再是司徒晓了，她是司徒冰凝，一个未知时空里的女人，她并不在乎这个女人的人生应该是什么样的，她现在只想好好活下去，尽快逃脱出司徒冰凝这个牢笼，去追求自己想要的东西，去真正地再活一次而已！

“姑……冰凝……你，身体好些了吗？王爷那边……唉……若是有危险……老夫……老夫……再去求求公子……”

司徒光程小心翼翼地说着，却又是一副无可奈何的样子，丝毫没有位极人臣的丞相的气势，看来果真是受制于人啊。

“前几日，他来过。”

司徒晓含糊其辞地说着，却也不点名。

“公子……亲自来了？没事吧？这这……公子也太不小心了！若是，若是被发现了，那……”

“放心吧，爹爹，没事。他来过，又走了。只是问了些事情，不过我还没有任何消息。”

“那就好，那就好……公子……此次来，公子有交代……”

听司徒光程所说的，这位公子看来是个不能明着露面的人物，难道会是什么通缉犯？或者像那些什么反清复明的志士之类的……司徒晓恶寒了一下，她只想好好过寻常老百姓的日子，交些朋友，嫁个人，好好过日子，可不想在古代也做“卧底”的活儿，她才不在乎是什么朝代呢，国家兴亡如何，又与老百姓何干！

看司徒光程又是一副欲言又止的犹豫样子，司徒晓不禁有些没耐性了，刚才看他跟赵无琦说话挺顺的，怎么一到这里就磕磕碰碰呀！

“爹爹，无论如何，冰凝都希望您不要把冰凝当外人，咱能以父女相称也是缘分一段，有什么事爹爹就直说，何必遮遮掩掩，这倒是让冰凝有些介怀了。”

司徒晓的这番话让老头顿时有种受宠若惊的感觉，一时间惊诧极了，怎么也想不到司徒冰凝会说出这番话。

“冰凝……是是是，爹爹直说，爹爹不把你当外人……只是……你听了也不要太难过，公子也是希望你能尽快完成任务……公子……公子指示我找王爷兴师问罪……王爷大约会……会在近日临幸你……公子吩咐一定要抓住王爷的心，让王爷信任你，然后尽快寻找到公子要的东西……”

听到这番话，司徒晓心里顿时有一些失望，原来这位爹爹前来也是那个公子的意思啊，那看来对赵无琦兴师问罪也只是为了让赵无琦和司徒冰凝有所接触了。

“是，冰凝知晓。定会为公子努力工作，达成目标。”

司徒晓淡淡地说着，心里却直嘀咕着，谁管什么破公子，什么碧玉盘，什么莲花啊，到时候身体养好了，从王府捞一大笔值钱的东西，一翻墙出去完事，天大地大，任我逍遥！

“呃……是……”

司徒光程愣了愣，有些听不懂司徒晓的话，但也没追问下去。

“爹爹若没其他事的话，冰凝送爹爹出去吧。咱父女俩若是关起门来叙旧这么久，似乎也有些奇怪呢。”

“是是，那爹爹就……回去了。”

司徒光程连忙站起身来，转身欲走。刚到门口，司徒光程突然停下了脚步。

“姑娘……老夫很高兴……虽然……虽然老夫没有福气有你这么一个女儿……但是，无论如何，冰凝……爹爹，爹爹都希望你能好好生活下去……爹爹没有足够的力量让你幸福……但是，至少，至少你要记得，无论发生任何事情，只要爹爹能做的，爹爹一定会为你做……对不起，姑娘，老夫逾越，真的……以爹爹自居了……”

司徒光程说完，没有回头，急急地走了出去。

司徒晓一愣，看着司徒光程有些佝偻的背影，心里顿时有一种温热又酸涩的感觉，抬起手来，轻轻按着自己的心脏，异样的感情在胸口涌动。

“司徒冰凝……你的心里也是早就想叫他一声‘爹爹’了吧。”

司徒晓喃喃着，似乎感受到了这具身体所遗留下的断断续续的感情。

“爹爹！”

司徒晓追了出去，在院落中叫住了司徒光程。

司徒光程怔怔地回过头，司徒晓跑到司徒光程面前，一把抱住了老头，柔声说道：“爹爹，冰凝有空会多回去看您的。如果冰凝被欺负了，爹爹一定要为冰凝出头哦！”

司徒光程愣愣地，顿时眼圈红了，颤抖着抬起手拍了拍司徒晓的背。

"唉……唉……你……你看你……多大的人了……还撒娇……爹爹……爹爹在家等你……"

不远处的亭子里，赵无琦正冷冷地看着眼前这一幕感人的"父女相拥"的画面，赵舍恭恭敬敬地站在赵无琦身后。

"司徒冰凝，司徒光程，赵舍，你看他们究竟像不像父女?"

"回禀王爷，像不像父女并不重要，重要的是，司徒光程的女儿早已经夭折，若司徒冰凝真是他的女儿，那恐怕也是一缕香魂吧。"

"是吗……"

赵无琦语气里透出淡淡的失望。

## 5

刚吃过饭，司徒晓站起身伸着懒腰，最近身体已经好多了啊，没有那些"毒香"，吃得好，睡得好，身体就是好啊!

想起那些害司徒冰凝殒命的毒香，司徒晓叹了口气，目前来说，最大的嫌疑人就是纳兰芯蕊那个女人了，虽然别的人也不能完全排除嫌疑。

"真对不起啊，你也别怪我……小女子我实在不想再卷入那些是是非非了，你就安心去吧……冤冤相报何时了……"

司徒晓嘟嘟囔囔着，虽然道义上来说，自己也许该为司徒冰凝报个仇什么的，但是这种事情，一旦插手进去了，却是真的难以抽身了啊，这个地方，还是尽早离开得好，不管什么"公子"也好，什么也好，随他去吧！反正司徒冰凝也早已经步入了黄泉路，一切凡尘俗世都该了断了才对。

正想着，晴好慌慌忙忙地跑了进来，一副红光满面的样子。

"娘娘！娘娘！快些，快些，晴好伺候您沐浴更衣，今天穿件什么衣裳好呢，啊，那只翠玉簪不错，很衬娘娘……"

"大晚上的，干吗还梳妆打扮……而且刚吃完饭不太适合洗澡……也就是沐浴……"

"您说什么啊娘娘！今晚一定要打扮得漂漂亮亮呀！刚才赵大管家说了，王爷今晚要过来……娘娘……成败就在此一举了！您一定可以夺得王爷的心!"

晴好认真地握着司徒晓的手，两眼熠熠发光地说着，仿佛已经预见到了她的娘娘和王爷大人琴瑟和谐的美好画面。

"啊？你刚才说什么？再说一遍。"

"王爷今晚要来，娘娘，是真的，是真的!"

"……晴好，你去跟赵大管家说，今晚我不方便，让王爷不要来了。"

"娘娘！您说什么啊！不要开玩笑了!"

"我说真的……"

"娘娘！快些，晴好帮您沐浴更衣!"

完全不理会司徒晓的意见，晴好已经忙里忙外地开始张罗着沐浴了。

司徒晓按了按有些发疼的脑袋，这个赵无琦还真是好意思，之前才刚把自己打个半死，还敢来搞个“临幸”什么的……看来丞相的来访还真是有用。可惜，虽然这位“丈夫”长了一张颇讨自己喜欢的脸，但就是太风流了，她司徒晓可是相当记仇，相当讨厌男人三心二意的，宁愿嫁给寻常老百姓，也不愿和后宫三千来争宠！即使没有三千，3个也足够她受的了！

虽然很不想见到这个可恶的王爷，但司徒晓也知道，这个王府里，真正说话算话的人不是她，而是郡王赵无琦。任由着晴好帮自己打扮着，司徒晓心里却是一直盘算着，怎样才能好好保住司徒冰凝的清白之躯……虽然她是现代人，但也不想莫名就献出自己的第一次！

“晴好，去大张旗鼓地准备准备，挂个红灯笼什么的，或者……反正布置布置吧……然后去厨房要他们连夜做几道小菜，拿一壶上好的酒……还有还有，一定要记得逢人便告诉她们，王爷今晚要到我这里。”

“啊？娘娘……用不着这么大张旗鼓吧……”

“总之你照我的吩咐办就是。”

“唔……是……娘娘……”

“记得，要多隆重就多隆重，一定要让府里头的人都知道，王爷要来我这里。最好呢，多加点夸张的成分，让人家听听王爷有多么急不可耐，我们的感情有多么的水乳交融……”

“晴好懂了！娘娘是要大家都知道王爷重视您，以后咱们说话就更有分量了！”

“总之你快去吧！”

看着晴好欢快地应着跑了出去，司徒晓掩口轻笑，相信总会有人出来替她解决麻烦的，至少那个纳兰芯蕊就决不会乖乖待着不行动。

赵无琦走进王妃别院的时候有些惊诧，四处张灯结彩，跟过年似的，一片热闹景象。更为夸张的是，十几个小丫鬟提着灯笼列道两旁依次行礼。虽然平日里也不少见大场面，但这突如其来的阵仗还是让赵无琦有些不适。屏退了这些丫鬟以后，赵无琦才走进了屋子。

屋子里四处都点着蜡烛，桌上已经预备了酒菜，晴好也很识相地早早退下了，司徒晓穿着一身艳丽的红衣，在烛光映衬下，如雪的肌肤透出几许艳丽。

“怎么……倒像是有什么喜事……”

赵无琦微微有些发愣，司徒冰凝确实是个让人心生荡漾的美人。

“王爷大驾光临，自然是件天大的喜事……咳咳……虽然冰凝身体有些不适，但还是期望能和王爷同享这良辰美景……咳咳……”

司徒晓捂着嘴，轻声咳着，微微蹙眉，一副痛苦的样子。

“你……确实是本王怠慢了你……让你受苦了……”

赵无琦坐到了司徒晓身旁，轻声叹息着。

司徒晓倒没想到，总是一副高高在上样子的赵无琦竟会说这番话。

“王爷千万别这么说……其实，王爷心中的怨和怒，冰凝都懂。原本王爷和纳兰姑娘情投意合，是天造地设的一对，怎奈……冰凝心中也是充满了歉疚……王爷大可不必委屈自己，爹爹说的话，王爷也不必放在心上……”

“你已经是本王的妻子了，难道不想和本王成为名副其实的夫妻？”

赵无琦突然凑到了司徒晓面前，嘴角微微上扬，用低沉的嗓音说道。

突然凑得这么近的脸，让司徒晓不禁脸一红，心跳也快了好几拍，急急地别开了目光。

“当然……是……可是……冰凝真的不想让王爷勉强自己……有些事情，比如感情，是勉强不来的！冰凝不会勉强王爷……唔……”

不等司徒晓说完，赵无琦已经凑了过来，用手指勾着司徒晓的下巴，霸道地吻了上来，柔滑的舌头顺势侵占了司徒晓的嘴巴，和她的小粉舌交缠在一起。男性的气息霸道地整个压了上来，让从未谈过恋爱的司徒晓顿时有些晕眩……原来接吻，是这么个感觉……

不对！不能沉迷！

司徒晓用力想要把赵无琦推开，却完全无法用上力，赵无琦忘情地汲取着芬芳，把司徒晓抱在怀里，好一个柔若无骨、粉雕玉琢的美人儿。

不知道吻了多久，司徒晓只感觉自己快要缺氧了，赵无琦这才恋恋不舍地放开怀里的美人。

司徒晓气喘吁吁的，小脸有些涨红，更添了几分妩媚。

“王爷……请……请不要如此……”

“怎么？这难道不是你要的？令尊大人都亲自来了……”

“王爷，这不是冰凝想要的。”

“哦？那你要什么？”

赵无琦拄着下巴，玩味地看着眼前的小美人，刚才自己都差一些沦陷了呢，把她抱在怀里的感觉，似乎挺不错的。

司徒晓眨巴着眼睛看着赵无琦，这个男人真是妖孽啊，只可惜，她司徒晓只信奉一夫一妻制，绝不可能与别的女人分享一个男人，她今生想要的爱情，是平等的，独一无二的。

“难得一心郎。”

司徒晓垂下眼帘，轻声说道。

赵无琦一愣，显然没有料到司徒晓会如此说，喃喃地重复着：“难得一心郎……”

烛火摇曳，房间里顿时安静了下来。

忽然，外面传来吵吵嚷嚷的声音，司徒晓急忙站起身来。

“外面好像发生什么事了，我去看看……”

不等赵无琦应声，司徒晓急忙离开了桌子，打开了房门，外头一个小丫鬟正在和晴好拉拉扯扯，司徒晓认得那个小丫鬟，是纳兰芯蕊的侍婢春水。

“晴好，发生什么事了？”

听到司徒晓发声，两个小丫鬟才安静了下来。

“娘娘，没事，您不用担心……”

“不是啊，王妃娘娘，春水有急事要向王爷禀报！”

春水打断了晴好的话，急急地说着，不住地偏头往里面望着，期待着王爷的身影赶紧出现。

“有什么事就说吧，王爷听得见。”

司徒晓故意放大了声音，让赵无琦知道，春水是来找他的。

“侧妃娘娘……侧妃娘娘出事了！”

春水的声音更大，仿佛生怕里面的人听不见似的。

“是吗？侧妃娘娘发生什么事了呀？”

司徒晓故作惊讶地看着春水。

“娘娘……娘娘不见了！”

“那可大可小啊！这王府里头戒备森严，怎么人说丢就丢了！这可是个大问题啊……”

司徒晓拉长了声音叹着。

“怎么回事？”

赵无琦的声音终于悠悠地从房里传了出来。

“春水，还不快进去向王爷禀报。”

司徒晓自觉地让开了一条道，春水早已经急不可待地冲了进去，跪在赵无琦面前就是一把鼻涕一把眼泪的。

晴好一副急得快哭了的样子，自责不已。

“晴好没用！娘娘……浪费了这么好的机会……一定又是那个纳兰芯蕊搞的把戏……晴好太没用了……”

“好了，这样挺好。”

司徒晓脸上挂着惬意的笑容。

晴好愣愣地看着司徒晓脸上的笑意，顿时领悟了。

“原来娘娘你是故意的……”

“好了，一会儿我们也跟去帮帮忙，找找纳兰侧妃吧。”

司徒晓转身进了房，披上了一件单衣，这夜晚起风，天气有些凉，身体可是需要好好保护的。

司徒晓带着晴好，跟着赵无琦和春水一块儿急匆匆地出去了，一时间，惊动了府里上上下下的人，纷纷开始寻找突然之间“人间蒸发”了的纳兰芯蕊。

“呀！这是娘娘的桃花钗！”

春水突然惊叫道，从花园里的鱼塘边上拾起了一支玉簪子，众人急忙围了上去。

这支玉簪子雕工极其精细，宛如一朵盛开的桃花，中心用红玉镶成，花瓣的颜色却渐渐变成粉色，到边上的时候，已经成了洁白如雪的羊脂玉。中心的花蕊用金镶成，栩栩如生。司徒晓细细看着春水手中的这支簪子，不由得从心底赞叹着工匠的巧夺天工，确是难得一见的珍品。

赵无琦接过了簪子，看了看，沉声说道：“确实是芯蕊的。”

“难道娘娘……”

不知是谁嘟囔了一句，大家的目光都看向了眼前的鱼塘，微风吹过，在水面上吹动了一层淡淡的波纹。

“来人，打捞。”

赵无琦下了命令，握着桃花钗，站在湖边上。夜色里，看不到他的表情。

司徒晓拉紧了披在身上的单衣，打了个呵欠，这家伙倒是玩得挺大，惊动了全府的人啊，现在自己想回去睡觉怕是也不行了，显得自己多无情啊。

打捞工作持续了许久，正在众人上上下下乱作一团的时候，突然一个温润的声音在夜色中响起。

“这是……做什么呢？啊……王爷……您怎么也……还有姐姐们也在……”

纳兰芯蕊一袭粉色衣衫，从黑夜里幽幽地出现了，一副茫然的样子，看着眼前大阵仗的众人。

“终于出现了。”司徒晓嘀咕了一句。

“啊……娘娘！您去哪里了？急死春水了！”

一见着纳兰芯蕊，春水就扑了过去。

大致了解了众人为何都齐聚于此，纳兰芯蕊抱歉地解释道：“我……我……我去祠堂了……没想到会惊动大家，都是春水，大惊小怪的！”

“这么晚去祠堂做什么？”

赵无琦柔声问道。

“今夜王爷临幸姐姐……芯蕊想去为姐姐祈福，希望姐姐能见喜事，为王爷诞下麟儿……芯蕊没用，一直不能为王爷添喜，所以希望姐姐能……”

纳兰芯蕊说着，声音越来越委屈，楚楚可怜地看着赵无琦。

“那也不要这么晚……会让人担心的。而且，还把这个落下了。”

赵无琦扬了扬手里的桃花钗。

纳兰芯蕊看着桃花钗，脸上顿时绽放出了光彩一般。

“啊！这桃花钗怎么会在王爷手里！急死芯蕊了，还以为丢了呢，刚才在祠堂发现找不见，芯蕊都快急死了……王爷，可还记得，这枚桃花钗是王爷特意命人为芯蕊雕琢的。人面桃花相映红……王爷……”

纳兰芯蕊娇滴滴地从赵无琦手里接过桃花钗，红着小脸万千柔情地说着，两眼发光地看着赵无琦。

“侧妃没事就好，天气寒凉，有什么事还是快快回房诉说吧，染了风寒就不好了。”

司徒晓突然开口道，看着眼前两个人卿卿我我的样子，心中闪过一丝不快。

“嗯。回去吧。”

赵无琦拥着纳兰芯蕊，顿了顿，回头深深地看了一眼司徒晓，两人的目光碰撞在一起，随即又默默地别开了，往着不同的方向各自离去。

“晴好……今夜真冷呢。”

司徒晓淡淡地说着，拉紧了衣服。

桃花院落，软玉温香，纳兰芯蕊温柔地依偎在赵无琦怀里，赵无琦抚摸着纳兰芯蕊头上的桃花钗，突然问道："芯蕊，你的心中可有什么东西是想要的？"

"王爷怎么这么问啊？芯蕊有王爷就是今生最大的幸事了！"

"是吗？芯蕊难道不想要正妃的位置，不想要本王的专宠？"

"讨厌……王爷……明明知道……皇上金口已经开了，芯蕊能陪在王爷身边已经很开心了。今生能够得到王爷的宠爱，已经是芯蕊最大的福气了，只要王爷在各位姐姐那里的时候，心里还能记着芯蕊，芯蕊就心满意足了……"

"是吗……"

赵无琦淡淡地应着，看着怀里娇俏体贴的女人，美丽贤淑的皮囊之下却藏着喷涌欲出的欲望……她总是这么体贴，这么完美，这么善解人意，只可惜……

赵无琦望向窗外，清冷的明月挂在夜空之中，顿时又想起那皎皎如月的人儿轻叹："难得一心郎……"

## 6

王妃大张旗鼓迎接王爷，最后却镜花水月一场的事情迅速在府里传开了，上上下下都把这件事当成了一个天大的笑话，即使大家都心知肚明，有些巧合不过是有心人刻意的杰作，但谁也不会说穿，毕竟只要王爷吃那套，那个得宠的人就依然是能呼风唤雨的主子。

对府里的闲言闲语，晴好总是气得暴跳如雷，要是被她撞见谁说王妃的坏话，必然上去责骂一番，而司徒晓倒是并不在乎，流言这种东西就跟绯闻一样，越是澄清，越是打压，反而寿命就越强，放任一旁，渐渐地，便也就被新的东西所替代了，最后谁也想不起来有过这么一段小插曲。

但让司徒晓陷入苦恼的，却是自从那日之后，夜里头睡得更不安稳了，做梦越发频繁，最可恶的是，梦里总是出现赵无琦的脸，但身上却总是穿着一袭白衫。赵无琦是不喜穿白衫的，司徒晓也从未见过他穿白衫，但梦里出现的他却总是穿着一袭白衫，时远时近……司徒晓不禁开始怀疑，莫非司徒冰凝心中有赵无琦……可是，嫁入王府3月，却也没有见得他一面，会喜欢他？也或者，司徒冰凝因为爱恋赵无琦，所以才求丞相建议皇上指婚……可是考虑到司徒冰凝并非真正的丞相千金，嫁入零陵郡王府似乎也是有所图谋，以上推断便也难以合理了……

"算了，不想了……反正，没有多久，就可以远远离开这里了……"

司徒晓安慰着自己，偏过头看着窗外。

今天的天气并不好，阴沉沉的下着雨。但司徒晓却是喜爱雨的，每一次出任务之后，如果下雨，她总是会请她的师傅——冷血蝎子王一起喝一杯，因为她没有其他的人可以邀约了。每当那个时候，她的心情就会格外轻松，听着雨水"刷刷"的声音，总是能让司徒晓感到宁静，也只有在这样的时候，她才能感受到内心真正的平静。

"晴好，给我撑把伞，我们去园中赏花吧。"

司徒晓突然兴致大好，对着门外叫着。

"啊？娘娘，现在去呀？可是……"

"雨中赏花，却也是别有一种风情啊。"

"唔，好吧，晴好这就去撑伞……"

主仆二人摇曳着到了湖中心的亭子里，司徒晓坐在亭子里的石凳上，看着雨水滴滴地落在池塘里打出的圈圈波纹，会心地笑着。

"娘娘，您很喜欢这里呢。"

晴好快活地笑着，看着司徒晓微笑的样子。

"嗯，这也能看出来？"

"嗯……觉得娘娘和平时笑得不太一样呢……好像很平静、很安心的感觉……"

"每到雨天，就会有这样的感觉，听着雨水的声音，好像心里许许多多的东西都能被清洗干净似的……无论是罪孽，还是欲望……"

司徒晓站起身，看着远处烟雨蒙蒙的一片，像是她的未来一般，蒙着一层掀不开的面纱，看不清楚那副模样。

"王……王妃娘娘……参见……王妃……娘娘……"

一丝细若蚊虫的声音有些犹豫地响起，司徒晓转过身，看到一个清丽的女子着一袭浅蓝色缎子，向着自己欠身。

"这位就是苏烟姑娘。"

晴好连忙在司徒晓耳边提醒道。

苏烟？司徒晓在记忆中搜寻着这个名字，似乎是赵无琦的四夫人？

"苏烟妹妹不必拘礼，妹妹到此也是来赏花的？"

司徒晓边说着，边打量眼前的女子，清丽如水，淡雅芬芳，浑身上下没有过多的装饰，罗裙已经有些微微湿透，奇怪的是，这位夫人身后似乎并没有丫鬟侍婢伺候。作为新欢，这样的排场和打扮，似乎有些过于简陋了。

"苏烟只是路过……过来避雨的……"

苏烟怯怯地应着，有些紧张，甚至不敢抬头看这位王妃娘娘。

"相逢即是有缘，能在此遇到，我们也算是有缘人吧。哈哈……"

司徒晓爽朗地笑着，招呼着苏烟坐下。王妃娘娘竟是如此热情之人，倒是让苏烟有些吃惊，司徒冰凝"冰美人"的名号，安都谁人不知，谁人不晓，美若天仙，却是向来生人勿进的啊！

两人有一句没一句地搭着话，倒也算是和谐。

不一会儿雨便停歇了，池塘里的莲花上闪动着晶莹的露珠，煞是美丽。

"雨已经停歇了，苏烟就不打扰王妃了……"

苏烟起身行了礼，便打算告辞，刚转身还未步出亭子，便一个踉跄瘫软到地上，司徒晓和晴好急忙上前，要将她扶起。

苏烟的小脸毫无血色，嘴唇也有些惨白，虚弱得有些站不起来。

正在这时，远处突然走过来一行人，司徒晓正要招呼人过来帮忙，却看到来人是赵无琦和纳兰芯蕊。

赵无琦一见到司徒晓和瘫坐在地上的苏烟，脸色便垮了下来，大步走了过来质问道："怎么回事？司徒冰凝，你又想做什么？"

司徒晓一愣，万万没想到他一到自己跟前便会如此质问一句。司徒晓眯着眼睛看着赵无琦，有些愠怒，也有些失望。

纳兰芯蕊急急地凑了过来，一副关切的样子，招呼着人扶起了苏烟。

“妹妹……怎么会这样？哪里不舒服吗？没事吧？要是有什么事，就对王爷说……”

边说着，纳兰芯蕊的眼睛边瞟向一旁冷着脸的司徒晓。

司徒晓抱着手站在一旁，不发一语，晴好走向前想说什么，却被司徒晓拉住了。现在这场面，若这苏烟想要咬自己一口，恐怕自己说烂了舌头，赵无琦也不会相信自己。现在还能说什么呢？跟眼前这个男人理论？那只能自讨苦吃吧！

赵无琦的脸色越发难看，正欲发难，忽然听到一个虚弱的声音。

“王爷……不是……娘娘……娘娘刚才是来扶我……苏烟感染了风寒……再加上‘缺糖症’，所以……所以才一时没站稳……”

苏烟虚弱地解释着，看向司徒晓的时候满是歉意。

“那王爷……冰凝可以走了吧。”

司徒晓冷冷地撂下一句话，带着晴好离去了。

赵无琦眼神复杂地看着司徒晓离去的背影，半晌才对纳兰芯蕊说道：“芯蕊，我送苏烟回去，你需要采购什么，直接告诉赵舍吧。”

看着赵无琦携着苏烟离开，纳兰芯蕊的脸慢慢沉了下来。

苏烟住的别院在府里的南侧，是一处非常清幽的院落，前前后后只有两个丫鬟负责照料，因为苏烟实在不喜欢陌生的人在自己的住处进进出出，连这两个丫鬟都是在赵无琦千叮万嘱之后才留下的。

穿过一条林荫小道，这片地方和府中仿佛是两个全然不同的世界，翠绿的竹林、精致的院落、一座略有些简陋的小木屋，这便是苏烟的别院，颇有一派田园风情。

“苏烟，跟你说多少次了，不要一个人出去，若是有什么需要的，大可直接告诉下人们……”

“王爷……总是这样，苏烟会闷坏的。”

苏烟浅笑着，赵无琦只能微微叹口气，这丫头就是太倔强，表面上柔柔弱弱，却谁也改不了她的主意，这点倒是遗传了她那食古不化的老爹！

“王爷，苏烟看得出，您对王妃是在意的，却为何这样对她……”

苏烟喝了一碗糖水，脸色稍微好些，给赵无琦斟了杯茶，一时间屋子里香气四溢。

赵无琦啜了一口茶，苦笑起来。

“有些事情，却不是我能做得了主。今日处于这样的地位，有许多事情都是身不由己，不能掉以轻心……却是把你也牵扯了进来，这是本王一直心感不安的事情啊……”

“王爷，请不要这么说，当初您也是为了帮助爹爹，所以才愿意屈尊将我迎娶进门……若不是有王爷在身后，以爹爹那耿直的性格，早已遭遇毒手，苏烟也……

恐怕早已身居宫中……说起来，是苏烟和爹爹要谢谢王爷，委屈了王爷……”

“是委屈了你！等有一天，本王为你觅得一个如意郎君，定能为你谋得终身幸福。”

“王爷……”

苏烟欲言又止，最后只绽放出一抹温婉的笑颜作为应答。

待赵无琦离去之后，苏烟矗立在窗前，看着他的背影一直消失在路的尽头，幽幽地叹了口气。

10年之前，木兰围场初见赵无琦之时，他还是个少年郎，俊逸非凡，灿若骄阳，顿时便击中了她的心。只是，在那时她便知晓，他是皇帝的儿子，是皇子，是她高不可攀的存在……十年沉浮，性情耿直的爹爹官职连连被降，却依然秉持着廉洁公正之风，不愿与那些贪污之人为伍。而当初那个少年郎已经成为了战功赫赫的零陵郡王，越来越遥远的距离无时无刻不提醒着她的痴心妄想。

若不是郡王赏识爹爹的耿直，想必他们今生不会有任何交集。

皇上选妃，在有心人作梗之下，她险些进宫，从小身子便弱的她是爹爹的心头肉，那些有心人便是看准了这一点，直等着抓爹爹的错。她一直都知晓，他娶她，不过是为了帮助一个朋友，一个耿直的官员……他曾万分歉疚地承诺，终会为她觅得如意郎君，让她能够幸福安宁地过完一生……

“你却不知……苏烟的幸福，便是待在王爷的身边呀……”

苏烟叹息着，幽怨地看着远处的小径，那些心思，自己却不能说出，若是说出了口，也许连这种短暂的，能与他轻松相对的机会也会失去呀……

心悦君兮君不知……

司徒晓回到院中之际，院子里迟开的樱花树下已经落满了被雨水打下的花瓣，一片粉色铺陈开来。

司徒晓抬头望着空荡荡的院落，顿时间心中一阵伤感，这种伤感却是无法说清楚道明白的。

正在感伤之际，司徒晓蓦然发现，这个别院上方竟是没有任何牌匾作为标识的。如果没有记错的话，这府里头似乎每个别院都有一个名字，像纳兰芯蕊所住的便是“兰馨苑”，赵无琦的别院则题有“景韵堂”等，但为何自己的居所却连个名字也没有呢？询问晴好之后，司徒晓才知晓，原本这个别院名为“丁香馆”，只是府中一个偏院，由于赵无琦并不重视这位王妃，于是司徒冰凝便被“丢”到这里来了。刚入住没几日，夜里一个惊雷，竟把这匾额都给劈了，随后由于王妃并不受人重视，此院落也较为偏远，天长日久，众人竟都忘记了重新修复那块牌匾。

听完晴好说了这“丁香馆”的故事，司徒晓一阵感伤，竟是连个名字也没有吗？

“晴好，磨墨，上纸。”

司徒晓顿时有感，吩咐着晴好。待纸笔备好之后，司徒晓拿起了手中的毛笔，却有一种颇不习惯的感觉，果然，现代人还是应该用钢笔……

心中的淡淡哀愁让她想到了晏殊的一首词，此刻倒是颇为应景。司徒晓挥毫泼墨，在纸上写下了两行大字——“落花人独立，微雨燕双飞。”

想了想，司徒晓又在另一张纸上题上“花落轩”3个大字。

满意地看着纸上毫无章法的笔画，司徒晓吩咐道：“晴好，命人照这个打好牌匾，以后就把这牌匾挂在别院。自个儿住的地方，也该取个名字。”

晴好应着，看到字的时候却有些傻眼，她记得娘娘似乎写得一手好书法的样子，怎么病一场，却连字也变得如此……如此……如此不羁……

“怎么？写得不好？”

司徒晓斜睨着晴好。

“不……不是……只是……娘娘的字……越来越特别了……”

晴好吐吐舌头，急忙收起了几幅字。

司徒晓看着院中只剩下一团团绿叶的樱花树，那些字就当是自己留在这里的签名吧。丑是丑了点，但确实是自己的印记。不管怎么说，这里也是她到达这个世界的第一站，但也差不多到了该离去的时候了……

## 7

近日来，司徒晓主要干的事情便是在郡王府里四处转悠，以及不断清点着自己房里各种轻巧容易带走的“奢侈品”，顺便向晴好打听着各种东西在市面上的价格大约能在多少。当然，最终鉴定完毕，首饰什么的绝对是逃跑的必备良品，但司徒冰凝似乎天性就是个淡薄的人，对那些奢侈的珠宝并没有什么兴趣，以至于堂堂一个王妃，却是拿不出什么价值连城的首饰什么的。

虽然经过上一次挨打之后，王爷下令给王妃房里陆陆续续添了不少东西，但毕竟摆设这种东西，搬也搬不走多少啊……看来“卷款潜逃”大计还需要好好策划策划才行……

“晴好啊……我有钱吗？”

司徒晓百无聊赖地看着首饰盒里素雅的饰品，眼中满是失望。

“啊？娘娘？您要钱做什么呀？”

“我有没有几万两黄金啊，或者几大叠银票什么的藏在哪里呀……”

“娘娘，您别说笑了，怎么可能有那种东西呀！”

“我爹是丞相，我老公，也就是夫君是王爷，为什么感觉我好像很穷似的呢？”

“唔……娘娘，老爷虽然贵为丞相，但为官清廉，您虽然是王妃，不过……王爷和您……所以王爷也没有差人送过什么首饰给您……至于积蓄，娘娘您自然还是有的，府中不是每月都有发放……”

“好了好了……”

司徒晓摆摆手阻止晴好继续说下去，就那么点儿积蓄，拿出去也不够干什么呀。虽然说自己只期望着过些小老百姓的生活，但至少得达到小康以上的水平吧，要不然，还不如在王府里头混吃等死呢……

“唔，不行……司徒晓，你不可以有这种没出息的想法！”

司徒晓嘟囔着，拍了拍自己的脑袋。看来眼下要做的事情是先屯一笔钱才是真的，然后就带着钱远走高飞，隐姓埋名，可以考虑做个生意什么的……

“晴好，近来有没有什么可以巧立名目A钱的活动?”

“A钱?”

“就是，比如说，我有没有什么借口可以让王爷给我采购些首饰什么的。或者他如果愿意给我个黄金万两什么的就更好了……”

“啊……这个……这些事情一般是赵大管家负责的，府中会请特定的商家带样品来供各位娘娘挑选……不过，娘娘，您是从不参加的……”

“当然要参加啊！又不是自己掏钱，不去简直就是太太太瞎了！什么时候？派谁去找老板？要多久?”

一听到还有这么个福利，司徒晓顿时兴奋起来了，两眼放光地追问着晴好。

“这……前几日听说翠玉斋新来了一批货，纳兰侧妃已经命人让老板带货来了……好像就是明日吧，差不多晌午的时候，老板会到偏堂……”

“嗯嗯，到时候我们就去大开杀戒吧!”

司徒晓顿时充满了斗志，晴好却是迷茫一片，娘娘不仅性子变了，爱好似乎也变了呢。但在晴好眼里，这算得上是件喜事吧！从前的娘娘总是一副冷冷的样子，似乎对什么事情都毫无兴趣，一直不开心似的，有时真的很让人心疼呢。

到了晌午，司徒晓带着晴好到了偏堂，刚走进去，就看到偏堂里3个女人已经到了。纳兰芯蕊穿了一件粉色桃花衫，手里拿着一支羊脂白玉镯看着成色。连璧人一件紫色罗裙，梳了一个双螺髻，正饶有兴趣地将一串红色玛瑙项链拿在手里。只有苏烟，依然一袭素衣，似乎对桌上琳琅满目的首饰不感兴趣，安静地站在一旁，随意地看着，却没有显出多少兴趣，倒与那两人有些格格不入。

见到王妃进来，3人都有些意外，愣了一会儿才相继行礼，按照平时来说，即使差人去请，司徒冰凝也是不会出现的。

“姐姐今日怎么有兴致来?”

纳兰芯蕊率先开了口。

司徒晓走到桌前，瞥着桌上琳琅满目的珠宝首饰，顿时心中一动，仿佛看到了金灿灿的黄金、白花花的银子……这都是钱啊!

“此前一直身子不好，需要休养。近日来精神见好，但却与各位妹妹生分了，自然也该是时候多和各位妹妹在一块儿相处相处了。我不请自来，不会打扰到各位妹妹的雅兴吧!”

司徒晓说着，随意地看着桌上的首饰，心里估着价格。

“姐姐哪里话，原本就该姐姐先行挑选的，只是我们以为姐姐今日不愿出席，才会逾越了主次，自行看了起来。”

“各位姐妹还是随意些，不必过于拘礼，这挑首饰呀还是大家一块儿才有意思。”

司徒晓温婉地笑着，手已经伸向了桌上琳琅满目的珠宝。凭借着大概的经验，那只羊脂白玉镯和那颗鸡蛋那么大的珠子，大概都是价值连城的珍宝……

虽然看上去司徒晓似乎一副对这些珍宝兴趣寥寥的样子，也是随意地拿了几件放到自己面前，但其实这些都是方才司徒晓已经瞄中了的目标，只是可惜了那只羊脂白玉镯，被纳兰芯蕊抢先拿在了手里，没能下得了手啊！

光看着王妃娘娘挑中的几件首饰，老板长着小胡子的胖脸上就已经堆满了掩不住的笑意，手里的算盘打得“噼里啪啦”，心里不住感叹着，这王妃就是王妃啊，多大手笔，随意挑的拿的都是最贵最大的……

“怎么都在这里？”

门口突然响起了赵无琦的声音，众人急忙行了礼，赵无琦走进了屋子，看了看一旁胖乎乎的商人。

“这是？”

“王爷，这是翠玉斋的老板，这些都是近来的新货。”

纳兰芯蕊放下了手中的玉镯，迎了上去，司徒晓不动声色地把玉镯也纳入了自己的范围内。

“都挑选好了吗？”

赵无琦微微地皱眉，脸上的表情有些不悦。

司徒晓把自己面前的首饰拢了拢，摆摆手，对老板说道：“就这些吧。”

“王妃，怎么你也开始对这些东西有兴趣了？”

赵无琦看着司徒晓面前的东西，沉下脸问道。

“回禀王爷，冰凝也是希望能有些见得人的首饰，衬得起王爷的面子。”

司徒晓满脸堆着虚伪的笑容，礼貌地应着。

“近日萦阳大旱，百姓处于水深火热之中，朝中上下正筹款赈灾，本王希望能起表率作用，府中一切事物应从简。”

赵无琦淡淡地说着，没有再看司徒晓一眼。

听着赵无琦的话，司徒晓的脸垮了下来，这么说的意思是……

“啊……王爷，芯蕊知错了……竟然未能及时与王爷分忧……老板，今日就请回吧！芯蕊愿捐出自己的一部分首饰进行义卖，为百姓出一份力……”

赵无琦话音刚落，纳兰芯蕊已经“懂事”地表明了态度，纳兰芯蕊这么一说，自然，别的人也必须得出一份力了。

看着已经到了嘴边的鸭子就这么飞了，司徒晓心中一阵刺痛，这回好了，不仅仅是没得赚，自个儿还得往外贴。

回到别院以后，司徒晓越想越不爽，怎么想都觉得是赵无琦那个混蛋故意和自己过不去，这平时别人挥霍吧，天下就太平了，今天她想稍微拿点合理的东西吧，马上百姓就遭殃了，哪有这么巧的事情！

气不打一处来的司徒晓借故让晴好带着自己到了府里大夫的药房里，趁着大夫不注意，偷偷拿了些巴豆粉，随后又打发了晴好出去，自己一个人悄悄往厨房的方向走了去。一般现在这个时间，只会有一个小丫鬟在厨房看火，纳兰芯蕊和赵无琦的炖品刚炖上，那个看火的小丫鬟一般都会趁机去偷偷懒。

司徒晓鬼鬼祟祟到了厨房，还未走进去，就看到厨房里有一个脏兮兮的小男孩，司徒晓暗暗地叹着，自己运气真不好，正转身欲走，突然看到那个小男孩揭开了炖锅的盖子，似乎从身上掏了什么东西放了进去。司徒晓急忙闪身到了厨房后窗处，眯着眼睛看着这一幕，看来这王府里头真是到处都不安全啊，白养那么多守卫了。

“王……王妃娘娘？奴婢参见王妃娘娘！”

司徒晓正想着，身后突然响起了看火小丫鬟的声音。

“啊……平身吧。今天……炖了些什么呀……”

司徒晓看着小丫鬟，心里暗叫不好，怎么偏偏在这个时候撞见了呢？随即突然想起厨房里那个小子，但当司徒晓再回头从后窗望进去的时候，那个少年的身影早已经不见了。这下一来，要是府里头的人出了什么事，自己才真是脱不了干系了……

“把厨房里炖的补品都端到我房里，重新再起灶给别的夫人们炖吧。”

司徒晓微微蹙眉，无奈地说着。

“啊？娘娘，这……这……您的补品今天都有炖，一会儿就能让晴好姐姐给您端去……”

小丫鬟急了，这要是再给王妃娘娘劫了去，在纳兰侧妃那里，肯定又少不了一顿骂了。何况，这还有别的夫人的……

“总之就是听我的没错！”

司徒晓有些不耐烦地说着，径直进了厨房，正打算进行“收缴”的时候，却发现其中一个炖锅里头的几盅补品已经不见了，盖子放在一旁，看来是方才与小丫鬟说话的时候，有人端走了。在灶台边上还留有一些白色粉末的东西，司徒晓小心地嗅了嗅，有一股不易察觉的异香，却不知道是什么东西。

“这里炖的是哪个夫人的？”

“是纳兰侧妃的……”

司徒晓急忙追了出去，在心里咒骂了一通，要不是自己恰好很不幸地在这里被人撞见，她才懒得管那个女人喝了什么呢！

虽然近日来司徒晓都在熟悉王府，但四处建筑都差不多，像迷宫似的王府依然还是让司徒晓转得晕头转向，许久才找到了纳兰芯蕊住的别院。也顾不得礼数什么的了，司徒晓径直冲进了别院，看到司徒晓突然出现，纳兰芯蕊和房里的丫鬟们都呆住了，纳兰芯蕊正捧着一个白瓷小盅，愣愣地看着突然闯入的司徒晓。

“不要喝！有毒！”

司徒晓急忙大步跑了过去，一把从纳兰芯蕊手中抢过了小盅，里面却已经空了。

听到司徒晓的话，纳兰芯蕊一张小脸瞬间惨白。

“还站着干什么！快点去叫大夫呀！”

司徒晓对着一旁还在发愣的春水吼道，春水这才回过神来，匆匆忙忙地冲了出去。

这一闹，惊动了府里上上下下，不一会儿，赵无琦、连璧人、苏烟以及一群丫鬟侍卫都聚集到了纳兰芯蕊的院里，纳兰芯蕊躺在内屋里，大夫正在给她把脉。

无奈之下，司徒晓只得向众人解释了一番自己“正巧”散步路过厨房，见到了下毒的那一幕，但从众人眼中的怀疑来看，自己的解释似乎并不很成功。

“王妃，你说你散步到了厨房?”

赵无琦凝着眉，眼神复杂地看着司徒晓。

“够了啊！赵无琦，不要一副怀疑我的眼神！要是我做的，我有必要大张旗鼓地跑来阻止她吗?！再说了，撒这种谎对我可是没半点好处的!”

司徒晓看着赵无琦的神色，顿时有些火大。

正嚷着，大夫已经从内屋里出来了，纳兰芯蕊也随即走了出来，一副凝重的样子，似乎是什么天大的事情。

“怎么样?”

赵无琦急切地迎了上去。

“王爷不必担心，侧妃娘娘并无大碍……只是……”

听到“并无大碍”4个字，司徒晓也舒了口气。不等大夫说完，纳兰芯蕊却忽然朝着司徒晓走了过来，“扑通”一下跪在了司徒晓面前。

司徒晓一愣，看着脸上一副痛不欲生表情的纳兰芯蕊，这要道谢她拯救了她的生命也不必如此吧……然而，纳兰芯蕊却不是来道谢的，她一把抓住司徒晓的衣裙，抽泣了起来。

“姐姐……芯蕊知错了……芯蕊知道姐姐怨恨芯蕊……是芯蕊不好，是芯蕊不好……芯蕊独占了王爷……可是……可是……姐姐，你怎能如此……”

看着纳兰芯蕊哭得梨花带雨的表情，司徒晓却是一阵茫然，这都什么跟什么啊!

“王爷，侧妃娘娘补品里的药并非毒药……只是，这药一般都是用来给青楼里的女子们服用的……避免腹中有了孩儿……”

大夫此话一出，纳兰芯蕊哭得更凄惨了，顿时间，司徒晓成了众矢之的，虽然无人敢直言，但明显所有怀疑的目光都指向了她。不得宠的王妃娘娘，为了保住自己的地位，用卑鄙下流的手段阻止别的妃子怀上孩子……多么合情合理啊！一时间，司徒晓都要怀疑是不是司徒冰凝所为了!

“不——是——我。”

司徒晓咬了咬牙，有些愤怒地说出了这3个字，随即抬起眼看向赵无琦。

赵无琦却是在一旁静站着，似乎在思考着什么，迟迟未曾表态。

赵无琦身后的赵舍却是走上前来，从怀里拿出一块手帕，放在手里，隔着手帕握住司徒晓的手腕，放到鼻子下方嗅了嗅，随即忍不住笑了笑。

“得罪了，王妃娘娘。”

赵舍依然是一副和蔼的样子，回到了赵无琦身后。

“方才老夫闻过侧妃娘娘的补品，里面所添加的药物有一种不易察觉，却十分难以去除的异香。王妃娘娘的手上却并无此种味道，当然，这并不能完全证明娘娘的清白，但却也不能轻率就定下娘娘的罪。”

听完赵舍的话，赵无琦沉吟了片刻，随即看了看柔弱无助的纳兰芯蕊，又看了看站在自己面前的司徒晓。

“此事务必须彻查，在此期间，王妃就待在别院静养吧，不许踏出别院一步。赵舍，吩咐下去，照看好王妃娘娘。”

赵无琦冷冷地下达了命令，司徒晓不可置信地张大眼睛看着眼前的男人，有没有搞错?！他居然不相信她?！

“赵无琦！我是你的妻子！不管你承认不承认，这是既定的事实！我是你的妻子，你怎么可以不相信我?！你怎么可以这样对我?!”

司徒晓眼中透着失望、伤心、愤怒，还有一些些淡淡的痛楚……

虽然司徒晓知道，司徒冰凝和赵无琦的结合无关情爱，但在这一刻，他表现得如此彻底的不信任，依然让司徒晓感到一阵揪心。

看着司徒晓拂袖而去的瞬间，赵无琦的心竟有些隐隐被牵动了，她每一次的控诉都让他感到有些不可思议和可笑，却又让他的心里有一种难以名状的感受。

赵舍亲自把司徒晓送到了别院，走进院中，司徒晓停下了脚步，有些哀怨地说道：“王爷难道还怕我跑了不成，还劳烦赵大管家你亲自‘押送’。”

“王妃娘娘何出此言？感念娘娘上一次邀请老夫品茗，老夫特地想要向娘娘道谢，故而才护送娘娘回来，并非娘娘所说的‘押送。’”

“实际上却也差不了多少，不是吗……”

“恕老夫多嘴，娘娘虽并非下毒者，但娘娘却也有下药的心不是吗？虽然娘娘想要下的药不存什么坏心，但若细细追究起来，也够得上一条‘谋杀亲夫’的罪状了吧……娘娘也不必多怨王爷，就当在院中静养，赵舍自会将娘娘所需的一切都安排得妥妥当当。”

司徒晓回过头，看着赵舍高深莫测的笑，有些气恼。撅着嘴看着赵舍许久，赌气地拂袖而去了。

看着司徒晓离开的样子，赵舍却是露出了会心的笑容，这样孩子气的纯真，却是许久都未曾看到了啊！

## 8

“参见王妃娘娘……”

“参见王妃娘娘……”

“参见王妃娘娘……”

……

司徒晓郁闷地再次转身回到别院，真是无论早上、中午甚至夜里……别院门前居然都站着随时候命的侍卫！这简直就是赤裸裸的软禁啊！

回到屋子里，晴好正打着呵欠，看到司徒晓回来了，说道：“娘娘，您就别白费力气了，王爷已经下了命令，他们不会离开的……而且，赵大管家也说过了，娘娘想要什么，他都会帮娘娘安排好的，娘娘不如安心等着王爷消消气……”

“安心什么啊安心！我现在是要去把那个害我倒霉的死小子抓到！靠他们，我这嫌疑一辈子也洗不清了!”

司徒晓愤愤不平地说着，她可是21世纪的优秀特警，如今为何却在这里受这种气！

突然司徒晓似乎想到了什么，狡黠地笑了笑，晴好一见这笑容，顿时有些忐忑不安，最近娘娘这么一笑吧，准没什么好事。

“娘娘，晴好先退下了……”

还是走为上策……

“晴好，先不急，赵大管家不是说会帮我安排好一切我想要的吗?”

“是……娘娘……想要什么呀……”

“你明天就告诉赵大管家，我一个人闷得慌，我要找些人给我唱唱小曲、演演戏。也不用去外头找戏班子，怪麻烦的，就找各个院里的丫鬟家丁们来吧，我喜欢热热闹闹的，吩咐厨房多做些东西送过来，他们表演也不是白演的，我就在这里大宴宾客好了!”

“啊?!娘娘，这怕是不妥吧……”

“这就是我想要的，不然总在这冷冷清清的地方，自个儿待下去，要是有个什么三长两短的，到时候就是上了黄泉路我也会心怀怨恨，含冤受屈的鬼魂听说都不会善罢甘休的，况且，疼爱我的丞相爹爹恐怕也不会善罢甘休吧……你就这样告诉赵大管家。”

司徒晓兀自上了床，吩咐完以后心满意足地进入梦乡了，准备养足精神，准备抓贼！只要那个死小鬼还在这王府里，她就算翻个底朝天也要把他找出来!

第二天一大早，在司徒晓的催促之下，晴好苦着一张脸把司徒晓带着威胁无赖的话在赵舍面前复述了一遍，赵舍听得一愣一愣的，随即忍不住笑了出来，娘娘这不是依然在耍脾气嘛！哪有王妃娘娘大宴下人的事情?不过看王妃娘娘那性子，要是不同意她这样胡搞蛮缠的，想让她安定下来，怕是比登天还难，反正王爷下的命令只是让她不得走出别院一步，也没说不让别人进去。

消息迅速在府里传了开来，凡是有任何才艺的下人，不管是唱小曲，还是别的什么，只要去王妃的别院里表演，就能随便吃喝，而且还能拿到打赏钱！一开始，大家都将信将疑，只有几个胆子大的下人厚着脸皮进去了，战战兢兢地唱了个小曲，讲了个笑话，没想到却博得了司徒晓的掌声，厨房送来的山珍海味任意吃喝，司徒晓还特意让晴好给了打赏。捞得这样的好处，一时间，王妃原本冷清的别院里——现在应该叫作“花落轩”了，开始络绎不绝地涌入了人。

司徒晓笑眯眯地看着涌入的丫鬟家丁，在人群里搜寻着那个小鬼的身影，却一直都没有发现。

每当有人表演完，打赏了以后，司徒晓都会闲话家常一番，问问院里都有些什么人，是不是大家都知道了，有没有谁不来表演什么的，还特意嘱咐来的丫鬟家丁们带些东西去给未能来的人。

整个过程，司徒晓都是在纱帐后面完成的，问话打赏也都是让晴好进行的。虽然王妃娘娘没有亲自来招待这些下人，但一时间，王妃贤良淑德、美若天仙等的传言也都传开了，毕竟吃人嘴短，拿人手软，不说点好话，你也不好意思受别人恩惠不是。

差不多挨到了晌午，依然有许多人涌入，而司徒晓大约也锁定了几个“嫌疑人”，没来参加的大约都是其他夫人的贴身侍婢，或者有任务在身的，另外还有那日在院中碰到的被连璧人教训的那个小丫头，似乎是叫作绿萝，想到她，司徒晓皱了皱眉，一瞥而过的侧脸上的疤痕让司徒晓顿时生了一些怜悯。此外，在和杂役房的家丁寒暄之际，有一个人引起了司徒晓的注意，听杂役房里的家丁们说，有机会出入王府的，除了府里的人以外，也有一些负责给府里供应必需品的家伙们会来，但一般他们都被限制在了外院，没有机会进入内院。

而在这些供货人里头，就有一个蛮机灵的少年，定时和老板一块儿来送货。这个少年引起司徒晓注意的缘故是，家丁们说起这少年每次来都要“借用茅房”，似乎王府里的茅房也比外头的香似的。

“晴好，现在差不多是到送货时间了吧？”

司徒晓漫不经心地问着。

“嗯，回娘娘，大约是到时间了，刚才看到杂役房的几个下人急匆匆地赶着去收货了。”

晴好应着，奇怪娘娘怎么突然关心起这个问题来了。

“好了，以下的事情就交给你了，刚才也练习了那么久了，看着顺眼的就打赏打赏，让他们好好表演。”

司徒晓说完，看着晴好笑了笑，起身进了内屋，晴好有些不明白娘娘的意思，不一会儿，就见司徒晓从内屋里走了出来，打扮得跟其他小丫鬟一样，还把脸涂得花花绿绿的，画了一个十分媚俗的妆容。

“娘娘您这是……”

看到司徒晓这副打扮，晴好都快晕过去了，就知道她办这个大宴没好事！原来是想借机溜出去！

“晴好，我平日里待你如何？”

司徒晓笑笑地凑近了晴好，那夸张的大红唇有种很惊吓的味道。

晴好不由得退后了一步，憋了许久，终于屈服了。

“晴好……晴好一切都听娘娘的……”

看着司徒晓扭着腰肢，混在一票拿了好处乐呵呵离开的丫鬟堆里，晴好真是欲哭无泪，要是被王爷知道了，也不知道自己的小命还能不能保住，做下人的真是命苦啊……

由于出入的人一直络绎不绝，刚开始侍卫们还会细细查看一番，到了现在，基本上已经是任由他们出入了，所以自然也没有注意到那个画得一脸媚俗样的面生的丫鬟。

顺利混出花落轩之后，司徒晓直奔杂役房，刚到那里就看到一群家丁已经在点收货物了，一个穿着一件褐色褂子的少年在一边和老板一块儿搬着货，虽然那日只是惊鸿一瞥，但在看到搬货的少年的瞬间，司徒晓顿时笃定，一定就是他，这个该死的害她被冤枉的人！

果然少年搬着搬着货，便借故要上厕所，司徒晓暗自闪身藏到了一旁的树丛里，看着少年从自己身边走过，司徒晓不动声色地跟在他身后。走了几步，少年突然停了下来，警惕地回过头。司徒晓也不看他，一副若无其事的样子兀自走着自己的路。

就在经过少年身旁的一瞬间，司徒晓迅速一个手刀，大力敲向了少年的脖子，少年一惊，来不及反应就软软地倒了下去。司徒晓冷哼了一声，把少年拖到了一旁的树林里，掏出早已经准备好的绳子，将他五花大绑起来，顺便把怀里的秀帕塞到了他的嘴里。

做完这一切事情以后，司徒晓才慢悠悠地起身出了树丛，看看四周确定没有人以后，往杂役房的方向走了去。正巧看到一个下人，司徒晓迎了上去。

"唉……大哥，今天送货来的是不是有个十四五岁的小子呀?"

该家丁打量了司徒晓一会儿，虽然是个面生的丫鬟，但看这身打扮，是内院丫鬟的打扮，级别是比他们要高一等的，家丁连忙讨好地应着："唉，这位姐姐，您说的哪位呀?"

"管他是哪位呢！总之就是倒霉透了，刚去帮娘娘买了东西回来，在门口就撞见了，不由分说扯着我让我跟他老板告个假，说什么有急事就跑走了。也不看看我是谁，我可不是供那种人使唤的……顺道看着你，就给他捎个话好了。其他事情我可不管，我还要去向娘娘交差呢!"

司徒晓不高兴地嘟囔完，转身便走了。家丁满脸堆笑地应着，看着司徒晓走了，思索了片刻，自语道："难道是借茅房那个小子？又是去偷懒了吧，每次都这样……"

司徒晓回到院里的时候，丫鬟家丁已经渐渐少了，晴好也一副毫无精神的样子，机械地重复着："很好……赏……唱得好……"

看到司徒晓回来，晴好总算放下了心，长舒了口气，整个人都顿时像是活了过来。

"娘娘您可回来了……"

"好了，晴好，今天再交给你最后一个任务，你就可以功成身退啦!"

"啊?!"

晴好一副绝望的样子，看着司徒晓，心里涌上一阵不安……结果事实证明，不安就对了!

当晴好按着司徒晓指定的地方到达的时候，在树丛里看到一个被五花大绑、嘴里塞得鼓鼓的，还绑着一条秀帕的少年的时候，整个人的灵魂仿佛被抽离了一般，惊诧地张大了眼睛看着不断挣扎却发不出声音的少年……这是玩的哪出?！不是说想办法运点东西回去吗?！这是东西吗?！是东西吗?！这就是个大活人啊!!

晴好退后了几步，深吸一口气，又向前走了进去，很好，这次她确定，眼前的一切都不是幻觉。被捆绑得结结实实的少年一见晴好，仿佛看到救星一般，不断地摇头摆尾地想要呼救。

晴好却皱着眉头看了少年许久，默默地转身走了，就在少年绝望之际，没过多久，忽然听到外面有些杂乱的脚步声，脚步声似乎停了下来，一个好听的女孩声音说道："好了，就放在这里吧。这些东西是娘娘吩咐要丢掉的私人物品，一会儿会有专人来处理，你们也知道，有些女人家的东西比较隐秘，劳烦各位大哥就当没这回事……"

"那是，那是……晴好姑娘您就放心吧……"

几个侍卫应着，放下箱子就走了，看着四下无人，晴好叹了口气，打开了箱子盖，再次出现在少年面前，少年再次意图呼救，却觉得似乎不太对劲。晴好用力地拖着少年，气喘吁吁的，好不容易才把少年倚在箱子口，用力抬着他的脚塞进了箱子。"咚"的一声，少年脚朝天地被"塞进了"箱子里，头砸在厚厚的木箱壁上，一阵晕眩，不等缓和过来，箱子盖已经合了起来，顿时一片黑暗……

晴好从怀里掏出几张封条贴在箱子上，随即招呼来了几名路过的侍卫，忽悠着他们扛往花落轩——王妃娘娘的别院。

一行人到了花落轩，奉命守卫的侍卫拦下了来人。

"晴好姑娘，这是？"

"这是娘娘的私人物品。"

"可否开箱查看……"

"放肆！都说是私人物品了！"

"可是……"

"侍卫大哥，王爷吩咐不许娘娘走出别院，可否提及不许让人送东西进去给娘娘？"

"这……自然是没有。"

"那我们是否可以进去了呢？"

侍卫尴尬地笑了笑，让开了一条道，晴好松了一口气，挥挥手，刚打算进去，突然听到了赵舍的声音。

"晴好姑娘，王妃娘娘需要什么东西老夫未曾安排妥当吗？怎么还劳烦晴好姑娘亲自去采购？"

晴好心下一惊，看着赵舍慢悠悠地走了过来，心里一阵忐忑，这赵大管家可不好对付，这箱子里可是装着个人啊，还是个男人啊……这要是被王爷知道了……晴好慌乱地对赵舍行了个礼，暗自挪动了几步，挡在了箱子前面。

"晴好姑娘应该不介意让老夫看一看吧，也好让老夫改进改进，以免下次再安排得不周全，麻烦晴好姑娘。"

赵舍说着，示意抬着箱子的侍卫把箱子放在了地上，伸手就要去撕封条。

"赵大管家！这是娘娘私人的东西，在这里打开，甚是不方便！"

晴好急忙挡了过去，硬着头皮迎上了赵舍的目光。

"哦，私人物品……"

赵舍贼溜溜的眼睛看了看晴好，又看了看箱子，收回了手，却没有放行的意思。

正在僵持之际，司徒晓悠闲地从屋子里走了出来。

“晴好，怎么那么久？让你处理的那些东西没被那些臭男人偷了去吧？”

司徒晓软软的声音在院子里回荡，听得人有些酥酥软软的，还颇有深意地瞄了瞄这些侍卫，听到这让人想入非非的话，众人不由得有些面红心跳，整个心思都在“私人物品”4个字上……

“回娘娘，晴好已经处理妥当，只是……赵大管家要查探这只箱子……”

晴好有些为难地看了看司徒晓，又看了看赵舍。

“想不到——赵大管家——却是——有这等兴趣呢——”

司徒晓摇曳着身姿走到了别院门口，停下了步子，没有踏出去，却是伸出纤纤玉手，抚摸了一下木制的箱子。

“赵大管家若是想要检查，我自然也不好阻止，省得到时候风言风语传了开来，要是说我这箱子里藏了男人不让赵大管家检查，那冰凝却也只有死路一条，以证清白了。赵大管家喜欢看，就看个够便是……晴好，我们走，把箱子留下，这些被男人看过的东西，本娘娘也不会穿在身上，明个儿再去采购些新的来，若是还要查，就继续给他们！以后每天都抬一箱子来，直到能完好地进我这院儿为止！”

司徒晓一字一句地看着赵舍说完，回身走向房里。晴好听司徒晓这么说着，心里七上八下的，但也不好说什么，应了一声，随即跟在司徒晓身后走进了院里。

“还不快把箱子完好地送进去。”

赵舍沉声下了命令，这小妮子，明摆着要跟他赌啊！若是箱子里真是那些女人家的东西，他赵舍此后还有什么脸面在王爷府里待下去……若箱子里是别的……可还能是什么呢！总之为难下去也捞不着好，况且，他赵舍可不是个“赌徒”。

看着众侍卫退了出去，司徒晓这才放松了下来，不再是先前那样气定神闲的样子，低声说着：“还好还好……”

“娘娘……您能不能不这么吓晴好了，晴好受不得每天惊吓几次呀！而且，娘娘……这到底是怎么回事？为什么要把这个人……”

“他就是下毒的家伙。”

“啊?! 下毒的人?! 那娘娘，我们应该快点通知赵大管家还有王爷，以洗刷娘娘的冤屈……”

“嘘，这件事情不能对任何人说起，否则我死定了，你也是帮凶。”

司徒晓贼兮兮地笑着，把手指放到嘴边，做了个“噤声”的手势。

晴好顿时感觉自己上了贼船……或许，从娘娘大病初愈的那天开始，她就已经跨上了贼船了……

“此时，我们没有任何证据，即使把这个家伙交出去，王爷也不会相信我。而且……他只是条小鱼，我要的，是在他背后的那个大人物。这件事情，你就当没发生过。下去吧。”

晴好还想说什么，但张了张嘴还是没说出来，乖乖地下去把风了。虽然王爷突然驾临是不太可能的事情，但是凡事都有例外嘛……还是小心为好！

箱子一打开，少年眼前出现了一张绝美的脸孔，让他顿时有些失神，半响才想起来自己目前的境地，再次开始挣扎。

司徒晓温和地笑着，从怀里抽出了一把匕首，这是她从司徒冰凝的首饰盒下面的夹层里找到的，匕首上还刻了一个“御”字，像是别人赠予的，看司徒冰凝收藏得如此隐秘，大约是非常重要的东西。

少年看到匕首，顿时张大了眼睛，惊恐地想要把自己整个塞到箱子的角落里。

“我有事情要问你，所以要解开你嘴巴的束缚。但是如果你敢叫，我就把这把匕首插进你漂亮的脖子里，切断你的声带、喉咙、血管……然后你的血就会‘噗’地一声喷出来，喷我一脸，你呢，就一命呜呼了，不过我就会很不开心，而且为了方便把你的尸体运出去，我只能让你死无全尸……尤其……如果命根子没了，下辈子，下下辈子，下下下辈子……恐怕都……啧啧……”

司徒晓温柔地笑着，用极其舒缓的语气说着，不时充满叹息地看了看少年的下体……

少年不可思议地看着眼前这个美丽至极的女人，若是她不说话，此刻的神情简直就像仙女一般，温柔、美丽、善良、贤惠、大方……现在也不是拍马屁的时候！少年惊恐地点了点头，看着闪着寒光的匕首。

司徒晓熟练地解开了绑在少年嘴巴上的布条，将他嘴里已经浸满口水的秀帕扯了出来，一副嫌弃的样子丢到了一旁，少年张了张嘴，还没出声音，闪着寒光的匕首以迅雷不及掩耳之势“嗖”地一下贴着他的脸插到了木箱壁上，少年顿时有些头皮发麻，整个人都呆住了，眼角的余光瞄了瞄几乎是贴在自己脸上的匕首锋利的刀刃，少年咽了口唾沫，几乎是带着哭腔地喊道：“女侠……我没叫……你到底想要怎么样……”

“小子，你下毒害得老娘我现在被软禁，这笔账怎么算啊？”

司徒晓收敛起了脸上的笑意，眼里闪着森森的寒光。

“我……我……我……不是……不是我……你……你……有什么……证据……”

少年看着司徒晓，竟有些发怵，这个女人根本不像个柔弱的大家闺秀啊！

“证据？老娘又不是警察，抓贼是不需要拿赃的！老娘最近很是无聊啊……总之呢，你一天不给我乖乖地招了，你就待在这里陪老娘慢慢玩儿吧！”

司徒晓凑近了少年，笑得一脸狰狞，少年顿时有一种陷入无边黑暗的感觉，只想大呼救命……然而，静静矗立在自己脖子边的匕首在提醒着他，在高喊救命之前，这个女人一定会毫不犹豫地干掉自己的……

## 9

“娘娘，该用膳了……”

准备好膳食之后，晴好屏退了左右的人，看司徒晓从内房走出，不断张望着里面。

“看什么呢？”

“啊？娘娘……那个……那个……人呢？”

司徒晓顿时仿佛突然才想起昨夜“绑票”来的少年。

“诶呀……你不说我都忘记了。床下面藏着呢。随便搞点能吃的去喂养他吧，不要饿死了。还有，拿着这个，他敢出声就一刀做了他。”

司徒晓随意地说着，从怀里把匕首抽了出来递给了晴好。

“娘……娘娘……您……您怎么会……而且……娘娘……让……让他在您床下面……”

晴好涨红着脸说着，这王妃房里藏了个男人本身就是件极其可怕的事情了，而且居然还藏在床下面，这……

“这里安全，不会有人闯入。若是藏在别处，被有心人寻到了，我们可是什么也说不清楚了啊。”

司徒晓边说着，边坐到了桌旁，开始大快朵颐。之前还想着要装一装大家闺秀的淑女风范，但此时，她已经有些自暴自弃了，反正晴好这丫头现在和她是一条船上的蚂蚱，这丫头已经默默一步一步地蹚了她这蹚浑水了。

晴好幽怨地看了司徒晓一眼，默默地端起了几个馒头走进了内屋。低头一看，床下面居然是那个箱子，看来整整一夜，王妃娘娘甚至都没有把那个少年从箱子里放出来，而是直接推进去的……顿时，晴好对他有些同情了。

废了好大劲儿把箱子拉出来以后，箱子里的少年已经一副奄奄一息的样子了，看来是捆起来的时间太久了。晴好小心翼翼地握着匕首，叹了口气，对少年说道：“吃饭了，但是你要是敢出声，我就——”

说着，晴好扬了扬手中的匕首，实在不知道该怎么把威胁人的话说出口。

少年无力地点了点头。

晴好把少年的布条解开，递过去了一个馒头。

“水……”

少年动了动干白的嘴唇，挤出了一个字，突然虚弱地闭上了眼睛，头一歪，软软地靠在了木箱上。

“啊……你……你……你没事吧……”

晴好一阵慌乱，摇着少年，生怕出了人命，然而少年依然是一动不动。

“糟……糟了……”

晴好想也来不及想，急忙用匕首把绑着少年的绳子割断了，想要把他从箱子里拉出来，少年突然睁开眼睛，一把抓住了晴好，笑道：“谢了！”

话音未落，一个碟子直直地朝着少年飞了过来，正中脑袋，少年一阵晕眩，往后一倒，碟子落在了地上，发出一阵清脆的碎裂声。

“晴好！怎么做事的！”

随即，司徒晓厉声喝道，门外听到声音的小丫鬟本要冲进来，顿时停下了脚步，一听娘娘这声音就是生气了呀，这种时候冲进去，一定会撞到枪口上的……

由于被绑得太久，少年已经手麻脚麻了，再经这么“准确”地一击，一下子没站稳又坐回了箱子里。司徒晓走了过来，一把把晴好拉开，低声道：“还不快点收拾了碎片出去，不许让人进来，顺便带点辣椒水、盐巴什么的来……”

吩咐完，司徒晓操起了匕首，冷冷地俯视着坐在箱子里的少年。

晴好急忙收拾好了碗碟的碎片，依司徒晓的吩咐退下了。

司徒晓似乎没想要再把少年捆起来的意思，悠然地搬了个凳子坐了下来，手里的匕首却没有放下的意思。

少年估计了一番，大约觉得自己作为一个堂堂男子汉，这个小女子也奈何不了他，作势打算跑走，刚跨出箱子，就被司徒晓抓住了手腕，一个擒拿手按在了地上，同时不忘记用馒头塞进了少年的嘴里。少年痛苦得涕泪横流，不住地用手拍打着地面，嘴巴里却塞着硕大的馒头出不了声。

“反应慢，力气小的，怎么当的间谍你！也不是第一次下药了吧！居然没被人发现过！哼……你小子，府里的内应来头应当是不小吧?！现在应该急得满世界在找你了……到底是谁？就算你不说，也总会露出马脚的，我看你还是先招了，免得受苦吧！”

司徒晓稍微放松了手上的力气，却依然骑在少年身上，悠闲地说着。

正“审问”着，司徒晓突然看到少年背后的长衫里滑出了一个手抄的本子，司徒晓放开了抓住少年的手，把少年当成凳子一般坐着，把掉落在地上的本子拿了起来，本子上娟秀的字体似乎是出自于女子之手。

少年把馒头从嘴里抠了出来，小心翼翼地看了看司徒晓手里的匕首，愣是不敢动。

司徒晓随意翻着，这本子似乎是一本医书，而最后落款处竟是一个娟秀的名字——冰凝字。

这世界上应该不会那么巧，在这么小的范围内出现两个叫作冰凝的名字吧！

“你竟然还偷我的书?!”

司徒晓凶巴巴地张大了眼睛瞪着少年。

“什……什么呀！这……这是我的书！是一个仙女姐姐给我的！你快还给我！”

少年辩解着，两个人同时一愣，怔怔地看着对方。

少年张大了眼睛，突然不可思议地看着司徒晓，半天也合不上嘴巴，昨夜因为太过惊吓，且天色已晚，故而没有看清楚这张绝美的脸庞，这一刻，少年却是看得清晰，这分明是她——那个在自己记忆中留下唯一美好的她——仙女姐姐！

那一段记忆再一次清晰地呈现在眼前，漫山遍野的尸首，遭遇强盗洗劫，一夜之间失去了一切的孩子、灰飞烟灭的村庄……就在屠刀即将夺取自己生命之际，出现在自己眼前的一男一女，戴着斗笠，看不清面容的男子，和那个如同天仙一般，让人视线无法离开的绝色女子……

“好好活着……”

她的声音软软的，有些冷清，有些哀伤，一直深深地烙印在他的脑海中……

司徒晓看着少年惊诧不已，甚至有些湿润的眼睛顿时也愣住了，莫非他认识司徒冰凝?！或者这个冰凝并非司徒冰凝？但看他的样子，似乎是前者。

“你……不记得我了？仙女姐姐……莫家村……我是小瑄……”

少年嗫嚅着，充满了期待，又有些犹豫地看着司徒晓。5年了，或许她已经忘记了，那段对于他而言却是终生也难以忘记的往事……

“你说这是我给你的，不是你偷的?”

司徒晓扬了扬手里的本子，细心地观察着这个叫作“小琯”的少年。小琯急急地点了点头，期待地看着司徒晓，期望她能想起来。

司徒晓此刻心中想的却不是小琯，而是一个她无论如何也想不通的问题，这是一个手抄本，而显然，手抄这本书的人就是司徒冰凝，如果名字只是巧合的话，这少年确实认出了她，这世上总不可能那么巧，有两个长得一模一样，名字也一样的女人吧！那么从这里至少可以确定一件事情——司徒冰凝是懂医术的！

虽然司徒晓并不精通中医，但从仅有的一点点知识来看，这本医书所记载的东西即使不能说是高深莫测，却也算是知识渊博了，懂得医术的司徒冰凝，没理由闻不出那种香熏里奇异的味道，更没理由感受不到自己身体的变化决不是正常的！难道——

一个大胆的假设在司徒晓脑中炸开了：司徒冰凝根本就不想活下去！

想到这个念头的瞬间，一滴泪无声地从司徒晓脸上滑过，似乎是身体在给予她肯定的反应一般，她愣愣地抚摸着这张绝美的脸庞，似乎能感觉到，司徒冰凝残存的灵魂，似乎还在这具身体里一般。

“仙女姐姐……唔！”

少年话音未落，再次被布条塞满了嘴巴，手脚也立刻被利落地捆了起来，难以置信地看着眼前的司徒晓，曾经那个在死亡面前给了自己希望的仙女姐姐……怎么会变成如此悍妇?!

当然，小琯已经控诉不出来了，从他嘴巴发出的“呜呜”声，司徒晓也听不出什么。

司徒晓把小琯继续捆上丢回箱子里，思索了片刻，她把司徒冰凝手抄的医书也顺便丢进了箱子，然后推到床下面。她现在已经完全没了“审问”小琯的心思，司徒冰凝究竟是怎么死的？这个问题更让她感兴趣！

晴好回来的时候，司徒晓正在翻箱倒柜地查探着，不落下任何一个细节，希望能从司徒冰凝曾经住过的这个地方查探到蛛丝马迹。

“娘娘，您要的盐巴和辣椒水……”

“现在暂时不需要了，先下去吧。我现在很忙。”

司徒晓头也不抬地应着，晴好顺从地端着东西离开了，这些日子的相处，她基本上已经习惯了王妃娘娘的“善变”了，大约是王府里头实在太无聊的缘故吧，总之这个娘娘还真是能折腾……

柜子、盒子、床、桌子……几乎每一面墙壁，司徒晓都敲过了，就怕错过了什么暗格之类的东西，大概只差没找个铁铲去院里头挖挖地什么的了。

查探结果，所有可疑物品：一卷放在一个木箱子最下层的一套齐全的银针，和银针放在一起的一个竹筒，以及一个香包，还有就是此前意外在盒子夹层里找到的，刻着一个“彻”字的那把匕首。

看着这些经过筛选值得“怀疑”的物品，司徒晓有些失望，这些东西也实在太少了。银针证明了司徒冰凝确实是精通医术的，这已经毋庸置疑了。这个竹筒呢?司徒晓拿了起来，放在鼻子下面嗅了嗅，有一股火药味，倒是有些像炮仗，司徒晓顿时想到了电视里头的“信号弹”，看来大约应该是司徒冰凝同那个黑衣人联络用的。还有这个香包，之所以司徒晓会注意到这个香包，是因为她发现，从其他的一些大约是出自司徒冰凝之手的秀品来看，司徒冰凝的秀工是极好的，而这个香包的一侧却显然有拆过再绣上的痕迹。当然，如果是她这样的手工，拆来拆去是很正常的。直觉告诉司徒晓，这个香包里头内有乾坤。

司徒晓拿起了剪刀，毫不犹豫地拆开了线，用袖子捂住口鼻，稍微往后退了退，用剪刀挑开了香包。她可不想莫名其妙中了司徒冰凝下的毒，当然，如果有毒的话。

香包里似乎并没有什么可疑，也没有什么东西喷涌而出，司徒晓这才放下了心，发现里面除了一些干花瓣和干草之外，有一块像是某种动物皮的东西，司徒晓抽了出来，展开来一看，竟是王府的平面图！早知道她有这个东西，自己也不用老是像没头苍蝇似的乱蹿了嘛！

这一夜，司徒晓睡得并不安稳，梦里总是出现一张哀怨的脸庞，分明是司徒冰凝的脸，她流着泪，似乎想要诉说什么。还有赵无琦的脸，却又似乎不是赵无琦，那张脸用深邃的眼神一直看着自己，那眼神里有许许多多复杂的东西，似乎藏着无尽的秘密……她听到司徒冰凝喊着：“彻哥哥……彻哥哥……”

彻……是送她那柄匕首的人吗？

忽然，司徒晓看到司徒冰凝点燃了有毒的熏香，静静地拿在手中，左手把一封信投入了火盆，司徒晓想去抢那封信，却动不了……

司徒晓猛地坐起身，身上已经汗津津了，此时正是深夜，司徒晓定定地盯着梦中火盆放置的地方，就在那个很高的“衣柜”一侧，怀着一丝侥幸，端着蜡烛趴到了地上，不住地看着柜子下面，果然看到了几块似乎没被烧尽的纸片，司徒晓好不容易把纸片拿了出来，大约能辨认出几个字迹——“莲花”、“兰舍”、“凝”……

寥寥几字并不能解开司徒晓的疑惑，但这一切却和梦中那么巧合，那司徒冰凝的死，是否和这封信有着莫大的关系呢？这封信究竟是谁寄出的？带着一堆的疑问，司徒晓小心地把这些碎纸片和地图一起装进了香包里。

“喂，醒醒！”

司徒晓把小琯从床下面拖了出来，粗鲁地拍打着小琯的脸。

小琯迷迷糊糊地睁开眼睛，愣愣地看着眼前的司徒晓。

“小子，有话问你。我放开你，不要跑，也不准大声说话。”

小琯看了看司徒晓，这一次她手里没有拿着匕首，急急地点了点头。

司徒晓看着小琯的眼睛许久，确信了这小子这次大约是会比较顺从的，这才放开了他。

小琯终于获得了自由，伸展着被捆得麻痹的四肢，随即从箱子里爬了出来，定定地看了司徒晓许久，才有些不确定地问道：“你……究竟是不是仙女姐姐啊……”

“仙女姐姐？你指的是司徒冰凝的话，也许是吧。”

“你……什么意思……”

“你听着，我现在有问题需要问你。这次的问题和你背后的指使者无关，你回答完了我的问题，我自然也会解除你的疑问。”

“你想问什么?”

“不要一副警惕的样子，放松些，和你的指使者没什么关系……说出一些词语，你来联想一下，我数3个数，必须要说出来你第一反应想到的，否则，我再把你塞回去!”

“……3个数……”

“兰舍。”

“兰……”

“三!”

“兰舍王朝!! 等一下!! 你赖皮，还没有数……”

司徒晓一把捂住了小琯的嘴。

“小声点，你要把侍卫都叫进来，然后和我一块儿被浸猪笼啊……”

“浸猪笼? 什么叫浸猪笼?”

“这都不知道?! 真没文化……就是把奸夫淫妇都放进一个猪笼里面，丢进水里淹死呗……”

“啊?! 你的家乡是这么做的啊? 真是残暴不堪!”

“喂喂……这不应该是你们国家在做的事情吗……我的家乡很人道的好不……等一下，讨论这个做什么……你刚才说‘兰舍王朝’，那是什么东西……”

听到司徒晓提出疑问，小琯不可思议地看着她。

“你在开玩笑吧! 你不知道兰舍王朝……”小琯压低了声音，“这可不能说起，会被杀头的……”

“潜入王爷府下毒都不怕杀头，这回你怕?”

“这可不一样……说这个被听到了会被杀头的，下毒那事反正……”

意识到了什么，小琯急忙住了口。但司徒晓从中大约可以知道，小琯的后台绝对是很大的，大到可以从王爷手里保下他的小命。但此时，司徒晓已经没了审问他的心思，搞清楚目前这一切才是最重要的。

“那你现在说说，什么是‘兰舍王朝’? 你说得好了，我就不举报你，你说得不好，我就举报你，让你被杀头。”

“这倒也没什么不可说的，你若是非要问的话……兰舍王朝那都是前朝旧事了……现在的皇帝家原本是兰舍王朝赵家，因为谋反杀了皇帝，才当上皇帝的……听说兰舍一族被灭族了，不过也有传说还活跃着一些想要复兴兰舍的人……不过这些都是民间的传说了……”

“又搞‘反清复明’这套……真是的……”

“反清复明? 那又是什么?”

“多余的问题不要问，下一题，莲花。”

“啊?! 那就是莲花啊。”

“如果让你把‘莲花’和‘碧玉盘’联系到一起呢?”

“……你怎么问的都是关于兰舍王朝的事情呀……我可不是乱党……我什么都

不知道的呀……"

"至少，你好像知道'莲花'和'碧玉盘'似乎和兰舍王朝关系很大嘛!"

"这……这是个传说，老百姓都知道的呀……"

"那你就告诉我这个传说好啦。"

"……传闻兰舍的皇后娘娘是仙女下凡，在兰舍王朝危亡之际，把兰舍的宝藏藏到了天上，并且把秘密藏在了荷塘里，当最美丽的莲花盛开之际，乘着碧玉盘便能直抵天际，开启宝藏之门……传说就是这样的……但是根本没有人知道'莲花'和'碧玉盘'是什么东西，但确实这个皇帝灭了兰舍之后，国库都是空的……有人猜测'莲花'和'碧玉盘'就是宝藏的藏宝图和开启宝藏之门的钥匙……我知道的也就这么多了……"

看小琯的样子，似乎并不像是在说谎，司徒晓陷入了沉思，看来司徒冰凝嫁人王府的目的，大约是得到了消息，赵无琦可能藏有这两件宝物，那黑衣人似乎并不便露面，却神通广大到可以控制丞相，那就意味着他很可能是小琯所说的乱党，意图夺得兰舍的宝藏复国，甚至是自己称帝！可赵无琦若是有这两件东西，却为何一直不曾有所行动呢？为何不去取宝藏？这大概只会有两个因由了，一是赵无琦根本不知道"莲花"和"碧玉盘"是什么；二是，他根本没有这两件东西！

思索许久，司徒晓像是下了决心一般，轻轻叹了口气。

"小子，明天我会让晴好送你离开……"

"为什么？你不把我交出去了？"

"怎么，舍不得走啊？呵……交你出去又有什么用？我是不被信任也不得宠的王妃娘娘。况且……我要去谈笔生意，不管是否谈得成，留你也没什么用处。"

"仙女姐姐……"

"我不知晓你和司徒冰凝之间有什么纠葛，但我似乎能够知道的是，她希望你好好生活下去，为自己生活下去……不要小小年纪就做了别人的棋子。"

"你是仙女姐姐吗……"

"现在不是也得是了吧……我已经接手了司徒冰凝的人生，就必须好好做个了结……"

司徒晓淡淡地说着，看着窗外的皎皎月光，绽放了一个安静却又决绝的笑容，在那样的月色下，显得格外美丽，格外忧伤……

## 10

第二天一早，司徒晓醒来的时候，小琯已经不见了，那本司徒冰凝的手抄书也被他带走了。府中并没有什么骚动，看来这小子还是有点本事的，至少该是已经顺利逃出去了。

关于兰舍王朝的事情，司徒晓漫不经心地询问了晴好一番，倒是把晴好着实吓住了，询问到的东西，也大约和小琯所说的差不了多少。看来晴好对于司徒冰凝的事情果然是一概不知的。晴好似乎是在5年前进入了司徒家，做了司徒冰凝的丫鬟的，只不过那个时候，司徒光程还未曾官至相位。短短5年间，从一个众人连名字也未曾听过的小官一路扶摇直上，成了万人之上的丞相，看来这位神秘的“公子”实在是不简单啊！

细想小琯说的，司徒冰凝曾在5年前救助过他，5年前发生的事情可真多。

兰舍王朝的旧都是在秦安城，据说在兰舍王朝灭亡之后，大齐迁都到了安都，秦安城也就此荒废。而小琯的家乡是在秦安到安都的必经之路上，若是司徒冰凝当时被那位“公子”带到了安都，很可能在路上偶遇到了小琯。而此后，司徒冰凝成为了司徒光程的“女儿”……怪不得，晴好也是5年前才成为司徒家的丫鬟的，那个时候司徒家才刚开始发迹，晴好算得上是司徒光程为“女儿”寻的第一个侍婢。

细细捋顺了司徒冰凝的大概时间表，看来现在最关键的一个问题，就在他身上了，神秘的“公子”。

自己现在是七皇子的王妃，若是突然失踪，大约会给“爹爹”带来许多麻烦吧，况且，失去了棋子，那个神秘人恐怕也就不需要再留下司徒光程了，斩草除根是最快捷的方法，还有晴好……不知道这丫头从此会如何……

这些问题从一开始司徒晓并不是没想到，只是不愿意去想，想得多了，就会陷入司徒冰凝的困兽人生，可她并不是司徒冰凝，她是司徒晓，只是一个好不容易可以再活一次，想好好再活一次的女人而已。只要背着包袱，离开这座高墙，她就能自由地再次成为司徒晓，在一个没有那么多牵绊的地方开始新的人生……可是现在，她发现自己根本做不到，她是司徒冰凝吗？就如同她回答小琯的那般，现在不是也得是了。至少要了结了她的人生，才能展开自己的人生，这是她不可推脱的责任。

那个神秘人若是这么有能耐，只要他愿意，那么就必定能为司徒光程和晴好谋一个出路，至少他们不会有危险，也能让她全身而退，无论以什么样的身份。这笔“生意”，她必须谈，必须谈成！

入夜，司徒晓穿上一袭轻便的衣物，准备了一些绳索，系在烛台上，自制了简陋的“鹰爪钩”，趁着夜色闪身出了门。光是爬了几道墙，司徒晓就已经累得气喘吁吁了，看来司徒冰凝这个大小姐的身体果真不太好，以后要加强锻炼才行啊……

参照着司徒冰凝留下的地图，司徒晓到了王府北边一个平时人际较为稀少的偏院，据说这个偏院曾经住着的是王爷的奶娘，后来奶娘去世之后，王爷就封了这里，以免触景伤情，再也不让人住进来，而一切却都保持着原来的模样，府里还有人传说，每到月圆之夜，会看到府中有人影晃动，据说是奶娘回来看王爷……

虽然作为一个现代人，这种奇谈怪论根本不足为信，但在阴森森的月色下，司徒晓还是有些瘆得慌，幸好今夜是新月，不然自己大概会被吓死吧。

院落确实冷清清没有人气，但牌匾却依然挂在石拱门上面，端端正正地书写着“沉香楼”3个字。虽然平日里没人过来，但王爷却会定期派人维护院落，故而虽然冷清却不显荒芜。司徒晓倒有些意外，赵无琦这人竟是这般重情义。

四周查探了一番，确定了一切安全之后，司徒晓燃放了信号弹，如同烟花一般的信号弹直冲天际，宛如一颗升起的晨星，发出一阵耀眼的光芒后随即迅速湮没在了黑暗里。

“这样就没了……他要是看不见怎么办……”

司徒晓喃喃着，信号弹可是只有一颗了。一阵寒风吹来，司徒晓浑身颤抖了一番，紧了紧衣服，默默地蹲去一旁的门廊下了，阴风阵阵地吹着，还是让司徒晓不禁有些惧怕。为了缓解紧张的气氛，司徒晓开始自己哼着流行歌曲，不住地发着抖，等着不知何时会出现的黑衣人。

正在哼着，突然身后传来了细碎的声音，司徒晓警惕地竖起了耳朵，却没有停下哼唱声，依然是一副浑然不觉的样子。司徒晓紧张地关注着身后的声音，直感觉那人似乎离自己越来越近，越来越近……就在确定了他若有似无的声音的瞬间，司徒晓抽出匕首，一个回身朝着身后刺了过去，淡淡的梅香飘散在空气里，身后蒙面的黑衣人一个闪身，司徒晓闻到这阵味道，急忙收力，娴熟地把匕首收进了刀鞘。

“冰儿……不知不觉，你似乎比从前警惕了许多。”

听着黑衣人有些犹豫的话语，司徒晓知道，他果然已经开始发现司徒冰凝的不对劲儿了，虽然上次匆匆忙忙一见，但显然，他是极为熟悉司徒冰凝的人，大约从上次开始已经有所怀疑，故而这一次才故意有所试探，都是自己沉不住气。不过也好，这样一来，也可以直接开门见山。

“你既然发现了，那我们就开门见山地谈吧。”

“什么意思?”

“我失忆了。也许是中毒后的后遗症吧。”

“呵呵……”

“我是认真的，我不记得你了。甚至不记得我是谁。”

话音未落，黑衣人从怀里掏出了一个瓶子，一瓶子带着奇怪味道的液体泼在了司徒晓脸上，随即迅速扣住她的手腕，掀起袖口看了一眼，才放开司徒晓的手。

司徒晓一愣，急忙擦着自己脸上的奇怪液体。

“你！你！你！你在干吗?！是什么?！硫酸吗?！混蛋！你要毁我容吗?！你这个贱人！……”

看着司徒晓气急败坏地骂了许久，黑衣人却是站立在月光下久久未曾移动。许久，才喃喃道：“不是易容……你真的是冰凝……”

“易容什么啊?！你有病啊！”

“你真的是冰凝?！你左手手腕上有一道不平整的痕迹，虽然几乎看不到疤痕了，但是却能摸出来。那是你7岁的时候从树上摔下来……”

黑衣人突然住了口，似乎不愿再多说，只是定定地看着司徒晓。

“总之，我不管从前发生过什么事，我今天来，是想跟你谈一笔生意。”

“什么意思?”

“零陵郡王并不是个容易对付的人吧，你花费那么多心思安排我以丞相千金的身份进了郡王府，是想我帮你找东西，我愿意继续帮你找，作为交换，成功之日，我要司徒光程全身而退，另外，希望你能为晴好安排个好去处。到时候，我会永远离开这里，也永远不会对任何人提起你，自此我们分道扬镳。”

“你失忆了？然后来找我谈这样的一笔生意?”

“虽然作为一名棋子，你大约觉得现在的我已经没了用处。可是换个角度想想，如果你愿意给我机会，而我做到了，你也不吃亏不是吗？与其再花心思去培养另一颗棋子，莫不如赌一把？我的条件也并不过分，只想保住3个人的人生而已，这于你而言，是轻而易举的事情吧。只要你高抬贵手，放过我们，仅此而已。”

“棋子？冰儿，你就这么认为？”

黑衣人的声音淡淡地响起，没有任何感情的波动，司徒晓警惕地看着他，不动声色地退后了一步，盘算着即使他发出攻击，大约自己也能抵抗几下，之后再怎么做，只能听天由命了。

“我不会杀你的，冰儿。你可是我珍贵的妹妹啊，我们所做的一切都是为了复仇，总有一天，哥哥会让你看到这座江山有多美，这原本就是你应该得到的。”

黑衣人看着司徒晓警惕的样子，眼中闪过了一丝不易察觉的哀伤。

“你说……哥哥？”

司徒晓愣住了，顿时想起了梦中的司徒冰凝，喊着“彻哥哥，彻哥哥”的女孩子……那个“彻”是他?！是哥哥?！

“你……是……彻哥哥？”

听到这个熟悉的称呼，黑衣人攥紧了拳头。

“你记得？”

“不……在梦里大约记得这个称呼。”

“我叫——司徒彻，是你的亲哥哥啊。你忘了吗？冰凝，我们说过，要复仇，要取得兰舍王朝的宝藏，复兴兰舍……”

“兰舍王朝……你果然是乱党……”

“乱党？不，我们是‘复兴者’。冰凝，你的身上流着兰舍的血，这是永远不变的，我们身上所背负的使命……”

“够了，如果你是‘彻哥哥’，请同意我的请求吧。我知道，不管你说得我有多么重要，你也不会轻易放我走。所以，我会用这个交易来交换自由。”

“如果你想走，随时都可以走，为什么还来谈这个交易？”

“也许……是因为一些不应该有的感情吧。”

司徒晓淡淡地说着，眼里闪动着某些无奈却又明亮的东西。

黑衣人心中一动，看了司徒晓许久。

“果然还是冰儿啊……即使失去了记忆，却也忘不了无聊的心软和感情……只要你能取到我想要的东西，我就还你自由，司徒光程和你的小丫头也同样会非常安全。”

“我信你。”

黑衣人没有说什么，决绝地转身而去，消失在了夜色中。

淡淡的梅香被风吹散，看着那抹身影的消逝，司徒晓的心中突然一阵疼痛，仿佛听到了什么东西碎裂的声音一般，“啪”地一声，空落落一片……回过神来，泪水已经沾满了脸庞。

“你舍不得他吗？”

司徒晓抚摸着自己的心脏，问道。然而，没有回答，这一瞬间，她仿佛感觉到她的离开，也许，司徒冰凝把这作为最后的告别吧……

哥哥？真的是哥哥吗？司徒晓不知道，也无从知晓，她不懂得这股心痛里所包含的情感，只知道，这是她从未有过的。

“再见，彻哥哥……再见，司徒冰凝……我会了结完你无解的人生……”

司徒晓在心里默念着，看着夜色中偌大的王府，这座如同牢笼一般，紧紧禁锢了她的巨大“监狱”，总有一天，她一定可以出去，一定可以离开这里，一定可以，至少再无那么多遗憾地度过一生……

夜，冷，暗藏着看不见的危险和寂寞。

寂静的花园里，一个小小的身躯抱着双膝蹲在角落，藏身在黑衣里。一个颀长的身影悄无声息地从天而降，站在小小的身躯旁。

“小瑄，这些天你去了何处？我找了你许久。”

“公子，你若真心想找我，怕是早就找到了，也不需我受那些苦了吧。”

小瑄头也不抬地应着，月光下，赵无琦身着一袭水墨长衫，俊逸的脸上没有任何表情。

“若是受苦，为何还依依不舍地离去？”

“却未曾想到是故人。”

“哦？何种故人？”

“救命之恩。”

小瑄吐出4个字，那是他永远无法忘却的瞬间，以为会是牛头马面来勾魂，却未想过会有从天而降的仙女出现在自己面前，那是他这一生中最为奇妙的一瞬间。

“喔。那可有什么情况要向我汇报？”

“她似乎……中毒之后，不记得从前的事情了……”

“她去见了谁？”

“我不知道。”

“为何不跟去？”

“因为小瑄不想欺骗公子。公子对小瑄同样有救命之恩。”

“……”

“公子，小瑄请求公子，若有一日，仙女姐姐成为了公子需要铲除的目标，请公子放她一条生路，小瑄愿替她而死。”

“她已然忘却了你，你又何苦……”

“她忘却了，我却记得。她忘却情有可原，我只是她无数记忆中最微不足道的。我却永生不会忘却，她是我所有记忆中最为绚烂的。”

赵无琦没有言语，只是幽幽叹了口气，这世上，许多事情却是身不由己的。

每个人都想要活下去，都想要得到自己所期望的东西，而这个过程，就是一个不断博弈、相互攫取的过程。最终，不过成王败寇。

# 第二章　镜中花

## 1

王妃娘娘被禁足月余之后，王爷便下令解除禁足之令，并十分耐人寻味地赏了许多东西给王妃，称是“误会后的补偿”。据传王爷已经查清楚下毒之人，但却因为许多内里的缘故而不得公诸于众。话说到这分上了，众人大约也就自然猜测到，这起事件恐怕又是皇族中的内斗。毕竟零陵郡王战功赫赫，若是再率先各位皇子添得一子，便会成为皇位竞争中的一大威胁，而私下里猜测究竟主谋是谁，则成了众人茶余饭后的乐趣。

在和黑衣人会面之后，司徒晓严重体会到了“装备简陋”所带来的困扰，那夜爬墙过后，浑身疼痛不已，卧床几天之后才有所缓解。为了以后行动方便，司徒晓此后几天都闭门不出，亲自用纸笔设计出了自己所需要的各种武器，但如何秘密出去打造却成了大问题。这东西若是在王府里头让工匠来打造，必然会引起一阵骚动，若是由晴好带出去，司徒晓又不放心，只得耐心地一直等到了禁足令的解除。

刚解除了禁足令，司徒晓就命人准备了车马，说要回丞相府见父亲大人。晴好吩咐了下去，迅速准备好了一切，司徒晓刚上马车，还未走就被叫住了。伸出头一看，竟是赵无琦，身后跟着赵舍。

“王爷这是……不会连回一趟娘家都不许吧？”

司徒晓微微蹙眉，看着赵无琦，有些不悦地说道。

“在王妃眼里，本王就如此不讲道理？本王只是担忧王妃的身体，故而打算陪同王妃一同回去罢了。”

赵无琦淡淡地笑着，一副好人样。

司徒晓狐疑地看着他，不明白他今天怎么了，好像突然转性了似的。他若陪同而去，有许多事情都是不方便的，但若是不让他去，似乎也不合情理。

正在司徒晓烦恼之际，突然一名侍卫急匆匆地跑了过来。

“末将参见王爷。”

“何事如此匆忙？”

“回禀王爷，兰陵郡王率军大胜归来，很快就要进城了！”

“什么?！真的?！皇兄已经回来了?！”

看着赵无琦兴奋的样子，司徒晓在心里默默记下了“兰陵郡王”，似乎也是个了不得的人物。

兴奋之余，赵无琦似乎突然意识到自己方才才决定要陪同王妃回去的事情，有些迟疑地看了看司徒晓。

司徒晓心里雀跃着，正好可以甩了这个突然黏上来的不速之客，脸上却是一副失望的样子，叹了口气道："既然是这么大的事情，王爷就快去迎接兰陵郡王吧，以后有机会，可要补上这一次，陪同冰凝回去探望爹爹哦！"

"自然，自然。王妃真是通情达理。"

赵无琦应着，心里却是冷哼了一声，这个女人着实虚伪。

双方都是应酬，最终也各得其所，不会弄得彼此不痛快。

一到丞相府，司徒晓就傻了，看着那颇为破旧的宅邸，和一个行动缓慢的看门老伯，司徒晓真要怀疑自己来的应该是某个破落户家中。虽然期盼着内里会好一些，但是一走了进去，心中更是一阵荒凉，庭院荒芜却也无人管理，屋子虽大却空旷得似乎讲话都有回音。看着晴好一副怡然自得，并无丝毫不适的样子，丞相府看来并未发生什么大变故，而是一直如此吧……

"晴好……这真的是丞相府吗……"

虽然看了许多遍门梁上挂着的牌匾，但司徒晓还是有些不确定地问道。

"当然啦！娘娘，您怎么连自己家都不认识了……啊，对了，晴好差点忘记了，娘娘许多事情都不记得了呀……老爷虽然贵为丞相，可却是个两袖清风的好官，而且还常把自己的俸禄捐给老百姓……所以，丞相府其实在财政方面挺困难的……不过，娘娘，虽然如此，晴好却觉得，在丞相府里头，比在任何地方都自在……"

"……是吗……虽然心好没错，但在这个世界上，有钱道理才能硬啊……"

司徒晓声音低沉地说着，心里一阵烦扰。摊上这么两个有"爱心"的家伙，真是让人头疼啊，献爱心是没有错，可是也不为自己以后打算打算，到时候有个什么天灾人祸可怎么办！

刚走进家门，司徒光程就急急忙忙地迎了上来，笑得都快合不拢嘴了，甚至亲自忙着和丞相府里唯一的老厨子一块儿，张罗着要给司徒晓做饭。看那样子，倒不像是到了丞相府，像是攀了高枝的女儿回乡下探亲。

司徒光程并未提及任何关于司徒冰凝失忆的事情，看来那个自称司徒彻的公子并没有告知他这一切，既然司徒彻不曾说起，司徒晓自然也不会提，毕竟她实在也不想过多地再让这个依然抱着理想为官的老人掺和这些事情了，不管当初司徒彻和司徒光程究竟有什么样的协议，她现在的目标只是尽快完成这笔交易。

这顿饭吃得确实像顿家常饭，看门的老伯、厨房的老厨子，还有晴好，大家都团团坐了一桌，司徒光程依然有些小心翼翼，似乎生怕司徒晓不高兴，但脸上却是一直都在笑着，眼睛里也透着浓浓的笑意。看着他脸上纵横的皱纹，司徒晓突然鼻子一酸，若是她有父亲，大约也是这样的年纪，这样的笑容吧。

临别之际，司徒晓从头上拔了一支镶着珍珠和翠玉的朱钗放到了司徒光程手里。

"爹爹，您看看，家里都成什么样了，再看看您这鞋，都有多少补丁了！您可是当朝丞相，把这个拿去当了，好好打扮打扮。要捐钱、要帮助老百姓没错，但也要把自己照顾好了！还有，平日里吃饭一定很省吧？要每顿都吃得像是我在一样，这样女儿才能放心！”

“这……这……这我不能要……”

司徒光程推辞着，竟有些受宠若惊的样子。

“爹爹，这是女儿给您的。”

司徒晓柔声说着，司徒光程这才小心翼翼地收下了，眼里噙着泪，却是笑着：“嗯……女儿……女儿……”

看着司徒晓离开了，司徒光程低头看着静静躺在手中的朱钗，老泪纵横。若是清儿还活着，也是这般年纪了……本以为失去夫人和女儿之后，自己的一生从此也就完结了，注定一辈子孤苦，但上天却给他“送”来了一个机会，能够拥有一个女儿和一段平步青云的仕途。他根本不在乎这背后究竟有着什么样的阴谋，也不在乎自己最终会得到什么样的下场，虽然那个女孩并非他葬身火海的清儿，但他却真的把她当作了女儿一般，这是支持他能够活下去的唯一的支柱……可他却从未想过，有一天，这个“女儿”会把他当作爹爹一般对待，真的当作爹爹一般呀……只是个藏着阴谋的计划而已，他却付出了自己的感情，当他真的收到回应的这一刻，他的心里早已湿润。女儿，女儿，这是他的女儿，司徒冰凝……

离开丞相府没多久，司徒晓便示意马车停在了一条街上，带着晴好进了一间布庄，选了几匹布料，吩咐了老板几句，留了王府的地址，随即又相继去了几间铁匠铺，每间铺子给了工匠几张纸，同样吩咐完以后留了地址。

做完所有事情以后，才回了王府。

“娘娘，您需要打什么东西呀？为何不在一家铁匠铺里，却要在多家呢？而且，您挑的那些布料，都是些男人家喜欢的……”

“你呀，就不要多问了，有些事，说了你也不懂。”

司徒晓笑了笑，没有再多说什么。

回到王府以后，上上下下都忙成了一团，晴好打听后，才得知，原来众人已经在准备次日设宴款待兰陵郡王的事宜了。

“这兰陵郡王来头真不小，明日才设宴，至于现在就忙开了吗？”

“娘娘，兰陵郡王可是当今的二皇子呀！打小王爷和兰陵郡王就十分要好。这一次，兰陵郡王在边关又立了大功，这次回来，各处又该四处设宴了……今夜宫里设宴，明日兰陵郡王肯首先光临王爷府，那可是了不得的事情，是需要好好准备呢！而且，各个夫人都会为郡王献上贺礼，我们也该尽早准备了呀！”

“啊？还要准备贺礼啊……”

司徒晓不满地嘟囔着，关于那个什么兰陵郡王的种种事迹却都左耳进右耳出了，她所在意的只是“送礼”这件事。作为堂堂的王妃娘娘，送个寒酸的礼物吧，又拿不出手，送好的吧，她又没有，这事儿可真是让人犯了难的……

“娘娘，您在想什么哪？”

“贺礼……什么样的贺礼才能够让见惯了天下宝物的郡王满意呢……”

“唔……娘娘，其实也不必如此心烦……”

“你有好想法？”

“和其他夫人一样，命人准备些好意头的宝物不就行了，或者王爷前阵子不是刚赏赐了许多……”

不等晴好说完，司徒晓已经无视地转身进屋了，继续想“贺礼”的事情去了。如果赵无琦和这位兰陵郡王的关系如此要好，若是自己所送的贺礼能够一鸣惊人，一定会引起赵无琦的注意。无论如何，想要从赵无琦身上打探到“莲花”和“碧玉盘”的下落，就必须先成为他身边的人，值得他信任的人，如果一直这样不咸不淡的，那么她就永远都没有机会去赢得自己的“自由”……

兰陵郡王身份高贵，战功赫赫，他和赵无琦可以说是王位继承争夺之中最有优势的两人，巴结他的人自然不在少数，什么奇珍异宝估计都难以打动他。行军打仗之人，最重要的就是荣誉和胜利……不，应该是平安。

作为一个总在生死边缘挣扎的人，司徒晓深刻地理解，在生死的夹缝中，所谓“胜利”和“荣耀”都不值一提，只有“活下去”才是那一刻最为珍贵的渴望。经过一夜的思索，司徒晓决定以一道“平安符”作为送给兰陵郡王的贺礼，然而一道小小的平安符，自然不足以惊动四座，除了这道平安符以外，还要再加上一点小小的“障眼法”才行！

“障眼法”这种小把戏倒是难不倒司徒晓，这也多亏了她的警察生涯了，卧底什么的都做过，她甚至跟着一名魔术师学了一些小魔术，装过一名魔术师，没想到，此刻竟也能派上用场。

魔术没问题，接下来自然就要解决“平安符”的问题了。从晴好处，司徒晓得知，原来安都百姓们都十分信奉东山上的一座小庙，据说每天第一个抢得头香的人便能够求得一道平安符。如果能拿到这个庙里的平安符，也算是能证明自己很用心了嘛！

打定了主意之后，第二天一大早天没亮，司徒晓就换了一身轻便的衣服，径自从马棚里牵了马，奔驰出了王府，侍卫还来不及阻拦，她就已经跑没了影。

到东山脚下的时候，已经陆陆续续有人朝着山上去了，据说这里共有999级阶梯，要一步一步爬上去，才能彰显虔诚之心。司徒晓抬起头看了看几乎高耸入云的山，以及那几乎看不见的庙，心里一阵虚，这这这……上得去吗……

咽了口唾沫，司徒晓内心流着泪，加入了众人的行列，急急地向上走着，无论如何也一定要抢到头香！

阶梯真不是好爬的，看到寺庙的时候，司徒晓已经双腿发颤、汗流浃背了，眼前甚至已经出现了重影。庙里已经传来了撞钟的声音，寺门缓缓打开，司徒晓深吸了一口气，手里握着早已经准备好的巨大香烛大吼一声，铆足了劲儿挤开人群冲了进去，看准了佛前的那个香炉。

说时迟那时快，就在司徒晓的香烛即将插进去的那一瞬间，另一支香烛却以飞快的速度抢占了先机，两支香几乎是接连着插进了香炉。

司徒晓转头愤怒地看着另一炷香的主人，竟是一个星目剑眉的青衫公子，对着司徒晓微微一笑示意。

不由分说，司徒晓扬起了纤细的手，狠狠一拳打在了青衫公子的脸上，随即毫不犹豫地把青衫公子的香烛从香炉里拔了出来，一把把放在佛台上的平安符拿起放在怀里，恭敬地对着菩萨行了个礼，起身准备离开。

“姑……姑娘……你……你这是……”

青衫公子捂着眼睛委屈地喊着。

司徒晓回过头看了一眼青衫公子，淡淡地说道：“哼……本姑娘好不容易才爬上来，你竟敢跟本姑娘抢，该打！再叫，我让你直接变熊猫！”

说完以后，司徒晓嚣张地做了个鬼脸，头也不回地溜了。

趴在地上的青衫公子愣愣地看着司徒晓娇俏的背影往山下而去，呆愣了许久之后，无奈地笑了笑。这……这凶悍的姑娘，还真是……

司徒晓带着抢夺而来的平安符回到王府的时候，已经折腾得头发衣饰都一片狼藉了。看到司徒晓出现在别院，晴好急忙迎了上来，不住地说着：“娘娘！天哪……您终于回来了！一早起来看到您不在，急死我了……啊……您怎么这副模样……头发怎么那么乱……”

“我奔波了很远的路去准备贺礼呢！不要说了，赶快，抓紧时间，我还有许多东西要准备呢，来，我给你写下，你去把我需要的东西都准备好！今晚呀，我的贺礼一定要很炫地出场才行！”

“很炫？……唔，可是，娘娘，听说纳兰侧妃准备的贺礼十分贵重，提前月余就开始准备了……”

“提前？难道她们去算命，知道那郡王什么时候回来哦……”

“这些事自然都是能在朝中打探到一二的……”

“……也是……总不能指望每个官都跟爹爹似的……算了，不管她们，重要的是准备好我们的！”

司徒晓灿烂地一笑，心情大好地哼着小曲进了屋子。

按照所设计的魔术，吩咐了晴好负责找的东西以后，司徒晓查看着清单，还需要一些花朵。司徒晓从窗户伸出头查看了一番院子里的花花草草，提了个篮子，把各色的花瓣都采摘了一些。

院前高大的树上淡紫色的花瓣吸引了司徒晓的注意，这棵巨大的树枝繁叶茂，枝条甚至都已经伸出了院子。司徒晓把篮子挎在手臂上，抱着巨大的树干熟练地攀爬了上去，寻了一枝粗壮的树干，便坐了上去，栖身于一片淡紫色之中。

零陵郡王府前，一架极其普通的马车停了下来，车上走下一个手持折扇的青衫公子，一派风流倜傥的样子，仔细一看，左眼眼周却青紫了一圈，虽不掩俊朗，却着实有几分令人想入非非。

门前侍卫一见这青衫公子，急忙单腿跪下行礼道：“见过郡王！”

此人便是兰陵郡王赵无矶。赵无矶温文尔雅地笑着对侍卫点点头，径直走进了零陵郡王府。直到赵无矶走远了，两名侍卫这才面面相觑，心中对赵无矶脸上的青紫感到一阵疑惑。这郡王究竟是干了什么，招致了如此对待呀……即便真是干了什么，谁敢在郡王脸上动土……

赵无矶却似乎并不在意自己此刻脸上的青紫，继续气定神闲地在王府里走着，朝着赵无琦的别院走去，这里就像他的第二个家一样，各处都十分熟悉，闭着眼睛也能找到。

路过花园之际，赵无矶一抬头，却看到一棵巨大的丁香树上似乎坐着一个少女，被一团团的紫色花朵簇拥着，宛若花中仙子。

那个别院似乎是王府的一处偏院，因种了一棵有些年龄的丁香树而得名“丁香馆”，以前一直是没人住的，莫非现在已经有人住了进去？赵无矶不由得朝着那院落走了过去。

走到丁香馆前，赵无矶一抬头，却看到匾额早已经换了，“花落轩”3个字静静地挂在石拱门上，两旁还挂了一对牌——“落花人独立，微雨燕双飞。”

字句之间透着一股子的感伤，而这书法却是……怎么说呢……真有个性啊……

“啊！居然是你！你跟到这里来做什么?!”

少女的娇嗔声从树上传来，赵无矶一抬头，一张绝美的脸庞映入眼帘，在紫色花团簇拥之中，满脸怒气的样子，竟是方才在寺庙里抢了自己“平安符”的娇俏女子!

赵无矶愣愣地看着树上的司徒晓，竟有些微微失神，司徒晓愤怒地瞪着赵无矶，一个不留神，失去了重心，从树上摔了下来。

“啊——”

赵无矶急忙伸出了手，稳稳地接住了从树上坠下的司徒晓，把她抱在了怀里，篮子里的花瓣飘撒出来，如同天上飘落下一片花雨，伴随着花朵的芳香。赵无矶愣愣地看着眼前这双澄若秋水的清亮眸子，仿佛被吸进去了一般……

“你这个混蛋！居然敢追到这里!”

司徒晓愤怒地再次扬起了拳头，朝着赵无矶的另一只眼睛毫不留情，一拳打了过去。

“啊——姑娘——你……好痛!”

赵无矶往后退了几步，捂着另一只眼睛，一阵疼痛。

司徒晓从赵无矶怀里一跃而下，拍了拍自己的裙子，看着撒落了一地的花瓣，一脸心疼，又要重新再采摘了。

“我警告你哦！那个平安符已经是本姑娘的了！看在你刚才眼疾手快，帮了我一把，本姑娘就饶过你，你赶紧走吧。不然我叫侍卫把你丢出去！哼……真不知道那些侍卫怎么看门的……你居然能跟到这里!”

司徒晓一副凶神恶煞的样子，叉着腰看着赵无矶。

“可是，姑娘，我……”

“你什么!”

赵无矶想解释，话没说完，却看到司徒晓再次扬起了粉拳，一副威胁的样子。赵无矶愣愣地退了几步，还想说些什么，司徒晓已经提着篮子一脸郁闷地转身回了别院。

赵无矶刚想追进去，忽然听到了一个老者的声音。

“郡王，请留步。”

赵无矶回过头，原来是赵舍。

“赵大管家，许久未见，身体还是一样硬朗啊！”

“已经老了啊！郡王，听闻郡王已经大驾光临，王爷已经恭候多时……啊……郡王……你的……这是……”

赵舍说着，突然注意到了赵无矶脸上挂着的两个青紫的“黑眼圈”，惊诧得有些语无伦次。

“啊……这个……哈哈哈……”

赵无矶有些不好意思地笑笑，总不能告诉赵大管家是被一个姑娘家揍的吧，这样一说，谁都会误会的。

“是是是……郡王随老夫去见王爷吧……”

赵舍点了点头，虽然极其好奇，却也不好继续追问下去。

“赵大管家，这丁香馆何时改的名？为何方才不许我进去？莫非府里也有了本王不能及的地方？”

“郡王千万别误会！只是，这里是王妃的别院，郡王进去，似乎有些不合礼数，故而老夫才大胆出言阻止郡王。这丁香馆的名字便是王妃亲自改的，这书法……呃……就是王妃亲自题的……”

说到王妃亲自题的这个问题上，赵舍也有些为难，倒是真没想到，丞相千金的书法竟会……呃……如此……有个性……

“王妃？倒是听到有传闻说无琦娶了名动安都的‘冰美人’啊，还是父皇亲自指的婚，对这位弟媳，本王可是相当好奇呢！哈哈……”

既然是那位传说中的“生人勿进”的冰冰冷冷的王妃的住处，自然也不好进入。赵无矶随着赵舍离去，依依不舍地回望了一眼那棵开满紫色花团的丁香树。那双清澈明亮的眸子在脑海里挥之不去，她掉落下来的那一瞬间，就如同遗落凡尘的仙女一般，跌入了他的心……如同太阳一般灿烂的女孩，她，究竟是谁……

## 2

晴好早已经为司徒晓准备好了一袭华服，以及满目琳琅的装饰。看着那些贵重的东西——是真的很贵又很重，虽然司徒晓爱不释手，这都是大把大把的钱呀！但这些东西无疑会妨碍到自己的表演。

“晴好，要那件新做的‘百花盛放’。”

“啊？娘娘，那件衣裳虽然漂亮，可缺少了些贵气，您是王妃，当然要压过那些夫人啦！尤其是那个纳兰……”

“好了，贵气这种东西是与生俱来的，我啊，不止有贵气，还有霸气，什么都不穿都能镇压全场！”

听到司徒晓这番言论，晴好吐了吐舌头，心里默默想着，什么都不穿，肯定是能“镇压”全场的，何止全场啊，全城都没问题吧……

赵无琦和赵无矶自小就感情很好，这一次大半年没见，一见面，赵无琦就激动地上前一把抱住了赵无矶，当注意到他脸上的青紫的时候，赵无琦也愣住了，面部有些抽动，赵无矶却是丝毫不在意的样子，甚至就这样顶着这副“尊荣”和赵无琦一块儿出现在了宴席之上。

开席之前，除了王妃以外的3位夫人就已经依次见过了赵无矶，拜见完落座之后，赵无矶看着王妃的主座上空荡荡的样子，不由得有些着急地望去。

“皇兄这是对无琦的王妃感到很好奇?”

“名动安都的‘冰美人’，自然是让人备感期待的，不过，我更在意的是王妃身边的人。”

赵无矶说着，抿着嘴高深莫测地笑了笑，想起那个在自己脸上留下印记的姑娘，那双清澈的眸子、明丽的面容，实在让人难以忘却。

“身边的人？皇兄你不会看上哪个丫头了吧！无琦倒是可以做主送给你。”

“若是王妃的人，也可送给我?”

“你说的是……司徒冰凝的陪嫁丫头晴好?”

“晴好？这个名字好！朗朗晴天，风和日好。”

“这……恐怕是有些难度了。哈哈……”

赵无琦笑着，想到了那个让他参不透的司徒冰凝，名动安都的“冰美人”，从嫁入王府的那天开始，就如同一尊冰雕像一般，与世隔绝地把自己封闭在别院之中，最近却突然之间不知着了什么魔似的，整个人性情大变……她究竟抱着什么样的目的来呢？和那些人一样吗?

宴席已经开始了，然而王妃却始终没有出现，看着空荡荡的位子，赵无琦有些不悦，正打算吩咐赵舍去寻她，就见晴好疾步走了过来。

“见过王爷。”

“王妃呢?”

“王妃让奴婢向王爷通报一声，为了准备郡王的礼物，王妃会晚一些到。”

“喔……那她真是有心了!”

赵无琦若有所思地应着，心中倒是有些期待，王妃会送出什么样的礼物。司徒家的情况他是清楚的，丞相高风亮节，丞相家的千金自然也没什么家底，司徒冰凝唯一贵重的东西，大概都是近日来他所赏赐的东西了。

“这位姑娘就是王妃的陪嫁丫鬟?”

赵无矶看着离开的晴好，眼里有些淡淡的失望。

“嗯，她就是晴好，可是皇兄感兴趣的丫头?”

“王妃府上其他丫鬟呢?”

“其他？这……皇兄打算真去王妃别院里‘选妃’？收个偏房倒是无碍，但可不要动了真感情啊……”

赵无琦说着，颇有深意地看了一眼赵无矶。若是他没记错，赵无矶曾说过，他这一生只会有一位王妃，一世相倾，决不会再有其他妃子。对于赵无矶这番话，赵无琦是非常不能理解的，他可是生于帝王家的男人，甚至是所有皇子中最出色、最当之无愧的继承人，如若有一日他登上帝位，怎么可能除了皇后之外，没有其他妃子呢?

虽然现在皇帝已经立下了长子赵无庸为太子，但太子无德无能，在朝中也并无强大的势力，即便是立了太子，也没有多少人将之放在眼里。在众人心中，实际上最有能力成为继任者的便是兰陵郡王赵无玑以及零陵郡王赵无琦。对于赵无琦而言，这天底下能甘愿让他臣服的人也只有一个，那便是自小便一直护着他的皇兄赵无玑，那个在残酷的宫廷之中，唯一给予了他安全和温暖的赵无玑。

“无玑一生只会有一妻，自母妃郁郁而终那日起，无玑便立下了此誓。若是遇见那人，她是高高在上的天女也罢，是低入尘埃的奴仆也可，无玑一生都将予她。”

赵无玑淡淡地笑着，眼里满是柔情。

最是无情帝王家，然而这帝王之家，却偏生出了个最是有情的人。

“王妃娘娘迟迟未到，芯蕊就斗胆先向王爷献礼了。”

纳兰芯蕊款款起身，身姿摇曳，暗香浮动，柔软清甜的声音让人酥到了骨子里。春水端了一个红色锦盒过来，打开锦盒，里头是一个如羊脂般无瑕的白玉雕，一名将军骑在战马之上挥斥方遒，雕工细致，栩栩如生，面容竟有几分像兰陵王。

“好玉，好手艺，芯蕊费心了！”

赵无琦赞叹着，满意地看着盒中的白玉雕，虽然见过不少奇珍异宝，但看到玉雕所雕刻的竟是自己的容貌，赵无玑也是吃了一惊。

连璧人所送之礼是一匹汗血宝马，实际上是连大将军差人送来的，借由侄女之面，实际上却是为了讨好兰陵王，在这样的场面上，虽然赵无玑并不想过多地与朝中的大臣将领们有牵扯，但也不好驳了面子，只好收下了。

看着两位娘娘所送的礼物，苏烟却是有些犹豫了，自己位置低微，身家微薄，实在是拿不出什么好东西，只得怯怯地硬着头皮上前，呈上了一方秀帕。秀帕上所绣的竟是大齐万里河山，大气磅礴，似是将天地纳于秀帕之上。

“苏烟的礼物不及姐姐们，寒酸了些，是苏烟亲手所绣……为保卫大齐山河，百姓民生，郡王征战四方，苏烟不才，只能献上一方秀帕，在郡王远赴战场之际，还有家乡伴在身旁……”

苏烟柔柔弱弱地说着，赵无玑接过了秀帕，眼神之中却闪过一丝愁闷的神色。

赵无琦却是十分开心，笑道：“说得好！苏烟，你的礼物，是本王最为欣赏的！皇兄征战四方，大齐的江山在皇兄的守护下欣欣向荣，皇兄的功劳实在是无人能及……”

赵无琦没有再继续说下去，将赵无玑的手覆在了秀帕之上，言下之意已经很明确，江山是你的，我赵无琦愿意拱手相让，我赵无琦也只愿把江山让给你！

赵无玑却只是苦笑，不发一语。江山、大齐……这些都不是他想要的，他想要的，又有谁能知晓……

正在赵无琦打算开宴之际，突然晴好怀抱着琵琶到了场中，端坐下，纤细的手指拨动琵琶弦，顿时间，琤琤的琵琶声响起，宛如仙乐。

“倒是没看出来，晴好这丫头还有这等技艺。难道王妃的礼物就是这一曲不成？”

赵无琦有些吃惊地看着这一幕，心中惊诧，司徒冰凝的侍女竟然也弹得一手好琵琶，看来她应该更不逊色了啊。

正想着，突然一道粉色的倩影从天而降，宛如仙女下凡尘，在夜色中荡漾起了一片花香，众人惊诧至极，赵无琦愣愣地看着不知从何处飞身而下的女子，震惊之余才看清，竟然是司徒冰凝！

司徒晓一抖衣袖，忽然之间无数的花瓣随风飘落，她舞动华袖，如同花中仙子一般，轻盈地随着琵琶声舞动着，纤细的手腕将飘舞的花瓣收在手中，突然如同拥有仙术一般，花瓣顿时变成了一条锦缎，司徒晓舞动锦缎，一步步朝着台上迈进，随即将手中的锦缎抛向空中，霎时间，漆黑的夜空之中一声闷响，顿时间，彩色的花火绽放在空中，宛如盛开的绚丽花朵，将所有生命力绽放在一瞬间，随即又沉入黑暗之中……

司徒晓手腕一转，手中捧着一捧颜色各异、香气宜人的花瓣，轻轻一吹，手掌轻轻一转，花瓣似乎瞬间变成了一个漂亮的锦盒。

“冰凝见过郡王，郡王位高权重，天下奇珍于郡王而言，都算不得什么。郡王征战在外，时常于生死之间游走，冰凝愿为郡王送上一个‘平安’，愿郡王一生都能够逢凶化吉，平顺安宁。”

司徒晓轻启朱唇，清冽的声音穿透了黑夜，轻轻打开锦盒，里面却是放着一枚再平凡不过的“平安符”。

说完话，司徒晓轻轻抬起头，目光和赵无矶碰在了一起。司徒晓张大了眼睛，不可思议地看着赵无矶脸上两个黑色的青紫印……

赵无矶也愣住了，张大了眼睛看着眼前这张艳若桃李的面庞，在清幽的月光之下越发动人了。

你是……王妃?!

赵无矶没有问出来，心中却一阵痛楚，想不到，原来她竟是……王妃……

司徒晓却是脸“刷”地白了，顿时体会到了什么叫作冤家路窄……怎么会这样！明明是打算来讨好讨好郡王，博得赵无琦的高兴，然后趁机套取点情报什么的……可是为什么会这样?!

司徒晓把头慢慢地低了下去，心里只期望着他千万不要认出自己，千万不要认出自己啊……

正在忐忑不安之际，一只温暖的手从司徒晓手中接过了锦盒，小心翼翼地捧在掌心，如获至宝一般。

“平顺安宁……愿得王妃吉言……无矶也渴求一生……平顺安宁……”

赵无矶有些悲伤地微笑着，看着在夜色下仿佛闪烁着动人光辉的平安符。他不想建功立业，不想君临天下，是的，他只求一生平顺安宁，然而，这却是他永远也无法得到的东西。生在帝王之家，就注定了不得平顺，远离安宁。你若不强，便是人欺你，你若太强，纵然全无争抢之心，却也会成别人的眼中钉。

“平顺安宁？倒是没想到王妃会送这样的东西。”

赵无琦说着，心里却有些不是滋味儿，但也说不出是怎样的一种感觉，就是觉得有些别扭。尤其是看到赵无矶捧着那道平安符的样子。

看赵无矶似乎没有认出自己，司徒晓松了口气，抬起头，看到赵无矶眼中淡淡的伤悲，一时之间仿佛看到了另一个司徒晓，他眼中的悲伤和渴望，她懂，因为在无数个日夜，那也是她心中的渴望——平顺安宁。

“是冰凝小家子气了，冰凝没有建功立伟业的眼界，只求一生平顺，一世安宁，故而才会斗胆献上自以为最为珍贵的礼物。祈愿得到它的人也能心遂所愿。”

司徒晓应着，垂下了眼睛，她确是忘记了，平顺安宁是她的渴望，却不一定是帝王家人的愿望，他们所求的应是君临天下。但赵无矶的反应却让她有些意外，他的眼中透出的是满满的无奈和寂寞，却非帝王家人的凌厉和欲望。

礼物送毕，正在赵无琦宣布开宴之际，忽然之间，十几名黑衣人从房顶一跃而下，手执长刀。

“有刺客！来人啊——!! 快保护王爷——!!”

忽然有人大喊着，侍卫听到传唤声，纷纷涌来，黑衣人目标明确，朝着赵无矶便杀了过来。夫人们乱成了一团，大惊失色，晴好也急忙护着司徒晓。

“娘娘，娘娘，快走……”

晴好焦急地说着，司徒晓皱着眉看着眼前被搞砸的宴席，心中却升起一丝疑惑。这可是零陵郡王府，何况还是今日，赵无琦设宴款待声名远播的兰陵王，哪有那么容易就混入刺客的？除非府中有内鬼。而且，今日这些黑衣人的目标直指赵无矶，即使不成功，赵无琦也怕是脱不了干系……

正想着，突然看到了一个人影蓦然隐进了一旁的树林里，司徒晓急忙提起裙子，想去追那人。

“啊……娘娘……”

晴好突然被人推了一把，被凳子绊倒了，直直地扑在了司徒晓身上。司徒晓一个没站稳，直接扑倒在了地上。

“娘娘……娘娘对不起……娘娘……你没事吧……晴好太笨了……”

晴好急急地说着，急忙扶着司徒晓起身。府中的侍卫已经大半涌了上来，情势很快被控制住了。

“不要紧，自己顾好自己。”

司徒晓拍了拍晴好的肩膀，急忙起身，追过去的时候，已经连个影子都看不到了，只有泥土里印着的两个脚印，一深一浅，看上去似乎是女孩子的脚印，自然若是个少年郎也是可能的。思索了片刻，司徒晓返身回到杂乱的人群里穿行，不动声色地到了赵无琦身边。

“赵无琦……这次是你欠我的。”

司徒晓淡淡地在赵无琦耳边说了一句，将摔倒的时候手里握着的一颗小石头弹了出去，打在了一个正在和侍卫搏斗的黑衣人的腿上，黑衣人一个踉跄，朝着此刻毫无防备的赵无矶刺了过去。

“郡王小心！”

司徒晓飞身扑了过去，长刀直直刺进了司徒晓的肩膀。黑衣人一愣，定定地看着突然冲了出来的美人。

钻心的痛在肩头蔓延开来，司徒晓只觉一阵眩晕，顿时一股不祥的预感在心头涌起。

“糟了……有毒……靠……”

司徒晓从嘴里恨恨地挤出了“最后”的一句话，嘴唇青紫“咚”一声向后倒去。

侍卫急忙制伏了黑衣人，赵无矶一把抱住了倒下的司徒晓，手里还握着方才她送给自己的平安符。司徒晓肩头的血染红了衣袍，染红了赵无矶手里的平安符。

不等审问，突然十几个黑衣人同时吐血而亡，看来是早已经服食了毒药。赵无琦皱眉看着死伤一片的人，王府里出了这等骚动，看来这一切都不简单啊。顿时，赵无琦才想起司徒晓，看到赵无矶抱着司徒晓，心里有些不是滋味儿，一把抢过了司徒晓，对赵舍道：“快叫大夫！”

看着赵无琦从自己怀中抱走了浑身是血的司徒晓，赵无矶心里一阵失落，他差点忘记了，他没有立场第一个冲上来保护她……不是，他连能力也没有，却反而是她保护了他……

“你……为什么要这么做……”

赵无琦咬着牙，看着怀里苍白的小脸，心痛地说着，急急地直接抱着司徒晓进了最近的自己的别院景韵堂。

“王爷，这是……”

纳兰芯蕊低声想要提醒赵无琦，这可是您的别院，任何一位妃子在这里过夜都是不合规矩的啊……

然而不等她的话说出口，赵无琦已经直接抱着司徒晓冲了进去，把司徒晓直接放在了床上。

司徒晓肩头的血开始渗出了一些黑色，赵无琦顿时惊觉——有毒！

不等众人反应过来，赵无琦已经直接撕开了司徒晓的衣服，凑了过去，用嘴开始吸司徒晓肩头的毒液。

“王爷！危险！”

赵舍急忙上前欲阻止。

“她更危险。”

赵无琦淡淡地吐出4个字，没有停下动作，一口一口地把司徒晓肩头的血吸出来。

迷迷糊糊间，司徒晓张开有些蒙眬的眼睛，嘴里断断续续地说着：“你……你……欠我的……这次……”

随即又昏了过去。

“是……我欠你的！这一次，是我欠你的！”

赵无琦皱着眉头，眼神复杂地看着躺在床上的人儿，用衣袖擦了擦嘴边的血，心疼地应着。

大夫来了，却在查看之后有些束手无策，伤口虽然很深，但还不至于致命，但伤口的毒却不知如何解。侍卫翻遍了黑衣人身上，却也没有翻出任何的线索。

“赵舍……去潇湘馆请他来。”赵无琦有些疲惫地说着，坐在一旁看着脸色已经越来越惨白的司徒晓。

“明日一早我就……”

“不是明日一早，是现在……”

“可是，王爷，‘毒公子’性情古怪……”

“你就告诉他，本王的妃子危在旦夕，只要他前来救助，本王可以给他千万诊金。”

“千万诊金，恐怕也是……”

“去吧。”

赵无琦挥了挥手，不再言语。赵舍应了声退下，心里却是有些没底。潇湘馆的“毒公子”是早些年名震江湖的毒王和医圣唯一的入室弟子，精通天下毒物，却性情古怪，号称能解百毒、下百毒，但他不喜金银，不爱美人，似乎帮人害人都是凭借着一己之好，至今也没有人知晓，他究竟为谁所用。

潇湘馆是一间艺馆，在安都十分出名，据传里头云集了天下最美的姑娘们，这里的姑娘卖艺不卖身，达官贵人若是能与潇湘馆的某个姑娘交好，那将是一件十分有面子的事情。毒公子便是长住在这潇湘馆里。果不其然，赵舍一干人等到了潇湘馆，却没有得到毒公子的接见，在报出了王爷的名号之后，赵舍独自一人被引到了一间厢房门外，只得在厢房外和毒公子说几句话。

让赵舍颇为意外的是，在他说完王爷交代的话之后，房里许久没有动静，就在赵舍念想着这位公子大约不会理会自己之际，门却突然打开了，一个身材略有些矮小的、戴着斗笠遮住了面容的人走了出来。

“在下的诊金，很贵。”

## 3

赵舍一行人带着毒公子回到王府之际，却看到景韵堂外，兰陵郡王赵无矶浑身是血地站在景韵堂外，像尊雕像一般，一动也不动，身后站了一群侍卫，看衣饰应是兰陵王府的侍卫。

“王爷这是?”

赵舍上前一步行了礼，看着赵无矶的样子，有些惊诧。在他印象中的兰陵王永远都是一副温文尔雅、云淡风轻的样子，即使面对着千军万马也不曾流露过些许异样的神情，而此刻的他却是面色铁青，定定地望着景韵堂内，仿佛丢了魂一般。

“赵大管家，我们都劝过王爷了，但王爷不听，说零陵王妃是为了救自己而受伤的，王爷一定要守在此处，直至王妃渡过危机。”

赵舍认得说话的人，他是一直跟随在赵无矶身边的大将，同时也算是赵无矶的保镖赵大为。

“那不如请王爷到偏厅休息片刻……”

“我们也劝了王爷许久了，王爷说此刻进入景韵堂不甚方便，却又不想远离，故而一直立于堂外。”

赵大为无奈地说着，不时望向自己的主子。虽然说零陵王妃确实是为王爷而受的伤，可是，王爷也不必如此啊，唉，王爷这人就是太重情义了，别人对他一分好，他恨不得回报人家千百分。

“赵大管家，不必管本王，人请来了吗？还不快进去，别耽误了给王妃娘娘治病。”

赵无矶的声音倏然响起，眼睛却一刻也没有离开景韵堂的方向。

戴着斗笠的公子从赵无矶身边走过，停下了脚步，似是回望了他一眼。

进入内堂，毒公子走到了床边，从面纱下看了赵无琦一眼，随即悠悠地开口道：“王爷，您可是承诺，只要能帮王妃解毒，便给予千万诊金？”

“自是，公子要多少诊金，开口即可。”

“我不要诊金，却是希望谋一份差事。”

“哦？差事？”

“请王爷聘我做王府的医师，给予片瓦遮头便可。”

听到这样的要求，赵舍倒是一愣，这期望能把毒公子收为己用的人那么多，怎么这公子却偏生想要投靠王爷？莫不是又是什么浑水摸鱼的人，受了谁的命，想趁机混进来？

赵无琦脸上一沉，眯着眼看了毒公子许久，最终生硬地点了点头。

“本王，允了你。”

“百里琯在此谢过王爷！”

毒公子大声说着，摘下了斗笠，竟是一名俊秀非常的少年。

这是众人第一次得见毒公子的真面目，也是第一次得知他的真名。

百里琯朝着众人笑了笑，露出一口洁白的牙齿。

“大家都下去吧，本公子看病不喜欢人多。”

赵无琦点了点头，众人都退下了。

“王爷，您在这儿，我也不方便呀。”

百里琯定定地看着赵无琦。

赵无琦的脸再次阴沉了下去，看着百里琯许久，终于有些不情愿地起身下去了。

“仙女姐姐，这一次，换我来救你，可好？”

百里琯敛起笑容，在司徒晓耳边轻声说道，随即取出了银针。

整整一夜，赵无矶就这样像雕像一般立在景韵堂外，赵无琦则愣愣地坐在外堂，一语不发。其他众人也都不敢离开，生怕发生了什么事情，晴好则一直跪在地上，求神拜佛的，对主人的忠心倒是颇让人动容。

天边初露一丝曙光，百里琯用银针将毒血从司徒晓体内引出，喂了她几粒药丸，整个夜里，司徒晓都在发烧，身体忽冷忽热，嘴里不知道一直念叨着什么。

“如果……如果还能……还能活一次……要好好……好好有……朋友……亲人……爱人……”

司徒晓喃喃着，似乎看到了一束耀眼的白光，她想要朝着那束白光奔去，却突然听到有人在叫她，那声音很陌生，但似乎又在哪里听过。

“你不是要帮我了断我的人生，然后重新再活一次吗……你可还没有做到呢……”

一阵清冷的声音在脑海中回响起来。

是啊，我还没有做到呢，连司徒冰凝的人生都还没有完成呢……

“司徒……冰凝……”

司徒晓喃喃着，仿佛灵魂又落回了人间，感觉到了人世的真实和沉重一般。

司徒晓的睫毛动了动，慢慢张开了眼睛，一张清秀的少年脸庞映在自己眼帘。

“小……琯……”

司徒晓有些惊诧地看着眼前这个俊秀温润的少年，虽然今日的他身着一身华服，佩戴着价值连城的饰品，但她不会认错，眼前的少年就是那个被她抓回来的“小贼”——小琯。那个自称被司徒冰凝救过的少年。

“王妃娘娘醒了，甚好……百里琯不负王爷所托，也总算顺利为自己谋了个饭碗。”

百里琯霎时松了口气，紧张了一夜之后，手指竟有些微微发抖，退后几步笑着对司徒晓行礼道。

“谋了个饭碗？什么意思？你为何会在此？而且……这里是何处？”

司徒晓虚弱地说着，看着和自己的房间完全不同的地方，心中一阵疑问。

“百里琯以后就是府里的医师了，还请娘娘多关照。这里是王爷的寝室，王妃娘娘醒了，王爷一定很开心，我这就去请王爷进来。”

“等一下……你还没有告诉我，你为何会在此？”

“……因为谋了个业，总算有片瓦遮头，吃饱喝足了。”

“你……唉……帝王之家，谋个职业却不见得是光明……”

司徒晓轻叹一声，不再言语。

百里琯恭顺地退下。

那一日的记忆，是小琯心中最美好最深刻的记忆，小琯在地狱与仙境之中游走了一回。若是能够，就让小琯与你一同来走这条不见得是光明的路吧……

听得司徒晓醒来，赵无琦率先走了进去，晴好激动得连连叩谢上苍。百里琯蓦然离开，走出了景韵堂，到了赵无矶跟前。听得里头一阵喜悦之声，赵无矶紧绷的脸上终于缓和开来，衣物上的血迹已经凝成了黑色的血块。

“王爷也当早些回去休息才是。之后的事情，才刚开始呢。”

百里琯看着赵无矶笑道。

赵无矶一愣，随即苦笑了一下。

“是该回去了……再待下去，未免……不合礼数。”

也许世事便是如此，总不能事事如意。

看到赵无琦率先进入房间，司徒晓有些惊诧，想要起身，却只觉身上一阵无力。

“躺着吧。身体还那么虚。”

赵无琦淡淡地说着，疲惫的眼里却透出一些欣慰的神色。

“娘娘……您总算没事了……”

晴好从赵无琦身后蹿了过来，跪在了司徒晓床边，满脸泪痕。

“我看啊，我还未死，你已经把将来我死时该流的眼泪都流光了吧！”

司徒晓虚弱地说着，轻声笑道。

“晴好错了……晴好不哭了……娘娘不会死……”

“不会死……那不成妖怪了……好了，既然我已经醒了，差人送我回花落轩吧，听说这是王爷的寝室，我可不能霸占了去……”

“不用了，这几天你就在此静养。”

赵无琦突然出声，听得他的话，众人都愣了一下。

“王爷……这不合……”

“没什么合不合的。王妃曾说过，她是本王的妻，本王应该保护她。现在，本王没有能够保护她，自然是该做些事情弥补的。”

赵无琦打断了赵舍的话，不容置疑地说道。

司徒晓先是一愣，随即勾起一抹淡淡的笑意。倒也好，虽然这一次冒险了些，没想到刀上居然有毒，但显然，不管赵无琦愿意不愿意，这一欠，赵无琦是得好好还她了！

此次事件果然引起了朝中哗然，皇帝震怒，下旨彻查此事。原本所有矛头都指向了零陵郡王赵无琦，然而其王妃拼死救了兰陵王，使得零陵郡王府顿时从“嫌疑对象”成了受害者。零陵郡王长跪金銮殿，上表请求皇上惩罚自己监管不力，并涕泪直流，请求丞相原谅，一时之间，朝野纷然，百姓也纷纷对其表示同情，王爷和王妃伉俪情深的佳话传遍了安都。皇上特准零陵郡王“放假”，在府中陪伴王妃左右，直至伤愈。

在调查如火如荼进行之际，零陵郡王府里一名小厮突然因欠了高利贷而在房中上吊自杀，由于事情发生在风头浪尖之上，此小厮的前世今生都被翻查得干干净净，竟查出此人曾在太子府任职，后因偷窃而被赶出了太子府，辗转托人寻得了在零陵郡王府打杂的职务。由于此人死得“巧”，却又并未留下任何证据，故而此事虽然大约会变成无头公案，推到一些妄图要“光复前朝”的乱党身上，但众人却都心照不宣，太子成了众矢之的。

司徒晓虽尚在静养，但从晴好处大约也得知了近来所发生的事情，看来这位太子也真是无辜了，莫名惹祸上身，但这一切，只恐背后另有人在操控。司徒晓不止一次地怀疑到了司徒彻，然而却又没有任何根据，如果是司徒彻所为，他应该知道，这样一来，零陵郡王府必然脱不了干系，如若郡王府被有心人陷于不义，她司徒冰凝也不见得能安然脱身，即使司徒彻认为自己已经没有利用价值，大约也不至于用此事来除掉自己。

司徒晓之所以能够确定此事与太子无关，是因为那夜她非常确信，她所看到的那个离开的身影，绝对是个女人。只可惜，被晴好冒冒失失地撞倒在地，只得冒险演了这么一出“美女救英雄”，差点让自己再次命丧黄泉。

“……不过啊，兰陵郡王也真是挺感恩图报的，知道娘娘救了自己，在景韵堂外守了一夜呢……”

听着晴好絮絮叨叨地描述着当天的情况，赵无矶傻呵呵的笑脸浮现在脑海里，那么一个俊公子，似乎还是个不错的人，和那赵无琦可不像，没有半分架子，怎么司徒冰凝嫁的不是那么个良人，而是这么一个花心恶心闹心的赵无琦呢！

“王妃，在想什么呢?”

司徒晓心里正骂着赵无琦的时候，他的声音冷不丁地响起了。

看着赵无琦满脸堆着笑，端着一碗药走进来，司徒晓笑着算是回应了一番，对着晴好吩咐道：“晴好，去厨房催催，我的人参炖鸡怎么还不好呀!”

晴好应着声，一副欢天喜地的样子下去了。

这几天来，司徒晓一直住在景韵堂，赵无琦更是日日相伴左右，伺候着她吃饭喝药，无微不至，宫里头偶尔派人送来许多赏赐，说是各个娘娘送来慰问的。一时之间，王爷对王妃的爱更是被渲染成了众多版本，广为传诵。对此最感到憋气的，恐怕就是纳兰芯蕊了。

看着晴好离开了，屋里也没了其他人，司徒晓斜靠在贵妃椅上，端起了清茶啜了一口。

“王爷，这可是难得清静的日子，怎么不趁着悠闲去安慰安慰你的纳兰侧妃?侧妃柔弱似娇花，可经不得王爷的冷落，一朝凋零，却再也难以盛放了呀。”

“王妃的身子才是最重要的，不看着王妃痊愈，本王又怎么会有心思去顾及其他呢。”

“是吗……王爷，倒是要小心，演戏太投入，只恐会戏假情真……到时候只怕是难以收拾了呀!”

司徒晓带着些许戏谑地说道，瞥了赵无琦一眼。她虽并非多疑之人，但是却也不傻，这些日子，赵无琦一直在她左右，营造一派恩爱之象，不过是不能出丝毫纰漏，以免被皇帝怀疑罢了。宫里来的人，明着是送礼，实则不过是需要确定确定这王妃的伤势，以及这王爷与王妃之间的那些“情爱”罢了。

“戏假情真”，4个字说得不假，要想瞒骗别人，首先要瞒骗自己，然而，谎言始终只是谎言，永远不会成真。恍然之间，在某些时候，司徒晓甚至都会以为，这个人真的是她的夫君，对她温柔以待，然而她却又比任何人都清楚，这一切，不过只是“权谋”二字，对于一个极度渴望情感的司徒晓而言，必须要时时刻刻提醒着自己，不要陷入虚假的温柔之中。

“王妃为王府舍命，本王又怎能不尽心演完这场戏?王妃可曾记得，你说过，这次是本王欠你的，本王也记下了，这一次，确实是本王欠你的，他日必将答谢王妃的恩情。”

赵无琦说得诚恳，却也让司徒晓有些淡淡的感伤。

他始终和她并非真正的夫妻，答谢?如果她想要的是“莲花”和“碧玉盘”，他可会愿意拿出来答谢?这其实根本不是个问句，这世间上，谁会蠢到真的拿出天下间数一数二的珍宝来作为一场答谢?

“那就多谢王爷了。”

司徒晓淡淡地说着，转头看向窗外，一片叶子悠悠然随着风从树枝上飘落。

“叶子离去了，王爷你猜，它是为了追求风的自由，还是因为树没有挽留？”

司徒晓的声音很轻，带着一丝丝酸酸甜甜的味道，仿佛是在对赵无琦说，也仿佛只是在自言自语罢了。

“只是，缘分已尽，时机已到罢了。”

赵无琦轻声应着，端了药坐到司徒晓身旁：“王妃，该喝药了。”

入夜，司徒晓吩咐晴好点了灯，并吩咐厨房多加了几个小菜。

“娘娘，您身子还没好，吃这么多可不行呀……”

按着司徒晓的吩咐摆出了一桌子菜后，晴好终于忍不住劝着。

“这些都是为王爷准备的，一会儿他就该来了。”

“啊？可是，娘娘……这几日虽然王爷一直在娘娘身边，这晚上担忧惊扰娘娘休息，都在书房里呢……今日也没吩咐过……”

“一会儿也该来了。”

司徒晓笃定地说着，整了整妆容。

话音刚落，就见赵无琦像是和司徒晓约好了一般，大步流星地走了进来。

“都下去吧，不用候着了。”

见到赵无琦走了进来，司徒晓把下人都屏退了。

“你知道我要来？”

看着满桌子的酒菜和屋子里比往常多点的几盏灯笼，赵无琦显然有些微微的吃惊。

“如果我没猜错的话，王爷不止今夜会来，此后几夜大约都会来此过夜吧。”

“哦？何出此言？”

“听闻行刺兰陵郡王之事乃是一些妄图‘光复’的乱党所为，但府中却偏偏有一名小厮在这个当口了结了性命，这小厮却还曾是太子府的人。虽然无辜的太子现在是众矢之的，但事实上，绕了圈子，王爷的嫌疑却也不小啊。现在这宫里的人虽然来得少了，可最难防的恐怕还是那些身边的人。看来冰凝的伤没办法这么快好了，还需要王爷多多看顾。”

听司徒晓一字一句地说完，赵无琦饶有兴味地笑了，看来自己以前确实是小看这位王妃娘娘了，果然越是漂亮的女人，就越是危险啊。

赵无琦走近了司徒晓，俯下身子，手指轻轻抚摸过她光滑如缎的秀发，用低沉魅惑的声音说道：“王妃真是冰雪聪明，本王此前冷落了王妃，让王妃受屈了，莫不如，从今夜起，就让本王好好来疼爱王妃，弥补上我们错过的日子，如何？”

赵无琦温热的气息让司徒晓有些不适应，看着这张逼近的俊脸，司徒晓微微皱了皱眉头，身子往后瑟缩了一下。

“你……不愿意？”

赵无琦有些不悦地皱着眉，司徒晓这副样子，就好像自己是什么肮脏的东西似的。

“嗯。我不愿意。”

听到司徒晓如此直接的回答，赵无琦有些没想到，微微一愣。

“你做了这么多事情，不就是想要这样吗？不就是想要得到本王的宠爱和信任，坐稳你王妃的位置吗?”

“和纳兰侧妃生出冲突，顶撞王爷，只是为了维护冰凝应该得到的权益，不想再被人欺负；讨好兰陵郡王，不过是因为冰凝身家财力都不足，却又不想因此而被几位夫人压了王妃的风头，故而才如此卖力；至于这一次舍出性命，也是因为零陵郡王府的生死存亡与冰凝的生死存亡息息相关，王爷与冰凝的命运紧密相连。夫妻本是同林鸟，奈何大难临头，却是没有办法真的插上翅膀各自飞离的。所以，王爷，有些事情，您多虑了。”

司徒晓把身子稍微往后挪了挪，和赵无琦保持了一定的距离。看着司徒晓的样子，赵无琦心里突然有一阵莫名的失落，当初她不是一心想要嫁入零陵郡王府吗？若不是丞相出面，皇上怎么可能突然一时兴起将她指为他的王妃？现在却又是什么意思？

突然窗外一阵细微的响动声，赵无琦一凝眉，一个翻身压到了司徒晓身上，警惕地看着窗外，声音却是一副醉生梦死的样子。

“王妃，本王好想你……若不是你身子有恙，本王真想夜夜拥你入怀……”

“王爷……冰凝现在身子还不行……讨厌，王爷……轻一点，伤口还很痛……”

司徒晓呢喃着，竖起耳朵听着窗外的响动，赵无琦一挥手，蜡烛倏然熄灭，只留清冷的月光从窗口照进了房中。

两个人就这样静静地躺在一张床上，屏住呼吸，只听得见清晰的心跳声，越来越快，越来越快……

司徒晓把手抚在自己胸口，想要压制住“扑通扑通”跳个不停的心脏，这就是未曾恋爱过的悲哀啊，只是和一个男人多相处了几日，靠近了一些而已，却难以控制地脸红心跳，难道这是传说中的恋爱的感觉吗？恋爱？是这种感觉吗？

司徒晓心猿意马地想着，悄悄偏过头，却发现赵无琦一直在看着自己，目光触及的瞬间，司徒晓顿时脸“刷”地红了。幸好蜡烛已经熄灭，否则，此刻自己的窘态一定会被他看个精光。

微弱的月光下，司徒晓洁白如玉的脸庞越发美丽动人，脸颊上两片粉嫩的红晕煞是好看。赵无琦不由自主地凑了过去，双唇覆上了司徒晓两片微微张开的红唇，贪婪地吮吸着属于她的味道，清甜怡人。

司徒晓不由得发出了“嘤嘤”的呻吟声，赵无琦有些无法控制，把司徒晓揽入怀中，手滑落向她的衣襟……

“唔……啊……这……不行！”

司徒晓顿时清醒过来，一把推开了赵无琦，大口地喘着气。

“你是本王的妻，为何不行？”

司徒晓沉默了，虽然自己作为一个现代人，对于这方面的事情也不是那么保守，虽然眼前这个男人长得挺好，看着也挺舒服，可是……可是总觉得，自己的第一次总是希望是在有感觉的情况下完成的……可是现在躺在自己身边的这个男人，虽然他是司徒冰凝名义上的夫君，然而，他的心里却丝毫也没有她……

“赵无琦，你爱我吗？”

司徒晓突然问道，她没有称呼他王爷，而是，赵无琦。

“爱？”

“嗯。你爱我吗？”

沉默，爱？赵无琦有些讶然，断然也未曾想过她会这么问他。

“你不爱我吧。我对你可能有一些意乱情迷的、淡淡的心动，大概是因为你长得很好看。但是可能也不爱你吧。我们既然不相爱……怎么可以……”

司徒晓轻声说着，声音越来越小。

赵无琦顿时想起了赵无矶，他一生所寻的那一个人，愿把一生予她的那人，一定是一个他可以毫不犹豫说爱的人吧？

赵无琦沉默地躺着，一动也不动，静静地躺在司徒晓身边，不管和纳兰芯蕊也好，和连璧人也罢，赵无琦未曾想过爱不爱的问题。与纳兰芯蕊，只因为自小青梅竹马，门当户对。甚至故意冷落司徒冰凝，也不过是不满父皇霸道的“指婚”，更怀疑司徒冰凝的企图。对于赵无琦而言，每一个进门的夫人就好像是一枚棋子，有的是不得不娶的，比如司徒冰凝。有的是为了向天威叫嚣反抗的，比如纳兰芯蕊。有的是政治考量，比如连璧人。有的则是情势所迫，比如苏烟。

“爱？司徒冰凝，你期许什么样的爱？”

赵无琦看着司徒晓的眼睛，平静地问着。

司徒晓一愣，怔怔地看了赵无琦许久，嘴边蓦然荡漾起一丝甜蜜的微笑。

“愿得一心人，白首不相离。”

声音轻轻的，却在这夜色里绵远悠长，飘进了赵无琦的心里。

就在那失神的一瞬间，赵无琦仿佛明白了赵无矶的渴望，仿佛看到了一些很微弱，却流淌进心里的幸福。那一瞬，他仿佛看到在一片广袤无垠的草原上，司徒晓身着素衣，在阳光下朝着他绽放明媚的笑容，他没有权力，没有地位，没有金钱，没有三妻四妾，没有农田华屋……他只有白首不相离的一心人，和一份简单的幸福。

这是一个短暂的梦，在醒的一瞬消散在空气里，却在赵无琦的心里留下了一阵短短的悸动。身边是一张熟睡的少女的脸庞，不设防得宛如婴孩一般，低低的呼吸声如同一头小兽，静静享受着酣睡的时光，恍如隔世……

## 4

刺杀事件的风头逐渐过去，这件事情也慢慢被人们所淡忘。在毒公子百里琯的照料之下，司徒晓已经能够活动自如了。既然身子已经好了许多，事情的风头也已经过去，差不多也是时候要搬回花落轩了。

这一日，乌云密布，司徒晓坐在窗前看着黑压压的天空若有所思。见赵无琦走了进来，司徒晓突然说道：“王爷，可曾记得说过欠我一次？冰凝现在有一个心愿，却不知王爷是否愿意成全？"

"喔，王妃意欲如何？"

"我想到王府最高的地方看雨。"

司徒晓漫不经心地说着，认真听着身后赵无琦的回答。

赵无琦一愣，王府最高的地方，那不就是他不许任何人进入的书房——听风阁。赵无琦目光一沉，用这样的要求来作为回报，乍一听像是善解人意的妻子对丈夫的撒娇，但这其中，恐怕不是那么简单。

"王府最高的地方，自然就是听风阁了。王妃的要求如此简单，倒让本王有些不好意思了。"

"有何不好意思的，有王爷相伴一同观雨，就是人生一大幸事啊。"

司徒晓应酬似地说着，依旧漫不经心地看着窗外，雨就快落下来了啊。

"来人，备轿。王妃身体不适，用轿子将王妃抬上听风阁。"

赵无琦沉声下了命令，赵舍应了声，颇有深意地看了一眼司徒晓。司徒晓报以一个明媚的笑容，仿佛一个成功偷吃了糖果的孩子在炫耀：嘿！老爹，我厉害着呢！

司徒晓还真被侍卫抬着轿子送上了听风阁，一路上，司徒晓都注意着，似乎并没有任何机关或者守卫，和自己先前所想的完全不一样。到了山顶，一座古色古香的建筑物出现在眼前，门廊上挂着一块牌匾，上书"听风阁"3个大字。

到了门前，赵无琦示意下人离开之后，小心地护着司徒晓进入了听风阁。里头并未藏着什么奇珍异宝，除了书，似乎没有别的任何东西了。司徒晓环顾着四周，也没有发现什么暗阁之类的，顿时心里有些失望，自己真是笨透了，也是，谁藏宝物也不会明目张胆藏在一个告诉所有人不能来的地方吧？这样不相当于公诸天下了吗……自己真是猪脑子！一定是近来总是中毒，弄得脑子也变笨了！还以为在这种地方能找到自己想要的宝物呢！

"王妃莫不是对本王的听风阁感到很失望？王妃以为能在此见到什么？"

赵无琦唇边勾着一抹笑，眼中透着些许得意的神色。

"怎么会呢……"

司徒晓机械地应着，心里却是满满的失落，连一件值钱的东西也没有，有钱人的嗜好果然都很奇怪，总是喜欢把一些不值钱的东西当宝贝，也总是这样，才害得辛勤的小偷们总是扑个空……

正在想着，忽然天边一个惊雷划破了云层，"轰隆隆"的声音过后，耀眼的闪电张牙舞爪地盘桓在空中。

突如其来的声音吓了司徒晓一跳，她喜欢雨，却害怕雷声，小时候在孤儿院里，每当打雷的时候，她总是蜷缩在角落里瑟瑟发抖……不好的记忆涌上心头，司徒晓脸色一阵发白。突然一双温暖的手轻轻地捂住了她的耳朵，把她的头轻轻按在宽大的胸膛上。一种温暖的感觉渗透进了心里，司徒晓就这样乖顺地靠在赵无琦的胸膛，看着天幕上闪电肆虐，豆大的雨点终于落了下来，司徒晓的心也开始渐渐平静下来……

“天不怕地不怕的小丫头，居然怕打雷。”

赵无琦温柔地说着，看着怀里小小的人儿，顿时觉得有些可爱，用下巴轻轻地压了压司徒晓的头。

“我……我才……才不怕……”

司徒晓结结巴巴地说着，涨红了小脸，完全没有说服力的样子。

“没关系的，不要怕。你是我的妻，我会保护你的。雷声再大，也不会伤害到你。”

赵无琦半开玩笑地说着，司徒晓却是心里一阵湿润，最受不得这样的好，最受不得这样的承诺。

司徒晓低下了头，沉声道：“别这样，王爷……我定力不足，你说什么，我会不小心当真的，一当真了，就会不小心为你卖命了……”

一道响雷划过，赵无琦紧紧地把司徒晓抱在了怀里。

“我曾经一个人在空荡荡的宫殿里，听着天边的雷声，每一次，我都以为它就要带走我了，我很怕，不知道会是一个怎样的怪物出现，总是躲在墙角一个人发抖……后来，我知道，我要生存下去，就不能惧怕任何东西，于是我强迫自己鼓起勇气，打开了大门，走了出去，我看着它、听着它，甚至冲它咆哮……我怕得一直哭，却逼迫自己不能退后，不能回去，因为只要心中有所畏惧，就永远无法变得强大……我现在变得强大了……你不用那么强大，因为有我在。”

赵无琦的声音很平缓，却很有力，让司徒晓有一种安心的感觉，淡淡的暖意流淌在心间。

雨哗啦啦地下了下来，司徒晓静静地在赵无琦的怀抱里，看着窗外烟雨蒙蒙的景象，一滴泪无声地划过脸庞，她原本应该是一名卧底，作为一名卧底，最不该拥有的便是累赘的感情。她承认，这一刻，她太眷恋这种被人呵护的感觉了，哪怕她知道这是多么危险的事情，却也想，至少暂时再沉沦片刻……可是她却忘记了，自己曾告诫过赵无琦的话，有时候一不小心走得太投入，便可能把自己给陷了下去……

“王妃很喜雨?”

“雨声能洗去心中的尘埃，让浮躁的心有片刻的安宁。”

“若是王妃喜欢，每到下雨之时，本王愿意陪王妃一同赏雨。”

“在我的家乡，人家都说，男人靠得住，母狗都会上树。所以王爷说的话，我也就当听听罢了。”

“喔？你家乡的男儿不懂一诺千金的道理?”

“这哪是道理的事儿……与其盼着王爷时时陪我观雨，倒不如期盼王爷在这孤零零的听风阁外建座‘观雨楼’赠予我算了，这样，每当落雨之际，我就可以假装王爷在这听风阁中陪伴我一同观雨。至于王爷人究竟在哪儿，倒是不再重要了……”

“这岂不是谎言？王妃对自己也说谎话吗?”

“女人，在许多时候，总是愿意活在谎言里吧……虽然心里跟明镜似的，却总是沉溺于比起现实而言更加美好的虚假……”

“听风阁外建一座观雨楼，这个想法甚好。落雨之际，本王陪王妃登上观雨楼。风起之时，王妃便随本王一同在这听风阁。是人间一大美事。”

……

这一场雨下了足足一天一夜，司徒晓不知何时，已经在赵无琦怀里酣然入睡，看着这张美丽的睡颜，赵无琦嘴边不由得挂上了一抹笑意，这样不设防地就在一个男人怀里露出这样的表情，她倒还真是完全不把自己当作威胁啊。这一瞬间，赵无琦倒似乎忘记了，自己是司徒冰凝的夫君这件事情。

一直到第二日早晨，赵无琦和司徒晓才回到景韵堂，百里琯早已经等候在此，看到赵无琦和司徒晓一同回来，百里琯脸上的表情僵了僵，随即又迅速挂上了一阵天真的微笑。

“小琯在这里候着王妃多时了，王妃可有按照嘱咐按时服药，多加休息？”

“嗯嗯。那是自然，身体都好了许多。”

“请各位稍微回避，本公子要替王妃复查了。”

众人都下去后，百里琯敛起了笑意，替司徒晓把了脉。

“倒是一切都好。看来王爷照顾得很是周到。”

“嗯。确实应该多谢王爷。小琯，你有话说？”

“……王妃娘娘，小琯期盼娘娘和王爷能相携一世，白首同老。若是不可，小琯更希望娘娘能远走高飞，跳出牢笼……”

百里琯垂首说着，始终没有抬头看司徒晓。

“嗯……”

司徒晓应了一声，两人沉默许久，百里琯退出了内堂，在外堂嘱咐了晴好几句，便离去了。

身上的伤已无大碍，事情也基本上被人们所淡忘了，司徒晓也自景韵堂搬回了花落轩。房里一切都还是老样子，司徒晓却是有些不太习惯了，总觉得房里少了点什么似的。刚搬回了花落轩，纳兰芯蕊便率着连璧人和苏烟以及一众丫鬟来探望了，俨然一副掌管内务的范儿。看着眼前这一架势，司徒晓心中冷笑了一声，看来在自己受伤这段时间里，纳兰芯蕊已经再一次将府中大小事务都牢牢掌握在手里了，看其他两位夫人的样子，大约也是对她马首是瞻了吧。

“有劳各位夫人费心了。”

“姐姐护郡王有功，为姐姐分忧也是妹妹该做的……”

……

几阵虚伪的寒暄之后，纳兰芯蕊忽然用手帕轻掩口鼻，一副不舒服的样子。司徒晓冷冷地看着，这女人又想玩什么把戏。

“纳兰侧妃身体不适，又何必非要来看我。是不是该请百里医师来瞧瞧？”

司徒晓淡然地说着，澄若秋水的目光坦然地看着纳兰芯蕊，仿佛要将她的灵魂也看个透彻似的。

纳兰芯蕊红着脸，一副娇羞的样子，柔声道：“倒不是身子不适……说起来也算是喜事呢……只是，王爷近来忙着照顾姐姐，芯蕊也不愿去打扰，所以一直没将这件事情告知王爷。”

司徒晓一愣，脑袋“嗡”地一声，呆呆地看着纳兰芯蕊，目光顺着往下滑，落在了她被衣裙遮挡起来的小腹上，纳兰芯蕊瞥着司徒晓的反应，得意地笑着，似乎在说，纵然你司徒冰凝再怎么厉害，再怎么霸占王爷又如何？老天依旧是帮我纳兰芯蕊的，现在我腹中有了麟儿，你怎么和我抢！

“真是恭喜妹妹了！这可是天大的喜事，应该尽快让王爷知道啊！”

司徒晓的脸色马上又恢复了正常，笑得灿若桃花，心里却掠过一阵空落落的感觉，看来这些天里的日日夜夜，却反而是自己入戏太深了吧……

正说着，晴好进来在司徒晓耳边说了几句，司徒晓如释重负，对着众人歉意地笑了笑道：“真不好意思，各位妹妹，今天有重要客人来访，要请各位妹妹先回了。纳兰侧妃有喜是天大的好事，应尽快告知王爷。王府里近来发生了许多事情，也确实该有些喜事来冲冲了……”

来访的人竟是兰陵郡王赵无矶，对此，司徒晓有些意外。赵无矶穿了一身青衫，戴了一个斗笠，似乎并不想有太多人认出他。

赵无矶站立在花落轩外，看着牌匾上略有些歪歪扭扭的题字，看着那棵花朵已经落尽的丁香树，脸上泛起一阵有些苦涩的笑。看到司徒晓迎了出来，赵无矶的眼中透着淡淡的悲伤，眼前这个明媚女子曾霸道地落入他的眼里，闯进了他的心里，却在他还未从那美妙的幻梦中醒来之际，就打碎了这一场梦。

“郡王，还请进屋一叙。”

“我在此便可，便可。”

“郡王，你……”

“西北边关有战事，无矶已自请前往，特此来……告别。”

赵无矶小心翼翼地说着，小心翼翼地看着眼前明媚的女子。

“郡王，若冰凝不曾记错，郡王曾说过，渴望一生平顺安宁，却又为何……”

“为何离乡背井，征战在外？因为对于无矶而言，比起在这偌大的安都，在外征战反而却才是平顺、安宁呀……”

赵无矶苦笑着，语气中满是无奈和痛心。

“既然已经见过王妃了，无矶也该走了。”

赵无矶深深地看了司徒晓一眼，仿佛要将她的模样烙在眼睛里，随即转身欲走。

“郡王……保重。”

司徒晓不知还能说什么，虽与他相交不多，却在心里对他有一种特别的好感和怜惜。一个才能卓绝的有情之人，可惜生在了这样的时代，拥有这样无法逃避的地位。

“王妃也请保重……即使是为了保护王府，也请王妃千万不要再用自己的性命来开玩笑了……”

赵无矶轻声说完最后这句话，大步离开了，手里紧紧攥着那枚染满了血迹的平安符，心里装着那个有着明媚面容、清澈眸子的花中仙子……只是……恨不相逢她未嫁时……

看着赵无矶离去的背影，司徒晓怔怔地站在原地许久，原来，他知道……心中一阵怅然，为他，也为自己……

司徒晓搬离景韵堂之后，赵无琦将修建观雨楼的命令下达给了赵舍，听到此令，赵舍心下一震，听风阁一向是属于王爷自己的天地，一个可以放松、可以做自己、可以不再伪装的地方，不论任何人，王爷从来都不允许他们闯入这片天地。当日，如果说是为了谢王妃舍命一事而破例尚可说得过去，可如今，意欲在听风阁旁建一座观雨楼来赠予王妃，这却是极其让人出乎意料的事情！

“王爷，您是真的，对王妃动了情?”

赵舍终于还是问出了心中的疑惑。当初皇上亲自指婚，王爷不能反抗，才勉为其难娶了司徒冰凝进门，王爷一向对司徒光程抱持戒心，也是为了压制司徒冰凝，才刻意以“情投意合”为由，在同一天娶了纳兰芯蕊进门。纳兰芯蕊不是盏省油的灯，竟用毒谋杀司徒冰凝，意图自己当王妃，虽然这一切事情都未瞒过王爷的眼睛，然而王爷却选择了坐山观虎斗，同时也意图借纳兰芯蕊的手除掉司徒冰凝……但是却没想到，她命大，居然没死，而且还步步紧逼，造成了今日的局面，这丫头着实令人参不透啊……若说她心机重，有时却让人触摸到十二分的真诚，若说她无城府，却又太过于果断聪慧了些，留这样的人在身边，是件很危险的事情啊！

“威胁最大的人，往往是身边最亲近的人。同样地，想要知道一个人的背后究竟有什么，首先必须先靠近她。既然要靠近她，就要敞开自己，让她也能够靠近我。危机与利益总是并存的，我倒是很想看看，司徒冰凝背后的人究竟是谁，司徒光程背后的人究竟是谁。”

赵无琦的声音冷冷地飘散在空气里，没有一丝的温度。

## 5

就在府中人人以为王妃成功翻盘，牢牢抓住王爷的心之际，纳兰侧妃怀孕的消息不胫而走，一时间，她再一次成为了众人艳羡追捧的对象。

和以往不同的是，赵无琦开始频繁地出现在了花落轩，而那日司徒晓一句戏言，却使得观雨楼真的开始进入了建筑的进程。而对于纳兰芯蕊怀孕的消息，赵无琦却只字未提，仿佛这件事情不存在一般。

天气已经进入了微凉的状态，添了几分清爽，日子却一天天提醒着司徒晓，不知不觉已经过去了一个夏季。

丁香树的花早已经落尽，原本枝繁叶茂，近来也添了几分荒凉。司徒晓静静立在树下，看着树叶静悄悄离开树木，宛如浮萍一般，漂流在空气里。

“叶子究竟为何要离开树飘落成无根的浮萍？是为了想追求风的自由，还是因为树忘记了挽留?”

赵无琦的声音在身后陡然响起，司徒晓一愣，这是她曾问过他的问题。司徒晓垂下眼帘，带一抹淡淡的哀愁，道：“许是因为缘分已尽，时机已到。”

这曾是赵无琦的回答。

一件外衫披在了司徒晓瘦削的肩上，温暖的手轻轻地把柔弱的身躯拥住，司徒晓甚至能感觉到赵无琦的气息，温热，潮湿。

“王爷，你可知，你是一个比我更好的演员。”

司徒晓在心里说着，衣衫上残存的淡淡的香味，混杂着赵无琦身上暖暖的味道，让人有些迷醉。

然而，就在这沉醉的一刻，赵舍突然闯了进来，看了一眼司徒晓，有些犹豫地说道：“王爷，纳兰侧妃身体不适，不肯用膳……”

赵无琦的脸色微微沉了一下，随即又挂上了那抹温润的笑容，柔声对司徒晓道：“我去看看就来。”

司徒晓轻轻点了点头，移开了视线，不再去看赵无琦。看着他与赵舍一同离开花落轩的背影，司徒晓自嘲地笑了笑，每一次，在她即将沦陷之际，总会有人提醒着她，她不是赵无琦唯一的妻，她甚至根本算不上他的妻。在他的身边，只是为了得到自由罢了……

听闻零陵郡王妃的身体已经没有大碍了，宫里即刻下了召见的圣旨。这是司徒晓第一次进传说中的皇宫。和赵无琦一同坐在马车里，司徒晓好奇地从帘幕的缝隙处向外张望着，就像个首次出街的孩子一般，不住地发出低低的赞叹声，心里却是盘算着，什么东西搬去现代值多少钱？这一切在司徒晓的眼里，可都是赤裸裸的如假包换的古董啊！

“王妃……咳咳……进宫罢了，就如此兴奋吗……”

赵无琦有些尴尬地咳了咳，作为一个大家闺秀，不是应该处变不惊吗？可是现在司徒晓这副样子，实在没看出“不惊”来。

“这可是皇宫诶……激动也是正常的吧……”

司徒晓由衷地赞叹着，这可是传说中的独裁者的居住之处诶！

赵无琦苦笑着，看来自己对这位王妃的了解，从一开始就错了啊。也或许，眼前这个女子不是“冰美人”司徒冰凝，而是某个在他没有察觉的情况下掉包进来的人……想到这里，赵无琦不置可否地笑了笑，这种事情，怎么可能发生呢？

马车停在了宫中北边一座有些荒芜的院落旁，四周高墙耸立，让人不免有些惊悚。赵无琦携着司徒晓下了马车，院门紧闭，似乎并没有开启的意思，与其说这里是一处院落，倒不如说更像是监狱。

赵无琦仰头看着这座院落，看了许久也不发一语，司徒晓想要询问，却在看到赵无琦表情的时候收住了声音，只静静地站在他的身旁。她第一次看到赵无琦这样的表情，有着说不出的落寞，这一瞬间，她就好像触摸到了他的灵魂一般，闻到那深刻的寂寞的味道。

院门轻轻开了，一个穿着一身灰色衣物，戴着高高的帽子的宫人低着头，谦恭地对赵无琦说道：“见过王爷。听闻皇上召见王爷和王妃娘娘，王爷切莫误了时辰。”

“还是……不肯见我吗……”

赵无琦的声音有些无力。

"王爷……请回吧。"

那名宫人低低垂首，说着便退回了院落里，大门再次沉重地关上，就在那一瞬间，司徒晓似乎闻到了一阵白梅香气，从院落中渗出，清冷幽怨，像极了他的味道……

上了马车，两人一路无语，许久，赵无琦才开了口。

"王妃不好奇，本王要去见谁吗?"

"王爷若是想说，自然会说，冰凝愿在身边听王爷说。"

"她是我母妃。"

听到这句话，司徒晓一愣，如果没记错的话，她记得似乎曾经打听到零陵郡王赵无琦应该是皇上曾经十分宠爱的芊妃娘娘的孩子才对，而那位芊妃娘娘却红颜薄命，在最美好的年华就离开了，让皇上伤心了很长一段时间……可这怎么又出了一个……

看到司徒晓脸上一闪而过的疑惑，赵无琦淡漠地笑了笑。

"朝中上下，所有人都认为我是芊妃的儿子，因为众人早已经忘记她的存在了，我的母妃兰舍绘颐。"

"兰舍?!"

"是，兰舍，兰舍王朝的郡主，兰舍绘颐，她是我的母亲，被囚禁在那座高塔里的女人，已经被天下人都遗忘了的女人。"

司徒晓微微张大了眼睛，顿时明了为何司徒彻如此笃定零陵郡王府中藏有宝物"莲花"和"碧玉盘"。

"父皇娶了母妃，成为了兰舍王朝的郡马爷，此后反了兰舍，成了皇帝。母妃愧对兰舍，从此不与父皇相见，自囚深宫。我从来都没有见过她一面，那个生了我的女人，我的母妃，从来不曾见过一面。芊妃娘娘温婉良善，对我却始终是以礼相待，芊妃娘娘仙逝的那一天，我曾长跪在此，却依然未曾求得一见……"

赵无琦淡淡地叙说着，就好像是在讲述一个与自己无关的故事一般。马车停下的一瞬间，赵无琦脸上再次挂上了傲然的微笑，携着司徒晓下了马车，仿佛方才的一切都未曾发生过似的。

这也是司徒冰凝第一次进宫，虽然皇上亲自指了婚，但自从成亲一直到现在，王府里发生了许多大大小小的事情，故而本早该进宫觐见皇上和皇后，却一拖再拖了去。

这一次，皇上携着皇后娘娘和秦贵妃一同在御花园接见了赵无琦和司徒冰凝，司徒晓忐忑地扯着赵无琦的袖子，小心翼翼地跟在后面，虽然她也是见惯了大场面的人，但是此刻，要面对的却是一个随时可能要了她小命的独裁者，甚至可能只因为自己不高兴而已，并无其他缘故。

赵无琦低头看了看揪着自己的袖子，小脸紧张得有些苍白的司徒晓，忍不住笑了笑，轻轻握了握她的手。这一刻的她，就仿佛是一个寻常的小女子，羞涩腼腆，容易紧张，让他不由自主地想要呵护着她。

拜见皇上皇后以及贵妃娘娘之后，司徒晓偷偷瞄了瞄，皇上是个慈眉善目的老者，身着龙袍，但眉宇之间却依稀透着英气逼人，和赵无琦颇为相像。嘴唇却更像兰陵王赵无矶，似乎总是有着一个微微的漂亮的弧度。赵无琦的唇在没有表情的时候，总是有些微微向下的弧线，看上去似乎总是不高兴似的。

皇后娘娘年纪也有些长了，但看得出年轻的时候也是个美人儿，满脸的威仪让人有些发慌。秦贵妃的年纪却和司徒晓相仿，娇俏可人，正是如花的年岁啊！

“总算是见着新媳妇了，冰凝，快抬起头让母后看看，司徒丞相家的女儿名动安都，定是天仙般的模样。”

皇后率先开了口，脸上挂着慈爱的笑容，司徒晓却依稀能够感觉到那副笑容背后的冷漠。

就在司徒晓抬起头的一瞬间，皇后的脸“刷”地白了，张大了眼睛，仿佛看到了鬼一般。

“浅眠……”

皇上蓦然怔怔地吐出两个字，随即意识到了自己的失态，急忙收了声。

只有秦贵妃依然气定神闲，似乎对皇上和皇后的反应感到有些奇怪，但还是巧笑着开了口道：“郡王真是有福气了，王妃果然是国色天香的美人儿呀！”

“贵妃娘娘过奖了，这全赖父皇的厚爱。”

赵无琦谦恭地行着礼，眼睛却是小心翼翼地观察着皇上和皇后的反应。

这一场宴十分别扭，席间皇后娘娘几乎都没有说话，脸色铁青地坐着，不住地看向司徒晓，就算她此刻突然起身呼司徒晓一巴掌，大概都不会感到意外。只是司徒晓不明白，自己还什么都没有做，怎么就好像惹到了皇后娘娘一般。

皇上虽然有短暂的失态，但很快还是恢复了常态，席间断断续续问了一些司徒家的家事，好在司徒晓在日前基本上已经都快把司徒家八辈祖宗都给记下来了，说起来过去的种种，自然也是手到擒来的。

赵无琦安静地听着，不时看着司徒晓，目光中有赞叹，有提防，还有一些难以名状的情愫。确实没想到，他这个来历不明的王妃娘娘竟是心思如此缜密之人，一切都准备得滴水不漏，甚至他都要相信，她确实是司徒光程的女儿了。

从宫中归来之际，晴好一早就在花落轩翘首以盼了，一见到司徒晓归来，便急急地迎了上去，问东问西的。

看着晴好激动的样子，司徒晓不禁觉得有些好笑，估计当时赵无琦看自己那副好奇激动的样子，心情就跟现在自己看到晴好是一样的吧。

“娘娘，宫里大不大呀？什么样子呀？是不是满地都铺着金子呀？娘娘皇上长什么样子呀？是不是跟龙那样？会不会法术呀？还有他是不是有好多好多个妃子，都是天上的仙女儿……”

听着晴好充满了想象的夸张言辞，司徒晓不由得笑了起来。

“你这小丫头，哪里听来的这些东西！那皇帝不也就是两个眼睛一个鼻子，要是会法术，那就成妖怪了！而且，皇宫不过就是比这王府大一些……出去可别这么没有见识，一惊一乍的，被人笑话！”

"唔……人家从来都没有去过皇宫，也没见过皇上嘛，每次游街的时候也都看不清楚，怎么能知道他到底有几个眼睛、几个鼻子……"

看着司徒晓掩口笑话自己，晴好有些不好意思地摸了摸鼻子，满是委屈。

"好啦好啦，以后有机会呢，娘娘带你去见识见识！"

"真的吗？娘娘？真的可以去吗？"

"当然是假的啦！皇宫又不是我开的，哈哈……不过日后若是有机会呢，一定不会忘记你的。"

司徒晓安抚着晴好，不由得又想起了皇上和皇后初见自己时那一刻的样子，似乎大为吃惊呀。皇上当时似乎还叫了一个名字——浅眠。

司徒晓心中依稀有股奇怪的感觉，这个名字和司徒冰凝似乎有着千丝万缕的关系，这个人究竟是谁呢……

酣然入夜，府中依稀听得一派热闹的景象，司徒晓独坐窗前，看着沉沉的夜空，问道："怎么外头似乎很热闹的样子？难道府中有什么宴席，却不曾来通知我？怎么说我也是王妃吧。"

"娘娘……是纳兰侧妃……那女人太讨厌了，今天皇上召见了王爷和娘娘入宫，但王爷还未将纳兰侧妃有孕的事情奏报上去，纳兰侧妃不高兴，非缠着王爷要找些戏班子来给她表演，说什么是小麟儿想要热闹热闹……哼……这分明就是仗着肚子里有东西来耍威风……"

晴好愤愤不平地说着，司徒晓却没有言语，心中却涌起了一阵淡淡的荒凉，慢慢蔓延开来，仿佛身体里每一个细胞都不能呼吸了一般，难受得不知道该如何解脱。

窗外突然一阵响动，司徒晓警觉地屏住呼吸，快速地打开了窗户，便跳了出去，晴好一见这架势，也急忙地奔了出去，只见窗沿下放了一个卷轴，静静地躺在那里，院中却没有半个人影。

"娘娘？怎么了？诶？这是什么呀？"

晴好伸手要去拿那个卷轴，被司徒晓一把抓住了。

"等一下，小心检查一下。"

司徒晓说着，拿出秀帕，小心翼翼地抱着卷轴拿了起来，查看了一番，似乎并无异样，卷轴上也只有一股子陈腐的气息。司徒晓拿上卷轴，仔细地在院子里环顾了一圈，在一个角落看到了一深一浅两个淡淡的泥足印，心里一紧，似曾相识。

烛光下，司徒晓小心翼翼地展开了卷轴，画卷上是一个女子，头戴斗笠，身披素衣，坐在船头明媚地笑着，宛如水中仙子一般，美艳动人。只是，那张脸，却是如此熟悉……

"呀！娘娘，这画上不就是娘娘吗?！倒不知是哪个登徒浪子，竟偷偷将娘娘的容貌画下，还敢夜里潜入府中，一定要告诉王爷才行……"

晴好气呼呼的，却又不住赞叹着，画的画是挺不错的。

司徒晓皱着眉头，认真查看着这幅画，画上的这张面容，确实和司徒冰凝太过相像了，然而这画卷已经泛黄，似乎是放了有一些年头了，不管怎么推算，画这幅画的时候，司徒冰凝也绝不可能是这个年纪。

“浅眠”——这个名字赫然出现在司徒晓脑海中，司徒晓将画卷在桌上完全展开来，卷轴下题了一行小小的字——“醉卧船头忆浅眠，一见伊人，终生想念。”仔细看题字下的印鉴，司徒晓努力辨认着字迹，喃喃道：“赵谦翼……”

一听这3个字，晴好顿时大惊失色，一把捂住了司徒晓的嘴巴，惊恐地叫道：“娘娘！您怎么能直呼皇上的名讳……这被别人听到，可是要问罪的呀！”

司徒晓一愣，皇帝的名字叫作赵谦翼?！这幅画是他画的?！

司徒晓怔怔地看着摇曳船头的女子，袅袅动人，巧笑嫣然，浅眠，是她的名字吗……顿时，画上女子手腕上的一朵如红莲一般的胎记吸引了司徒晓的注意，在看到那朵如同火焰燃烧一般的红莲之际，司徒晓顿时怔住了，直勾勾地盯着那朵“莲花”。

入夜，司徒晓悄然起身，点起一支蜡烛，轻解罗裳，轻薄的衣物顺着凝脂一般的肌肤滑落下来，曼妙的胴体在烛光下显得更为诱人。司徒晓看着面前的铜镜，胸前一朵红莲盛放着，宛如正在燃烧跳跃的火焰，和画上女子手腕上的红莲一模一样……

景韵堂内，赵无琦也一宿无眠，凝眉看着面前铺陈开来的一幅画，画卷已经十分残旧，边角处甚至还有烧焦的痕迹，画上是身着龙袍和凤袍的一男一女，端坐在龙椅之上，女子面目清秀，艳若桃李，嘴角挂着优雅端庄的笑容，那面容俨然和司徒冰凝如出一辙，只是画中女子的年纪似乎要长一些。

“王爷，前朝皇帝和皇后的画像可是大禁忌啊……应该尽快毁掉……若是让有心人知晓……”

“确实该尽快毁掉。只是，恐怕已经来不及了。赵舍，你来仔细看看，这画中人像谁?”

赵无琦打断了赵舍的话，这幅兰舍王朝皇帝和皇后的画像是近来捣破的一个“光复”乱党据点所缴获的，原本这些东西一旦缴获就该销毁，然而赵无琦却动用了些手段，偷偷从中把这幅画带了回来。

赵舍听得赵无琦的话，狐疑地凑了过去，在看到画中人的一瞬间，整个人都呆住了。

“今日进宫，父皇和母后一见王妃便大惊失色，父皇失言叫了‘浅眠’……兰舍的皇后名讳兰舍浅眠……只是没想到，竟真的是这个兰舍浅眠……以后，任何缴获的属于前朝的遗物必须登记仔细，务必销毁干净。”

赵无琦苦笑着，看着窗外的夜色，他似乎摊上了什么了不得的事情呢。

## 6

一幅画像已经搞得司徒晓几天没睡好了，看日子秋高气爽的，司徒晓到王府里的花园四处闲逛着，脑子里却依然都是画像的事情。

“娘娘，要不要回避一下呀……”

晴好看着前方有些犹豫地轻轻扯了扯司徒晓的袖子。

司徒晓抬头望去，原来前方的人是纳兰芯蕊，肚子大约已经显现出来了些，衣裙都穿得十分宽松了。

“有什么可回避的，这些日子正好还都没有恭贺一下侧妃呢。”

司徒晓淡淡地说着，心里却涌起了一丝丝的酸意。

司徒晓和晴好走了过去，才看到纳兰芯蕊一脸不高兴地站在一旁，贴身婢女春水却是一副蛮横的样子，正在教训一名跪在地上的小丫鬟。

司徒晓皱了皱眉，大步走了过去，一看跪在地上的小丫鬟似乎有些眼熟。

“纳兰侧妃，这是怎么了？这么大火气？倒不知这丫头怎么冲撞着你了？”

看到司徒晓笑眯眯地走了过来，纳兰芯蕊脸上阴霾了一下，瞬间又挂上了一副柔弱可人的笑意。

“芯蕊见过王妃娘娘……”

“回禀王妃，我家娘娘现在怀了麟儿，可是受不得惊吓的，这绿萝丫头明知道自己这副面相，见到我家娘娘不回避，分明就是想要惊吓我们娘娘!”

春水已经抢先一步挡在了纳兰芯蕊身前，气愤地说着，还不忘轻蔑地看了看地上跪着的小丫鬟，一副忠心护主的样子。

绿萝？司徒晓顿时想到，这不是此前见过一次的丫鬟吗？上一次似乎是被连璧人训话来着，看来这丫头也真是，怎么总能被骂呢？

“惊吓纳兰侧妃?”

司徒晓有些疑惑，随即走到了绿萝身旁，蹲了下去，看着跪在地上的绿萝轻声说道：“抬起头来我瞧瞧。”

“回禀王妃，绿萝不敢……怕惊吓到娘娘……”

绿萝怯怯地说着，声音里有说不出的酸楚。

司徒晓温柔地笑了笑，伸出手轻轻端着绿萝的下巴抬了起来，一张俊美灵秀的小脸，可惜脸颊上却是布满了深深浅浅、蜈蚣一般的伤痕。

司徒晓皱了皱眉，惋惜地看着这张脸，好好的一张脸，却不知是遭遇了什么样的苦难，怎么就这么毁了呢？想来女孩子家都爱美，原本也是个轻灵可爱的美人儿，可以嫁个好婆家，可却……

看到司徒晓微微皱眉，绿萝似乎是吓了一跳，急忙不断地磕着头，不住地说着：“娘娘饶命，娘娘饶命，绿萝知错了……”

“你有何错啊？为什么要我饶命?”

司徒晓满脸不解，随即竟把跪在地上的绿萝扶了起来，随即偏过头对晴好说道：“晴好，等小琯有空了，叫他帮忙给看看，凭他那般厉害，或许能妙手回春呢。啊……顺便也可以给纳兰侧妃看看吧，胆子这么小可不行，看到个人都吓成这样，要是看到鬼……”

提到“鬼”字，众人的脸都僵了一下，司徒晓却笑开了。

“好了，绿萝你下去吧，这里没你的事儿了。”

司徒晓对着绿萝摆摆手，绿萝急忙应着，低着头匆匆走了，离开之际，司徒晓才发现，她的步子甚是奇怪，腿脚似乎有些不便的样子，顿时，司徒晓脑海里浮现了此前两次留下的奇怪的脚印。

“娘娘……您就这么让那丫头走了……”

春水有些不满地嘟囔着，虽然你是王妃，可是纳兰侧妃现在可是怀着未来的小王爷啊！这么擅作主张，不是不给纳兰侧妃面子吗！

“怎么？在这王府里头，我想让谁走还要请求你的同意吗？”

司徒晓依旧是笑笑的，轻声对着春水说着，眼中却是一道让人不寒而栗的寒光。春水一怔，竟半晌说不出话来。

“姐姐说这样的话就言重了，春水也是为了护着未来的小主。妹妹现在怀着王爷的骨肉，自是不希望看到什么不可入目的东西，以免对腹中孩儿影响不好……”

纳兰芯蕊应着，把春水护在了自己身后，满脸挑衅的样子。

“纳兰侧妃大可放心，这腹中若是王爷的孩儿，自有龙气庇护，哪会这么容易被侵扰。纳兰侧妃如此忧心，可是对王爷不自信，或是对自己有所顾忌啊？”

司徒晓瞥了瞥纳兰芯蕊的肚子，冷着脸说着。

纳兰芯蕊的脸瞬间惨白，轻轻地咬了咬嘴唇。

看着司徒晓带着晴好离开，纳兰芯蕊眼中迸出一道仇恨的光芒，手紧紧护着自己的肚子。

“晴好，绿萝的腿脚似乎有些不便？”

司徒晓现在根本没心思再去想纳兰芯蕊，脑子里都是绿萝离开的步伐。

“嗯。娘娘，听说绿萝挺可怜的，家里人都死光了，被一伙强盗给抓了去，过上了地狱一般的日子……后来官府攻了那帮子强盗，绿萝又被卖去了妓寨里……后来也不知道发生了什么事，脸给人毁了，腿也……后来是赵大管家可怜她，把她收进了府里做事……不过，因为她生得这副样子，腿脚又不灵便，所以府里的人都不喜欢她……”

晴好絮絮叨叨地说着，声音里充满了同情。

“晴好，改明儿就让小琯去给她看看吧，好好一个姑娘，挺可怜的。你平日里也多关照着些。”

“娘娘您真是菩萨心肠……”

司徒晓淡淡地笑了笑，都是可怜人哪……

纳兰侧妃怀孕的事情终于上奏到了宫里，想来大概也是因为最近发生了许多事情，赵无琦才会一拖再拖到现在吧。让人意外的是，除了接到宫里来的赏赐以外，皇后娘娘竟要亲自驾临零陵郡王府探望纳兰芯蕊。

接到这个消息之后，王府开始准备着盛大的欢迎皇后驾临的事宜。司徒晓却是有些疑惑，这皇后娘娘亲自驾临，这也太大牌了吧……在询问过晴好之后，司徒晓才知道，原来皇后也姓纳兰，是纳兰家的人，只不过皇后和纳兰芯蕊素来不是特别亲密，这一次会亲自前来，也让众人有些吃惊。

不日，皇后娘娘凤驾降临，众人跪迎，司徒晓与赵无琦在一排，纳兰芯蕊稍微靠后。结果，皇后娘娘竟直接走过了司徒晓身边，热情地一把扶起了跪在地上的纳兰芯蕊，满面笑容地说道：“芯蕊，快起来快起来，你现在肚子里可金贵着呢！”

皇后娘娘边说着，眼角的余光有意无意地瞄了瞄司徒晓，这眼神里满是戒备和厌恶，让司徒晓甚是疑惑。

赵无琦突然挪动步子，挡在了皇后和司徒晓之间，隔开了皇后的目光。

“母后，真是劳烦您亲自来了。应是无琦携了芯蕊一块儿去探望您才是。”

“芯蕊现在有孕在身，可不能劳累。你作为芯蕊的夫君，更是要多关心关心她才是。”

虽然皇后依旧是笑着，但语气中却已经透出了些冷漠。赵无琦连连应着，司徒晓在他身后幽幽地轻叹了一声，这些人，名分上是一家人，怎么却都这么假呢？总说着虚假的恭维话，心里却不知道盘算着多少想要害了对方的事情，看来这帝王之家啊，有亲人还不如没有亲人好……但转念一想，自己也被卷进来了，想要抽身，似乎比登天还难啊！

虽然说名义上，皇后娘娘此次前来是为了探望纳兰芯蕊的，但司徒晓却感觉皇后的目光似乎更多的是停留在自己身上，带着几分戒备，几分打量，似乎想从自己身上找到什么似的。而且在闲谈之间，竟又和在宫中一般，再一次把自己的家底问了个底朝天，一双贼溜溜的眼睛透着心里的盘算，似乎在对比这一次所说的和上一次所说的有什么差别似的。

“说来这世事也是巧妙，听说无琦最初与王妃的感情并不如现在这般好，此前还传出了流言，说无琦对王妃动了刑，差一点让王妃香消玉殒了……现在想来，大概都是有心人的造谣吧……”

在众人聊天之际，皇后在拉着纳兰芯蕊嘘寒问暖之际，突然看着司徒晓笑着说道。顿时，众人都不敢噤声，这件事情可是千真万确的，大家都看着呢，可是这皇后娘娘在这个时候提起，究竟又是何用意呢？

“此事是千真万确的。王爷那一次打得可真够狠的。”

司徒晓却也不忌讳，掩口轻笑着，还撒娇似的用手指戳了戳赵无琦。

“不过……也多亏了那件事，才让王爷和冰凝心心相印……所谓，无怨不成亲家嘛，依冰凝看，王爷和冰凝此前就是少了一些怨呢……细细说起来，冰凝和王爷如今能走到这一步，还要感谢纳兰妹妹。妹妹得到王爷宠爱，却始终不忘劝谏王爷对各位夫人雨露均沾。纳兰妹妹如此贤德，故而连上天都终于为王府降下福祉了呀！”

司徒晓接着说道，把满溢赞美之词的高帽子稳稳地戴到了纳兰芯蕊头上，同时也在提醒着众人，这一场皇后的“宴会”，纳兰芯蕊才是主角，不要偏离了话题重心。

虽然这一次皇后并没有直接说什么，但司徒晓还是敏锐地感觉到，皇后娘娘驾临的目的似乎并不只是单纯地为了纳兰芯蕊，反而其重心似乎是在自己身上。想到那幅画，那日皇上见到自己时的失态，司徒晓的疑虑更深了，她甚至觉得皇后对自己的打量，似乎是为了寻找决定性的证据一般……

司徒晓抬起手轻轻放在胸前，垂下眼帘，那朵盛放在此的红莲究竟是福还是祸……

皇后离去之后，司徒晓依然怔怔地站在原地发着呆，赵无琦伸手想要把司徒晓揽过来，却让司徒晓巧妙地躲开了。

“王爷，冰凝也告退了。恭贺王爷和纳兰妹妹。”

司徒晓冷冰冰地说完，落荒而逃。

赵无琦的手还悬在空中，看着司徒晓匆匆离开的背影，心里有一阵失落。

现在在司徒晓的脑海中，出现了某某湖畔的某姑娘在某次机缘巧合之下和某男相遇相恋的故事，结果最后才发现，那某男是当今天子……一想到这里，司徒晓就觉得阵阵恶寒，如果故事真是如此，那司徒冰凝和赵无琦岂不是成了同父异母的亲兄妹?！虽然这个想法只冒出过一瞬间，但皇后的态度却让司徒晓心中的这个想法似乎变得越来越可信。

司徒晓的脸垮了下来，脑海里一直盘旋着两个大字——乱伦?！

在这个烦恼的侵扰下，司徒晓开始刻意躲着赵无琦，无论在何处，只要一见到赵无琦的身影，马上就远远躲开。她开始感到一些恐惧，如果他真的和司徒冰凝是兄妹的话，她怎么可以对他有任何一点点的心动和一些些的眷恋呢?

“赵舍，王妃近日都在做什么?”

手里捧着书的赵无琦一副魂飞天外的样子问着。

一旁的赵舍看着王爷手里拿倒了的书，愣愣地应道：“回王爷，王妃近日……一切正常……”

“怎么可能一切正常呢！一切正常会每次连偶然碰面都没有?！本王一去花落轩，她就不见了?！”

赵无琦一把把书摔在桌上，一副气急败坏的样子。

“回王爷……那是因为王妃似乎一直在躲着您……”

赵舍皱了皱眉头，如实答道。

“喔？躲?”

“是。前日，王爷路过花园，王妃本在赏鱼，见到王爷便钻进了一旁的林子；昨日清晨，王爷一大早前往花落轩，王妃的贴身侍婢晴好向王妃报告，原本还在入睡的王妃迅速整衣离开花落轩晨练；昨日夜晚，王爷从宫中回府，王妃原本让晴好准备了消夜，听闻王爷欲往花落轩方向，即刻灭灯入睡；昨日……”

“够了。不用再继续了。”

赵无琦面色铁青地打断了赵舍的报告，赵舍听命地立于一旁。这女人，显然就是在躲着自己，在躲着自己！

“王爷，若没有其他事，老夫便退下了……”

赵舍说着，退到了门边，突然停下了脚步。

“王爷是为了窥探她背后的秘密才靠近她的吗？王爷会不会觉得，已经靠得太近了。”

赵舍淡淡地说完，走了出去。

“靠得太近？可我为何却觉得我依然离她甚是遥远呢……”

赵无琦自语着，看着远方的天空，明朗清澈，有些像她的眼睛。

中秋佳节将至，兰陵郡王赵无矶捷报频传，差人日夜兼程，送来了许多边塞的东西到宫中，其中便有一份送往了零陵郡王府。

送到郡王府的礼物有两份，赵无琦拆开了一份，是一个精致的牛角号，号角上挂着色彩斑斓的十分好看的手工艺品。另一份却是言明要赠予王妃司徒冰凝的，还附有一封信。赵无琦看了许久，伸手拿起了那封信，作势要拆。

“咳咳……王爷，那是兰陵郡王给王妃的……”

赵舍清了清嗓子，阻止道。

“喔。本王看错了，还以为是皇兄写给本王的信。你把这些送去花落轩吧。”

赵无琦把手里的信放下，眼里透露出了一丝恼怒。

赵舍顿时感觉似乎有一道想要杀人的目光射向自己，急忙拿着东西便退下了。

见到赵舍来，司徒晓倒是一副颇为欢迎的样子，迎上来便是一声亲切的“老爹”。

每一次，只要赵舍不和司徒晓发生任何冲突，司徒晓一见着他，便都是一副亲近的样子，称呼他为“老爹”。虽然对于这个称呼，起初一直很别扭，但到现在，赵舍基本上已经习惯了，有时候还真觉得自己好像多了个闺女似的。但每次，只要有任何的摩擦，司徒晓便是冷冷地称呼他“赵大管家”。这让赵舍一直感叹，女人的脸确实比这天气变得快多了，尤其是这女人，好恶表现得如此直接，也不会稍微藏着掖着点儿。

看到赵舍交给自己的东西，司徒晓一阵惊喜，她倒是没想到，那个赵无矶竟然会差人专程还送了一份礼物给她。看着包得层层叠叠的盒子，司徒晓就好像捡着了一个值钱的宝贝一般，笑得像个孩子。

“你知道吗，这是我 6 岁以后第一次有人给我送礼物呀!”

司徒晓快活地说着，6 岁，她人生的分水岭，6 岁以后她失去了一切，被丢进了孤儿院，自从那以后，礼物、欢笑、庆祝……一切似乎都再和她没有任何关系了。

看着司徒晓几乎要笑出泪花的样子，赵舍顿时有些心疼，却也有些疑惑，至于这么开心吗？然而这样子却又不像是假装的。

她小心翼翼地拆开了信封，信笺上工工整整地写着秀气端正的字体：

“当日种种，永存无矶心中。王妃所赠平顺安宁，无矶一直携于身旁。大漠风光无限，虽不比安都繁华，却有一派磅礴之景，只可惜无法将无矶眼中的风光悉数呈现在王妃眼前。中秋佳节，人月两圆，无矶祈愿王妃心中所念所想之事尽能成真。”

司徒晓看着这一字一句，心中顿时一震，字字句句，平平实实，却透着隐忍深重的情意。当日种种，旁人大约以为是救命之恩，司徒晓却知晓他早已看透她的小把戏。那两拳留在他脸上的“黑眼圈”、那离去之际的叮嘱，当日种种……

司徒晓小心地打开盒子，里面有一幅画卷和一套异族服饰。

展开画卷，大漠风光铺陈开来，呈现在眼前，在茫茫无边的大漠上，一名少女身着异族服饰，在狂沙之间起舞，却仿佛沙漠里盛开的花朵，在风沙之间明媚灵动。细看少女，却像极了司徒冰凝的样子……

“好一派磅礴风光……大漠孤烟直，长河落日圆……果然是这样没错呢……想不到兰陵王有心，竟把冰凝也融人了其中……”

司徒晓眼里噙着泪，看着桌上铺陈开的画卷，似乎嗅到了风中自由的味道。

赵舍看着画，惊叹之余微微凝眉，画上的女子栩栩如生，可见，她早已烙印在了作画人的心中……可是，他是兰陵郡王啊！而她，却是零陵郡王妃……

## 7

按照惯例，每到中秋，宫中都将有一场宫宴，大宴群臣，王公贵族也都将携眷出席。而在席上，各个名声在外，拥有一技之长的人也都必将会争取在皇帝面前献艺，以讨圣上欢心。

司徒晓自然不会想去出这种风头，照她的计划，就是带着空荡荡的肚皮去，吃饱喝足一番，便当是完成任务了。然而，天不遂人愿，司徒冰凝“冰美人”的名声在外，除了冷若冰霜、美胜天仙之外，更重要的是，司徒冰凝可是技艺双绝的美人儿，琴棋书画可谓是样样精通，尤其一手琵琶弹得出神入化，晴好的琵琶技艺便也是经过了司徒冰凝的多番雕琢，才会在上一次技惊四座。

然而，事实上，虽然作为一名特警，司徒晓也算得上是多才多艺，主要是为了卧底方便。但是说到琵琶，司徒晓就有些一筹莫展了，听听还行，拨弄拨弄也还可以，要是在群臣面前奏一曲，只怕自己会把王府的脸面都丢尽了吧……

“娘娘，到时候您看要弹一曲什么呀?”

晴好早已经细细开始擦拭着一把不知道从何处抱出来的琵琶了，司徒晓无奈地看着这柄乐器，嘟囔着：“还琵琶咧……我弹个吉他还差不多……”

“吉他？娘娘，什么是吉他呀?”

晴好歪着头，一脸疑惑地看着司徒晓。

“没什么，就是……嗯……长相和琵琶差不多的亲戚……我一定要表演吗?”

“那是自然的了！娘娘，您的才貌在安都可是数一数二的，什么王公贵族，在娘娘您的面前呀，都是下等下等的!”

看着晴好骄傲地扬着小脸，司徒晓更是心里没底了，看着司徒冰凝这双柔滑纤细的小手，一阵郁闷，如果自己会招魂的话，一定要作法把司徒冰凝招出来撑场面呀！

晴好却是没注意到司徒晓一脸的苦闷，继续激动地絮絮叨叨说着，宫宴的场面会有多么的辉煌壮丽，会有多少人来参加。突然，司徒晓的目光落在了赵无矶所送来的礼物上，顿时有了主意，莫不如结合自己的长处，给他们来点儿新鲜的东西好了，新鲜的东西自然是能抓住人眼球的。

“晴好，这次不弹琵琶，我想来点儿新鲜的东西，也算是寄送千里之外的王爷的回礼了!”司徒晓轻轻地抚摸着赵无矶送来的服饰，一抹明媚的笑容绽放在脸庞上。

中秋宫宴，四处张灯结彩，好不热闹。

零陵郡王与王妃的席位安排在皇上主位的左侧，其他妃子的席位则在略靠后的位置。司徒晓和赵无琦刚落座，就见一名宫女引着纳兰芯蕊走了过来，那名宫女看上去似乎有些眼熟，而且似乎是其他宫女的头儿，众人见到她都毕恭毕敬的，看了半天，司徒晓才想起，她似乎是皇后的贴身宫女。

“王爷，王妃，纳兰侧妃身体不便，坐侧席似乎不太方便。”

宫女冷冷地说着，已有所指地看了一眼司徒晓。一旁的纳兰芯蕊微微皱着眉头，一副十分抱歉的模样。

“芯蕊这肚子一天天大起来了，甚是不便呢……”

“喔，那侧妃你坐主位吧，我们换换便是。”

司徒晓淡淡地说着，兀自起身就朝着后方走去了，纳兰芯蕊得意地笑了笑，由宫女扶着坐到了赵无琦身旁。赵无琦的目光却是一直随着司徒晓的背影，略有些愠怒。

皇上就座之后，宴席便也正式开始了，一众嫔妃们争先恐后地表演着节目，展现着自己的美丽，谁都意图借此机会博得圣上的欢心。

“零陵郡王妃司徒冰凝才艺双绝，美貌无双，名动安都，朕曾亲自指婚于郡王，朕很期待能在这样的中秋月圆之时欣赏王妃的技艺。”

皇上悠悠地开了口，引起众人一片哗然，这可是圣上亲自点名的，简直就是司徒家以及零陵郡王府的荣耀啊。

“听说王妃最擅长琵琶，本宫也喜欢弹琵琶，倒不知王妃今夜打算为皇上献上哪一曲?”

皇后娘娘威严的声音不紧不慢地说着，锐利的目光直直地射向了淹没在众人群里的司徒晓。

“回皇上，皇后娘娘，今夜冰凝未曾准备弹奏琵琶，冰凝知道皇后娘娘尤其擅长琵琶，在娘娘面前，冰凝又岂敢班门弄斧？但冰凝也想尽一番绵薄之力，博得皇上和娘娘一笑，日前，远在边关的兰陵郡王不远千里差人送了一份礼物给冰凝，冰凝受宠若惊，曾与兰陵王也算是情谊一场，却未曾想到兰陵郡王心中还记挂着冰凝。冰凝将为皇上、为大齐以及远在边关为大齐镇守一方的兰陵王献上一舞，祈愿兰陵王旗开得胜，祈愿大齐万盛无疆!”

司徒晓字字铿锵有力地说着，一挥手，早已准备好的画师和乐师都急忙上来，分站两侧，司徒晓将披在身上的外衫褪下，身上是一件颇为华丽的外族衣物，一旁的宫女急忙呈上了帽饰和长刀，司徒晓装扮一新，手握长刀，走到了场中。

“大胆！觐见皇上，怎可手执利器!”

皇后娘娘突然一拍座椅，厉声说道。

“罢了，朕非常期待王妃的刀舞。纤弱女子，真能舞出沙场气势?”

皇上却是饶有兴味，深深地看着司徒晓，如此柔弱的女子，想必甚至未曾经过什么苦难，更别说征战沙场，能耍得出一套怎样的刀舞呀！却不是人人都担得起巾帼不让须眉的旗号。这么想着，皇上的眼中顿时闪过一丝疼色，这天下间，唯有一人，只有那一人，只有她可以……

马头琴奏起，音色明亮高亢，仿佛将人引入了一片广袤无垠的自由大地上，司徒晓手握长刀，闭上眼睛站在场中，金戈铁马，归雁落日，她仿佛感受到了大漠的风，仿佛看到了骑马奔驰的少年，仿佛置身于一片金色的海洋之中……长刀挥动，凌厉逼人，司徒晓挥动着衣袖，仿佛策马奔腾，引导着千军万马的将军，她的面庞透着一股坚毅，明亮的笑容让人离不开视线，让九天之上的明月也黯然失色，仿佛那高高悬于空中的太阳，绽放着耀目的光辉……

满座皆惊，直到琴音戛然而止的一刻，也久久无法回神，那一刻，他们仿佛被这个身着异族服饰的女子带到了大漠之上，亲眼看到了大漠的无限风光，亲历了那一段荡气回肠的将军征程……

“翩跹若游龙，轻婉若惊鸿!”

赵无琦感叹着，也许直到这一刻，他终于意识到，眼前这个女子身上有着吸引众人的光辉，有着让天下任何一个男人都无法漠视的美丽，不仅仅是如花的面容、曼妙的身姿，更重要的是她身上所散发出来的宛如太阳一般的光辉，不卑不亢，永远闪耀在黑衣里，让一切都黯然失色。

“美人如玉，刀剑如虹……赏……”

皇上的声音竟微微有些颤抖，不由自主地握紧了龙椅的把手，眼前的身影和某个曾在高山之巅舞动的身影重合了起来，越来越清晰地呈现在了眼前。

一众画师随即呈上了依据司徒晓吩咐画下的司徒晓的舞姿，司徒晓扫视了一圈，满意地点了点头。

“皇上，冰凝请画师帮忙画下了方才冰凝的舞姿，意欲装订为画册，作为礼物回赠兰陵郡王，还望皇上准许。”

“哦，这个方法倒是甚好，中秋佳节，本该人月团圆，皇儿却独自远在边疆，实在令人挂心。命人依王妃所言，装订为册之后，快马加鞭送到边疆!”

得到了皇上的首肯，司徒晓满意地回到了席位上，倒不是她想搞得如此高调，只不过，她身为零陵郡王的妻，如果和兰陵王走得太近，难免会让有些有心人有所微词，莫不如将事情高调摆出，让天下皆知兰陵王不过是为了报当日救命之恩，而自己也只是为了回礼罢了，也算是省去了一番香艳的野史秘闻。

但一侧的赵无琦显然不是那么想的，闷闷不乐地喝了一口酒下去，有些愠怒地一直看着司徒晓所在的方向。皇兄对这个女人的情意，赵无琦并不傻，他看在眼里，虽然心中甚是不痛快，但也素知兰陵王为人，断不会做出什么不合礼数的事情。然而，当看到司徒晓对他这般，心中却有些隐隐的不痛快，难以抑制的情绪喷涌而出，他知道，这种感觉，叫作忌妒。

回到席位上的司徒晓自斟自酌，也不和别人有所交谈，眼睛始终直视前方，避免看到赵无琦和纳兰芯蕊。每一次只要看到纳兰芯蕊微微隆起的小腹，司徒晓心里都会有些不痛快，虽然不止一次地提醒着自己，赵无琦并不是自己真正的夫君，而自己在他身边，也是有目的的，总有一天，她会消失在他的生命中，去追寻自己的自由……何况……他可能是自己的兄弟啊……

越是这么想，司徒晓就越是很不开心，兀自倒了一杯酒，一口灌了下去，一连好几杯后，脸上飞上了两片红霞。

“零陵郡王家的王妃真是非同一般啊！比传闻中让人感兴趣得多呀！我看你呀，不像‘冰美人’，倒更像是照耀在大草原上的太阳，我的太阳女神哈那玛伊！如何，要不要随我一同奔驰在草原上，美丽的哈那玛伊！”

一个身着异族服饰，长相俊美，皮肤略有些黝黑的男子带着魅惑的笑容凑近了司徒晓，仔细看，他的眼睛是冰蓝色的，冷冽迷人，仿佛会将人吸进去一般。男子的出现引起了一旁众多女子的惊呼。

“哈塞尔王子，这样觊觎别人的妻子，在大齐可不是件光彩的事情，还请自重一些，入乡随俗的好。”

赵无琦不知何时已经来到了司徒晓身旁，不动声色地把司徒晓护在了自己身后。

这位哈塞尔王子是塞外游牧民族其中一支非常强大的部族亚当斯部族首领的儿子，游牧民族之间各个部族并不和谐，如今大致分散成为两大派阵营，分别是亚当斯部族和拜安部族，亚当斯部族与大齐交好，每年向大齐进贡，作为交换，大齐将会帮助亚当斯部族来抵御拜安部族。哈塞尔王子便是全权负责亚当斯与大齐交好的“使者”。这位王子十分风流，在大齐流传下了不少风流韵事，虽然如此，依旧有不少待字闺中的女子盼着能成为他的妻子，即使远赴塞外也在所不惜。

“王爷真是护妻心切，既然要入乡随俗，那看来必须要把哈那玛伊带到亚当斯才行，这样就没有问题了吧！在亚当斯，女子也是有自由选择夫君的权利的，不喜欢自己的丈夫，便可提出分离。哈那玛伊，可愿随我一同去那个自由的天堂！”

哈塞尔丝毫没有退却的意思，佯作认真地思索了一番之后，依然充满热情地望向被赵无琦护在身后的司徒晓。

“哈塞尔王子，我的王妃不是哈那玛伊。她哪里也不跟你去。”

赵无琦的一张脸已经黑了，如果不是考虑到此时此地，他已经狠狠给眼前这个男人一拳了。

正想着，突然一只粉嫩的拳头从赵无琦身后伸了出来，一拳打在了哈塞尔俊秀的脸上。

“诶！你够了，不要色迷迷地看着老娘，小心老娘揍得你连你妈都认不出来！”

司徒晓满脸通红，口齿不清地怒吼着，一副醉相。

“王妃……你……没事吧……”

赵无琦惊诧地看着这个满身酒气的女人，不能喝就不要喝这么多啊，不过她倒是做了自己很想做的事情，想想也爽啊！

“哈那玛伊……你果然具有能够与我并肩而立的资格……哈那玛伊，我愿穷尽一生，将大漠最美丽的一切都献给你，祈愿你做我的妻子吧！我会永远对你忠诚！”

被打的哈塞尔王子却是满脸喜色，突然单膝跪下在司徒晓面前，伸出了手。这一幕让所有人都惊呆了，所有目光都集中到了3人身上。

“永远忠诚？意思是只娶一个老婆，我死了还要给我守寡吗？”

司徒晓微微皱眉，凑近哈塞尔说道。

"啊……这个……如果是为了哈那玛伊……也是可以考虑的……"

哈塞尔心中叹息着，那千万朵娇花岂不是都要为自己心碎了？

"够了，你喝多了。"

赵无琦黑着脸，一把扛起了司徒晓，迅速离席了，再继续待下去，只怕惹起大骚动，引起皇上的注意。看着司徒晓被赵无琦带走，哈塞尔嘴边勾起一抹笑，哈那玛伊，让人难以直视的太阳女神啊！

"你怎么搞的！还真想和他走不成?！你有没有把你的夫君放在眼里！"

出了皇宫，赵无琦抱着司徒晓骑在马上奔驰在夜色中，清凉的风吹在脸上，司徒晓酒醒了一半，眯着眼睛有些不满地说道："跟他走倒是也不错，反正你老婆那么多，多我一个不多，少我一个也不少，况且，我也不算是你老婆……"

"你说什么?！司徒冰凝，你和我可是拜过天地的！这辈子恐怕你都走不出王府的门了！"

"和你拜堂的是司徒冰凝，我又不是司徒冰凝，我啊……想走随时都能走……"

司徒晓嘟囔着，身子却往赵无琦怀里缩了缩，找了一个舒服的位置，靠在赵无琦怀里，享受着夜晚"兜风"的乐趣。

不知奔驰了多久，赵无琦停在了一处草地上，勒停了马，赵无琦低下头，定定地看了司徒晓许久，说道："你是司徒冰凝也好，不是司徒冰凝也罢，你是我的妻，一生都是。"

话音未落，赵无琦已经吻上了司徒晓的双唇，淡淡的酒香味飘散在风中，司徒晓呢喃着，迎着赵无琦的吻，脑袋有些昏昏沉沉的，已经不想再想什么了，脑子已经变得迟钝了，就让它迟钝下去吧……

"冰凝，你看那边，从这里可以看到观雨楼，很快它就要完工了，落雨时，我便能陪你一同登上观雨楼，起风之际，你便也能随我一同栖息听风阁。"

赵无琦轻轻地拥着怀里的女子，指着远处依稀可见的高楼说着，眼中满是柔情。

司徒晓眯着眼睛，享受着这种虚无与真实之间游走的感觉，视线却是有些模糊。

"我想去看看观雨楼，想去看看。"

司徒晓呢喃着，那就仿佛是心中的一个憧憬，她会待到观雨楼建成的那一天吗？她有机会能和赵无琦过上那样的日子吗？她不知道，她甚至不知道自己下一步应该怎么走，而自己的心又会漂流到何方。

赵无琦抱紧了司徒晓，策马奔腾，直接冲回了王府，冲向山顶的观雨楼。

尚未完工的楼阁之中，月光温柔地倾泻了一地，司徒晓和赵无琦相拥而坐，两双唇轻柔地交缠在一起，沉浸在一片柔情之中。司徒晓脸颊红扑扑的，煞是可爱，柔软的身子窝在赵无琦怀里，惹得赵无琦心生荡漾。顿然情起，香囊暗解，罗带轻分，玉楼冰蕈鸳鸯锦，粉融香汗流山枕……

"赵无琦对月盟誓，此生定护你，爱你，不离不弃……"

低沉温柔的声音环绕在耳畔，一缕红梅绽开在月下。

“你可知……你将我拉下了万丈深渊……”

司徒晓抚摸着赵无琦的眼眉，呢喃着，下了万丈深渊，我却甘愿从此万劫不复……

## 8

春宵苦短日高起。

司徒晓睁开双眼，温暖的阳光轻柔地照在身上，一股暖意袭来，赵无琦不知何时早已醒了过来，却依然一动不动，怀抱着司徒晓，含笑看着她的睡颜。

对上赵无琦的目光，昨夜的一切顿时再次清晰地浮现在脑海里，司徒晓顿时满脸通红，娇羞地把脸埋在了赵无琦的胸口，小声说道：“你……你不要……不要看着我啦！”

赵无琦不禁笑了起来，爱怜地抚摸着司徒晓柔软的头发，这个小丫头还有这样子会害羞的表情呀！

“你怎么如此可爱呀！”

赵无琦感叹着，抱紧了怀里的人儿，倔强的她，聪明的她，果断的她，冷冽的她，灿烂的她，美丽的她，娇羞的她……司徒晓种种的样子浮现在眼前，美丽聪慧，果敢决绝，却又有着清澈灿烂的真性情，这就是他的妻，让他深陷着迷的女人……

当赵无琦满怀柔情地携着司徒晓出现在府中之际，在景韵堂外守了一夜的纳兰芯蕊脸色煞白地看着赵无琦拥着司徒晓走了进去，顿时有些无力，身子一晃，险些跌倒，幸好身边的春水急忙扶住了她。

“娘娘……娘娘您怎么了……您都在这里守了一夜了……娘娘，您不要这样……就算不为自己考虑，也要为腹中的麟儿考虑呀……”

“腹中的……麟儿……”

纳兰芯蕊的脸突然有些狰狞之色，满是愤恨，蓦然低头看着微微隆起的腹部，腹中的麟儿……

自从那日月下盟誓之后，赵无琦几乎夜夜都宿在花落轩，司徒晓心中自是欢喜，但同时却也有一分伤悲，男人莫非真是如此薄幸，由来只见新人笑，却从来不忆旧人哭？纳兰芯蕊与他软语温存之日的景象还历历在目，而今却突然之间就冷漠相待？她的腹中可是有着赵无琦的孩子呀！

爱情是自私的，同样也是缺乏安全感的。司徒晓终于明白，为何师傅总说，人一旦有了感情，被感情所牵绊，就难成许多事情了。可惜的是，司徒晓明白了其中的道理，却始终无法抛弃作为人的情感，反而对它有着更深更深的渴望，难以自拔……

“赵无琦，有朝一日，你是否也会这样将我忘却，放在记忆的一个小角落里，拥着新人欢笑喜悦……”

“司徒冰凝，我的心里只有一个妻，你走进去了，就再也离不开了。”

“这话，你也曾对旧人说过吧！”

"赵无琦的生命里没有旧人……有的……只是许多被牺牲了的女子……而唯有你，是我的妻，不是新人，也不是旧人，只是我的妻。"

"若我不是司徒冰凝又如何……"

"你就是你，是司徒冰凝也好，不是司徒冰凝也罢，只是我的妻，我的妻……"

……

不日，赵无琦似乎有什么事，听完赵舍的话以后便随他走了。赵无琦前脚刚走，百里琯就立马出现了。

"王爷总算是走了，日日夜夜地守着王妃，让我都不好意思前来打扰呀！"

百里琯边说着，边径直走进了房中，倒也不顾忌什么。

"大胆！娘娘的闺房岂是你……"

"那算什么，娘娘的床下我都待过，岂止是闺房……"

晴好想要拦他，百里琯却笑着从晴好身边绕开了，看着晴好做了个鬼脸。

"怎么了？莫非你还有事不能对王爷言说不成？"

司徒晓懒洋洋地瞥了一眼百里琯。

"倒也不是……不过嘛，上一次晴好姑娘给我带了个话，说王妃命小琯替一个小丫鬟看看病，小琯这是来复命的。"

"喔——如何？"

司徒晓顿时认真了起来。百里琯瞄了瞄晴好。

"但说无妨。"

听得司徒晓这么说，百里琯便开了腔。

"我给她开了一些药，外敷可以慢慢消除些疤痕，但顶多也就是能淡化痕迹，若是想恢复到常人，恐怕是不可能的了。至于她的腿脚，似是被人挑断过脚筋，看似是受了非人的折磨……不过，她的脚筋虽然伤得很严重，却有被处理过的痕迹，并且处理的那人医术定是十分高明的，否则，她的腿脚恐怕已经残废了，如今虽然有些跛，但已是极好的情况……"

听着百里琯的叙述，司徒晓对绿萝产生了深深的怜悯，但同时，她的身份也更加可疑了，一个身世可怜贫穷的丫头，怎么可能请得起拥有如此高超医术的医师为自己诊治呢？况且，若是运气好，有所奇遇又怎会沦落至此……除非，她确实有"奇遇"，而那"奇遇"便是安排她到此"卧底"的人，也就是上一次赵无矶遇刺事件的幕后黑手！会是谁呢？和司徒彻是否有关?!

正想着，府里传来了消息，3日之后要到安都以北的苍山祈福，此次祈福，皇后娘娘也会率众前往。经过一番打探，司徒晓得知，原来是纳兰芯蕊称自己近日来噩梦连连，并梦见一名仙人指点，要她到苍山祈福，否则将会有灾祸降临。纳兰芯蕊感到害怕，便将此事呈报了去，托人进宫请皇后娘娘一同前往，希望能借些凤气。看来方才赵无琦匆匆离去，大约就是因为此事了。

司徒晓有些不安，不知道这一次纳兰芯蕊究竟想玩什么把戏，但既然皇后都已经答应前往了，自己若再找托词不去，岂不是又将落人口实？想到此，司徒晓不由得叹了口气，若是在寻常百姓家，哪有这样的烦恼？若是当初自己一走了之，又怎会需要和其他女人来争夺一个丈夫……

祈福之事在皇后娘娘的干预下准备得十分盛大，一路上浩浩荡荡地前往苍山。

苍山之巅有一处藏安寺，据说是安都十分灵验的寺庙。祈福的各种礼节甚是烦琐，就叩拜一事已经让司徒晓感到疲惫不堪了。休憩之际，众人都忙着准备其他事宜，晴好也被春水叫到一旁帮忙去了。司徒晓找了处无人的角落偷闲，看着眼前的树海云层，倒确实有几分远离凡尘俗世的安宁之意。

正在司徒晓感觉着自己离佛似乎近了一些之际，春水突然脸色煞白，慌慌张张地跑了过来。

“王妃……晴好姐姐……晴好姐姐在后山出事了……”

“啊？晴好怎么了？出什么事了？快叫人帮忙啊！”

“不是……王妃娘娘……不能声张……此事若是被别人知晓，就不得了了！”

“晴好究竟出了何事？”

“回娘娘，晴好姐姐在后山遇了蛇，一不小心……一不小心把那条蛇杀死了……”

“哦……我还以为被咬了，杀了就杀了呗……”

“娘娘，藏安寺里，蛇是象征吉祥如意的，况且，今日为的是要祈福，若是杀了生，神明会降下惩罚的……现在，一个小和尚看见了，纠缠着不放，春水不知该如何是好，也不敢告诉纳兰侧妃，故而来向娘娘请示……”

“喔。你会替晴好考虑，倒是少见。”

“娘娘……如果是晴好姐姐一人闯的祸，春水自是会直接告知侧妃娘娘，不留半点情面，但此次，春水也在场，难辞其咎……”

虽然春水这么说，司徒晓还是有些怀疑，但小心翼翼地环顾一周之后，确实未在人群中看到晴好，心里不免有些担心。无论如何，虽然这是荒山野岭的，估计纳兰芯蕊再怎么样也不至于会直接把自己杀了弃尸荒野吧……只要自己小心一些，倒也没什么好怕的。

司徒晓随着春水到了后山，然而却不见晴好的影子，倒是见到纳兰芯蕊准备了许多香烛，放在一侧的山壁上。

司徒晓面色一沉，冷冷地看了春水一眼，春水急忙低下头，不敢对上司徒晓的目光。

见到司徒晓来了，纳兰芯蕊柔弱地笑着招了招手道：“希望姐姐不要见怪，是妹妹让春水引姐姐来的，就怕直说了，姐姐不愿来见妹妹。”

纳兰芯蕊的脸色确实十分不好，一副憔悴的样子，看来她大概也没有撒谎，近来确实十分不好。

司徒晓的脸色稍微缓和了一些，走了过去，依然有些警惕地看着纳兰芯蕊。

“你想找我？何事？”

“姐姐如今深得王爷宠爱，如果说妹妹心中完全没有一丝不痛快，姐姐自然也是不会相信的。但不管妹妹心中有多少的不痛快，为了腹中的孩儿将来能好好地降生在这个世界上，顺利成长起来，妹妹还是希望能与姐姐冰释前嫌，以前的一切都是妹妹不懂事，还望姐姐多多见谅，以后能对妹妹的孩儿高抬贵手……”

纳兰芯蕊说着，眼睛有些泛红，一字一句击打着司徒晓的心，难道她是个会对孩子下手的人不成……虽然心里有些不快，但看着眼前这个为了孩子而向自己低头的母亲，司徒晓还是有些心软的。

“纳兰侧妃，你想多了，你的孩子也是王爷的孩子，同样，也是我的孩子，我也希望他能好好成长……”

司徒晓说着，感觉有些别扭，自己可是还没有做妈的心理准备……

纳兰芯蕊柔弱地笑着，连连点头，不住地说着“芯蕊谢谢姐姐”，随即便作势要下跪，司徒晓急忙扶住了她。

纳兰芯蕊嘴边突然绽露一抹有些悲伤的笑意，一把反抓住了司徒晓的手。

“司徒冰凝……你可知……我好恨你……抢走了王爷……”

纳兰芯蕊的声音很低，充满了绝望和悲痛，不等司徒晓反应过来，纳兰芯蕊突然惨叫一声，往后一倒，从山坡上滚落了下去。司徒晓愣住了，怎么也没想到纳兰芯蕊会来这么一出，怔怔地站在原地，一边的春水尖叫起来，司徒晓愣愣地回过头，只见皇后娘娘正率着一众宫女侍卫目瞪口呆地站在不远处，看着这一幕……

“中计了……”

司徒晓喃喃着，却怎么也想不到，纳兰芯蕊竟然会以腹中的孩子……值得吗？值得吗？

不由分说，司徒晓被一众人押到了赵无琦面前，同时来的还有被众人抬着奄奄一息的纳兰芯蕊，纳兰芯蕊浑身是伤，裙子已经被血染红了，样子甚是可怖。

众人七嘴八舌地交代着自己所看到的事情的经过，司徒晓完全没有听进去任何一句话的内容，只是一直看着赵无琦，喃喃地说了一句：“我没有。”

赵无琦冷冷地看着司徒晓，看着奄奄一息的纳兰芯蕊，皇后娘娘铁面无私地站在一旁，淡淡地道了一句：“王妃犯法与庶民同罪！”

眼前的一切仿佛都和自己无关一般，司徒晓只是一直看着赵无琦，她只要他相信她就够了，其他人都可以不相信，可是他要相信，他不是曾说过吗，她是他的妻，若是他的妻，他就该相信她、保护她，不是吗？

“把王妃拿下，押往宗人府，无论如何，一定要治好纳兰侧妃，一切等纳兰侧妃醒来再做定夺。”

赵无琦的声音冷冷的，不带丝毫感情，下了命令，却没有再看司徒晓一眼。

心里某个东西似乎破碎了一般，司徒晓顿时一阵心痛，原本面无表情的脸上，泪水顿时汹涌而出……

“月有阴晴圆缺……王爷的誓言果真也如同月亮那般……变化多端吗……”

司徒晓悲伤地说着，被侍卫禁锢住手腕，赵无琦却似乎眼中没有她一般，没有再多看她一眼……

一朝失势，零陵郡王妃被押送到了宗人府，投入大牢，一时间，安都传得沸沸扬扬。

命运轮回，前一秒她还是得到皇帝盛赞的女子，高高在上的王妃娘娘，后一秒却沦为阶下囚，人们口中恶毒的妒妇。

看着牢房中捆绑犯人的木架子，以及还沾染着血迹的皮鞭，各式各样“落后”的刑具，司徒晓嘴角泛起一丝苦笑，穿越一遭，看来还可能有机会体验体验这古代的刑具啊。只是，肉体上的痛苦能否减轻一些心中的痛苦呢？若是能够的话，倒也是件好事。

赵无琦冰冷的背影仿佛又出现在眼前，司徒晓慢慢闭上眼睛，原来爱情的味道是这么苦涩，这么痛苦的呀……

对王妃谋害纳兰侧妃的事情，皇后娘娘十分震怒，自己作为此案的目击者，并且还是纳兰芯蕊的亲戚，对于此事自然十分重视，下令宗人府一定要尽快查办，切不可有任何松懈，一定要以最快的速度处理完。

皇后娘娘亲下这样的命令，自然是授意宗人府动用大刑了，只要一动用大刑，能否活着走出去还是个未知数。

刚被关押进牢房没几分钟，司徒晓就被几个魁梧的狱卒带了出去，到了审讯室。审讯官懒洋洋地询问了几个问题，大约都是关于你认不认罪之类的，司徒晓不发一语，审讯官似乎也早已习以为常了，淡淡地命人将司徒晓绑在了刑架上，这一切的流程并不是什么新鲜事，反正每个来到这里的人都是如此，起先都是大喊冤枉，或者和司徒晓一样不发一语，几轮拷问下来，不管是真是假，大多数自然都低头认了罪。自然也有些有骨气的，愣是死在了这刑架上。

“王妃娘娘，我说您就招了吧……您这样也挺为难小的，您贵为郡王的妃子，又是丞相的千金，让小的对您动刑，实在是有些为难……但此事偏偏又是皇后娘娘亲自下的命令……况且，这王爷也未曾出面……”

行刑之前，审讯官还是有些犹豫的，苦口婆心地劝着，但司徒晓却仿佛什么都听不到一般，眼神涣散，整个人仿佛失了魂一般。

“动刑……”

僵持了许久之后，司徒晓突然低喃道。

“啊？”

审讯官凑了过去，仿佛没听清楚司徒晓在说什么。

“动刑……不是要动刑吗……为什么还不动……快动刑！”

司徒晓咬着牙说着，一滴泪从脸上无声地滑落。

审讯官怔住了，这还是头一遭听到有人催促自己动刑，这姑娘不会是脑子坏掉了吧……正在进退两难之际，门外突然一阵骚动，审讯官仿佛得救了一般，急忙打开门查看着外面的情形。

刚打开审讯室的门，司徒光程就穿着朝服径直冲了进来，气急败坏地大吼着：“谁敢动我司徒光程的女儿！”

审讯官一见竟然是丞相亲自来了，心里一惊，顿时庆幸，还好自己还没动刑，否则这下子可不好交代了。

“冰凝……你怎么……快放开她！来人！”

司徒光程看着司徒晓的样子，痛心疾首。然而，狱中却无人敢上前放开司徒晓，不管怎么做，都是得罪人啊！

“丞相大人，您这样……下官很为难啊……这是皇后娘娘亲自下的命令……”

审讯官好言好语地劝着。

司徒光程大怒，将自己的官帽脱了下来，扣到了司徒晓头上。

“谁敢动刑试试！老夫就在此看着！谁敢动我女儿！”

一时之间，僵持下来，审讯官对身旁的狱卒耳语了几句，命其去将情况上报给皇后。

狱卒还未走出审讯室，赵无琦突然闯了进来，手里拿着一道圣旨。

“皇上已下谕旨，将司徒冰凝暂时收押，任何人不许擅自动刑，一切等纳兰侧妃醒来再议。另外，本王在这里直接言明，若是在此期间，王妃有一根毫毛受损，到时候恐怕要各位以十倍百倍来奉还了。”

赵无琦冷冷地说着，把圣旨递给了审讯官。接了圣旨，审讯官急忙喊道：“还不快把王妃放下来！”

对于赵无琦突然到来，司徒晓先是一惊，随即心里一阵委屈，满脸泪痕，刚要发作，便被赵无琦一把搂进了怀里。

“还好……还好……来得及，你没事，你没事……若是他们敢动你，我定要他们陪葬……还好来得及……还好……”

赵无琦的声音有些微微颤抖，把司徒晓搂得很紧很紧，他知道皇后一定会趁此机会对这个和兰舍浅眠有着惊人相似面容的女人下手，故而只得匆匆进宫，求得皇上的圣旨。幸好来得及，他多怕他怀中如此脆弱的她受到任何一丝的伤害，他多怕从此失去了她……

原本满腔痛苦，却因他的出现而顿时烟消云散，就如同从地狱直抵天堂一般。司徒晓把脸埋在赵无琦的胸膛，一股安心的感觉油然而生，原来一喜一怒、一颦一笑之间，都由他来左右……

看到司徒晓没事，司徒光程总算是放下了心，对着审讯官和狱卒一顿骂，又千叮咛万嘱咐之后才依依不舍地离去。赵无琦那夜就这样坐在牢房门口，隔着栅栏，紧紧握着司徒晓的手，整整一夜坐在牢房外。牢房里有一股子霉味，司徒晓心里却溢满了幸福。

“明月之誓，恒久不变。你是我妻，无论何时，无琦都将保护你……所以……不要离开我，不要背叛我……永远不要……”

## 9

此后几日，司徒晓都在牢房里度过，晴好每天都会送来许多山珍海味，虽然牢里一股子霉味，但司徒晓却不觉得恶心，反而每当闻到这股霉味，心里就会涌上一股温暖，那一夜，她感觉自己和赵无琦贴得很近、很近。

从晴好处，司徒晓渐渐听得了一些王府里的消息，纳兰芯蕊的孩子没有保住，昏睡了几天以后已经醒了过来，却是又哭又闹……

虽然赵无琦说不会有事，但司徒晓知道，期望纳兰芯蕊放自己一马恐怕是不可能的，她甚至献出了自己的孩子来作为打倒她的武器，都做到这一步了，她还有活下去的期望吗？但不管无论如何，只要有任何一点的机会，她也会抓住一线生机的，她司徒晓，绝对不能蒙受不白之冤死去！

正下着这样的雄心壮志，审讯官却突然命人放了司徒晓。

“这……为何要放了我？”

“王妃娘娘，下官此前多有对不住的地方，还望娘娘不要怪罪，下官也是为人臣子，身不由己……”

“你们不用审问我了吗？”

“娘娘哪里的话，娘娘贤良淑德，举世无双，才艺双绝，美若天仙……”

“为何？”

“纳兰侧妃已经将事情的始末说出，娘娘是无辜的，自然该放了娘娘。”

“纳兰侧妃……”

司徒晓有些意外，不，应该说是十分意外。纳兰芯蕊说了事情的始末，证明自己是无辜的?!

虽然带着众多疑问，但显然问这个审讯官也问不出什么了，还一直废话连篇的。刚走出宗人府，就见赵无琦和晴好已经等在外面了，阳光有些刺眼，司徒晓眯了眯眼睛，赵无琦已经抬起了大手，帮司徒晓挡住了阳光。

“有些不习惯吧，一会儿就好了。”

司徒晓乖乖地任由赵无琦揽在怀里，上了马车。

回到花落轩，竟有一种离开了许久的感觉，经过多番询问之后，司徒晓才知道，原来纳兰芯蕊醒过来之后，告诉众人，那日她准备了香烛，想请皇后娘娘到后山，“借”些凤气给自己辟邪，由于自己怀有身孕，便请了王妃帮忙一起准备香烛，结果自己一不小心，滑落下了山，王妃是伸手想要来抓住自己，结果自己却还是躲不了这一劫……

对于这番说辞，司徒晓充满了疑问，她不明白，为何纳兰芯蕊会突然之间成为了自己的“证人”。处心积虑设下的圈套，用亲生孩儿的血建筑的阴谋，为何却如此不堪一击？

“晴好，我们去探探纳兰侧妃吧。”

“啊？娘娘，可是……”

“怎么说纳兰侧妃也是帮我洗脱嫌疑的人……况且，她现在痛失爱儿……”

听司徒晓这么说，晴好也想不出什么理由阻止。两人刚步出花落轩，便撞上了迎面而来的百里珀。

“恭喜王妃娘娘……王妃娘娘这么着急要去哪里？不是才刚回来，不是应该好好休息……”

“娘娘要去探望纳兰侧妃。”

晴好白了百里珀一眼，嘟着嘴说道。

“这……恐怕不好吧……娘娘，我看您还是不要去的好……”

“为何不能去？”

司徒晓并没有停下步伐的意思，百里瑄也只得跟在司徒晓和晴好身后，连连摇头。

这是司徒晓第二次走进兰馨苑，还记得第一次来的时候，便自己惹了祸上身，被赵无琦禁了足，想到这件事，司徒晓突然停下了脚步，回头看着百里瑄。

“你说，你一直都没交代，为何要下药……而且还是那么缺德的，让人不能怀孕的药！”

“这个嘛，小瑄只是……”

“好了，不用说了，一看你这副样子就知道接下来说的绝对是谎话。”

司徒晓白了百里瑄一眼，径直走进了兰馨苑。

“这……小瑄在此等娘娘……”

纳兰芯蕊的房里依然和此前一般，飘荡着兰花的香味，房里添了许多宫里送来的赏赐，此外并没有其他不一样了。

纳兰芯蕊面色苍白，失神地坐在床上，一旁的春水满面泪痕，这副场景看上去，竟有些凄凉。

“纳兰侧妃……”

半晌，司徒晓才开口叫道。

“王妃娘娘……求您了……您放过我家娘娘吧……”

春水一见司徒晓，带着哭腔说着，“扑通”跪在了司徒晓面前。

“诶……明明一直是你们和王妃过不去的……怎么现在说得好像……”

“晴好，不要再说了。”

司徒晓制止了满脸不悦的晴好继续说下去，看到纳兰芯蕊这个样子，司徒晓心里也不太好受。

“司徒冰凝，你滚出去！你滚出去！你已经抢走了我的一切，你还要怎么样?!来看我笑话吗?!你看到了，满意了吧?”

纳兰芯蕊冷冷地说着，抬起无神的眼睛看着司徒晓，仿佛木偶娃娃一般。

司徒晓走上前，想安慰纳兰芯蕊，纳兰芯蕊却突然拿起了床上的玉枕，用尽力气朝着司徒晓丢了过去，却因为周身无力，玉枕在离司徒晓很远的地方便落了地，发出一声清脆的碰撞声……

司徒晓停下了脚步，看来自己的存在是对她最大的折磨吧……司徒晓顿时有些后悔，应该听从小瑄的话，不该在这个时候出现在此的……

“晴好……我们走吧。”

司徒晓无奈地转身离去，此刻，只怕自己无论说什么都没用吧，最善良的举动，大概应该是尽快消失在纳兰芯蕊的面前。

看到司徒晓一脸受挫地走了出来，百里瑄却是一副意料之中的样子。

“娘娘，出来得好快呀！”

“嗯。开心了?”

“还好还好，不过看到娘娘能安然离开，小瑄也就放心了，生怕纳兰侧妃激动之下难以控制，伤着娘娘呢……”

百里琯笑眯眯地说着，一副没心没肺的样子。司徒晓却是满脸的无奈和不痛快。在牢里的时候，真心是对纳兰芯蕊恨得牙痒痒，恨不得扒了她的皮，抽了她的筋，拆了她的骨头！然而方才看到她那副样子的那一刻，却突然觉得似乎是自己的错似的。

“娘娘大可不必在意，这是纳兰侧妃自己的选择，有些事情，第一步错了，此后便是步步错，补救不得了。”

百里琯似乎看透了司徒晓心中那小小的自责，高深莫测地“安慰”着她。

“什么意思?”

虽然百里琯说得云里雾里，但司徒晓隐隐地觉得他的话语中似乎透露了些什么原本她不知道的事情。

“唔……要不要说呢……王爷也未曾交代不能说，即使说了，王爷大约也不会如何吧……”

百里琯喃喃自语着，司徒晓凑近了百里琯，一个擒拿手，把百里琯手一折，顺势骑在了他身上。

“好了，现在可以慢慢说了，本娘娘好好听你说说看，什么能说，什么不能说。”

百里琯顿时觉得自己的嘴真贱啊！没事来这里多嘴干什么！简直是自讨苦吃呀！

“拜托了，仙女姐姐，你先起来行不行呀，一会儿被别人见着了，指不定怎么说呢……我说还不行吗……能说的不能说的我都告诉你呗！”

司徒晓这才放开了百里琯，拍了拍衣袖，挑着眉看了百里琯一眼。

“仙女姐姐，还记得当日下药的事情吗？其实那个药并非小琯自作主张，而是有所意图的。王爷虽然在短短的时间里娶了4位妃子，然而每一位其实都是不得不娶，或是形势所迫的。对于王爷而言，与各方势力的关系平衡是一件非常微妙的事情。为了维持势力的均衡，而不至于一不小心站到了其中的一个队伍，王爷与各位妃子的地位上，必须要维持一个平衡……此前虽然王爷十分宠爱纳兰芯蕊，但是对其他几位娘娘也都关爱有加……嗯，当然，至于仙女姐姐，你是个意外……总之就是……”

“总之就是，他不想让任何一个女人这么快地怀上他的孩子，破坏他与各方势力的微妙平衡。是吗……”

司徒晓淡淡地接话，眼神间却闪过一丝疼色，那个让她泥足深陷的男人，有太多太多她所看不到的样子了，他究竟是在怎样的一个环境下成长，才成了今天这样，处处算计的人呀！这样的他，真心又有几分呢……

“小琯知道你的疑虑，可是，仙女姐姐，王爷的心究竟是真是假，难道你感受不到吗？他所苦苦维持的平衡，努力压制的低调，却因为你都在一步步走向崩塌而摧毁啊……但是小琯却很开心，因为终于看到像常人一样的王爷了，一样会因为冲动而不顾后果地做事，一样会为了保护自己想要保护的人而做事……”

“为何……选择活得如此疲惫呢？无琦，他想成为天下的主宰，坐上最高的那个位子吗……”

问出这句话的司徒晓顿时意识到，自己问出这个问题是多么愚蠢，天底下的男人，谁不想呀！

“王爷曾对小琯说过，这天底下，他只会臣服在一个人脚下，即使付出一切也都将让那个人登上最高的顶峰……因为只有那个人会实现他的愿望，让他能够放一个可怜的女人自由……王爷永远不可能成为皇位的继承人的……因为他的身上所流的，有一半是兰舍王朝的血液……在大齐，拥有这样的血统，却又有着至高无上身份的人……活下来，真的不容易……”

小琯说着，司徒晓眉头深凝，心里一阵疼惜，想起了赵无琦那日在宫中，在那座高墙深院前的样子，寂寞悲伤的神情……生在无情帝王家，偏偏却流着如此禁忌的血液，走到今日确实是要步步为营。赵无琦想要拥护的那个人，司徒晓自然能猜到，必是赵无矶无疑，大概也只有赵无矶会顾念着情谊，会圆了赵无琦的心愿，将他的生母解放出那高墙的禁锢吧！只是，这样却又何尝不是一种自私呢？赵无矶，那个祈愿能平顺安宁的多情男人，真能登上权力的顶峰吗？高处不胜寒，那么温暖的他，又怎能抵御得住那些严寒？

“唉……算了，不说这些了。虽然纳兰侧妃的这个孩子也许并非带着王爷的期盼而降临，但他始终是王爷的第一个孩子，虽然因此事不幸未能出生，是不是也该为他立个牌位……”

司徒晓说着，始终想为纳兰芯蕊做些什么，不管她是突然良心发现，还是突然撞了邪，竟然替自己开脱，事实上，即使刚开始她想要铲除自己，最后却也救了自己啊……而且还莫名搭上了一个孩子，这……想想都觉得她有些凄惨过头了……

“王妃娘娘……您还不明白吗，王府是永远不会有属于那个孩子的牌位的……王爷如此谨慎……”

小琯的话还未说完，已经在司徒晓脑子里轰然炸开了，王爷如此谨慎，所以……怎会让纳兰侧妃怀上他的孩子……所以，她才会那么舍得，用一个孩子来谋害司徒冰凝?!是啊，无论成功与否，她都会成为“悲剧”的女主角，赢得众人的同情，若是能铲除自己，便可登上王妃之位……突然想起在牢狱之中，赵无琦曾无比笃定地告诉她，她一定会没事的。想来并非无端的自信，而是他早已经知道了一切，所以……

司徒晓紧皱着眉头，回头看了一眼失去了生机的兰馨苑，眼神甚是复杂……为了一个王妃的位子，值得吗……

本以为多事之秋总算过去之际，朝中却突然传来了一条让司徒晓震惊的消息：丞相司徒光程被撤职查办，原因竟是怀疑他通敌卖国?!

收到这个消息的时候，司徒晓正在津津有味地吃着饭，晴好慌慌张张地跑进来，大叫着“不好了”，把事情不清不楚地说了一遍。司徒晓立刻丢下碗筷，慌慌张张地提着裙子小跑着朝景韵堂去了。

到景韵堂外，也来不及等人通报，司徒晓就急匆匆闯了进去，赵无琦正在和赵舍说着什么，一脸严肃，看到司徒晓冲了进来，顿时住了口，眼神复杂地看着司徒晓。

“无琦……爹爹他……”

司徒晓怔怔地看着赵无琦，期望能从他口中得到否定的答案。然而，赵无琦却是沉重地点了点头。

通敌卖国?！如果这罪名落实了，那可是杀头的重罪啊！甚至可能是，牵连甚广……

“不行，你马上写休书!”

司徒晓忽然抬起头果断地说道。如果有个万一，她是肯定逃不了的，就怕被人落井下石，连累了王府上下啊!

“胡说什么！你就那么不相信丞相吗?”

赵无琦怒斥道，难道自己是那种贪生怕死、胆小怕事的人吗?!

“我……自然是相信爹爹……可是，若是有心人刻意安排，难免会……”

司徒晓心虚地说着，却是满脑子都是黑衣人司徒彻，难道是他暴露了？如果是的话，那就是真真确确的罪名啊，到时候只怕是脱不了干系的了……

“冰凝，相信我，我一定会派人查出这件事，一定不会让岳父大人蒙冤受屈的。”

赵无琦轻轻地搅着司徒晓，心里却是有些没底，通敌卖国，究竟是有人故意栽赃陷害呢，还是说……他不敢再往下想了，不由自主地抱紧了司徒晓，心中却隐隐有着一丝的不安。

在赵无琦的帮助下，司徒晓终于经过了重重关卡，见到了被关在狱中的司徒光程。看到司徒晓，司徒光程顿时老泪纵横，全然没想到，还能在这个时候看到“女儿”。在经过一番询问之后，司徒晓一颗悬着的心总算放了下来，看来这次事件并非是司徒彻暴露了。

原来司徒光程一直在办一个善堂，专门收留难民，然而官府却在他收容的难民中查到了一个敌国的奸细，偏偏又有人目击到司徒光程曾和这个奸细在巷子里有过数次“偷偷摸摸”的会面，这样一来，怀疑的矛头自然就指向了司徒光程。据司徒光程所说，每一次都是那个家伙主动接近自己，把自己叫到巷子里说些有的没的，都是些无关紧要的话。由于此人说和自己是老乡，并且真能说上几句家乡话，司徒光程备感亲切，自然也不会想得那么多，结果谁知道，却把自己害到了这般田地。

虽然悬着的心是放下了，但依然还是有大问题没有解决啊。司徒晓幽幽地叹了口气，她知道，这显然是司徒彻在“提醒”她了。提醒她，即使她是王妃，她老爹是当朝丞相，他也能够轻易就让他下大牢，甚至可能让他们永世不得翻身……

回到王府，司徒晓命人张罗了一桌酒宴，为了安抚爱妻，赵无琦陪她一块儿喝了许多酒。在倒酒之际，司徒晓偷偷命晴好把酒换了，自己喝的大多是水，赵无琦却每一杯都是酒。

看着醉醺醺倒在床上的赵无琦，司徒晓心中满是歉疚，但为了救司徒光程，已经容不得她再犹豫了。翻箱倒柜了许久，司徒晓拿出了此前为了方便而打造的各种“工具”以及一身夜行衣，换上行头之后，司徒晓蹑手蹑脚地准备出去。

"王妃……娘子……冰凝……不要走……永远不要走……好不好……永远……不要背叛我……"

赵无琦的声音突然响了起来，在烛光闪动之中，竟有些悲伤。司徒晓吓了一跳，回过头，却发现赵无琦依然睡得不省人事，想来大概是做了什么梦吧……司徒晓轻柔地走了过去，伸出手想要抚摸赵无琦的脸庞，迟疑了一下，却还是放下了。

我不想走，也不想背叛你，真的不想。可是，我别无选择……

司徒晓悲伤地看了一眼床上的赵无琦，无论如何，我一定会亲手结束所有的一切，只要能顺利让司徒光程全身而退，就可以了。之后，我永远不会再欺骗你！

司徒晓转身没入了夜色之中。

赵无琦的眼角滑过一滴泪，在暖黄色的烛光下，显得格外凄迷。

虽然近日来，司徒晓几乎忘记了自己还在受制于人的情境之下，但多年来工作的习惯让她无论到哪里都会习惯性地对周围的环境进行一番观察。自从和赵无琦成为真正的"夫妻"之后，司徒晓随时都能自由进出景韵堂，何况，在养伤期间，自己就住在景韵堂里，对其中的一切自然都十分熟悉。

虽然在王府中，赵无琦不许任何人踏足听风阁，但实际上，听风阁只不过是一个安静的书房罢了，想来也是，哪会有人傻到把秘密藏到一个人人看得到的地方，还昭告天下说这个地方闲人免进的。东西不在听风阁，景韵堂自然就是最让人怀疑的地方了，司徒晓也早已发现，景韵堂内的一处围墙内有乾坤。

有了趁手的工具，这一次翻墙便没有那么吃力了。司徒晓小心翼翼地避开着王府里巡逻的人，朝着景韵堂的方向走去。虽然平日里不曾发觉，但现在却能明确地感觉到，府中的人巡逻路线几乎都交会在景韵堂一处，这一队人刚走没多久，另一队便出现了。乍一看似乎只是因为景韵堂地处王府中央，但司徒晓却敏锐地感觉到，里面一定藏着赵无琦的秘密，也许就正是她要找的"莲花"以及"碧玉盘"。

顺利潜入景韵堂之后，司徒晓小心翼翼地到了赵无琦床边上，四处摸索着，摸索许久之后，终于在床的一侧摸到了一个雕工极其精细的突起，似乎还是活动的，轻轻一转，随着一阵沉重的移动声，一侧的墙壁突然开了。出乎意料地顺利，倒是让司徒晓开始有些不安了。以赵无琦那么小心翼翼的人，怎么可能让一切都这么顺利？莫非其中有诈？

思索了片刻，司徒晓还是走了进去。在许多时候，前方是未知数，你只能用命去赌，否则，永远不会赢。

里面是一条很长的密道，一路上竟没有任何一道机关，出乎意料地顺利，但越是平静顺利，司徒晓就越是感到十分紧张，心中的不安也越来越强烈。司徒晓手里拿着火折子，只能看到前方很短的一段路，走了许久，似乎到了一个十分宽敞的地方，一旁的墙壁上似乎有蘸了油的火把。司徒晓将火把点燃，顿时周围光亮了起来，看来是一个房间。

司徒晓一转身，却愣住了，在房间中央，静静坐着的人，分明就是赵无琦。

赵无琦面无表情地坐在一把椅子上，手里端着一碗茶，茶香袅袅，似乎刚沏好没有多久。两人就这样对望着，许久未曾发一语。

"娘子深夜到此，可是在寻什么?"

赵无琦终于率先发话打破了沉默。

司徒晓扯下了蒙着脸的黑布，有些悲伤地看了赵无琦一眼，迅速别开了眼睛。

这是一个封闭的房间，但是显然还有别的入口。房里一切东西都很齐全，同时还摆放了一些卷轴和一些奇奇怪怪的东西，显然，每样东西大约都有它的秘密，不止是值钱的。

突然，一幅半摊开的画像吸引了司徒晓的注意，司徒晓走了过去，兀自展开了画像，赵无琦微微皱了皱眉，随即又恢复了冷漠的神情，并未阻止司徒晓。

"兰舍……兰舍浅眠……"

司徒晓怔怔地看着这幅兰舍王朝的皇帝和皇后的肖像画，边角上还有烧焦的痕迹，看来似乎是从废墟之中得到的，大约应该是被销毁的吧。兰舍浅眠，原来那幅画中的女子，那个让大齐皇帝失态的浅眠，竟然是兰舍王朝的皇后?!

司徒晓怔怔地往后退了一步，脑海中似乎涌上了一些片片断断的记忆，然而却怎么也拼凑不起来，只觉得一阵钻心的疼。蓦然想起，黑衣人曾说过，她流着兰舍的血，只是没想到，竟是有如此深的渊源。

"兰舍公主……倒不知你费尽心机到我这小小的郡王府上，究竟是要寻什么。"

赵无琦的声音很冷，像一把把刀，直直地刺在司徒晓的心上。

"你早就知道了? 知道了为何还会……难道，这样对我，是为了查清楚……我吗……"

司徒晓有些无力，一个步步为营心思缜密的男人，究竟有几分真情……

"想要靠近一个人，看清楚他的样子，就要敞开自己，把自己的样子也放在他的眼前……"

赵无琦淡淡地说着，心中却涌起万千愁绪，那一刻，他给了她最后一个机会，甚至祈求她，求她不要离开，不要背叛……无论她是谁，无论她有什么目的，他都可以不在乎，他可以忘记她的从前，忘记她的初衷，只要她不背叛、不离去……他可以保护她，因为她是他的妻，此生，唯一的妻……但是，她最终还是来了这里。

"是……吗……原来如此……"

原来一切都只是为了看清楚她的真面目，原来一切都依然是带着怀疑和刺探的……司徒晓握紧了拳头，感觉全身有些无力，努力支撑着自己，生怕一个不小心，便会无法稳住自己的步伐。

"王爷……我只想寻回……兰舍的遗物……还望王爷物归原主……"

"兰舍的遗物?"

"莲花，以及碧玉盘。"

"……我没有这种东西。"

看着赵无琦微微有些讶异的样子，并不像是在说谎，司徒晓张了张嘴，没有再继续说下去。

"王爷打算如何处置冰凝?"

"本王不想牵扯进兰舍乱党的事情之中。司徒光程通敌卖国，看来此事并非空穴来风。夫妻一场，兰舍公主也哄得本王很高兴，本王倒不会吝啬一纸休书。若是逃得快些，大概还能留住你一条小命。”

一纸休书……听到这个词语的时候，司徒晓微微摇晃了一下，随即又定定地站稳了，也是，不将她参上去，已经算是天大的恩德了吧。

“多谢王爷。”

司徒晓从唇间挤出了这句话。

“不管你有什么目的，你都找错人了。零陵郡王府里，没有你要的东西。”

赵无琦起身，拂袖而去。

看着赵无琦消失在密道里，司徒晓顿时身子软了下去，瘫坐在地上。

看来，这一次……终于还是画下一个句号了。果然……安宁平顺，一切只是个短暂美好的梦境罢了……观雨楼，自己怕是再无缘看到它建成的模样了吧……

## 10

司徒晓摇摇晃晃地回到了花落轩，推开门，却是一阵熟悉又陌生的清冷梅香。司徒晓顿时提高了警惕，戒备地抬起头，看着正在屋子里气定神闲坐着的黑衣人。虽然她一直未曾得见他的真容，但那双似曾相识的眼睛、身上的白梅香，以及那种感觉，却能让司徒晓一眼就认出他。每次只要他出现，都会让司徒晓有一种惴惴不安的感觉，充满了危险的气息。她始终不相信，这个叫司徒彻的男人真的是司徒冰凝的兄长。

“冰儿，你暴露了，果然你还是不适合做这样的活儿啊。”

黑衣人低沉地说着，声音里却没有愠怒，也没有惋惜，反而透着一股奇怪的，似乎很轻松的感觉。

“碧玉盘和莲花不在零陵郡王府。”

司徒晓淡淡地说着，死死盯着这个神出鬼没的男人。虽然他面露得不多，但是却似乎能清楚地知道她的一举一动。

“喔，是吗？”

听到这个消息，司徒彻似乎并不吃惊，只是淡淡地应了一句，仿佛从一开始他就知道这个答案似的。

原本司徒晓还在怀疑赵无琦话中的真实性，但是此刻，她却十分确定，碧玉盘和莲花，不过只是眼前这个男人给自己的一个不可能实现的任务罢了，或者，甚至可能是为自己编织的一个牢笼。从一开始，那场生意，他就根本不打算和自己做。意识到这一切的司徒晓顿时涌上一股怒火，迅速地从袖口里射出一支飞镖，直直朝着司徒彻而去。

司徒彻一惊，闪身躲避，飞镖擦着司徒彻的衣袖飞了过去，牢牢地钉在了墙壁上，衣服被划破了一个口子，鲜红的血微微渗了出来。

“你从一开始就知道这两件东西根本不在这里！”

司徒晓咬着牙恨恨地说着，死盯着眼前的男人。

司徒彻一怔，随即突然笑了起来。

“冰儿……哈哈哈……怎么说你好呢……你实在是，太让人惊讶了！确实，从一开始，我就没指望你来帮我完成我的大业，你只不过是一只小小的，小小的棋子，甚至对我的大业没有任何帮助的小棋子。不过现在不一样了，你实在太令人惊讶了！你做到了我根本没期望过的事情，完完全全地超出了我的期望！”

“你……什么意思？”

司徒晓听得愣愣的，全然不明白司徒彻想要说什么，自己做到什么了？自己似乎什么都没有做啊……虽然这么想着，但是心中不安的感觉却越来越强烈，仿佛将要失去什么似的。

司徒彻突然一步步走近了司徒晓，一股压迫感袭来，司徒晓想要离开，却感觉自己的身体似乎失去了动力一般，只是呆呆地站立着，看着他走到自己的面前，白梅香的味道越来越清晰。

“冰儿……在我的丰功伟绩之上，一定会留下你的名字……你将会为我干一件大事情！”

温热的气息，低沉的声音，却让司徒晓感到一阵彻骨的寒冷。

她已不记得昨夜司徒彻是如何离开的了，甚至早晨的阳光照射在身上，也只觉一阵阵的寒冷。

司徒晓看着镜中憔悴的容颜，苦笑着，还真是一副弃妇的样子啊。想起昨夜的种种，如果只是一场梦，该有多好。梦醒了，一切就当是烟消云散了。

一大早，赵舍便来了花落轩，在门口徘徊了许久。晴好见着了他，上去招呼着：“赵大管家，是王爷有事让您来找娘娘吗？”

司徒晓在屋内听到了外头的声音，便走了出去。

“老爹？王爷……让你送休书来了吗……”

“什么?！休书?！”

晴好满脸莫名地看着一脸憔悴的司徒晓，显然完全不明了昨夜究竟发生了什么事。

“当然不是……”

赵舍急忙否认着，却面有难色。

“看老爹这样子，不是也快了……想必老爹你也都清楚了吧。那就快些走吧，和我牵扯上关系，可不是什么好事情。”

司徒晓淡淡地笑了笑，转身打算回屋。

“王妃……老夫……总之……保重。”

似乎想说些什么，但最终赵舍也不知道该说什么，只得道了声保重，便转身离开了。

司徒晓停住了脚步，怔怔地站了一会儿，垂下眼帘，无声地划过一滴泪。

“娘娘……到底是怎么回事呀？发生什么事了？”

看到司徒晓这副样子，晴好担心地追问着。

“晴好，不要再问了。陪我去园中转转吧……”

也许，还能再看他一眼……司徒晓在心里想着，换上了一袭素雅的衣衫，淡扫蛾眉，和晴好一同往园子里去了。刚走到湖边，司徒晓便远远看到赵无琦携着苏烟有说有笑地坐在湖心亭。看赵无琦的样子，就好像昨夜的一切都未曾发生过一般……

司徒晓站住了脚步，定定地看着湖心亭里的赵无琦和柔情似水地依偎在他身旁的苏烟。顿时间，司徒晓脑海中浮现出了纳兰芯蕊那张憔悴木然的小脸，曾几何时，她是否就和现在的自己一样，在一旁看着曾经那个与自己耳鬓厮磨的男人拥着另一个女人……从来只有新人笑，哪能听到旧人哭……只是新人总有一日却也会成为旧人……

司徒晓咬着嘴唇，转身没入了林中小道，不愿再看眼前那一幕琴瑟和谐的景象。

湖心亭中，赵无琦突然停止了谈笑，怔怔地望着湖边上空荡荡的地方。苏烟在一旁笑着，抬头看到赵无琦怅然的侧脸，眼中闪过一丝疼色，随即又挂上了温和的笑容，柔声道："王爷，是挂念姐姐吗？"

"本王是在想……可能会下雨吧……"

赵无琦的目光黯淡了下来。

司徒晓匆匆离开，本想直接回花落轩，却突然看到一个熟悉的人影从林中匆匆穿过。

"绿萝？"

司徒晓紧皱眉头，莫非又有人有什么行动？

司徒晓示意晴好不要说话，悄声跟了上去。由于绿萝腿脚不便，故而走得并不是十分快，但却一直小心翼翼地环顾着四周，似乎是要做什么见不得人的事情似的，一副很紧张的样子，这更是加深了司徒晓对她的怀疑。

司徒晓和晴好小心翼翼地跟在绿萝身后，一直到了杂役房的后门，只见正好有一个戴着斗笠的男人来送菜，男人虽然是一身菜农打扮，但脚上所穿的那双鞋却显然是高档货，菜农恐怕无论如何也是舍不得买这样上好的绸子做的鞋吧！

趁着众人在整理送来的菜货之际，绿萝朝着那人走了过去，迅速地从怀里掏出一个粉红色的香囊塞给了男子，男子迅速把一封信塞给了绿萝。紧接着两人匆匆别过脸去，似乎不认识一般，绿萝也急急忙忙地离开了。

司徒晓匆匆瞥了那男子一眼，倒是个长得俊秀，有些书生气的男子，无论怎么看也不像是普通的山野村夫。这样的人，几乎不可能是绿萝的"情夫"，看来，王府里果然还会出什么事情啊。

"绿萝，匆匆忙忙地上哪里去呀？"

司徒晓和晴好绕了一段路，中途截住了匆匆忙忙的绿萝。

见到司徒晓和晴好，绿萝一副受了惊吓的样子，结结巴巴地说不清楚，似乎十分害怕。

虽然司徒晓十分同情绿萝的遭遇，但她如果要对付的人是赵无琦，无论如何，她也不会袖手旁观的，哪怕可能明天她就会被扫地出王府了。

晴好走了过去，从绿萝怀里拿出了那封方才男子塞给她的信。绿萝怔怔地站着，却不敢反抗，突然“扑通”地跪了下来，不住地说着：“求娘娘，放过连夫人吧……求娘娘了……高抬贵手，放过连夫人吧……”

连夫人？说的是连璧人？

司徒晓有些疑惑，打开了信封，拿出信浏览了一遍，大惊失色。

信中并非什么乱党或者什么奇怪的人要绿萝张罗疑似刺杀之类的事情，也没有什么关于朝中权贵的机密等，然而信中的内容却真的让司徒晓大吃一惊！

那名男子，原来竟是连璧人的“情夫”，更让人震惊的是，连璧人怀孕了！

司徒晓脸“刷”地白了，这王府里是怎么了……

“今天的事……我当没看到……”

司徒晓把信还给了绿萝，按着太阳穴，这种事情，还是不要掺和进去的好……

“晴好……今天的事，不要说出去……”

“是，娘娘。”

晴好应着，随着司徒晓准备离开，忽然又停下了脚步，回过头深深地看了还跪在地上瑟瑟发抖的绿萝一眼。

原本并不想掺和进麻烦事，但偏偏麻烦事还是找上了门。

司徒晓前脚刚回到花落轩，连璧人后脚便跟来拜访了。这是连璧人第一次来花落轩。

这连璧人一副高傲的样子，平日里却不见在府中争宠，原来是外头早已经有人了啊。看到连璧人来，司徒晓并不是很意外，吩咐晴好沏了茶。

看连璧人欲言又止的样子，司徒晓看了看晴好，把她打发下去了。连璧人这才突然跪在了司徒晓面前。

“王妃娘娘，我……”

“好了，我说过不会说出去，就不会说出去，你不要这个样子，被别人撞见了，还以为我欺负你了。我现在自己麻烦事一大堆，没空再去管你的事情了……”

不等连璧人开口说完，司徒晓就亮明了自己的身份。确实，当时盯上绿萝也是因为怀疑她便是那个制造了不少事端的神秘人，谁能想得到会阴错阳差地撞破了奸情呢……

“王妃……那名男子……曾是我的未婚夫……”

连璧人被司徒晓扶起身，突然幽幽地开口说道。

司徒晓一愣，自己真的并不想追问关于她的事情，但看到连璧人这副样子，却也不好开口打断她。

“我和俞辄是指腹为婚的，青梅竹马一块儿长大。5年前，我爹娘因为一场意外去世了，舅舅收留了我。可是，却没想到……舅舅为了拉拢零陵郡王，竟……竟把我嫁给了王爷，还私自悔婚，把前来找我的俞辄赶了出去……王爷虽然对璧人不差，但王爷和璧人之间却是不曾存有任何感情的……前一些日子，我偶然与俞辄重逢，于是就……我知道这样对不起王爷，也对不起连家，可是……可是……连璧人就只有这一辈子，实在不甘心就这样和所爱的人分隔天涯……现如今，我腹中有了俞辄的孩儿……我……我……我决定要和俞辄远走高飞……”

说到“远走高飞”4个字时，连璧人似乎是下了很大决心。这一席话却让司徒晓感到心中一阵不安，这要远走高飞还跑来知会自己一声，看来不仅仅是来告别这么简单的吧……

司徒晓盯着连璧人许久，终于幽幽地叹了口气，就当她是多管闲事的货吧！永远都只会自讨苦吃！

“连夫人，希望冰凝做什么，就直说吧。”

听到司徒晓这句话，连璧人有些微微惊诧地抬起了头。

“王妃你肯帮我?!”

司徒晓幽幽地点了点头，唉，你说你都说到这分上了，都掏心掏肺了，我能说句不帮吗……

“王妃的大恩大德，连璧人没齿难忘……”

“好了好了，别又跪了。忘不忘都无所谓了……我能如何帮你?”

“不瞒王妃，其实……舅舅已经察觉到了我与俞辄之间的事情，所以，璧人想要离开安都，恐怕有些困难……”

“你想我送你出城?”

“王妃可愿助璧人……”

出城……还真是巧啊，大约就在这几日吧，赵无琦大概就会差人送休书来了。那时，找个理由出城，大约是不会惹人怀疑的吧。

“我知道了。就在这几日吧，你准备准备，正好……这几日，我便能送你出城。”

司徒晓说着，目光渐渐黯淡了下去。上天是在耍自己吗？这么精准的时机，好让自己可以去帮连璧人？算了，至少……至少能让一个人幸福吧。

丞相司徒光程落难，若是罪名落实，其女必然也将受到牵连。就在此际，赵无琦呈上了折子，决议与司徒冰凝正式决裂。由于情况特殊，自然也得到了应允，朝中有人称赞赵无琦当机立断，自然也有为数不少的人说他薄情寡义。但无论是什么样的声音，对于赵无琦而言，都是无关紧要的。

一纸休书由赵舍亲自送了来，随着休书的，还有一张顺利出城的手谕。

“王爷吩咐……王妃领了休书就即刻离开安都……这是王爷的手谕，王妃大可一路畅通无阻……”

“王爷的手谕？爹爹的事情还未查清楚，王爷却给冰凝手谕让冰凝出城，就不怕冰凝一去不复返，王爷要兜下所有的罪责吗……”

“娘娘，王爷说了，不想在安都再见到娘娘，请娘娘离开吧……日后的事情，自然日后来算……”

赵舍说完，把休书和手谕都重重地放在司徒晓手里，转身便离开了。

低头看着手中的东西，司徒晓心中一阵酸涩，这是，他对她最后的温柔吗……

曾被传为一段美谈的两人就这样分道扬镳了，在百姓心中，赵无琦自然成了抛弃妻子的薄情郎，而司徒冰凝则成了那个不幸落难的悲剧美女。处于弱势的人总是会得到最多的同情票，大约是因为人们对比自己强势的人总是心里存不下什么好感吧！

司徒晓带着晴好终于离开了零陵郡王府，这座她一直想要离开的“牢笼”。然而，在马车奔驰出王府的那一刻，她却没有闻到自由的味道，鼻子里只有满满的酸涩，心里一阵阵难忍的疼痛……

“怎会……这么……这么难受呢……”

司徒晓抓着自己的衣襟，眼泪不受控制地肆虐着。

出了王府之后，马车直奔丞相府，刚进入丞相府，就已经有另一辆早已准备好的马车候着了。司徒晓一行人匆匆忙忙换了马车，从后门离开了丞相府，众人急急忙忙换了衣服。由于有赵无琦的手谕，故而虽然把手的侍卫很多，但也没有细细查探，便让司徒晓的马车顺利离开了安都，出了城。

到了一片林中，司徒晓掀开了帘子，打扮成小厮样子藏在马车里的连璧人走了下来，林中另一辆马车已经在等候了。

“王妃……今日之恩……”

“好了，不要再说那么多了。只愿你们走得远远的，今生不要再见了……见着我准没什么好事……”

“王妃，你日后有何打算？”

“……回安都。”

“可是……”

“我要回去。”

司徒晓不容置疑地说着，连璧人担忧地看了她一眼，当看到她眼中坚定的光芒后，也不便再说什么了。

“保重……”

除了这两个字，连璧人确实不知该说什么，毕竟，她与她实际上并不算相熟，只是未曾料想到，果真如绿萝所说，她竟真的帮了自己。

“连夫人，这一生，一定要好好活……这是你连璧人的一生，好好活……”

司徒晓真诚地说着，眼前能看到有人幸福，也是好的。

看着连璧人的马车消失在夜色里，司徒晓长长地舒了一口气。月亮真亮啊，那对月的盟誓，却怎么听得如此模糊，如此心痛……

“晴好，你走吧，不要跟我回城了，谁知道下一步会怎么样呢。”

“不……娘娘……唔……小姐！晴好跟定你了……你怎么也赶不了晴好走的！”

“早晚也是要走的……”

“那就等，早晚的时候再说吧……”

“……”

马车奔驰在夜色里，朝着繁华的安都奔驰而去，也是朝着未知的下一步奔驰而去……

## 11

“王爷……王妃……司徒小姐她……回丞相府了。”

“什么?!”

“回禀王爷，司徒小姐昨日出了城，可是夜里又回来了……”

听着探子的回报，赵无琦一阵血气上涌，这个女人究竟想做什么!

虽然知道她不会乖乖听话，丢下司徒光程离开，但昨日看她如此配合，原以为她总算想通了，结果这是出城游玩了一圈，然后又回来了不成!

“报——!! 王爷——!! 王爷不好了!!”

正在赵无琦气急败坏之际，一个侍卫匆匆忙忙地冲了进来，大惊失色的样子。

“说——”

赵无琦冷冷地应着，还能有什么事情比那个女人更糟糕不成?!

“连将军……连将军带兵围了郡王府……”

赵无琦一怔，连将军？连璧人的舅舅？怎么突然在这个时候来了那么一出?!

此时，赵舍匆匆走了进来，脸色阴沉地在赵无琦耳边讲了几句。赵无琦惊诧地睁大了眼睛。

“你说……连璧人死了?!”

原本平静的安都突然陷入了人人惶恐的旋涡之中，一夜之间，连大将军和零陵郡王反目成仇，连大将军竟然带兵重重包围了郡王府。而让这对亲家变成了冤家的祸由自然便是将军的侄女，郡王的妃子——连璧人。

连璧人死了，死在了安都城外的树林里，据说死状极其惨烈，被人剖开了肚皮，里头还有未完全成形的婴孩。而和连璧人一起死的，还有一个被大卸八块的男人。马车钱财都未曾丢失，两人的死状都让人惨不忍睹。据说现场找到了一枚玉佩，这枚玉佩并非连璧人和死去男子身上的物品，竟然是王爷赵无琦的贴身饰物，是当今圣上亲自命人为零陵郡王所打造的，天下间绝无仅有这一枚!

一时之间，似乎所有事情都清晰地呈现在了眼前：零陵郡王的妃子与人通奸，甚至打算私奔，被郡王发现，气不过，便将二人就地正法了……

连大将军是个火暴性子，自知侄女的事情有辱门楣，但赵无琦如此动用私法，岂不是完全不将他放在眼里?! 若是赵无琦将连璧人押到自己跟前问责，他定会眼睛都不眨，一下就砍了她给郡王赔罪。可现在，这算什么?! 眼里还有他们连家人吗?

一大早，司徒晓刚从睡梦中醒来便得到了这个爆炸性的消息，一时之间久久不能回过神来。就在昨夜，她还关切地询问自己下一步打算怎么做；就在昨夜，她还幸福地和情郎依偎在一起；就在昨夜，她还对她说“保重”……果真是应了自己那句永不相见了吗……可是，这不应该是这样的啊……

不知不觉间，泪水滑落下脸庞，司徒晓嘴唇颤抖着，是她害了她吗？是她害了连璧人吗？还有赵无琦……不可能是他，他不会杀连璧人的，即使他知道了，他也不可能杀连璧人的！到底是谁?! 到底是谁?!

司徒晓咬了咬牙，急急地披上衣服便冲了出去，直奔郡王府。

司徒晓到郡王府的时候，赵无琦和一众人正在郡王府大门口和连大将军对峙，双方脸色都极为不好。司徒晓意图挤进去，却被侍卫拦下了。

“让我过去，我是王妃!”

司徒晓有些生气地嚷着，引起了一片骚动。

“你来做什么？你已经不是郡王府的人了。”

赵无琦冷冷的声音响起，目露寒光地盯着司徒晓。

“让她进来。”

连大将军挥了挥手，侍卫放司徒晓跑了进来。

“王爷，今日若是得不到一个说法，连某是不会善罢甘休的！璧人就算有千万个不对，王爷也不该动用私法，这件事，连某定要在皇上面前讨个公道!”

连大将军气势汹汹地说着。

赵无琦现在却是满脑子糨糊，这连璧人昨天还在府里，怎么就死在荒郊野外了？而且……想到这里，赵无琦若有所思地看了看冲进来的司徒晓一眼，昨夜，她也出了城……

“连大将军，不关王爷的事，您可千万要查清楚呀!”

跟在赵无琦身后的苏烟有些怯怯地说着，往赵无琦身边靠了靠，赵无琦急忙护住了她。

司徒晓看到这一幕，原本冲向赵无琦的脚步停了下来，昨日，她已经被休了啊，现在，他要保护的妻，已经不再是她了……

“哼……王爷的玉佩已是铁证!”

“将军！只要是王爷身边的人，任何人都可能拿得到王爷的玉佩……”

苏烟急急地脱口而出，随即似乎意识到自己说错了什么，急忙小声解释道：“有这样的可能性不是吗……有人……故意嫁祸王爷……”

“就凭借你一面之词，难道就想连某善罢甘休吗?”

连大将军一副完全不买账的样子，把头扭向了一边。

苏烟看了看赵无琦，又看了看司徒晓，最后像是下定了什么决心似的，向前走了一步，说道：“将军，有一人一定能证明王爷的清白!”

众人都一愣，有人能证明?!

“你说的是……”

“她——司徒冰凝。”

苏烟说着，手指向了司徒晓。

“昨日，王妃离去之际，我看到……我看到连夫人也上了马车，还乔装成了小厮的模样……当时，苏烟不敢多言，怕说错了话，引起不便的纠纷……但现在，这件事情，苏烟还是要说出来……”

司徒晓一怔，她看到了？

“你把连璧人带出城的?！为什么?!”

赵无琦惊诧地看着司徒晓，眼中满是责备和痛苦，这个他那么深爱的女人，究竟还要再做出多少事情来肯罢休?!

“是……即使是我把连璧人带走，也不能说明什么啊……她来求我，希望我能帮她离开王府，让她和情郎双宿双栖……我们分别的时候，她还好好的……”

司徒晓无力地说着，只感觉一阵天旋地转，自己仿佛又将倒霉地背上不知是谁造下的孽了！

突然一名侍卫冲了进来，在连大将军耳边说了几句什么，连大将军脸色一沉。

“王妃，恐怕你暂时需要跟连某走一趟了。”

“连大将军，司徒冰凝确实是最后一个见到璧人的人，但她完全没理由伤害璧人……”

“王爷所言尚早……依连某看，王妃——不，已经不是王妃了。司徒冰凝恐怕是最有动机杀害璧人的人！甚至‘私奔’的假象也可能是司徒冰凝所做出来的！”

连大将军话一出口，司徒晓整个快要爆炸了，这怀疑她杀人也就算了，怎么连私奔这件事情都算到她头上了?！她今年是犯太岁还是怎么的？昨天才刚失婚，今天就成了杀人犯，而且还是个破坏别人名节的杀人犯？

“来人！拿下……王爷，你这是何意！”

连大将军刚准备拿下司徒晓，赵无琦却上前一步护住了她。看着赵无琦挡在自己身前的背影，司徒晓眼睛一阵酸涩，心中涌起一阵似乎已经失去了许久许久的温暖。

“连大将军，虽然本王与司徒小姐已经解除了夫妻关系。但一夜夫妻百日恩，无凭无据的情况下，本王决不会让你带走司徒冰凝。”

赵无琦冷冷地说着，直视着连大将军的眼睛。

“王爷，你可知，你护住的这个王妃，可能是前朝余孽……”

连大将军眯着眼，阴阳怪气地说着。赵无琦心下一沉，看来画像，还是没能瞒住啊。

“将军，人有相似，况且，司徒丞相还尚在人世呢！”

“司徒光程那个老匹夫如今可是自身难保了！”

“将军也说了是难保，却还未到不保的地步。是非曲直现在还未曾有个定论，若是将军有足够的证据，本王自然不会徇私。但若是将军只凭借着这些毫无根据的猜测和揣度，请恕本王无礼了！我零陵郡王府就不信了，如今连一个女人都保不住！”

赵无琦强硬地说着，丝毫没有让步的意思，一副宁愿拼个鱼死网破的样子。

连大将军虽性情急躁，但也不是个没脑子的人，不管怎么说，这郡王可是皇帝的亲儿子，自己要是和他硬碰硬，一定没好果子吃。况且，退一万步说，要是将来他万一成了皇帝，那连家岂不是遭了殃？总之，硬碰硬到两败俱伤是绝对不行的。

“既然王爷这么说，还请王爷不要忘记。连某自会查明真相，到时候还望王爷把人交出，切莫让她给跑了！”

“有本王做担保，连大将军尽可放心。本王也不愿璧人死得不明不白。”

看着连大将军带着众人离去，赵无琦松了口气，随即有些愠怒地看了司徒晓一眼。

“看来……你又要再回郡王府一段时日了。”

赵无琦无奈地叹了口气，满是纠结地看着司徒晓，你为什么还要让我再看见你？为什么不从此一走了之，再也不出现……

“王爷……对不起，我……”

苏烟抱歉地看着赵无琦，想要解释些什么。

赵无琦无力地摆摆手，转身走进了郡王府。

“司徒冰凝……为何你一出现……总是能带来这么多的麻烦……”

苏烟的声音柔柔软软的，却冷得让司徒晓听得有些心惊。这声音里，似乎满是对她的恨意呢。

“又……回来了啊……”

司徒晓抬头看了看郡王府的牌匾。虽然是作为被王爷看管的“嫌疑人”，但是，却是真的又回来了呢……只是，不知道这一次，还能待多久……

司徒晓被软禁在了花落轩，倒是让她想起了被禁足的那些日子。观雨楼因为连日来的事情暂时停止了修建，司徒晓心中却是有些遗憾的。晴好也随她再次回到了这里，等待着未知的命运，然而，这一次，幸运女神却似乎没有再次垂青她……

一天深夜，司徒晓正打算就寝之际，百里琯突然冲了进来，急匆匆地对司徒晓和晴好说道：“快点，收拾东西，马上走！”

司徒晓一愣，完全不明白发生了什么事。

“算了，东西也不要收拾了，赶紧走！”

百里琯说着，一把拉住了司徒晓，把她往门外拖，走了出去，才发现，守卫的两个侍卫倒在地上呼呼大睡，空气里隐约还飘散着一些迷香的奇异香味。

“小琯！你在做什么！”

司徒晓甩开了百里琯的手。

“我的好娘娘，我的仙女姐姐，求求你了，快跟我走吧！其他事情以后再说好不好！”

“我走了，你家王爷可就没法交差了！”

听到司徒晓这么一说，百里琯沉默了片刻，随即说道：“王爷自会处理。”

“为何要我走？我没有杀连璧人，我也不是敌国奸细。”

“娘娘……现在几乎所有人都知道，你的容貌和前朝皇后一模一样了……更重要的是，有证人称自己是司徒光程的同乡，并且能证明司徒光程只有过一个女儿司徒清，并且妻女都早已经离逝多年了，司徒光程未曾再娶，你根本不可能是他的女儿……现在，你和司徒光程都是乱党……乱党你懂吗?！是要杀头的啊！而且……现在大家都认为，是你偷了王爷的玉佩，杀死了连璧人嫁祸王爷，目的就是要挑起连大将军和王爷之间的不和，好趁机坐收渔翁之利……现在，连大将军那边为了掩盖家丑，甚至想把‘私奔’的罪名也推到你身上……无论如何，你一定要走！”

司徒晓沉默不语，看了百里琯许久，突然想到那一夜司徒彻所说的话，但她依旧不明白，如果这一切都是他一手主导的，对他有什么好处呢？他所谓的，她将会帮他完成一件大事，又指的是什么事呢？

虽然百思不得其解，但有一点，司徒晓是非常肯定的，若是今夜自己一走了之的话，定会为郡王府带来灾难。这已经不是一般的杀人案了，这是有关“乱党”的事件啊！

司徒晓把身后的晴好拉到了百里琯面前。

“带晴好走，这件事情与她无关。我不会走的，无论如何，我没有做，我也不会离开这里半步。”

“娘娘不走我也不走……”

晴好往后缩了缩，却被司徒晓扶住了。

“晴好，若是能逃过这一劫，是我命大。若是逃不过，你还要活着给司徒家收尸呢。你也不想我和爹爹死了也不得入土为安吧……”

“可是……”

“我和爹爹都已经再没有亲人了……”

“娘娘……”

司徒晓把晴好往前推了推，随即转身淡然地走回了屋子。

“娘娘……”

晴好啜泣着，看着司徒晓轻轻合上了门。

百里琯痛苦地撇过头，他也明白，若是司徒晓走了，王府定脱不了干系，可是，若是她不走……现在却也想不得这么多了，百里琯拉住晴好的手，大步离开了花落轩。

丁香树上已经不剩几片叶子了，花落轩的牌匾上依然是奇怪的，歪歪扭扭的字迹……

“叶快落完了，我们是不是也缘分将近，时机将至了呢……无琦……”

司徒晓喃喃着，缩成了一团，早知道当初就不要题如此不吉利的诗了，什么落花人独立，这回，真是一直都独自一人在此了呀……红烛成泪，痴心不悔……

城外，一行人骑在马上在夜色之中奔驰着，急匆匆地赶往安都。看到前方隐隐的灯光，为首的男子咬了咬牙，一鞭子挥下，加快了行进的速度。

未曾上报，赵无玑便擅自带了几个人从大漠快马加鞭赶回来了，已经连续 3 天 3 夜未曾休憩，马也换了几匹了，总算是快要到安都了，赵无玑坚定地望着行进的前方，心里默默念着：等我，一定要等我，司徒冰凝！

当安都闹得沸沸扬扬的消息传到大漠的时候，赵无玑正面对着大漠无限风光，翻看着日前司徒冰凝命人赠予的册子，册子一翻动，画面交替出现，就仿佛画上的人儿在自己手心跳舞一般，栩栩如生。却未曾想到，一切还停留在赵无玑认为的美好中时，却收到了丞相被革职查办、王妃与王爷分道扬镳的消息。而一路上，不利的消息更是越来越多，让赵无玑心中越是忐忑不安。

赵无玑按了按胸前，那个染血的平安符一直被他带在身边，那个人，也一直被他放在心里……

安都城门下，赵无玑扯下了斗笠，扬起手中皇上御赐给他的九龙剑。

“啊……是兰陵郡王殿下！”

“开城门——”

“开城门——”

"开城门——"

沉重的门缓缓打开，赵无矶抿着嘴唇坚定地看着安都城。

"司徒冰凝，我来了，无论如何，一定不会让你有事!"

夜，凄迷。

## 12

第二日，阳光从敞开的窗户照射进来，直直地射在司徒晓脸上，司徒晓皱了皱眉，眼皮动了动，有些刺眼，许久才张开了眼睛。晴好已经走了，为了让自己不至于起得太迟，所以没有拉上床帏，也不曾将窗户关上，不过这个时辰，看上去似乎也已经不早了呢。

司徒晓挑了件粉色桃花罗裙穿上，在脸上抹了些胭脂，看上去精神多了。没了晴好确实诸多不便呢，光是梳个发髻，司徒晓就不行了，无奈之下，只得找了一条粉色的丝带，将头发束起，垂散在身后，一头墨发披散在粉色的罗衫上，随风飘荡。

准备完一切之后，司徒晓提着裙子走出了房门，花落轩外已经站满了侍卫，看来这些人还算礼貌，估摸着早来了，竟有耐性一直等到自己醒来，也不曾进去打扰。

"我要去见王爷，还有连大将军。"司徒晓淡淡地笑着，对一个小侍卫说道。

看到司徒晓脸上绽开的柔情似水的笑容，侍卫的脸顿时"噌"地红了，低下头嗫嚅地应了一声，急忙在前方带路，剩下的几个侍卫蓦然地跟在司徒晓身后，像是害怕她会突然逃走似的。

秋高气爽的好天气，难得的清朗呢。

司徒晓抬头看了看天，这一瞬间，那天空和自己当时在南沙群岛上看到的仿佛依然是同一片天空一般，仿佛一闭上眼睛，就能再次回到属于自己的那个时代，然后发现，这一切都只是个梦而已。但却在这一刻，司徒晓不想闭上眼睛，她还想再看一眼那个人，还想再看看他。

大厅里，赵无琦和连大将军对坐在一起，双方都板着一张脸，面色十分凝重。看到司徒晓走了进来，连大将军一下子站起了身，冷冷地直盯着司徒晓。

"王爷……今天真早。"

司徒晓仿佛没有看到连大将军一般，朝着赵无琦笑着。

赵无琦却是一直皱着眉，无论如何也笑不出来，她没有走，这意味着什么？她到底懂不懂。

"王爷，冰凝就要跟将军走了，王爷还是不肯对冰凝绽露笑颜吗？冰凝也许这一去，就难以再回来了……"

"司徒冰凝！你已经和本王再无关系了，到底还回来做什么？你以为你回来能改变什么吗？你什么也不能改变!"

赵无琦突然恨恨地说着，看着司徒晓的目光中满是痛苦，他到底该怎么做？怎么做才是正确的?!

"我……什么都没有做……也许，有些事情我有所隐瞒，但是，我没有杀连璧人，更没有……陷害你。"

司徒晓说着，把头撇到了一旁，强忍着眼泪。无论如何也好，至少，希望他能相信，希望他至少是那个愿意相信她的人。

"司徒冰凝，不对，或者应该称呼你为兰舍公主?！来人，拿下！"

连大将军冷冷地打断了司徒晓的话，下着命令，两个侍卫听到命令，对望了一眼，有些犹豫地抬头看了看赵无琦，随即才急忙迎了上来，拿出了锁链。

"住手！谁敢碰她一下，本王定让他血溅当场！"

一声高亢的声音由远而近，众人一愣，只见厅外一男子身披铠甲，手执长剑，骑着马直奔了过来。侍卫想要拦，却瞬间被打倒在地，全然不是对手。

马停在了厅口，男子翻身下马，俊美的容颜在阳光下越发如同美玉一般无瑕了。看到来人是赵无矶，连大将军显然未曾料到，愣了片刻才行礼道："见过兰陵郡王。"

赵无矶大步跨了进来，直接护在了司徒晓身前。

"滚。谁敢碰她一下！"

侍卫闻言，怔怔地退了下去，心里却是连连叫苦，这上头一不和，受苦的就是下头的人，他们哪做得了什么主啊，可偏偏背黑锅的全是底下的。

"郡王，即使是你，做事也该有分寸。今日，这个女人是朝廷钦犯，且涉嫌杀害两条人命，企图挑拨朝廷命官之间的关系，陷大齐于险境之中……"

"连大将军这么说恐怕有所偏颇，只凭坊间的几幅画像、几句传言，就将零陵郡王妃定罪，恐怕有所不妥。即便王妃果真并非丞相之女，也不能证明他们是奸细。这世上有许多人之间并无血缘之亲，却更能如同父母子女般相处，本王相信，王妃和司徒大人便是如此。将王妃并非司徒大人之女作为所谓的'罪证'，本王倒是认为，此罪名实在无辜！"

"你！"

连大将军一怒，手握在身侧的刀上，作势要拔出。

赵无矶也不甘示弱，把司徒晓护在了身后，作势要拔刀，一时之间，双方剑拔弩张，战火一触即发。

"够了！这是本王的家务事！"

赵无琦脸上一阵阴霾，走到了赵无矶与连大将军中间。

"皇兄，你为何会在这里？这本不该是你插足之事，还望皇兄速速离去，不要卷进这些是非之间！"

"无琦，本王今日前来，是为报一剑之恩，无论当日王妃出于怎样的考量，始终是为本王挡了一剑，本王的命便是王妃的，今日恩人有难，无矶定当拼死相护。"

赵无矶说着，眼中透着坚定的光，赵无琦一愣，心中竟闪过一丝疼痛。眼前蓦然出现了那张倔强的脸，忍着疼痛对自己说："赵无琦，司徒冰凝是你的妻子，你愿也好，不愿也罢，从你八抬大轿娶她进门的那一天起……你就背上了……保护她的责任……"

然而这一刻，自己的妻子却需要别人来保护吗？可是，自己又该怎么做呢……她确确实实是兰舍的余孽，她确确实实嫁他是另有目的，她确确实实在最后那一刻还是抛弃他了……她帮助连璧人逃出王府，连璧人却死了，身边还遗留了他的贴身之物，那么多的巧合，他依然相信她决不是那个凶手。可是……如果此刻，他护住了她，皇上降罪下来，自己也难逃其咎，而高墙里素未谋面的母亲又该如何……

"够了……冰凝多谢兰陵郡王的好意。冰凝……跟连大将军走……清者自清，冰凝愿做一切来证明自己的清白……"

司徒晓走上前来，柔声说着，她自然明白，赵无琦不能护她，赵无琦如此小心翼翼才走到今日这一步，怎能因她而毁于一旦……大不了再死一次罢了，难说这一次，还能穿越到别的什么地方去呢，如果还能再有机会的话，只要给她一个平凡的身份就好了，给她一个平凡的男人也就够了……

"要查也是本王来查，本王不会把你交给任何一个人，让你有任何一点受伤的可能。"

赵无矶说着，压了压胸前，贴身放着的护身符依然好好地在那里。

"倒是可笑，零陵郡王已经答应了老夫，怎么也轮不到兰陵王你来说话吧！若是郡王执意如此，休怪老夫无礼！"

连大将军盛怒，拔出了剑，眼看就要打在一块儿。

"不要！赵无矶，你走开，我跟他走！"

司徒晓急忙拉住了赵无矶，厉声说着。突然腹部一阵疼痛，司徒晓头一晕，在众人注视下软软地倒了下去，赵无矶急忙伸出手，抱住了瘫软下去的司徒晓。

"王妃——"

最后听到的声音，似乎是赵无矶的。

再次醒来的时候，司徒晓躺在一张床上，侍卫们都退了出去，房里只有赵无琦、赵无矶和一个陌生的山羊胡子大夫，以及担忧自己跑了的连大将军，似乎自己还未被抓到监狱里。山羊胡子大夫把完了脉，皱着眉头看着众人，似乎不知道该说什么。赵无琦在司徒晓身边，紧紧地抓着她的手，让司徒晓有一种安心的感觉。

"王妃身体无碍吧？"

赵无琦急急地问着，眼中满是担忧。

"这……"

山羊胡子小心翼翼地回头看了看在身后的黑压压的一片侍卫，以及一脸凶悍的连大将军，还有一旁急得魂不守舍的赵无矶，一时之间竟不知道该说什么。

"昨天到今天都没好好吃东西，可能血糖低吧……"

司徒晓有些虚弱地说着，就她自己对身体的感知，不可能有什么病痛的，当然，也不排除什么暂时没发作的肿瘤啊、癌症啊什么的，不过她是很怀疑，以现今的医学水平来说，是否能通过把脉诊断出这种病来了。

"其实……王妃……小人也不知该不该恭喜……王妃你有身孕了……想必是操劳过度，所以才会晕倒……"

大夫犹犹豫豫的一句话如同一颗炸弹，"轰"地丢了下来，把一屋子的人都炸傻了。偏偏在这种时候！

"怀……孕……"

司徒晓愣愣地低头看了看自己依然平坦的小腹，轻轻地把手覆上去，一种奇异的感觉涌上心头，现在，她的身体里面正涌动着一个小生命，这是一件多么神奇的事情啊！这是她从未想过的事情啊……

"我们……有……孩子了……"

赵无琦也愣住了，显然没想到会是这样的结果，小心翼翼地把手覆在了司徒晓手上，两人对望着，不由得嘴角浮现一抹甜蜜的笑。

随即，赵无琦突然意识到，在这样的情况之下，一切就更危险了啊！皇后现在基本已经认定了司徒冰凝和前朝兰舍皇后有着特殊的关系，如果知道司徒冰凝现在怀孕了，她一定不会让这个孩子有机会生下来，成为皇族的血脉！

"冰凝……你必须马上离开……无论如何，我一定会保住你和孩子……"

赵无琦忽然压低声音在司徒晓耳边说道。

司徒晓怔怔地看着赵无琦站起身，转身走向赵无矶，面无表情地拍了拍赵无矶的肩膀，随即以迅雷不及掩耳之势突然拔刀刺向连大将军，赵无矶急忙上前，抓住司徒晓，趁乱跑出了屋外，一吹口哨，跟随了自己多年的战马闻讯而来。

赵无矶把司徒晓抱上了马，策马而去。

"无琦——!!"

司徒晓在奔驰的骏马上看着依然在和连大将军打斗的赵无琦呼喊着，心中隐隐不安，就仿佛这一别，就再也无法相见了一般……她好想跳下马，和他在一起，无论生死……但是她不能，她明白，赵无琦这么做，也是为了保住她和他们的孩子，他不愿意让她冒任何险。现在的她，不仅仅只有自己，她还有腹中那个小小的生命，那个，在她的身体里带着希望，轻轻悸动的生命……

赵无矶的马奔驰着，踏过重重侍卫的包围，跟随赵无矶而来的几个戴着斗笠的男人帮忙拦着追赶而来的侍卫，虽然不明白究竟是怎么回事，但对于他们而言，怎么回事并不重要，重要的是，只要主子能安然离开就行了。

"郡王，你包庇乱党，意图谋逆！"

连大将军和赵无琦缠斗在一起，恨恨地说着。

"本王是保护妻儿！情理之中!!"

赵无琦咬着牙应着，但下手之处却是处处留情，只求拖住连大将军，但却不愿伤害到他。

"老夫一定会禀明皇上……啊……"

连大将军话音未落，突然一把长剑从身后直插进心脏，穿透了连大将军的胸膛，鲜红的血顺着利剑一滴滴往下滴落，在地上盛开出一朵朵艳丽的花朵。

"连大将军！"

赵无琦一把扶住连大将军，不可置信地看着突然出现在连大将军身后，微微垂首的男子，墨色的秀发遮住了大半面容，嘴角挂着一抹悠闲的笑。

"登上王者之位的道路，任何人都不能成为阻碍。"

男人沉声说着，抬起眼睛看向赵无琦。

……

“连大将军惨遭不测，兰陵郡王叛变，携乱党向城北逃去，下令所有人，追捕兰陵郡王和司徒冰凝归案！如有违抗——杀无赦！”

阳光下，满脸寒霜的男子沉声下令，声音中似乎没有一丝感情，仿佛只是在讲述一个完全与自己无关的事情一般，俊朗的脸庞在骄阳之下却是冷得让人有些不敢直视。

“是，郡王。”

失去了领头羊的众侍卫听从着零陵郡王的命令，策马向城北而去。

“王爷，连大将军……”

赵舍急急忙忙地迎了上来，方才听说赵无琦和连大将军动了手，倒是吓了他一跳，现在看到赵无琦没事，也就放下心了，但连大将军却似乎出了事，这可让人头疼了……

“兰陵郡王包庇乱党，为了劫走司徒冰凝，杀死了连大将军。赵舍，准备将此事照实上奏。本王现在去捉拿乱党，此后会亲自入宫，向父皇禀明。”

“什么?！兰陵郡王?！可是兰陵郡王……还有王妃……”

“赵舍，司徒冰凝已经不再是零陵郡王府的王妃了，本王与她早已经没有任何关系，小心你说的每一句话。至于兰陵郡王，他包庇乱党，意图谋逆，即使本王与他是亲兄弟，恐怕也只能大义灭亲了。”

听着赵无琦冷冷的话语，赵舍呆愣在了原地，看着赵无琦大步离开。

这……是王爷说出的话吗？一直以来，王爷最拥护的人就是兰陵郡王，王爷还曾说过，最大的愿望就是要助兰陵郡王登上帝位……可是为何却……

赵无矶和司徒晓一路奔驰向北而行，只要离开安都，他们就能自由了！

然而，没想到的是，没过多久，身后却响起了阵阵马蹄声，追兵来得比预想中要迅速得多。

“为什么会……难道王爷……”

司徒晓不敢继续往下说了，心中忐忑不安，难道赵无琦出事了！

“不会的，无论如何，他们也不敢贸然对无琦出手。无琦身为零陵郡王，即使有罪，也该由皇上亲自定罪。放心吧，无琦一定不会有事的！”

赵无矶安慰着司徒晓，眉头却纠结成了一个疙瘩，现在有事的，似乎是他们啊，现在需要担心的也是他们啊，真可恶，只想着要尽快赶回来，却未曾多带些人！

他们一路顺着山坡狂奔而上，再无路可走，几个随从将赵无矶和司徒晓护在中间。

“够了，我跟你们回去，此事和郡王无关，我跟你们回去。我司徒冰凝没做过的事情就是没做过，我什么都不怕。”

司徒晓站到赵无矶身旁，大声对围困住他们的侍卫们说着，赵无矶一把抓住了司徒晓，却无能为力，难道他连护她周全都做不到吗？

侍卫们面面相觑，似乎是没想到司徒冰凝会如此痛快。正在此际，忽然一个冷冽的声音传了过来。

“兰陵郡王与乱党勾结，杀害连大将军，杀无赦！”

随着这声音，围困的队伍突然自觉让开了一条道路，零陵郡王赵无琦手握一把长剑，英姿飒爽地骑着一匹雪白的马从队伍中走来，周身肃杀之气。

“无琦……”

见到赵无琦的那一刻，司徒晓顿时有些兴奋，笑着正欲迎上去，却对上了那双冷冽如寒冰的眸子，司徒晓顿时僵住，眼前的赵无琦似乎很是陌生一般。

“杀——!！谁取乱党首级，赏百金——!！任何责任，本王自会担当——!！”

赵无琦冷冷地抬起握着长剑的手，一声令下，眸子里满是寒光。

司徒晓不可置信地看着赵无琦，重赏之下，侍卫们提着剑便冲了上来，赵无矶急忙把发呆的司徒晓护在身后，难以相信地看着眼前这个与自己情同手足的兄弟。难道，难道对于他而言，曾经的一切都是假的吗？

“无琦?！为什么?！”

“皇兄，是你为了一个女人，背叛了大齐……皇弟我也是迫不得已啊……”

赵无琦一副无奈的样子，嘴角却勾起了一抹残忍的笑。

登顶的路上，任何障碍都要好好除去，这样才能踏着这些绊脚石走到最顶峰的位置！

赵无矶挥动着手中的剑，将司徒晓护在身后，已经战到伤痕累累，却依然没有任何退却的意思。

“兰陵郡王果真名不虚传，这些喽啰还真是没用啊。”

赵无琦戏谑地笑着，随手从身边一名侍卫身上拿过弓箭，拉开弓，箭直指司徒晓，“嗖”地一声，一片血红绽开在眼前，赵无矶飞身过去挡在司徒晓身前，箭直直地插进了赵无矶的右肩。

“啊——赵无矶——!！”

司徒晓这才回过神来，捂住了嘴巴，歉疚地看着赵无矶肩上的箭。难道，他方才让赵无矶带自己走是故意的？早已经计划好的？怎么可能……

“赵无琦，为什么？为什么会这样？为什么？”

司徒晓有太多不明白，前一刻那个还为了护她和连大将军大打出手的丈夫，这一刻这个一心要将他们赶尽杀绝的恶魔，到底谁才是赵无琦?！

“王妃，你可真大本事，能让兰陵郡王为你而拼命。这一切，都是你们咎由自取……到登顶的那一天，本王自会好好谢你……”

赵无琦唇边勾起一抹笑，再一次拉开了弓，眼里满是决绝。

“嗖——”

“嗖——”

“嗖——”

众侍卫随着赵无琦的下令，也一字排开拉开了弓箭，箭如雨点般落下，赵无矶回过身子把司徒晓牢牢抱在怀里，飞来的箭一支支插进了他的身体。一时之间，跟随赵无矶的侍卫都已经全军覆灭，赵无矶也浑身是血，快站不起来了。

司徒晓的双手沾满了赵无矶的血，满脸泪水。

“赵无琦……为了登顶，为了打败兰陵郡王这个劲敌，所以才故意让他带我离开？然后你再杀了连大将军嫁祸给我们……是这样吗……”

司徒晓咬着嘴唇，努力让自己的声音不至于如此颤抖。

“王妃此话，还真是将自己的罪责推了个一干二净啊……不过，本王奉劝你一句，在此自行了断，总比日后在牢房里受尽折磨好得多。”

“……难道……你一点……也不在乎他吗……”

司徒晓低下头，染满鲜血的手温柔地抚摸着自己的腹部，眼泪不争气地从脸庞上滑落了下来。

“……那个孽种……不过是兰舍余孽罢了！说不准，还是你迷惑皇兄的手段……”

赵无琦说着，声音里充满了嫌弃和恨意。

恨意?！司徒晓感受到这一切的时候，脑袋顿时“嗡”地一震。他果真是一点也不在乎这个小生命？甚至不愿意承认他?！

司徒晓不可置信地往后退了几步，站在悬崖边上。

“赵无琦……想不到你……从此，我与你……恩断义绝……”

明月已不在，山盟转眼亦成空。

司徒晓嘴唇颤抖着，看着面前拉开了弓箭的侍卫们，俯下身用力地扛着赵无矶，转身决绝地跳下了山崖……

真是个笑话的一生，本想接手你司徒冰凝的人生，好好再活一次，想不到最终，却以这样的方式走向落幕……

风回荡在悬崖上，赵无琦一步步走到悬崖边，低下头看着深不见底的断崖，许久许久之后，轻声说了一句：“看……你比我想得还要优秀……多亏了你，我的计划得以提前……冰儿……”

# 第三章　江山望

## 1

兰陵郡王勾结乱党，意图谋逆，被零陵郡王大义灭亲，就地处决。此后不出一月，太子失德，酒后调戏后妃，被废黜。从此，零陵郡王赵无琦独揽朝纲，成为了继承大统最有希望的人。一时之间，零陵郡王府堪比皇城，虽并无皇帝的册封，但实际上赵无琦已经成为了有实无名的太子。而宏盛皇帝在痛失爱子，太子又继而出事之后大病一场，此后，赵无琦成为了摄政王，名正言顺地为皇帝"分担"起朝中事务。

3年后，夜凉如水，明月当空。

零陵郡王府内景韵堂，赵无琦正伏案批阅奏折，烛火闪动，赵舍突然走了进来。

"王爷，夜深了。"

"近来乱党在江阴一带活动频繁，像是在酝酿着什么大阴谋……"

赵无琦头也不抬地说着，眉宇之间尽是烦恼之色。

"王爷，那些乱党自……自那件事发生以后，朝廷已经对他们严厉打击，现在以他们的势力，也翻不起什么大波浪了……"

赵舍所说的"那件事"，自然就是兰陵郡王与零陵王妃双双坠崖的事情，自那以后，那件事情所有的一切在赵无琦面前都成了禁忌，不许任何人再提起，赵舍只当是因为赵无琦太过悲痛的缘故，只是，怎样也想不到，他会对赵无矶和司徒冰凝痛下杀手。

提到那件事的时候，赵无琦顿了顿，眼中闪过一丝异样，随即又恢复了平静，对着赵舍有些疲惫地挥了挥手，让他下去。那件事，是他人生一个巨大的转折点，是他等待已久的机会，也是他……永远失去了某些东西的时刻。

郡王叹了口气，窗外的风甚凉。

赵无琦丢下手中的笔，大步走出了景韵堂，往南边的悠居小筑走去。悠居小筑是在"那件事"发生以后，王府内兴建起来的一处居所，临湖而居，风景甚是怡人，现在是苏烟在居住。

在"那件事"发生之后，纳兰芯蕊因陷害司徒冰凝的事情暴露之后，心灰意冷了一段时间，在得知赵无矶与司徒冰凝双双坠崖而死的消息后，大笑了几声之后，却哭得泣不成声，此后竟闭门不出，自此潜心礼佛。

就这样，王爷的4个夫人，死的死，清净的清净，最后竟只剩下了苏烟，而赵无琦似乎也并无娶亲的打算，一时之间扑到了朝政事务之上，苏烟似乎就这样理所当然地成了王爷的宠妃。

赵无琦大步走到了悠居小筑，轻轻推开了门，屋里的蜡烛已经灭了，屋子里静静的，甚至听得苏烟均匀的呼吸声。赵无琦走到床边上，把手伸进了被褥，轻轻抚摸着苏烟柔滑的肌肤。苏烟轻轻地哼了一声，赵无琦手上的动作更加放肆了，顺着小腹一直摸索着，覆上了胸前两座玉峰。

苏烟轻轻地呻吟了一声，从睡梦中醒了过来，嗅到了熟悉的味道，如同梦呓般轻声喊着："王爷……"

赵无琦掀开被褥躺了进去，和怀中的人儿交缠在一起。

"啊……王爷……"

苏烟咬着嘴唇唤着，承受着赵无琦疯狂的冲击，每一次，赵无琦拥她入怀，都更像是发泄一般，倒感受不出多少情爱。她还能记得赵无琦第一次拥她入怀的那天，便是"那件事"发生的那一天，王妃司徒冰凝和兰陵王赵无矶出事的那一天。回到王府的赵无琦那一夜破天荒地去了她的住所，一语不发便把她抱上了床。那一夜撕心裂肺的痛楚犹在昨日。那一夜，赵无琦愣愣地看了床上的一片嫣红许久，便离开了。她知道他心里苦，即使再怎么痛，她也不介意，只要能在他的身边，成为了他真正的妻子……这不就是她一直所期盼的吗……

"即使本王，把你撕碎了，你也不会喊痛吗……"

赵无琦突然喘息着说道。

月光下，苏烟较弱的身躯上多处红痕，赵无琦的手依然还紧紧地抓着她柔滑的手臂，手指快要嵌进了肉里。

"苏烟……想和王爷……永远在一起……即使粉身碎骨……也想和王爷……在一起……"

苏烟眼中噙着泪，看着眼前这个面容冰冷的男人，这个她一心爱着的男人。

"所以……无论多痛，也不会喊痛吗……哈哈哈……"

赵无琦突然眼中有些疼痛地说着，眼前仿佛出现了一张熟悉的小脸，倔强，美丽。原来是这样吗？因为爱他，想和他在一起，所以才不会喊痛吗？那么，她也是一样的吗？可是，最后，她还是背叛了啊……

赵无琦闭上了眼睛，紧紧扣住苏烟的手腕，发起了第二轮疯狂的冲击……

安都城内一派灯红酒绿的热闹象，丝毫未曾因夜色而成眠。

潇湘馆内，一名女子正在对镜梳妆，镜中映出一张绝色的脸庞，细细一看，竟是司徒晓的面容。

"姑娘，林员外今晚可是豪掷千金，求见姑娘一面呀，姑娘是否……"

"今夜不见客。快到十五了，今儿个月色正好，我可不想浪费时光和那些庸俗之人纠缠，回了吧。"

女子依然仔细地描摹着面庞，冷冷地回应着。

门前身着碧衣的小丫鬟听得回答，应声后退出了房门。

看着小丫鬟走了，女子放下了手中的眉笔，幽幽叹息了一声。她正是司徒晓，也是从悬崖上和赵无矶一同跳下的司徒冰凝。

3年前，本以为这一生就要这么结束了，一切都将画上一个句点。然而，司徒晓却没想到，自己竟然又再一次奇迹般地“活”了过来，当她睁开眼睛的那一刻，她还以为自己又“穿越”了。

救了她的那个人，她一直未曾得见他的真容，所有人都称呼他为“无欢公子”。没有人知道他的真名，“无欢”是他为自己取的名号，他便是一直在暗处活跃着的，兰舍王朝余留下的乱党们的“统帅”。无欢，家国不在，无处寻欢。

无欢公子称她为“公主”，对此，司徒晓却并没有那么意外，兰舍浅眠的画像已经让司徒晓确信，司徒冰凝和兰舍王朝之间一定有着深刻的联系，只是没想到，她的背景居然这么硬，竟是兰舍王朝的皇后兰舍浅眠唯一的独女。算起来，在兰舍王朝覆灭之际，兰舍冰凝大约还只是个年少的孩童，在战乱之中，流落到了民间。无欢公子称一直都在寻找公主，寻到的时候，公主已经成了零陵郡王府里的王妃……

在跌落山崖的时候，司徒冰凝身受重伤，昏睡了整整一年的时间，才苏醒过来，而在滚落山崖之际，司徒冰凝毁了面容，经过两年的时间医治，竟奇迹般地给她“换”了一张脸，而颇为巧合的是，这张脸竟和司徒晓曾经那张脸颇为相像，让司徒晓煞是惊喜。只是，脸是自己的，命运却早已不是自己所能控制的了。

窗外明月当空，司徒晓别开头，不愿再去看那月光，手不自觉地放在了自己的小腹上。3年前，她失去了他，那个甚至还没有机会看一看这个世界的小生命，她才刚知道他的存在，她才刚因为这奇迹而感到幸福，却永远失去了他……明月还在，誓言却又消逝去了何方？现在的那个人，已经得到自己想要的一切了吧！

正在感怀之际，突然背后一阵轻微的响动，司徒晓警惕地竖起了耳朵，却依然假装若无其事的样子，轻移莲步，袅娜着身姿徐徐走到了桌旁，靠近屏风的位置，目光不经意地扫过屏风，忽然迅速从腰间抽出了一条黑亮的鞭子，朝着屏风抽了过去。“啪”地一声，屏风四分五裂，屏风后一个身着水墨青衫的男子迅速一个闪身，用手上紧握的墨玉箫一挡，鞭子缠在了玉箫上。

司徒晓冷冷地看着这个不知何时闯入的男子，一袭水墨青衫，墨色的头发垂散下来，脸上戴着一个白玉面具，虽然看不到面容，但直觉却让司徒晓笃定，这男子一定有一张漂亮的面庞，一瞬间，司徒晓脑海中出现了赵无琦的脸，第一次见到他之际的那张冷冽却美丽的脸。司徒晓顿时有些懊恼，微微凝眉。

“明月公子也算是江湖里有头有脸的大人物，深夜如此造访小女子的闺阁，传了出去，岂不是招人笑话。或者，明月楼里的人，都如公子这般，专爱做这些鸡鸣狗盗之事……”

司徒晓收回了鞭子缠到腰间，斜睨着眼前的玉面公子，嘴角挂着冷冷的笑。

“姑娘好眼力，竟认得我。”

玉面公子微微愣了一下，随即淡淡地笑道，看到司徒晓的一瞬间，眼中似乎闪过了一丝失望的神色。

“明月楼的公子，玉面墨箫，想不认得也难吧……”

司徒晓嘟囔着，不屑地打量着眼前的男人，这些江湖中人似乎都喜好这套，总是把自己打扮得奇奇怪怪的，搞得颇有标志性的东西，巴不得别人一见就要认识他，然而在别人认出自己以后，又喜好客套地来上几句，你怎么认识我啊之类的……就说上一次见到的那个独臂刀王吧，只有一只手臂，背着一把镶着西域血石的大刀……看不出来是他都难吧……更别说这个玉面公子了，除了那个明月楼的楼主，或者想要冒充他的家伙，谁会这副打扮出现在别人面前……

"唐突了姑娘，是在下的错，只是听闻潇湘馆里来了个美娇娘，艳若桃李，冷似明月，在下也想一睹其真容……只是，姑娘实在门庭若市，难以求见。"

见明月公子这般有礼，司徒晓也没有继续难为他，径自走到桌旁坐了下来，倒了杯茶，推到了桌子另一侧，招呼明月公子坐下。

"想必是让公子失望了……也是，外头人总是以讹传讹，传得多了，倒好似我真是天仙下凡，不过也只是俗人一个罢了。"

"不……姑娘美貌确是无双，只是……"

明月公子稍稍迟疑了一下，随即才接着道。

"只是……只是在下以为会看到故人……"

"故人?"

"在下在寻找一名故人，只是遍寻不得……"

"公子何以认为本姑娘会是你的故人呢?"

"艳若桃李，冷似明月……"

"哈……公子寻的到底是故人，还是佳人啊！或者公子都喜欢这般和女子搭讪?"

司徒晓掩口轻笑，然而看明月公子的样子，却又不像是开玩笑。

"唐突了姑娘，实在抱歉，但在下确无不敬之意，还望姑娘海涵。他日若有用得着在下的地方，在下定当竭力相助，以表歉意。"

"用得着的地方……我还真有……还希望以后真的到那个时候了，公子能记得今日的承诺。"

明月公子，明月楼……倒是甚好，我还没去找你们，你们就自己送上门来了，看来往后，有的热闹了……

看着明月公子离去的方向，司徒晓嘴角勾了勾，眼里却如同蒙上了一层寒霜。

明月楼是近来新崛起的一股势力，其真正的实力无人知晓，但其门下却多是江湖奇人异士，其家底也十分雄厚，有人猜测其与大齐朝廷有所关联，自然也有人猜测，其是兰舍余孽的乱党之一。当然，有一点司徒晓是十分确定的，明月楼和兰舍自然是毫无干系，否则，无欢公子也不会对其一无所知了。

"姑娘，夜凉，怎么不关窗。"

一阵细细的声音响起，一个身着嫩黄色罗裙的女子从床幔后走出。

"绿娆，你都看到了?"

司徒晓轻轻啜了口茶，往香炉里添了些香粉。

"姑娘恕罪，绿娆也是担忧房中之人对姑娘不利，故而才迟迟未曾现身。"

“你倒是警惕，只是不知道这人若真是对我不利之际，你会如何。”

绿娆是无欢公子指派在自己身边跟随保护的侍女，虽然绿娆一直是毕恭毕敬的，但不知为何，司徒晓总是觉得这丫头对自己十分有敌意，虽从未表露，但这种女人的直觉，却让司徒晓对她不得不防。思及此，司徒晓不由得又想起了晴好，那日，晴好跟百里瑄走后，至今也没了消息，却不知如今身在何处。

“明月楼究竟是敌是友，现在还说不清楚，公子希望姑娘能够尽量不要和明月楼的人有所干系，不过……绿娆似乎通知得晚了些。”

“是敌是友，不过在于是否有共同的利益罢了。明月楼的事情暂且不说，算不得什么大事。我托公子打探的消息，如何了……”

“公子已经寻到司徒光程的尸骨，派人迁回了他的家乡，找了块好地方厚葬了。至于晴好姑娘，依然没有消息。而姑娘所说的那个‘司徒彻’，依旧没有任何人知晓……”

“是吗……也好，爹爹能回到家乡，远离安都，也算是件好事……晴好随着小瑄，应该无事吧……司徒彻……呵……彻哥哥……他倒是神秘得很啊……他大约才会是我们最棘手的对手吧，竟连公子对他的身份也全然不知吗……”

司徒晓握着杯子的手不自觉地有些用力，当日在她坠崖之后，司徒光程便被以“勾结乱党”以及“谋逆”等罪处决了，头颅悬挂在街口月余，后来也不知尸身被谁收了去。司徒晓醒来之后，才知晓了这一切，据称，当时监斩的人，便是零陵郡王赵无琦。

“姑娘，公子说……若是姑娘有所不便，明日的表演……可以让朔月……或者华彩去……”

“哦，是吗？那绿娆你怎么看？”

“依绿娆看，姑娘应当去。”

“为何？”

“若是姑娘连这都做不到……”

绿娆没有再继续往下说，脸上依旧没有任何表情。

司徒晓笑了笑，这丫头，果然是很不喜欢自己啊，虽然不知道为什么。不过也确实如此，如果自己再也不敢进零陵郡王府，再也不敢面对那个男人的话，又如何能够有能力为死去的爹爹，为丧生在母亲腹中的孩儿报仇……司徒晓咬咬牙，涌起在眼眶里的泪水压了下去。

“你去告诉公子，自是没有什么为难不为难的。我定会让那风流的塞外公子亲自追到潇湘馆来。”

“是，绿娆知道。”

“清阳近来可好？”

“姑娘放心，清阳先生一切都好，只是扰了不少姑娘家的心思，成天在那儿念些有的没的诗句……什么君子好逑的……怪是让洛水村里的姑娘们心乱的。”

“是吗……若是能寻得个好姑娘，倒也是份福气。”

司徒晓发自内心地笑了起来，如果他能好，平平顺顺地过了这一生，倒也是件幸事。

平顺安宁……曾几何时，那也是自己最大的心愿呵！

月色清冽，还如当初那般悬于天际，只是，人，却已经再也不复从前……

## 2

自从驻守边疆的兰陵郡王死后，域外游牧民族拜安部族突然对大齐发起了进攻，然而大齐早有防备，借机和亚当斯部族联合，一举歼灭了拜安部族，在大齐的帮助之下，亚当斯得以统一其部族，建立了亚当斯帝国，与大齐交好，并愿岁岁向大齐朝贡，双方缔结了和平条约。

与此同时，哈塞尔王子作为亚当斯与大齐交好的“使者”，自然功不可没，成为了亚当斯帝国的王所指定的下一任继承人。为与大齐世代交好，亚当斯王上表了宏盛皇帝，愿将公主嫁到大齐，与大齐联姻。皇帝亲自下旨，将亚当斯公主娜美吉拉指婚给了零陵郡王，作为王妃，而此次负责护送公主来大齐完婚的，自然便是哈塞尔王子。

为迎接哈塞尔王子，为其接风洗尘，零陵郡王府准备了盛大的宴会，而此时，名动安都的潇湘馆第一美人儿耀华姑娘，也就是司徒晓受邀到王府进行表演。

虽然哈塞尔和娜美吉拉是兄妹，但实际上，两人的关系并不好，势成水火。娜美吉拉是亚当斯王的正室所生，而哈塞尔却是庶出。对于娜美吉拉而言，只因自己是女儿身，亚当斯王便把位子传给了这个庶出的哥哥，心中自是怨恨。而哈塞尔自小便受到娜美吉拉的欺辱，心中自然也存有怨恨。若是娜美吉拉成为了零陵郡王妃，这便意味着娜美吉拉很可能成为大齐的皇后，这对于哈塞尔而言，是不可忍受的，然而这一次的和亲，却又是哈塞尔向亚当斯王提出的，这其中，看来是大有文章在。

亚当斯部族的队伍浩浩荡荡地进了安都，随行有数十只箱子，运送着公主陪嫁而来的金银珠宝，走在队伍中间的是一顶装饰华美的车辇，装饰着红色的缎子，缎上用金线绣着百鸟朝凤图。车辇上，娜美吉拉公主戴着华美的桂冠，用珍珠和宝石作为装饰，戴着红色的面纱，引得行人纷纷侧目，意欲一睹公主芳容。

在队伍最前方的是骑在马上的哈塞尔王子，依然是风流倜傥的样子，频频对着街上的姑娘们抛媚眼。

队伍路过潇湘馆之际，司徒晓懒懒地坐在窗前，看着浩荡的队伍以及那个依旧是一副玩世不恭样子的哈塞尔王子，上一次见他，已经是许久许久之前的事情了，还记得那个时候，他蓝色的眼睛十分漂亮。

“姑娘，衣饰上的翡翠不知哪个不长眼的丫头给撞碎了，现在拿去给珍宝斋的老板补一块，应是还来得及吧。”

绿娆看着华丽的舞衣，皱紧了眉头，虽然只是一块小小的翡翠，但任何一点的瑕疵，都是有可能导致计划失败的呀。

司徒晓慵懒地看了一眼绿娆手中提着的翡翠羽衣，今晚的表演原定的是碧水谣，尽显女子柔弱媚态的舞姿。

“放下吧。今晚曲目改了去。”

“啊？姑娘，您真是爱说笑……”

“我是认真的。改成刀舞。”

“可是……”

“他一定会来的。”

司徒晓转头向窗外，看着远去的队伍，嘴角勾起了一抹笑，如果那个薄情花心的王子还记得的话，即使不记得，既然当初能让他如此有“兴致”，此次也不会差吧！

不到晚宴时候，郡王府已经派人来请了，司徒晓披上塞外异域的舞衣，这一次的舞衣甚是华美，虽然同是异域服饰，却缀满了珍宝玩意儿，最特别的是，在裙摆上还挂满了许多大大小小的圆珠子，司徒晓在这些圆珠子上都撒满了磷粉，在夜晚会发出幽幽的光，缀在裙摆上，甚似漫天的繁星。

走出潇湘馆，一顶华丽的轿辇已经停在了门口，立在一侧的人恭恭敬敬地站着，竟是赵舍。

司徒晓的脚步微微迟疑了一下，随即才走了出来。

“啊……你……耀华姑娘……”

见到司徒晓的一瞬间，赵舍呆住了，随即才回过神来，自己真是老眼昏花了，在那一刻，怎么竟会把她看成司徒冰凝了……王妃已经死了，而此时眼前的女子也与她长得全然不同啊！

“耀华惶恐，竟劳烦赵大管家亲自来接耀华。”

司徒晓微微欠身，礼貌地说着。

“你怎么……知道老夫是……”

“耀华虽未曾有幸结识赵大管家，但素来听闻赵大管家器宇不凡，眉目之间英气勃勃，虽年事已高，却不见老态。何况……其他的耀华不懂，单看看赵大管家身上这身衣裳，也并非是等闲之人。在零陵郡王府中，能得到王爷如此器重的，必定是赵大管家无二了！”

“姑娘抬举了，还请姑娘快上轿吧。”

赵舍掀开了轿帘，看着司徒晓坐了进去，又忍不住多看了她一眼，这才缓缓地放下了轿帘。

行至偏门，司徒晓下了轿辇，由赵舍引着从偏门步入了零陵郡王府。

一草一木都还是原先的那些样子，虽然郡王府之后又扩建了许多次，但原先的老园子却没有经过任何改动，一切都还是原本的样子。司徒晓轻轻咬了咬嘴唇，压抑着心中涌上的感伤，真是物是人非事事休……

对面一行人迎面走了来，为首的男人身着一身暗紫色外袍，低调却不失华美，俊秀的脸上如同笼了一层寒霜，俨然就是赵无琦。

司徒晓心下一惊，不自觉地攥紧了袖口，微微垂下头，赵无琦走了过来，停下了脚步，声音清冷地问道：“这位就是潇湘馆的耀华姑娘？”

“是，王爷。”

赵舍恭敬地回答着，司徒晓却觉出两人之间似乎有些生分，心下一阵疑惑。

“嗯。果真是国色天香，想必又要惹得王子纠缠不休了，倒也算是给潇湘馆添了笔大买卖。”

赵无琦说完便自顾自地走开了，擦身而过的瞬间，一股清冽的白梅香袭来，司徒晓心下一震，回望着他渐行渐远的背影。

“白梅香……这似乎不是白梅开的季节呀……”

司徒晓喃喃着，看着赵无琦离去的背影，攥得紧紧的拳头慢慢松了开来。这个男人，这个让自己失去一切的男人……3 年了，他已经完全不记得自己了吧，可是，为什么，见到他的那一刻，依然还是有一种快要窒息的感觉……

“耀华姑娘，这边走。”

听到赵舍的话，司徒晓这才回过神来。

很快，一切就该了结了，赵无琦，很快，你就会记起我的，然后看着你今天所有得到的一切，在我的脚下灰飞烟灭……

一丝不易察觉的笑容冷冷地凝在司徒晓唇边。

夜宴拉开了帷幕，轻歌曼舞，丝竹管弦，赵无琦坐在主位上，哈塞尔王子受邀坐在左侧上位。同时参加宴席的还有朝中各大重臣以及皇亲国戚。觥筹交错之间，哈塞尔王子却是一副百无聊赖的样子，四处环顾着。

“王子似乎对今日的宴席不甚满意?”

赵无琦优雅地笑着，掂起酒杯，看着哈塞尔王子。

哈塞尔叹口气道：“今夜的舞姬们虽个个貌美，却都差了些什么。要说到你们大齐的美人儿，还是王爷的王妃最美了，可惜，她不愿意做我的哈那玛伊，最后在大齐香消玉殒了……真是让人伤感不已啊!”

赵无琦脸色一沉，坐在赵无琦身侧的苏烟也一怔，随即忙笑道：“安都潇湘馆有一名艺妓，美若天仙，技艺非凡，今夜将为王子献艺，这些莺莺燕燕的，王子不必挂怀，仅当是开开胃的前菜罢了。耀华姑娘一定不会让王子失望的……”

“甚好甚好！本王子在路上就已经听说安都这位耀华姑娘的盛名了！王爷真是了解我！多谢王爷！多谢王爷了!”

看着哈塞尔王子眉开眼笑的样子，赵无琦冷冷地撇了撇嘴，刚才还一副伤感不已的样子，现在倒是一听说有别的美女，马上就乐开了。

话音未落，场上顿时一阵红光闪过，众人一惊，红光之后舞台中央出现了一朵巨大的绸缎做的花，琤琤琴音响起，花朵骤然绽开，花朵中心站着一名身着异族服饰的女子，墨发如缎，婀娜多姿，手中执一把镶嵌宝石的长刀，柔媚之间却又透出飒飒英姿。

“……哈那玛伊……”

哈塞尔王子喃喃地自语着，张大了眼睛看着突然出现在台中央的女子。

翩跹若惊鸿，蜿蜒若游龙，一动一静之间，一颦一笑之际，无不散发出耀目的光辉。四座皆惊，无法移开视线。

舞毕，司徒晓并未多说什么话，甚至没有看哈塞尔王子一眼，便行了礼，轻盈地跃进花里，花瓣合上，众舞女将其抬出。

“哈塞尔王子似乎很喜欢那个耀华姑娘，赵舍，让她出来，陪王子喝几杯。”

赵无琦满意地看着哈塞尔王子的“花痴”样，回头对赵舍说道。

“这……耀华姑娘已经离去了……”

“离去了？”

听得赵舍这么说，赵无琦顿时有些懊恼。

“潇湘馆的耀华姑娘……”

哈塞尔王子却是默默记下了，嘴角勾着一抹玩味的笑，倒是没想到，时隔多年，还能再次遇到一个哈那玛伊，如同太阳那般耀眼的哈那玛伊！

果不其然，次日，潇湘馆里来了一个大“客户”——亚当斯王子哈塞尔。

潇湘馆的妈妈通报了许多次，司徒晓却都以各种理由将哈塞尔拒之门外，可越是不见他，他就越是积极，甚至死赖在潇湘馆不走了，一时之间，安都闹得沸沸扬扬。原本这件事情朝廷并不该过问，然而这王子却一阵撒泼，甚至放言称，若是见不到耀华姑娘，妹妹与大齐王爷的婚事就要“暂缓”。

在王子一番胡闹之后，零陵郡王不得不出马来管这档子杂碎事情，亲自摆驾到了潇湘馆。

一见王爷到了，妈妈觍着一副媚笑的样子便迎了上来，不住地招呼着：“唉呀！王爷大驾光临，真是稀客啊！”

“王爷要见耀华姑娘。”

赵舍在一旁掏出了一锭金子递到了妈妈手里，妈妈笑得合不拢嘴，把金子收进了袖口里。

“耀华早已经备好茶水，等着王爷您上去了呢，王爷请随我来吧！”

妈妈把赵无琦引到了一处厢房便离开了，赵无琦径自推开门走了进去，房中尽是花果香味，甚是清新。司徒晓披着一袭白底牡丹罗裙，正跪坐在席子上，面前的木桌上茶香袅袅。

赵无琦兀自坐到了司徒晓对面，拿起了一杯茶，一饮而尽。

“好茶。”

“王爷喜欢就好。”

“耀华姑娘知道本王要来？”

“王子的事情闹得如此沸沸扬扬，王爷也该是时候来了。”

“既然知道，为何耀华姑娘却不愿意见一见王子，将此事平息？”

“王爷，哈塞尔王子身份特殊，耀华的身份也特殊，想来是不便相见的。耀华只愿在潇湘馆好好求个日子过，可不愿惹上朝廷的事情，到时候惹得一身腥，那就无辜了。”

“耀华姑娘多虑了。”

“王爷此言差矣，并非耀华多虑，只是耀华并不傻，愿见耀华的人多了，盯上耀华的人也就多了。耀华并非是因摆架子，才将众多人拒之门外，只是不想节外生枝，让别人生了误会。只是，耀华靠此谋生，即使不愿意招惹是非，却也不能将所有客人都赶走不是吗？"

"那姑娘何不将王子当作一般人来接待。"

"王爷，哈塞尔王子此次前来是要与大齐联姻结盟的。这其中若是出了什么差池，与王子有所接触的人，必定都将受到牵连，耀华不愿冒此险，还望王爷体谅。"

"姑娘请放心，只要姑娘愿一见王子，此次事情本王保证必定不会让外人知晓。日后荣辱也罢，都与姑娘无关。"

"既然王爷如此说，耀华也不便拒绝。"

……

一切谈妥，赵无琦离开之后，司徒晓唇边的笑容瞬间消逝，闭上眼睛，轻轻嗅了嗅，又是白梅香，似乎永远都散不去的白梅香，倒是让她想起了另一个人……

从潇湘馆一出来，赵无琦便对赵舍道："安排人去城郊的宅子候着，安排王子与耀华姑娘相会，多派些人候着，看紧他们。"

"王爷不信耀华姑娘？"

"凡事小心为好。况且，这位耀华姑娘来历不明，又与朝中多位大人有所交集，不得不防。"

"那王爷又何必还要耀华姑娘与王子相见呢？"

"哼……那个色胚，他再这么闹下去，指不定闹出什么事。今日的亚当斯帝国已经不再是从前的亚当斯了，实力不容小觑。"

3日后，王府派车到潇湘馆接了司徒晓，司徒晓带着绿娆上了马车。一路上，两人都留心看着，马车进了一所大宅子里。

司徒晓放下窗帘，有些不悦地叹道："赵无琦果然多疑，依然还是找了这么些人来看着。"

"若是能把哈塞尔王子引出去就好了。"绿娆眉头紧皱地思索着。

"那个白痴王子，引出去大约也不难吧。"司徒晓翻了个白眼，却没有忘记细细查看宅子里的地形。

马车在一处园子停了下来，司徒晓和绿娆一块儿随着来人走了进去，进了一间厢房。司徒晓刚走了进去，哈塞尔王子就迎了过来，司徒晓顿住脚步，绿娆急忙上前，挡住了哈塞尔。司徒晓有些娇羞地瞪了哈塞尔一眼，又瞧了瞧绿娆和伴在哈塞尔身侧的两个侍卫。

"要不，你们都下去吧，让我和耀华姑娘单独相处相处！"

哈塞尔笑嘻嘻地说着，两个侍卫迟疑了片刻，应了一声便下去了，绿娆却依旧站在中间，没有想要走的意思。

"唔……这位姑娘倒也是挺漂亮的，想不到本王子艳福不浅呀……"

话还没说完，绿娆的脸已经青一阵白一阵了，扬起手来就要打哈塞尔王子，却被司徒晓一把抓住了。

"不可对王子无礼。我们对王子以礼相待，王子定然也会对我们以礼相待，对吧？"

司徒晓娇媚地笑着，轻移莲步，走到了哈塞尔王子跟前。

来不及回话，哈塞尔突然觉得胯下一阵凉意袭来，司徒晓笑意盈盈地手握着一把前方有些弯曲的“匕首”一样的东西，死死地抵着哈塞尔的命根子。

“这……这……这……耀华姑娘这是……”

“王子有没有觉得这里人太多，很想和耀华去一个无人的地方好好聊聊呢？南边距离这里5里地有一处山坳，风景却是极佳的，王子一定很想策马带着耀华而去吧？”

“哈哈……哈……耀华姑娘，你先把这个东西拿开……人有失手……”

“那倒是，耀华一紧张，一不开心，就容易失手呢。”

“……姑娘怎样才会开心……啊……姑娘这是做什么！”

司徒晓从袖子里滑出一个铁环往哈塞尔王子胯下一塞，随即才把那把小弯匕首收了起来。哈塞尔一愣，还来不及有所动作，就见司徒晓从袖子里拿出了另一个和方才那个一模一样的铁环，上面连了一条丝线，司徒晓一拉，铁环的内侧顿时几片锋利的刀片伸了出来，看着锋利的刀锋，哈塞尔不由得咽了口唾沫。

“哈塞尔王子，你也看到了，这个东西很危险的，一不小心就可能导致……你懂的……你若是想要自己解除，怕是有可能……不能为亚当斯帝国延续香火了……那条线您也要小心啊……一个不留神，可能会发生惨剧的……”

“你到底想怎么样……”

“刚才不是已经说过了吗，那个山坳风景宜人，也许到了那里，耀华会觉得心情十分的好。”

哈塞尔眯着眼睛看着司徒晓许久，突然大笑起来：“哈哈哈！原来耀华姑娘是想和本王子单独相处相处培养感情，本王子自当奉陪！”

话音未落，哈塞尔一把抓起了司徒晓，冲了出去，边喊着：“快，把本王子的马牵来！让耀华姑娘看看王爷送给本王子的汗血宝马！”

王子向来如此，是个有些“莫名其妙”的人，故而侍卫也都并未觉得有什么不对，刚将马牵了过来，哈塞尔便一跃而上，随即一把揽住司徒晓的腰，将她抱上了马，不等众人反应过来，便策马而去了。

“啊！小姐！小姐——！！”

绿娆一副慌慌张张的样子追了出来，看着两人在马上远去的背影，急急地抓住一个侍卫质问道：“王爷不是说会护小姐周全！这可怎么办！赶快派人去找啊！要是王爷知道了，定不会轻饶你们！”

侍卫一听慌了，自己这算是失职吧，急忙对绿娆求情道：“好姐姐，我们即刻派人去拦了他们，定不会让王子乱来的，还求姐姐高抬贵手，今日之事就不必禀告王爷了……”

“你们话倒是说得好！我们小姐若是有个三长两短……”

“我们立刻追去，定会护小姐周全！”

“总之，若是小姐没事，这事便这么算了，若是小姐有事……绿娆定会一五一十禀明王爷，治你们的罪！”

看着侍卫们纷纷追了出去，绿娆舒了口气，将纤长的手指放到唇边，轻轻吹响着，忽然蓝天之上两只白色的老鹰盘旋而下，绿娆将一条丝带系到了老鹰腿上，一抬手，老鹰便悠悠地飞向了蓝天。

载着哈塞尔和司徒晓的骏马奔驰进了一片山坳，确实风景如画，苍翠险峻，甚是美丽。在一片草地上，早已经立了一乘轿辇，白缎薄纱，隐约可见轿辇上一袭白衣的削瘦身影，却是看不清面容。

司徒晓从马上潇洒地一跃而下，哈塞尔王子随即跟着下了马，急匆匆地跟了上去，拉住了司徒晓的衣袖。

“耀华姑娘，现在心情好了吧？是不是该……”

“公子，哈塞尔王子已经带来了。”

司徒晓全然无视了哈塞尔，走上前对轿辇中的无欢公子说道。

无欢公子一抬手，4个身着粉色衣衫的女子自轿辇后走了出来，脚步轻点，一晃眼便到了哈塞尔王子跟前。

“脚不落尘埃，衣不沾雨露，四天女陪侍身旁……你就是传言中的无欢公子?”

哈塞尔的目光顿时变得锐利起来，早在许久之前，他就曾听闻过一个传说中的门派——无欢门，据称掌管无欢门的无欢公子身份神秘，武功深不可测，曾是前朝兰舍皇后的近身侍从。然而一直以来，无欢门却只在传闻中出现，没想到确是真的，而且，看眼前这样的架势，无欢门似乎已经开始大肆行动了。

“侍卫大约半炷香的时间便能绕出前方摆的阵来到此地了，我就开门见山，不浪费时间了。哈塞尔王子，令妹可还安好?”

轿辇中无欢公子的声音悠然传来，低沉中竟透出几分稚嫩。哈塞尔不由得有些怀疑地细细打量着眼前的轿辇，以及将自己围在中间的4个美若天仙的姑娘。

“无欢公子似乎……年纪不大啊……年纪大概也就和娜美吉拉差不了多少吧……公子既然都健健康康，无病无痛，家妹自然不会差到哪里去!”

“是吗……那不知天水崖下香消玉殒的姑娘，是谁家妹子?”

无欢公子此话一出，哈塞尔顿时面若寒霜，冷冷地看着前方的轿辇，迅速从袖口中滑出一把匕首，往胯下一划，原本禁锢在身上的铁环顿时碎裂成两块掉落在地上。司徒晓一惊，他果然不简单，自己一直小看了他。

哈塞尔大步朝着轿辇走了过去。4个女子足尖一点，飞身拦在了轿辇之前，齐声喝道：“大胆!”

“呵……怎么，无欢公子难道见不得人?”

“王子何必如此动怒，无欢门和王子，不过是想谈笔生意罢了。”

司徒晓笑盈盈地走了上来，站到了哈塞尔跟前。哈塞尔看着司徒晓，脸色稍微缓和了些，深吸了口气，微微凝眉道：“耀华姑娘是无欢门的人?”

司徒晓依旧是笑意盈盈，却没有回答哈塞尔的问题。她是哪里的人？她只是司徒晓而已，不想是任何一个地方的人。

二人对望了许久，哈塞尔轻叹了口气，随即转头看着无欢公子道：“娜美吉拉与我素来不和，有她在，我就永远无法登上亚当斯的王位。”

“所以王子便假借和亲之名，将娜美吉拉公主除去，再让手下的死士冒充公主进行和亲，到时候再找个借口除去公主，将所有罪责都推到无欢门的头上，是吗?”

听到无欢公子如此说，司徒晓大吃一惊，她只知无欢门意图和哈塞尔王子联合对付大齐，故而需要避开大齐侍卫的耳目来谈这笔交易，却未曾想到，哈塞尔竟打了如此算盘，虽然一向听说哈塞尔与娜美吉拉兄妹俩不睦，但无论如何，司徒晓也不敢相信，眼前这个玩世不恭的家伙会真的对自己的亲妹妹下手。

“你想如何?”

“将王子的想法变成真的。”

“你的意思是……”

“无欢门下一名死士将会以娜美吉拉公主的身份出现在册封大典，无欢门将在册封王妃大典上刺杀昏君和零陵郡王，王子回亚当斯以后大可禀明亚当斯王，此乃乱党所为。”

“呵……出了这等事情，你认为本王子还能毫无干系吗!”

“自然，出了这等事情，王子是难逃责难的，但若是被亚当斯王知晓王子亲自将自己的妹妹推下山崖，那又将会如何呢?”

哈塞尔沉下脸来，过了许久，才重重地道：“3日后，子时，将人送来。”

侍卫们策马奔驰而到之际，山坳里只剩下面无表情站立着的哈塞尔王子和一副楚楚可怜样子的司徒晓了。

“耀华姑娘……保重。”

哈塞尔突然回头看着司徒晓说道，这大概是司徒晓第一次见到他认真的样子，那个时候，她还不明白，他为何对自己说这句话。

## 3

“绿娆，将要嫁去王府的人，究竟是谁?”

虽然知道得不到答案，但司徒晓还是问了出来。

果然，绿娆只是淡淡地应了一句：“姑娘不认识。”

将要冒充娜美吉拉嫁过去成为王妃的人，无论刺杀任务成功与否，都注定了是无法活着离开的。司徒晓百无聊赖地看着铜镜中的自己，听着窗外热闹一片的锣鼓声，心中却是有些不安。

迎亲的队伍经过了潇湘馆，就如同进城的那日一般，哈塞尔依旧是骑着高头大马在队伍最前方，一副兴高采烈的样子。司徒晓从窗户伸出头去，哈塞尔似乎感应到了一般，忽然勒马停住，转身抬起了头，看了一眼窗口的司徒晓，随即颇有深意地笑了笑，这才策马离去。

司徒晓微微皱眉，眼睛一直未曾离开轿辇，又是一个即将香消玉殒，却连名字也不会留下的女人。

迎亲的队伍已经越走越远，司徒晓的心也随之沉了下去，当年司徒冰凝的轿辇进入王府，是不是也如此热闹非凡?是不是也如此热闹喜庆……如果没有那么多的纠葛，只是像寻常人家那般，是不是就能举案齐眉、携手白头呢?如果……如果那个孩子能够活下来的话，现在，已经会叫妈妈了吧……

司徒晓眼眶一红，悄悄别过了头，将眼角的泪拭去。怎么自己却似乎越发多愁善感了似的，这可不是什么好现象啊！

街上一直没有任何异动，平静得让人有些不安。算算时间，册封大典应该已经差不多完结了才对，可是却一直没有任何消息传出。司徒晓在房中走动了许多来回，心中越发感觉到不安，压抑得仿佛暴风雨前的平静一般。

“糟了，绿娆，快走。”

司徒晓突然站定了，急急地说道，不管刺杀究竟是成功还是失败，必定应该有所异动才对，此时的风平浪静反而蕴藏着更大的危险。

然而，未等到司徒晓和绿娆动身，街上已经开始吵嚷开了，一队侍卫全副武装地包围了潇湘馆。

“姑娘，这是怎么回事！”

“恐怕事情有变。我们分头行事，能走一个算一个，哈塞尔只见过你我二人，潇湘馆内其他人无妨，通知他们，无论如何，只要什么都称不知道，定不会被为难。出去以后立刻联系公子！”

“是。”

绿娆应了声，匆匆离开了。

司徒晓怔怔地站了片刻，突然想起了晴好，那个无论遭遇什么危机都非要跟在自己身边的傻姑娘，却不知她现在如何，她也算是自己来到这个朝代所认识的第一个人啊。

来不及再多作感伤了，司徒晓把华丽的罗裙脱下，迅速套上了件轻便的，刚出门却碰上了一队拿着大刀冲上楼的侍卫，突然旁门伸出一只手，把司徒晓拽进了房间去。

“明月公子……”

“跟我走。”

明月公子一把拽着司徒晓，两人一同倒在了床上，明月随手启动了床边上的一处机关，床板“倏”地打开了，两人掉落了下去，床板再次合上，仿佛没有任何异动一般。床下竟不知何时挖出了一条密道，司徒晓被明月抱着，一路滑落了下去，稳稳地落到了一处地道。沉稳的心跳声“扑通”、“扑通”地回荡在司徒晓耳边，一时之间，竟有一种熟悉的安全感，仿佛回到了多年以前那般。悬崖上的恩断义绝，胎死腹中的孩儿，一切又都浮现在了心头，司徒晓顿时一阵痛楚，厌恶地推开了明月。

“这边走。”

明月愣了一下，随即迅速回过神来，引着司徒晓离开。

“究竟是怎么回事？为何？”

“哈塞尔和零陵郡王勾结在了一起，你们此前得到的消息是假的，无欢门的探子已经被哈塞尔抓了。”

“你的意思是……从一开始就是骗局？”

“是。消息都是假的，我想通知你，却已经来不及了。公主娜美吉拉根本没有准备来和亲，现在亚当斯大部分的势力已经归于娜美吉拉麾下，哈塞尔此次前来大齐，是来避难的，并意图借助大齐之力铲除娜美吉拉的势力。所谓和亲，以及在天水崖把亲妹妹推下山崖，一切不过都是他故意为之的表象罢了，目的就是为了引出近来日渐浮出水面的无欢门，并与零陵郡王一同将无欢门一网打尽……”

“……呵……那个白痴王子，居然骗了我……”

“哈塞尔……绝对不简单。”

“嗯……”

司徒晓应着，眉头紧紧纠结在一起，知人知面不知心，这个世界上，究竟有谁是真正值得信任的呢……那个确实对司徒冰凝抱以真心的“爹爹”已经不在了，那个一直陪伴着自己的晴好却生死未卜，那个曾与自己有月下之盟的丈夫却……

刚出了地道，远处已经追来了一队侍卫，只见一支箭朝着明月“嗖”地射了过来，司徒晓几乎是条件反射一般地扑了上去，背后一阵痛楚，几欲昏厥。

“耀华姑娘！”

明月急忙抱住了司徒晓，低低地咒骂了句什么，翻身上了早已经准备好的马上，扬鞭策马。

明月公子的马疾步如飞，几经周折，甩掉了跟在身后的重重追兵，进入了一处隐秘的府邸。

府邸的院落里，一个穿着华丽的青年正一副懒洋洋的样子，晒着太阳剃着牙，看那少年的容貌，虽已比从前成熟了许多，但还是能看出，他便是“毒公子”百里琯。百里琯见明月公子带着一名女子骑马冲了进来，懒懒地抬起眼睛看了一眼有些狼狈的二人，却依然是一副事不关己的样子，慢悠悠地说道：“公子，您这是把哪家的姑娘给拐来了。”

“不是说这些玩笑话的时候，她受了重伤，一定要治好。她可是我们计划中的关键人物。”

明月冷冷地说着，脸上像是笼了一层寒霜，完全不复方才温文尔雅的模样。

百里琯撇撇嘴，站起身来，走了过去，接过了司徒晓，看到司徒晓的那一瞬间，百里琯愣了愣，竟有种似曾相识的感觉，然而很快又否定了，他自信能够过目不忘，而眼前这张漂亮的脸庞，绝对是自己从未看过的。

“孩……孩子……救……我……无琦……赵……无琦……赵……无……琦……不要……孩子……你说过的……我是你……的妻……”

陷入昏迷的司徒晓突然梦呓一般断断续续，不清不楚地说着什么，听到“赵无琦”3个字的时候，明月公子和百里琯都愣住了，相互对望了一眼。司徒晓依然神志不清地断断续续叫着什么，脸上满是痛苦的样子，泪水顺着眼角滑落下来。

“糟了，箭上有毒！她现在身上很烫，必须要尽快查出是什么毒，否则性命堪忧！”

百里琯突然凝眉说着，看着这张陌生的脸庞，心下莫名生出了一股熟悉的感觉。

“她……”

明月公子开口想问什么，却始终没有问出来，最后淡淡地说了句："快去救治她。"

雅致的厢房内，明月公子将身边的佩剑放在桌上，怔怔地站在一面铜镜面前，看着镜中戴着白玉面具的自己。明月公子伸出手来，轻轻从脸上拿下了面具，铜镜中映出了他的脸，左边脸颊上遍布着丑陋的伤痕，左眼也只剩下一个骇人的窟窿。然而右边脸却竟和零陵郡王赵无琦长得一模一样！

看着镜中这张脸，明月公子一拳打烂了铜镜，目光中满是仇恨，恨恨地说着："我一定会报仇……把我失去的东西都夺回来！"

"公子……"

百里琯的声音在门外响起。

明月戴上面具，遮住了汹涌的情绪，波澜不惊的玉面上，仿佛没有任何感情一般。

"什么事？"

"那位姑娘……"

"耀华姑娘。她的伤势如何？"

"她的伤不碍事，我已经让她服食了玉露丸，也已经找到了解毒的方法，不是什么厉害的毒，只是……"

"只是什么？"

"她的肩上有一道刀伤……位置……和她一模一样……"

"那又如何？"

"她昏迷中一直在叫着一个名字……赵无琦……"

"那又如何？"

"她的脸……她曾'换'过脸。"

"你说的换脸是……"

"我曾听师傅说过，江湖上有一位神医精通换脸之术，能让毁容之人拥有一张全新的容颜，且丝毫看不出破绽。我细细查看过她的脸，虽然并不清晰，但依然还是找到了一些痕迹……她很有可能换过脸。也就是说，她……"

"什么都不要说。不管她是或不是，关于我的事情，一个字也不许提！"

明月公子一拂袖，转身背对着百里琯，不再言语，百里琯沉默了片刻，转身离开了，百里琯比任何人都清楚，只要是他做了决定的事情，就没有人可以改变。

"你还活着……还活着……我的……妻……可现在的我，你却甚至都已经无法认出了……现在的你，那么憎恨赵无琦……"

明月公子紧紧地攥着拳头，胸口涌动着无言的痛楚。

司徒晓昏迷了整整 3 日，高烧不断，百里琯一直照顾左右，而明月从未踏入司徒晓房中，却一直静立于司徒晓门前，整整 3 日，不眠不休。

躺在床上的司徒晓慢慢张开了眼睛，看到一个十分熟悉的身影出现在眼前，恍然有一种穿越了时光的感觉，仿佛又回到了自己曾经想逃离的王府之中，司徒晓用力闭了闭眼睛，再次张开，眼前的人确实是百里琯没有错，虽然他似乎长高了，也长得结实了……

难道真的穿越回王府了？

司徒晓这么想着，心中一震，打量着房间里的陈设，顿时涌上一阵失望，这个地方好陌生，并非王府，可是，为何百里琯又在此地，若是他在，那晴好……

思及此，司徒晓也顾不得自己身上的伤，用力杵着坐了起来道："小琯，你是小琯吗？真的是小琯吗？"

百里琯听到司徒晓的声音，急忙迎了上来。

"你怎么起来了？伤口会裂开的！你果然是仙女姐姐，竟然真的是你！"

百里琯这么一说，司徒晓才想起，自己已经不是司徒冰凝的容貌了。

"你还记得我啊……小琯，晴好呢？晴好也在这里吗？"

"……对不起，仙女姐姐……我有负你的所托……"

"你的意思是……"

"晴好姐姐……不见了……"

"到底发生了什么事?!"

"那日我带着晴好姐姐离开，结果在半路上……我被人从后面打晕了，醒来的时候，晴好姐姐已经不见了……对不起……仙女姐姐，对不起……此后我也一直苦苦寻找晴好姐姐的下落，却始终没有任何消息……"

"晴好……"

听到这件事情，司徒晓顿时心中一阵无助，想不到，即使找到了百里琯，晴好却依然是生死未卜。世界这么大，那个笨笨的小丫头该去何处容身啊！

门外突然一阵脚步声，渐行渐远。

"门外是……"

"想必是公子听到仙女姐姐你醒了，离去了吧。"

"明月公子？这次，真要谢他相助了，否则，我现在大概已经待在大牢里任人宰割了。"

对于百里琯的出现，司徒晓是十分意外的，但百里琯是江湖上有名的"毒公子"，而明月楼麾下又是有着众多奇人异士的神秘势力，故而能够将"毒公子"收为己用，便也不是什么奇怪的事情了。

"关于王爷的事……"

"小琯，我有些乏了。"

"是，那我就不多说了，仙女姐姐，你好好休息吧……"

看着百里琯退了出去，司徒晓这才躺下，愣神了半晌。原来，自己依然还是无法坦然地谈起他、想起他、面对他啊……

休息了数日，司徒晓的身子才日渐恢复，原本上一次坠落山崖就受了重伤，身子才调理好，现在又如此，自然是恢复得极慢。身子养得差不多之后，司徒晓才开始出房门走动。此处是一所郊外的大宅子，地方有些偏僻，但风景却是极好的。

"这明月楼，却怎么没有楼？"

在这宅子里转悠了许久之后，司徒晓满是疑惑地询问着这几日一直照看自己的百里琯。

“这个嘛……姐姐你误会了，这里并非明月楼的所在，自然，这里也算是明月楼的一个重要聚头点。所谓明月楼，并非真有这么一座楼，只是明月公子为见证和某人的誓言而取的名称罢了。”

“和某人的誓言?”

“是呀，月下之盟。”

百里琯一字一顿地说着，不时看着司徒晓的反应。

司徒晓一怔，脸色微微一变，随即又恢复了平静，苦笑着道：“月有阴晴圆缺，实在是太过于多变。难得公子还愿意遵循所谓的‘誓言’，还愿将来不要变成空口言啊!”

就像——某人那样。

原本该是个晴晴的好天，到了傍晚时分，云彩却多了起来，夜里，厚重的黑云更是时常从月亮身旁而过，或将其遮了个严实。乌云蔽月，和自己的处境多么的相像啊。

想着这些，司徒晓不知不觉出了房门，走到了府邸之中的一处荷塘处。荷塘中心有一座湖心亭，乍一看上去，倒是和零陵郡王府里头的湖心亭有些相似。

细细看去，亭中似乎有一个男子正在对月独饮。司徒晓走了过去，这才看清楚，坐在此处的人，便是戴着一副白玉面具的明月公子。

“公子好雅兴，在此饮酒赏月。”

司徒晓款款地走了过去，微笑的样子煞是甜美。

“耀华姑娘，请坐。”

明月公子招呼着，司徒晓也不客气，坐到了亭中的石凳上，兀自端了杯酒灌到嘴里，滚烫的热流滑过喉咙。

“耀华姑娘，你的身子……”

“不碍事，小琯医术高明，早已经没事了，只是我自个儿身体弱，养了许久才得四处走动。”

“耀华姑娘还是注意些的好，酒这种东西，甚是伤身。”

“既然小琯是公子你的人，想必公子已经从小琯处得知我的身份了。酒虽伤身，清醒的时候却是伤神，若是能有机会一醉方休，将前尘往事统统抛却，倒能让耀华更快地好起来!”

司徒晓苦笑着，拎起了桌上的一个酒壶，将醇香的液体倒入口中。

月光从云层里隐隐透出淡淡的银辉，清冷幽怨。司徒晓举着杯笑着，眼泪却一滴滴划过脸庞，人生如梦，她真的仿似是做了一场梦，一场长得醒不了、丢不开的梦，痛饮狂歌，人生几何……

湖心亭里散落满地的酒壶，司徒晓早已酩酊大醉，趴在石桌上不省人事，明月公子依然优雅地执着杯，在清冷的月色下悠然晃动着杯中的液体，许久才轻轻地啜了一口。

“冰凝……我的妻……请原谅我现在，还不能在你身边……终有一日，我一定会实践明月之盟……一定会……”

明月公子的手指轻轻划过司徒晓的脸颊，白玉的面具却遮挡住了所有的感情。

“公子今日多饮了几杯，却是难得。”

百里琯不知何时已经悄然来到了湖心亭中，看着满地的空酒壶说着。

“难道你看不出多饮了的人并非是我。”

“小琯看得真切。只是，若小琯未曾记错，自从小琯将王爷救出的那日开始，王爷饮酒定不会过3杯，今日却似乎喝了近十杯酒。”

“心中有恨，却也需日夜提防，自然不能为了排解而让神志有半分不清。今夜……难得有些平静。”

“因为王妃还活着，所以，王爷的心终于定了吗？”

听得百里琯的话，明月公子的嘴角微微勾了勾，却没有再言语，站起身来，抱起了满脸通红、满身酒气的司徒晓，朝着她的厢房走去。

露水有些沾湿了衣裳，深重的湿气里透着阴郁的味道，如同缠绵在雨季墙角的苔藓，潮湿而温暖。

司徒晓把头埋了埋，找了一个舒坦的姿势靠在明月公子的胸前，呼吸十分均匀，像是睡得很安稳。

## 4

司徒晓在明月公子的府邸大约待了半月有余，其间，在明月公子的帮助下，终于与无欢门取得了联系。司徒晓也大约知晓了那日的来龙去脉。据说那日娜美吉拉公主的轿辇刚停下，假冒公主的刺客刚走出轿子，就被众侍卫团团围住，同时，还有一队侍卫赶往了潇湘馆，意图借此机会对付无欢门。只是，他们却怎么也想不到，明月楼会在此时突然站队到了无欢门的一边。

在与无欢公子互通书信许久之后，司徒晓得到同意，能够邀请明月公子到洛水村进行详谈双方的合作细节。

在一个天朗气清的日子，司徒晓着了一身男装，作公子打扮，与明月公子一同往城西赶去，路上，不断听闻百姓在谈论半余月前乱党作乱的消息，听闻零陵郡王抓到一个女刺客，将其悬于安都菜市口，风吹日晒，活活饿死，以警世人。

听到如此惨绝人寰的消息，司徒晓面色有些苍白，明月见状，急忙不动声色地站到了司徒晓身边，扶住了她。

“明月公子，可愿……与我进安都一趟……”

听闻那消息许久之后，司徒晓才用细若蚊虫的声音有些虚弱地说道。

“耀华姑娘，眼下你若是回安都，恐怕凶多吉少……”

“公子不必担心……耀华身上有神医所赠的一瓶易容水，以备不时之需。”

“既然姑娘如此坚持，明月愿陪姑娘走一趟。”

司徒晓找了个僻静的地方，按照神医所教的方式，将易容水涂抹在脸上。不一会儿，一个满是皱纹的老太太就出现在了明月公子的面前。

见着司徒晓这副样子，明月公子忍不住“扑嗤”一声笑了出来。

司徒晓的脸“刷”地红了，有些嗔怪地说道：“人总是会老的！本姑娘老了以后，真那么好笑吗！”

“哪里哪里……只是，从未见过如此标致的老太太。耀华姑娘确实是堪比日月，超凡脱俗……有幸得见姑娘容颜老去之际的样子，确实是明月的福气。”

两人你一言我一语地说着，片刻便到了安都城外。司徒晓与明月公子一同将坐骑藏了起来，扮作寻常的老太与“儿子”，跌跌撞撞地朝着安都城走了过来。

“诶……等一等，把你脸上的面具脱下来。”

守城的侍卫迎了上来，虽然明月公子将白玉面具换成了一道普通的面具，但显然还是没能遏制住守卫们的“好奇心”，或者是戒心。

明月走到了侍卫跟前，从怀里掏出了一些银子递给了侍卫。

“大哥，通融通融……小弟幼时毁了容颜，故而才不敢以真面目示人……此次进城是为了陪母亲来走走亲戚，看能不能找个媳妇儿……大哥你若是让我在大庭广众之下揭下面具，这一引起骚动，怕是媳妇儿也说不了了……如果大哥你不放心，小弟偷偷给你看，行吗?”

拿了好处，侍卫倒也不为难他。明月公子稍稍掀起了面具的一个角，侍卫皱了皱眉，连连摆手道：“好了好了，快进去快进去。”

进了安都城，果然四处都贴满了通缉令，捉拿潇湘馆的耀华姑娘。看着画上毛笔所画的自己的画像，司徒晓细细欣赏着，顿时有些好笑，画成这副样子，谁能认得出来哦！虽然是这么想，但司徒晓还是忍不住偷偷趁着没人注意的时候偷了一张通缉令塞到了怀里。

刚走到菜市口，就见一个被高高吊起的身影，面色已经呈现出青紫色，表面也略有些腐化了，看起来像是已经死了三四天了，依稀还能分辨出面容，生前定是个标致的美人儿。

司徒晓幽幽地叹了口气，细细打量着这个香消玉殒的姑娘，忽然目光在她的面容上停留了许久，总觉得似乎在何处见过。

“姑娘，我们该走了。”

明月忽然低声在司徒晓耳边说道，看着几个带着怀疑的表情从远处走了过来的侍卫，司徒晓也不由得再考虑什么，转身拉着明月的手就没入了人群中。

在回程的路途上，司徒晓思索了许久，脑海中满是那张略有些熟悉的侧脸。由于想得太入神，不留神撞上了一个衣衫褴褛的跛脚乞丐，乞丐骂骂咧咧地走开了，看着乞丐一瘸一拐的背影，一个模糊的身影浮现在司徒晓脑海中——绿萝！

司徒晓惊诧地张大了眼睛，绝对没错！那张脸，是绿萝，是那个在王府中腿瘸了、面容毁去了的绿萝……可是，这不可能！那张脸，明明是白璧无瑕，况且，若是有腿疾，又怎么可能去做这个任务?！百里琯曾去帮绿萝看过病，他也说过的，绿萝是不可能治好的！

“怎么了?”

见司徒晓一副魂不守舍的样子，明月问道。

“没什么……只是……或许有很多事，我都还不知道呢……”

司徒晓笑着，眼中却是一阵空洞，不知晓在思索些什么。

进了一处险峻的峡谷之后，明月在司徒晓的带领下穿过了一片森林，从一条瀑布后的狭窄细缝穿了过去，数次有种面临死路的感觉，却又总是绝处逢生，在尽头的地方生出一条道。

穿过重重屏障，忽然眼前豁然开朗，绿油油的农田在阳光下随着微风摇摆，一派祥和安宁的景象，倒有种世外桃源的惬意。

“这就是传说中的‘洛水村’……竟在如此隐秘的地方，真是让明月大开眼界！”

明月公子赞叹着，看着眼前这别有洞天的世界。

司徒晓微微一笑，起初自己在这里醒来，第一次离开这里的时候，大抵也是有同样的感觉。这里，就仿佛是一片净土，是独立存在的另一个世界一般，只是，这片净土却其实并不净，这里的每一个人都身背着国仇家恨，即使如画的风景也无法洗去他们心中的伤痛。

司徒晓走在前方，带着明月进了洛水村。这里的人平时都和外头的农夫农妇们没什么两样，照样是在田里照看着庄稼，不时靠在河边的小树上打个盹。顺着梯田爬了上去，不多久，就听到朗朗读书声传来，先是一个男人温和醇厚的声音，紧接着便是一群孩子跟随着他一起诵读课文。

“清阳！”

司徒晓开心地笑着，冲着前方喊着，加快了脚步走了过去。

听得司徒晓的声音，读书声停了下来，一个身着褐色长衫的男子回过了头，手里拿着一个卷轴。墨色的长发披散，精致美丽的面庞在阳光下绽放出了温柔的笑颜。

“耀华，你终于回来了！”

唤作清阳的男子急忙迎了过来，在看到司徒晓时长舒了口气，总算是放下了心。

明月却是怔怔地看着眼前的男子，简直不敢相信自己的眼睛，这不是皇兄赵无矶吗?！本以为他已经死了……不过，既然他们二人是一同跌落山崖的，那么，皇兄没死也是正常的。只是，他若是无事，为何不回去？为何不告诉众人这一切……

“这位是?”

看到了司徒晓身后戴着白玉面具的明月，清阳紧皱了眉头问道。

“明月楼主，他可是我们的贵宾。无欢公子在何处？我要先带明月楼主去见他。”

“明月楼……公子大概在西园里头呢。”

清阳若有所思地应着，不时地打量着戴着白玉面具的明月公子，一举手一投足之间，似乎总觉有些熟悉。

司徒晓并未察觉出清阳的异常，径直上前引路了，明月公子与清阳擦肩而过，两人深深地对望了一眼，各有心思。

往西边走了不一会儿，便看到了一处山坡，半山上有一处院落，大约就是西园了吧。司徒晓引着明月公子，刚走到西园门口，就见到一名穿着青色衣衫的女子站在园子口，看着园中载种的兰花发着呆，脸上似乎可以寻着隐秘的忧伤。

“绿娆，你安全回来就好……想必公子都已经知道事情了吧。”

司徒晓语气有些生硬地招呼着，虽然一直以来她都清楚，绿娆虽然名义上是她的侍女，而她也被认定了是兰舍王朝遗留下的公主，但实际上在无欢门里，他们真正所认定的主子只有无欢公子一人。所以，绿娆会在关键时候毫不犹豫地离开也是人之常情，只是，每每想起这些，司徒晓依然还是禁不住有些憋屈，明明是“公主”，但生老死葬的问题，还是得自己打算啊！

“姑娘……公子在里头。”

对于司徒晓的出现，绿娆似乎有些慌乱，但转瞬之间，脸上又挂上了一阵面具一般的恭谨遮掩了所有的感情。

司徒晓直直地盯着绿娆，许久之后淡淡地应了一声，带着明月公子进去了。在绿娆的眉宇之间，竟和城中被吊在菜市口的那名女子有些许相像。那名女子原就是无欢门的人，即使和绿娆之间有所关系，也是极其正常的，但是，她若和绿娆之间有所关系，那么绿萝和无欢门……曾经在王府里发生的种种，那些深浅不一的足印，一切似乎都能联系起来了，也许，从一开始，无欢门就已经找到了司徒冰凝，也许从一开始，司徒冰凝的一生就在无欢门的掌控之下……会是这样吗……

思及此，司徒晓顿时感到一阵寒冷，只是还有很多问题，她都想不明白。原以为这段人生能够像正常人一般安稳度过，结果却是让自己陷入了更加孤立无援的境地罢了。没有伙伴，没有朋友，没有可以完全信任的人，什么都没有……

“你回来太好了！”

刚推开门，丝帐后便传来了一阵低沉的声音，隐隐透着如释重负的兴奋。

司徒晓微微凝眉，无欢公子对自己的在意和关心究竟是出自真情，还是又一次的利用呢？她不知道，但也不能去探究，“好奇害死猫”。

“公子，先前与你提到过的，明月公子。”

司徒晓微笑着让开了身子，明月公子走了进来。

“我去看看清阳。”

司徒晓说着，便退了出去，虽然无欢门的任何事情，无欢公子从来都不会在她面前避讳，但司徒晓对此却一直谨言慎行，毕竟，无欢公子虽然救了自己，虽然也一直称要复兴兰舍，让她登上王位，但事实上，在权力的面前，谁又知道将来究竟会如何呢？

清阳早已经在西园口候着了，似乎早知道司徒晓会出来似的。

“你越来越厉害了，都未卜先知，知道我会很早出来啦？”

“倒不是未卜先知，只是，你若出来得晚，我便多候些时辰罢了。”

“办完事，我自然会去看你，又何必非浪费时间候着我呀！而且，你的学生们知道我总是把他们的夫子抢走，会怨恨我的！”

“我教出的学生，心中不会存着怨恨。”

“洛水村……本来就是由怨恨所堆叠的……”

说完这句话，司徒晓蓦然愣了愣，平日里，虽然心里会这么想，但是却也不曾这么直接说出。沉默了片刻，清阳也并未答话，脸上依然是挂着温和的笑颜。

3年前，司徒晓抱着身受重伤的赵无矶从悬崖上一跃，本以为从此魂断九天，想不到竟活了下来。张开眼睛，自己便身处于这洛水村。

洛水村是传闻中的无欢门栖息的地方，人们只以为这是一个传说，却不知它们却是真实存在的。无欢公子是无欢门的掌权人，一个神秘得甚至连无欢门的众人都未曾见过其真容的人，人们只知道，他曾是兰舍的皇后兰舍浅眠最信任的亲信，兰舍王朝覆灭之后，他救出了许多兰舍的臣民，带着他们一同到了这个与世隔绝的地方，酝酿着一场报仇雪恨的革命。

司徒晓记得，在她醒来之后，无欢公子身着一袭白衣，戴着斗笠跪在她的面前，恭谨地称呼她为："公主。"

司徒冰凝，竟是兰舍王朝的公主?!

恍如一梦，醒来之后如同再次穿越到了另一处不同的人生一般，再次失去了一切，或许，从一开始她就未曾得到过……

刚醒来的日子里，司徒晓如同一具行尸走肉，别人让她吃饭，她便吃饭，别人让她睡觉，她便睡觉，别人让她穿衣，她便穿衣……她的灵魂似乎永远停在了坠崖的那一刻，她深爱的人背叛的脸，她腹中那个尚未成型的婴孩，一切都束缚着她的灵魂，让她不能够再向前踏出一步。她甚至没有流过一滴眼泪，也未曾说过一个字。

从山崖上坠下，司徒晓的脸受了严重的伤，几乎不成人形，然而，即使是看着铜镜中映出的这具面容，司徒晓也不曾有过任何反应。

"公主，老朽无能，不能还原您的美貌，只能给您另一张脸，另一张与现在不一样的脸，公主可愿一试?"

白发苍苍的老神医对她说这句话的时候，她依然如同一个木偶一般，没有丝毫反应。在无欢公子的点头之下，老神医开始为她治疗。然而，能给她一张新的脸又如何？能给她一个全新的、没有经过任何伤害的人生吗?!

直到那一天，她无意识地往窗外一瞥，她已经不记得从醒来到现在究竟过了多久了，她从不曾踏出小小的屋子半步。她看到了一个熟悉的身影，安静地蜷缩在她的门前，穿着破破烂烂脏兮兮的衣服，却依然掩不住俊朗的面容。

往事如泉涌一般浮上脑海。

身着一身青衫的公子捂着被打的眼睛委屈地喊着："姑……姑娘……你……你这是……"

身着铠甲的将领满目惆怅地叮嘱："王妃也请保重……即使是为了保护王府，也请王妃千万不要再用自己的性命来开玩笑了……"

大漠远到而来的贺礼，一笔一画勾勒的月下美人图……

在悬崖之上，用血肉之躯将自己紧紧护在身后的，原本曾高高在上的兰陵郡王，全天下人都在仰望着的男人——赵无矶!

……

他没有死，他还活着！

此刻，赵无玑就这样，静静地蜷缩在她的窗前，就如同曾经无数次的守护一样，他依然还是在那里，仿佛在静静地守着她一般。

负责照顾司徒晓的小丫鬟走了进来，看到窗前的司徒晓，再看看外头的赵无玑，轻声说道："公主，那是和您一块儿被公子救下的，您还记得吗？他好像脑子摔坏了，什么话也不说，就天天来你这儿守着……"

"多久了……"

司徒晓的声音有些沙哑，突然听到司徒晓说话，小丫鬟愣住了，眼睛睁圆了看着司徒晓。

"多久了……"

司徒晓再次重复了一遍。

"他……他……他在公主你醒来后几天……就……就醒了……之后就一直是这样，大约3月有余了吧……"

泪，无声地滑落。

"郡王……"

脸上缠着绷带的司徒晓自在洛水村醒来之后，第一次踏出房门，站在了赵无玑的面前，声音颤颤地唤着。

男子漂亮的脸庞露出了温柔的笑。

"姑娘你醒了？你认识在下吗？"

"郡王……你……你不记得我了吗？"

"在下……什么都不记得了。"

"那你为何……一直守在我的窗前？"

"想要等着姑娘醒来，姑娘醒来了，看到在下，便不会觉得害怕……毕竟，在下是姑娘认识的人啊……虽然在下什么都不记得了，但却知道，姑娘之于在下，定是十分重要之人。"

"嗯……不要紧……就算什么都不记得了……也不要紧……公子之于我，也是十分重要之人！"

一生得一良人，夫复何求……

新的脸、新的名字、新的人生……

"你的名字，就叫——清阳吧！清澈的阳光，最适合不过了！"

"那你的名字，就叫——耀华吧！明亮耀眼的，闪烁着太阳一般光华的女子！"

若是双双坠入了黑暗，失去了前进的方向，那么，便把彼此当作生命中的太阳吧，互相支撑着，一路走下去！

## 5

"明月楼和无欢门正式结盟！"

无欢公子发出这一宣告是在意料中的事情，然而对于司徒晓而言，却无忧也无喜，她只是有些好奇，明月楼这个突然崛起的神秘的派别，他们对抗朝廷，究竟有着怎样的目的？

洛水村已经许久不曾如此喜庆了，为庆祝公主平安归来，同时也为庆祝与明月楼这个盟友的结盟，洛水村里一片喜闹之声，司徒晓从人群中悄然避去，坐在竹林之畔的小河边上，一副若有所思的样子。

身后突然响起了轻微的脚步声，司徒晓眉头一皱，听这阵脚步声，不轻不重，一时之间，竟无法与谁对应起来。

“公主，在想何事？”

无欢公子低沉的声音响起，司徒晓才整个人再次放松了，原来是无欢公子。

无欢公子身形矮小，虽然平日里也是一直戴着斗笠的，但鲜少会让人见得他的身形，众人有事禀报，也都多是隔着帷幕求见。对此，司徒晓一直猜想，大约无欢公子是长得比较丑，同时大概也因为自己相对矮小的身材感到自卑吧。

“只是在想，公子平日里小心得很，却为何愿意让我带明月公子到洛水村？并愿意和明月楼合作？”

“公主与明月公子在一起，若是明月公子不能到洛水村，又怎能保证公主可以安全归来？况且，明月楼的实力不容小觑，既然有机会成为合作的盟友，又何苦拒之千里，让其成为我们的敌人呢？自然，无欢定会小心应付，必然不会全然相信他。”

“也是，没什么可担心的。无欢公子高深莫测，是耀华多虑了，还望公子以后和其他人一样，称呼我为姑娘即可？我早已不是什么公主了。”

“不。您是公主，永远都是无欢心中无可取代的公主。无欢门之所以能够一直存在下去，就是为了总有一天复兴兰舍，让公主您可以站上那个原本就该属于您的位置！”

“是吗？这么说来，公子的意思是，若兰舍冰凝一早便死去了，兰舍王再无遗腹子，那么无欢门就没有存在的意义了吗？”

“若是如此，无欢门的存在只会为一件事情——”

“什么？”

“毁灭。”

“……那么，若是我有问题想要问公子，公子又是否会如实相告？”

“无欢不愿欺骗公主，但眼下有许多事情，为了避免误会，还请公主不要怪罪无欢的不能言。”

“事无不可对人言。不过，公子大可放心，我不会问出什么让公子为难的问题。”

“还请公主恕罪，总有一日，无欢定会解答公主心中所有疑问，甘愿在公主面前请罪。”

“……冒充娜美吉拉公主，被处死的那名女子，究竟是何人？”

“公主怎么突然……想起她了？她叫绿蔓，是无欢门的一名死士，公主并不熟识。”

“我见着她了，在菜市口挂着，很是漂亮的女子，本是妙龄，应该有着更加美好的人生……她长得很漂亮，却和我的故人有几分相似。”

“……想不到公主记性如此之好，竟还记得那个小丫头，真是她的福气，只可惜，一直未曾有机会服侍公主。”

“那个小丫头……你说的是……绿萝吗……”

“公主心中早已经有定论了。况且，这并非什么不可言说的事情，只是，无欢认为，她们与公主并无多少交情，这些事情大约也是不必对公主言说的。”

“绿萝、绿蔓……绿娆……”

“她们是三姐妹，绿娆是长姐，绿萝与绿蔓是双生女。只可惜绿萝命苦，在兰舍覆灭之际，被那些禽兽毁了，成了那副样子……”

“所以你把绿萝安插在了零陵郡王府作为内应？当我进府的时候，你们就找到了我，因为我的容貌和兰舍皇后十分相似？那么……刺杀兰陵王，还有画像的事情，都是你们做的？”

“是，这一切都是无欢门所操纵的。”

“这么说，你知道清阳他……”

“清阳就是兰陵郡王赵无矶。”

“你们为何……”

“无欢记得他曾拼死护过公主。并且，在世人心中，兰陵郡王已经死了，对于清阳而言也是。所以公主大可放心，无欢门不会对清阳做任何事情。”

“绿萝现在……”

“她已经不在王府了。零陵郡王发现了她的身份，已经……死了……”

“所以绿蔓想要为她报仇，自愿去了?！可是……”

“公主不必伤怀，这些都是不可避免的牺牲。”

“不可避免的牺牲……原本是可以避免的，原本可以在这里安安乐乐……”

“无欢门自兰舍覆灭之后，早已无安乐可言！”

无欢公子的声音乍然有些冷冽，司徒晓顿然噤声。两人对望了良久，无欢公子恭敬地拜别了司徒晓，翩然离去了。

“我到底算是个什么角色啊……无欢门，无欢公子……他们只有一个皇后罢了，因为皇后已去，王朝覆灭，所以从此无欢……公主什么的……只是个称呼而已……”

夜风微凉，心无所依。

哈塞尔王子与零陵郡王赵无琦联手之后，零陵郡王借出大齐兵力给哈塞尔，哈塞尔率领大军向亚当斯帝国进攻，双方在亚当斯帝国的边境展开激战。由于哈塞尔王子在亚当斯帝国声名显赫，故而，对于王子突然和大齐联手之事，亚当斯军中人心惶惶，大齐军队势如破竹。节节败退之下，亚当斯军队退守赫玛城，不敢再迎战。

赫玛城位于亚当斯边境，是一道天然的防线，地势险峻，易守难攻。然而，由于连日的溃败，再加上援军迟迟未到，亚当斯军队的士气却是日益低迷。就在此刻，赫玛城收到了后方传来的消息，运送军粮的车队竟遇上了山体滑坡，道路受阻，一时之间，竟不能供应上粮草，一系列的打击让赫玛城岌岌可危。

大齐的军队已经包围了赫玛城，哈塞尔王子派出了使臣前往赫玛城，企图说服守城将领俾留山献城投降。俾留山是亚当斯最年轻的将领，家世显赫，年少有为，与哈塞尔算是自小一起长大的兄弟。

前来说降的使臣是哈塞尔身边最亲近的小厮克蒙，克蒙年纪约莫才16，自小便跟在哈塞尔身边，故而与俾留山也算是熟识。克蒙前来，首先便献上了一个锦盒，俾留山打开锦盒，盒中是一枚草编的蚱蜢。看着盒中青绿色的蚱蜢，俾留山一惊，记得年幼之际，在大齐为质的哈塞尔首次归来，送他的便是这件礼物，一只草编的蚱蜢，那个时候他爱得紧，一直小心地收藏着，礼物虽然不是什么贵重的东西，却承载了太多的回忆。

"克蒙，这件礼物我且收下了，你帮我带回礼去给王子吧。战场之上见，再无兄弟情。"

俾留山收下锦盒，从行囊中拿出了一件东西，一条华美的锦帕小心地包裹着，却看不出是个什么。

克蒙接了过来，小心翼翼地打开了锦帕，其中却是另一个一样的蚱蜢，只是那草已经枯黄，似乎一碰便会破碎一般。

"将军，这是……"

"这是王子曾赠予我的东西，一直跟随着我，保我平安。如今，俾留山将此物奉还，以祝王子平安。"

"将军与王子亲如兄弟，如今为何……"

"俾留山是亚当斯帝国的将领，在战场上，亚当斯的兄弟们才是俾留山的兄弟！"

"将军，你明知道王子此战是为了亚当斯帝国！"

"皇室的争斗，俾留山没有资格议论，但若是外族想要踏上亚当斯帝国的土地一步，俾留山自当以命相搏，血溅沙场！哪怕那个人，是我出生入死的兄弟！"

"将军，你……"

"请回吧，克蒙。"

俾留山转过身子，不再看克蒙，手紧紧地握着腰间的长剑。哈塞尔王子的苦况，他如何不明白，可是，他是亚当斯帝国的将领，他不能背叛他的祖国，他也不能……不能背叛她啊……

黑云压城城欲摧，赫玛城楼之上，亚当斯的大旗沉重地挥舞着，俾留山身着金色铠甲，坚定地举起了手中的长剑。

"出城迎战！"

权力、欲望，到底是个什么东西？曾经儿时的纯真，早已经一去不复返，笑靥如花的女娃儿，满身泥水的少年郎，那个不必相忌相猜的曾经，是什么时候被淹没在大漠的风沙之中的呢……

刀剑碰撞，血泪横流，战场之上，再无兄弟！

云更重了，血腥味也更浓了，亚当斯的队伍嗅到了死神腥臭的味道。

忽然之间，沉重的黑云缝中射出一道光辉，穿透了绝望，射在满目疮痍的大地之上。俾留山眯着眼睛，穿透过一片片的血污和人群，看着那抹似乎很远又似乎很近的光辉。忽然之间，那道光辉之中扬起了一片尘埃，嗒嗒的马蹄声震彻天地。俾留山不可置信地张大了眼睛，看着自那道光辉之中出现的一队人马，为首的是一个身着红衣的颀长身影，墨色的头发狂乱地飘舞在风中。

“中埋伏了——”

“是亚当斯的援军——”

“快撤退——”

……

突然出现的队伍让原本胜券在握的大齐军队陷入了一阵混乱，但俾留山却知道这不是援军，不是亚当斯的援军，他们身上的服饰明明是大齐的服饰，他们的面容尽是一片陌生。然而他们就如同随着太阳的光辉从天而降一般，顿时给了赫玛城新的希望。

忽然之间，为首的红衣女子扬起了手，手中似乎燃烧着一团烈焰，女子骑在马上奔驰着，手上的烈焰所到之处，将枯草燃起了一阵红光，在风势的作用之下，战场上的火光沿着枯草的痕迹顿时连成了一片，浩大的火海将大齐的军队一分为二。

“杀啊——!!”

俾留山趁势高举起手中的长剑，亚当斯的军队士气高昂，转退为进，攻向溃乱的大齐军。

红衣女子艳丽夺目的容颜在阳光下丝毫不失颜色，俾留山永远都难以忘记那一刻，她映入他眼中的光彩如同天空的骄阳，傲然地散发着让人无法忽视的光辉。

“太阳女神——”

军队中不知是谁大吼了一声。

“太阳女神——!”

“哈那玛伊——!!”

“哈那玛伊降临了——亚当斯的胜利女神!!”

……

亚当斯的军队顿时沸腾，原本低迷的士气忽然之间高涨起来，如同战场上熊熊燃烧的烈焰一般!

“哈那玛伊……”

在火海的另一边，骑在马上的哈塞尔王子远远地望着那抹从天而降一般的红色身影，喃喃地说着，竟想不到，会在此地见到她!

“耀华……司徒冰凝……你们究竟有什么关系……”

哈塞尔喃喃着，眉头紧皱，却连自己也不明白，为何会将两个本没有一点交集的女人连在一起。如果说她们唯一的交集，大约就是，都让他难以忘怀吧!

“撤退。”

哈塞尔王子忽然低头笑了笑，淡淡地吐出两个字。

“撤——退——”

"撤——退——"

"撤——退——"

震耳欲聋的声音带走了大齐的军队，带来了赫玛城守城将领们的荣誉！

赫玛城张灯结彩，庆贺这一次意外的胜利，身着红衣的司徒晓翻身下马，站立在了俾留山面前。

俾留山很高大，司徒晓在他面前显得煞是小鸟依人，看着眼前这个精致美丽的姑娘，俾留山一时之间有些失神，难以想象这是方才那个跃然于马上、英气逼人的女子。

"多谢姑娘相助，不知姑娘如何称呼？"

"哈那玛伊。"

司徒晓恶作剧一般地说出了这4个字，俾留山一愣，一时之间不知道怎么接下去。

"你们刚才不就是那么叫我的吗？这个名字不错，我喜欢，你就叫我哈那玛伊吧！"

司徒晓笑眯眯地看着俾留山，眼里透着一丝玩味。

"哈那玛伊……是亚当斯的太阳，战争的胜利，是亚当斯人民心中的女神……"

俾留山解释着哈那玛伊崇高的地位，脑海中顿时又浮现了战场之上那抹耀目的红色从天而降的景象，那个时候，他确实仿佛看到了太阳女神的身影……

"嘿！我是谁——"

听到俾留山如此说，司徒晓突然翻身上了马，站在了马背上，扬着手中的长鞭，大声问着，明朗清脆的声音在黄昏的光辉中回荡在赫玛城里。

"哈那玛伊——！"

"哈那玛伊——！！"

此起彼伏的欢呼声应和着，司徒晓扬起小小的下巴，骄傲地看着俾留山。

"将军！将军！公主来了！粮草到了！"

一个侍卫突然满脸喜色地从人群中冲了出来，跑到俾留山身旁兴奋地喊着。

"快！快去迎接！公主怎么亲自来了！"

俾留山一愣，眼中却是掩不住一丝喜色。

亚当斯帝国的公主娜美吉拉身着赤色盔甲，率着一众人运送粮草到了赫玛城，娜美吉拉身形颀长，有着一头栗色的长卷发，碧绿的眼眸仿佛有魔力一般，让人的视线难以离开。

看着英姿飒爽的这位异国美人，司徒晓不禁"啧啧"地赞叹着，虽然从哈塞尔就能看出，他的妹妹也绝对应是位美人儿，但见到本人之后，司徒晓还是不禁感叹，皇室家的孩子，果然基因好啊，至少从外貌上来说，都是数一数二的美人。

忽然，司徒晓的视线越过了娜美吉拉，微微张大了眼睛，看着人群中一张小巧的侧脸，那一瞬间，她的心跳仿佛漏了半拍。

"晴好……"

司徒晓喃喃着，刚要往人群中走去，娜美吉拉已经来到了自己跟前，颀长的身形挡住了视线。

“你就是帮助亚当斯守城的女人?”

娜美吉拉的声音略带挑衅，毕竟美女之间相见，总是免不了会有战火的。

司徒晓此刻的心思却不在这里，然而再望去的时候，人群中已经不见了那张小巧的面容，环顾了许久，竟也再未看到相似的面孔。

“啊……是。见过娜美吉拉公主。”

司徒晓应着声，脸上却是透出了明显的失望，眼睛依然不死心地在人群里搜寻着，不肯相信只是自己一时的眼花。

“很好，我愿意和你们谈谈，哈那玛伊——姑娘。”

娜美吉拉扬起了下巴，似笑非笑地说着，轻蔑地看了一眼周遭的百姓。这种小小的把戏，恐怕也就这些百姓会买账了!

一众人到了俾留山的府邸，刚进入大厅就看到一个身着一袭白衣，戴着斗笠的陌生人坐在堂上，陌生人周围站着 4 个长相清丽的女子。

“大胆!何人竟然敢闯将军府!”

由于公主前来，府中的大半人都出去迎驾了，此时归来，竟见府中蓦然出现了一行陌生人，侍卫们这才急忙从欢庆胜利的半醉中抽出了武器围了上来，大声质问着。

“退下吧，方才客人到来之际不见你们出现，此刻还作这般架势，岂不是让人笑话。”

俾留山淡淡地说着，走上前一步，认真打量着来人，揣摩着神秘来人的意图，究竟是敌是友。

“公子，你怎么亲自来了!”

看到无欢公子突然出现，司徒晓显然感到很意外，按照原本的计划，明月公子负责在大齐活动，而自己则负责前来协助娜美吉拉对抗哈塞尔，无欢公子则负责坐镇幕后，并游说周边的小国共同联合，抗击大齐。

“原来这位公子是……哈那玛伊姑娘的朋友……”

叫出“哈那玛伊”这个名字的时候，俾留山依旧有些不自在，但一时之间却又不知道该如何称呼司徒晓。

“你们都退下片刻吧，我想远道而来的客人，大约是有事情要与我谈的。”

娜美吉拉有些不悦地看了一眼俾留山，随即转头直直地盯着戴着斗笠的无欢公子说道。

众人一愣，俾留山挥了挥手，众人这才退下。

“将军，还有你。”

看着俾留山没有离开的意思，娜美吉拉干脆直接点名了。俾留山一愣，显然没有料到，在公主眼里，自己竟也属于“闲杂人等”了，呆呆地看了娜美吉拉片刻后，应了一声，有些迟疑地迈着步子离开了。

“将军就算留在此也无妨。”

看着俾留山离去的背影，司徒晓突然冒出了这一句。

"不是所有事情，都应该让属下知晓的。"

娜美吉拉意有所指地看了一眼司徒晓。

"公主平安，无欢也就安心了。"

不等司徒晓有所回应，无欢公子已经起身，恭谨地对司徒晓说道，显然是要让娜美吉拉知道，司徒晓并非所谓的"属下"。

"公主？却不知是哪国的公主？"

娜美吉拉皱了皱眉头，怀疑地看向司徒晓。

"兰舍王朝。"

无欢公子淡淡地吐出了 4 个字。

"兰舍？兰舍不是已经……"

"兰舍将会在这大地上再次拔地而起。"

"原来你们……呵……说吧，你们有什么条件？"

"据无欢所知，公主与哈塞尔王子之间似乎有什么误会，才会导致哈塞尔王子一怒之下背弃了亚当斯帝国……自然，若是兰舍与贵国为盟友，定然不会眼看着有人对贵国不利而袖手旁观……"

"这就是你们的条件？要亚当斯承认你们？和你们结盟对抗大齐？哈哈哈……兰舍不过是一个覆灭的王朝，凭什么要亚当斯和你们结盟？"

"当然……只是凭借着胜利女神站在我们这一边……同时也凭借着横跨整个江湖的无欢门和明月楼。"

无欢公子走到了司徒晓身旁，一字一句地说着，声音中听不出任何情绪，却是透出满满的自信。

无欢门，明月楼，虽身在江湖，却与政治有着千丝万缕的联系，娜美吉拉怎会不明白呢？有时，政治便也是一场江湖。况且，她也知道哈塞尔在亚当斯的威望，此刻的亚当斯人需要一个信仰去对抗哈塞尔，需要一个坚定不移的信仰，去相信他们站在正义的一边。虽然不愿意承认眼前这个外族的姑娘有资格成为亚当斯的信仰，但不可否认的是，她有这样的能力，一瞬间而已，她便已经征服了这群愚蠢的兵卒！

"亚当斯与兰舍，愿世代交好。"

娜美吉拉把手放在胸前，郑重地对着司徒晓行了个礼。

司徒晓咬了咬嘴唇，看了无欢公子一眼，略有些迟疑地回了礼。这是不是意味着，自己已经和兰舍血脉相连，再也难以斩断了呢……

月色迷蒙，带着些许冷冽。司徒晓眉头紧皱，在庭院中游走，方才的事情久久在心里无从释怀。亚当斯与兰舍正式结盟了，所有的仇怨很快就能够一笔勾销了，到时候，所有的痛苦都会随着那个人的消失而从此烟消云散了……这么想着，司徒晓的心情却没有明朗起来，反而陷入了更深的阴郁之中。

3 年了，原本以为一切都早已忘却，然而时至今日，即使他让自己失去了一切，甚至失去了他们的孩子，每每看到天上这轮明月，她的心中却依然会涌起一阵难言的痛楚……月亮啊，你为何如此多变……

"月有阴晴圆缺，就如同人生自有悲欢离合，姑娘又何必苦苦纠缠而不能释怀呢？"

温润的声音在司徒晓背后响起。

"清阳……你怎么竟也来了？"

不用回头，司徒晓就知晓是他，声音也不禁变得温柔了起来。

"怎么，不希望我在此刻出现？"

"不希望……却也盼望……不希望你卷入不该卷入的束缚，但又盼着在我迷茫无助的时候，你能在身旁，就像那个时候那般。"

"不管该不该，早已经卷入了。我知道你希望我在，所以我来了。"

## 6

"哈那玛伊？那是什么东西？！"

零陵郡王府内，赵无琦把手中的书卷往桌上一摔，冷着一张脸，显然不是很高兴。

"据说是亚当斯一族'太阳女神'的意思，也是'胜利女神'。"

赵舍恭恭敬敬地答着，脸上没有任何表情。

"管她是什么女神，本王想知道的是，这个女人是从哪里冒出来的？"

赵无琦的脸色更加阴沉了，本该是一场早已经胜利的战役，然而却在一个小小的边城驻足不前了，虽说守城的将领俾留山也算是颇有名气，但赵无琦确认，和哈塞尔比起来，他还远远不够资格，何况，还有他借给哈塞尔的大齐军马……

"据闻，当时大齐的铁骑将要跨过亚当斯的防线，成功占领赫玛城，却在紧要时刻，这名女子带领着一队人马从天而降，用手引太阳之火击退大齐的军队，为亚当斯赢得了胜利……"

"本王要听的不是传说，更不是百姓的愚见。"

"她便是当初到过王府表演的女子，曾住在潇湘馆里的耀华姑娘，据探子回报，这位耀华姑娘是无欢门中人，此次事件，也是无欢门一手导演的。而且……此前赫玛城的援兵和粮草遇到山体滑坡而不能及时赶到，似乎也是无欢门的杰作……看来，他们是故意借此机会，要和娜美吉拉公主结盟的。"

"无欢门……你先退下吧。"

"是。"

赵舍应着，退出了房门，离去之前，抬头深深地看了一眼赵无琦的背影，脸上依旧没有任何表情。

不知为何，赵舍总是觉得王爷有些不一样，自从那一日，王妃的事情发生之后，赵无琦就仿佛变了一个人似的，起初，他认为这是因为失去了司徒冰凝和赵无矶所致，但之后，当他知晓，逼迫司徒冰凝和赵无矶跳下悬崖的人就是赵无琦的那一刻，赵舍迷惑了，他感觉自己仿佛从来不曾认识这个从小在自己的照看下长大的小王爷。而且，从那时开始，赵无琦与他之间仿佛隔了一道墙，他做任何决定，不再知会他，也不再询问他的意见……

路经花落轩之际，赵舍突然站定了脚步，自从司徒冰凝离去之后，这花落轩便无人再住，也无人打理了，这院里的这棵树，却仿佛是有灵性一般，不知为何，突然枯萎了，再也没有开过花，只是孤零零地矗立在院子里。院门的牌匾上歪歪斜斜地写着并不是很好看的字体，却透出一丝纯真。

“落花人独立，微雨燕双飞。”

赵舍念着牌匾上写的两句诗，脑海里浮现了司徒冰凝那张挂着笑的脸，叫着他“老爹”。

正在发愣之际，忽然看到一个年轻的小侍卫急匆匆地走过，赵舍便叫住了他。

“你急急忙忙地做什么？”

“回赵大管家，王爷要赶去庆良镇，特命小的吩咐下去快些打点……”

“王爷要去庆良？！”

“是，刚吩咐下来的……赵大管家不知道？”

“你快些去传话吧，免得误了时辰王爷怪罪。”

赵舍淡淡地打发走了小侍卫，脸色略微又沉了沉，是啊，他不知道，他已经许久都不曾知道王爷打算做些什么了，从处心积虑地铲除朝中反对自己的人到明目张胆地结党营私，甚至和哈塞尔结盟……这些都是他赵舍不曾知道的，甚至有些，还是从外头的人议论之中得知的，他这个大管家，看来是该退休了啊……

庆良镇是与赫玛城接壤的边陲之地也是哈塞尔和大齐军的驻扎地。对于久攻不下的赫玛城，赵无琦显然已经失去了耐性，他也想会会这个耀华姑娘，这个点燃了亚当斯人火焰的“太阳女神”，看看究竟是个什么样的人物，竟敢成为他前行道路上的阻碍！

赫玛城内，一次次的胜利让亚当斯军队逐渐占了上风，“哈那玛伊”的名字更是越发的响亮了。俾留山在其府邸的偏院处安排了一处清雅的地方给司徒晓一众人居住，而无欢公子在确认了与娜美吉拉公主的结盟之后，便离开了。

“痛吗？每次都这样，要是不小心伤了怎么办？”

偏院里，清阳正拿着一罐药，小心翼翼地涂在司徒晓略有些通红的手上。

“都说了没事了，每次点火之前，我都有好好擦神医让我涂的药，你别看好像火烧在我手上，可是其实一点儿也不痛。”

司徒晓笑嘻嘻地晃动着自己的手。

“别乱动，都红了。这种小把戏，不做也罢，何必每次都要如此……”

“虽然是小把戏，可是这些小把戏帮了我们大忙的！你知不知道他们都说，我是借了太阳的火，是太阳的女神！”

司徒晓得意地笑着，冲着清阳眨了眨眼睛。

不得不说，无欢公子确实相当懂得操纵人心，只是一个小小的手上着火的把戏，却让亚当斯的臣民们更加确信了司徒晓的“神迹”。这自然都要归功于神医的功劳了，神医给司徒晓的药膏，涂在手上，便能让手不被烫伤，然后再在手上撒上一些粉末，只要稍微擦拭，便能点燃火焰。这些粉末中，司徒晓闻出其中掺有磷粉，此外还有一些不知是什么的矿物粉。不得不说，神医的巧思，当真是连她这个现代人都感到佩服的。

“姑娘，俾留山将军朝着偏院的方向来了。”

屋外，一个有些细致的男人声音说道。

虽然在偏院里，大家似乎都很随意，甚至没有设置守卫，但司徒晓却是十分小心地让无欢门的人时刻注意着偏院的动向，尤其是要提防着亚当斯人的闯入。听到俾留山要来，清阳忙收起了药箱，与司徒晓一块儿，到了院中，石桌上已经摆上了早已经沏好的茶。

“姑娘原来在这里与清阳先生品茗，让我好找。”

俾留山爽朗地笑着，也不等司徒晓邀请，便径自坐在了司徒晓对面的石凳上。

“将军来得这么急，莫不是出了什么事情?”

司徒晓笑着，丝毫也没有打算给俾留山倒杯茶的样子。

俾留山摸了摸鼻子，倒是自己大方地拿了个杯子，给自己添了茶。

“前方收到消息，昨夜零陵郡王赵无琦似乎秘密到了庆良镇。”

听到“赵无琦”3个字，司徒晓手微微一颤，杯里的茶险些洒了出来。

“看来近日又是一场恶战。”

司徒晓抿了一口茶，看着杯中沉沉浮浮的茶叶，心脏陡然如同被人紧紧揪住了一般。

俾留山离去之后，清阳握住了司徒晓的手，担忧地看着她略显苍白的面容。

“我有些累了，先回去了。看来又要准备迎战了。”

司徒晓不动声色地抽出了手，告辞了清阳，转身离去了。

一直看着司徒晓的背影没入了拐角处，许久之后，清阳才收回了一直盯着前方的视线，幽幽地叹了口气道：“你……还是未曾忘记他吗……”

正如司徒晓所说，不出几日，大齐军再次来攻。零陵郡王亲临此地，必然就是为了这场大战的，意图一举夺下赫玛城。

“呵……身为亚当斯的哈那玛伊，你竟然要我们撤退?!”

听到司徒晓的主张，娜美吉拉勃然大怒，还未酣战一场，竟然已经开始谋划撤退的事情了!

“敌众我寡，况且，我军久战疲惫，而敌军却增了一支新战队伍，若是硬碰硬，必然得不到什么好处，与其拼个两败俱伤，不如暂且退却，保存实力。零陵郡王此次前来虽然带来了大量兵马，但这批兵马却不会久留此地。无欢公子已联合周遭小国，若是大齐边境受到侵扰，必定要分散兵力，到那时，零陵郡王不走也得走，赫玛城依旧会是我们的囊中之物，只不过现在暂且借给他们罢了。”

司徒晓平静地阐述着利弊，娜美吉拉的脸色却依然不见缓和之色。

“城中妇孺基本上已经全部转移到瑠俫了，大部分的兵士正准备着应战。姑娘要的东西也已经准备好了。”

俾留山大步走了进来。前几日，他才告知了司徒晓零陵郡王到来的消息，司徒晓便吩咐了他准备让城中的百姓转移到瑠俫镇，并开始在瑠俫镇布置边防。虽然心存疑惑，但俾留山还是决定听从司徒晓的安排，直到昨日，探子来报，大齐的大批军马秘密抵达了庆良，俾留山才确信自己的决定没有错，同时也不禁出了一身冷汗。他万万没有想到，零陵郡王为了夺取赫玛城，竟然会动用到原本驻守边防的大批军马的！

“原来一切都已经布置好了，看来这里当家作主的人，已经不是我这个公主了啊。”

听到俾留山的话，娜美吉拉脸色更阴沉了，他们这是完全已经不把自己放在眼里了啊。

“公主，事态紧急，所以……”

“不用所以了，作为亚当斯的公主，看来我只要好好保重自己，带着我的人即刻前往瑠俅就是了吧。”

娜美吉拉打断了俾留山的话，冷冷地说着。

目前，赫玛城原本的军队已经去了大半负责护送百姓和建设边防，城中所余留的兵马，大约有一半多都是娜美吉拉所带来的。若是娜美吉拉带了这些人去，那迎战的兵士就所剩无几了，而瑠俅的边防还需要一些时间才能完成，必须要留下一部分军队前去应战，拖住敌人才行。

“公主，现在城中的兵士大多都是公主带来的，公主若是尽数带走……”

“公主说得对，公主乃是万金之躯，保重自己为好。将军也同公主一起即刻前往瑠俅进行布置吧，只是，将军手下的将士，若是将军放心，请暂时借于我一用。”

司徒晓笑笑地说着，神色之中却看不出一点儿慌乱。

“这是自然的，可是，现在城中，我手下的兵士大约只遗留几百人……”

“足够了，人多了，我的东西还不够用呢。”

虽不知司徒晓打的什么如意算盘，但俾留山却对她有着一股莫名的相信，也许自己也是中了哈那玛伊的“毒”了吧！

前往瑠俅的路上，娜美吉拉脸上一直都是不悦的神色，甚至有些怒气冲冲。

“公主还在为赫玛城担忧吗？诚如哈那玛伊姑娘所说，赫玛城只是暂时借于大齐罢了，比起赫玛城，兵士们的性命更为重要，不是吗？”

“哈那玛伊……你们还真的都当她是神来膜拜啊……”

“是不是神都不重要……在俾留山心中，只有一个神圣不可侵犯的公主……”

“你这番话已经逾矩了。”

“……是属下的错。”

娜美吉拉双腿一夹，坐骑往前疾奔了几步，拉开了和俾留山之间的距离，虽然脸色依旧是面无表情，但嘴角却微微扬起了一个不易察觉的弧度。

“娜美吉拉……公主……”

俾留山看着前方婀娜的背影，在心中深情地呼唤着，然而，无论呼唤千百遍，她都无法听见自己内心的渴望，从少年时相见的第一眼开始，她便是他追逐的梦，只是，这个梦，越发的遥不可及了……

兵临城下，赫玛城却是城门大开，城楼之上竟是一群舞姬，挥舞着裙袖翩翩起舞，丝竹之声隐隐飘散在空气里，和肃杀的气氛大相庭径。

“赫玛城这是以一片歌舞升平来迎接我们入城吗？”

哈塞尔笑着，充满欣赏地看着城楼之上翩翩起舞的舞姬，真是没想到，在紧张的战事之中，还能欣赏到如此赏心悦目的表演，翩跹舞衣，绵绵丝竹，在这战场之上欣赏，倒真是别有一番风味。

相比哈塞尔，赵无琦却是冷眼相看，不知他们究竟搞的什么鬼。

正在此际，忽然后方传来遭遇敌人偷袭的消息。

“他们弃城去了后方偷袭我们？”

哈塞尔显然有些不明所以。

赵无琦原本冷冽的脸却忽然浮起了一丝微笑。

“城门大开，究竟真是一座空城，他们故布疑阵，还是城中布下了埋伏，请君入瓮呢？”

听到赵无琦的话，哈塞尔大笑起来：“哈哈哈……那王爷打算赌哪边？”

“赌？本王从来不赌，本王只拿自己要的东西。”赵无琦目光锐利地看着来报的探子道，“引兵偷袭的人，是谁？”

“是一名红衣女子，听闻对方兵马称她为‘哈那玛伊’……”

不等探子说完，赵无琦已经策马向着后方奔去。

“自己要的东西……看来王爷想要的不是赫玛城，而是哈那玛伊啊……”

看着赵无琦纵马而去，哈塞尔喃喃着，无限留恋地再次看了一眼赫玛城楼上翩翩起舞的舞姬，看来这一次，要错过这些漂亮的姑娘们了啊！

赵无琦不是司马懿，司徒晓也不是诸葛亮，她自然没有大胆到意图摆个空城计来吓退赵无琦。但她也早就料到，零陵郡王大驾于此，比起赫玛城而言，更为重要的恐怕是她这个哈那玛伊，若是能够一举铲除带给亚当斯人胜利希望的“信仰”，可是比一座城池更加有利的！当然，为了避免事态不受自己控制，司徒晓也没忘记在赫玛城设了一些简单的陷阱，不过是一些用来防御设置的装置罢了，伤不了多少人，但是却也能让他们因畏惧埋伏而争取到一定的时间。

远远见大齐的主力军忽然掉了头过来，司徒晓就知晓，赵无琦是引人来捉拿自己来了。

“清阳，宣布下去，按照原定计划，立即撤退。”

大齐军穷追不舍，前来偷袭的兵马即刻撤退。

“王爷，前方会不会有埋伏……”

“未知的东西，本王从不理会，本王只拿自己想要的。”

赵无琦眯着眼睛，看着前方模糊的红色身影，丝毫不理会身旁谋士的担忧。那抹红色身影在灰色的战场上尤为耀眼，如同天空中那夺目的太阳，让人不敢直视，却又忍不住追随。那抹身影，却似乎勾起了心中某个早已尘封的角落里，那些断断续续的记忆……

“王爷，前方便是断崖了，他们无处可逃！”

听着奏报，赵无琦的眉头却并未纾解，反而有些疑惑，对于此地，这些人比他更为熟悉，却怎么可能不知晓此处是断崖？为何却偏偏往这里走呢？

"姑娘，一切都准备就绪了。"

"将士们，此前发给你们的纸条，都读过了吧？大概也知道怎么用了吧？现在我们可就仰仗着它了，生死有命，富贵在天……总之……瑠俅见……希望到时，大家都能一个不少地聚首。"

司徒晓说着，示意众人准备"起飞"。

断崖之上，百余人有序地排列着，三三两两身后都背着一个巨大的翅膀一样的东西，像极了一个大风筝，此前，司徒晓在别院里闲来无事便画了图纸，让人做出了这个"滑翔翼"，想不到如今却成了众人断崖逃命的工具。已经将大齐军引到此地，即使他们再回去，相比瑠俅的防御也已经设置完毕了吧。对于"滑翔翼"的使用方法，司徒晓曾在战前命人抄录了许多份，发给了留下的军士，只能祈求他们悟性高，不要出事才行。

在追赶而来的大齐军瞠目结舌的注视下，百余名亚当斯军如同变成了鸟儿一般，张开"翅膀"跳下了断崖，远远看去，就好像天空中飞翔着许许多多的大风筝，甚是壮观。

众人都"飞"了以后，司徒晓和清阳分别背起了两个稍微小一些的"滑翔翼"准备"起飞"。

"耀华……小心。"

"我比你熟练，你才是要小心，别飞错了方向。"

两人相视一笑。

"哈那玛伊!"

忽然听到一声叫喊，司徒晓略微一迟疑，转身便看到了赵无琦骑在马上飞奔了过来。

就在司徒晓和清阳纷纷跃下悬崖的那一刻，赵无琦竟飞身从马上跃了起来，飞扑了出去，在众人的惊呼中一把抱住了司徒晓。

"耀华——"

清阳呼喊着，眼睁睁地看着司徒晓的"翅膀"因承受不了两个人的重力而徐徐向下坠落。

随着声音，赵无琦看到了清阳的脸，随即有些愕然地盯着司徒晓，两人对视了许久，赵无琦忽然有些不确定地喃喃道："……冰儿……"

落花时节，公子如斯……

一阵难言的痛楚忽然涌上了心头，那些不属于司徒晓的记忆却忽然之间汹涌而出，一阵晕眩，随着急速下坠，司徒晓如坠深渊……

落花时节，淡粉色的花瓣在空中翩然飞舞，乳母告诉她，这叫作樱花，是一种短命的花，绚烂过后，一夜之间便会死去，零落成泥。

她觉得自己就像这樱花，脆弱得很，随时都会零落成泥。但她却不明白，这一切究竟是为什么，乳母只说，这是命运。

那一夜，一群人闯进了她的院子，在樱花飘舞中，明晃晃的刀在月光下尤为吓人，鲜红的血洒了一地，和粉色的樱花混在了一起，煞是艳丽。她躲在一个小小的柜子里，从缝中看着乳母也成为了刀下亡魂。她不明白，为何要一直逃？为何即使一直逃，也逃不出命运的陨落……

柜子被轰然拉开的瞬间，她呆呆地看着眼前拉开柜子的蒙面人，他有一双漆黑的眼睛，和他蒙面的黑布一样，那么黑。她的目光落在了满地的尸体和鲜血上，落在了满地的粉色樱花上。

“我也要……没入泥土中了吗……”

她的声音细若蚊虫，大约没有人听到。

就在黑衣人举起刀的瞬间，她却感觉一道热乎乎有些黏稠的液体喷到了自己脸上，黑衣人在自己面前倒下了。她还记得那些液体，有些腥味，有些滚烫，仿佛会灼伤她的皮肤一般。

黑衣人身后，是一个白衣少年，俊秀的面容，漆黑的眼睛，那漆黑，和蒙面人并没有什么不同。

他的剑很漂亮，她还记得上面缀了一排玉石，温润洁白的玉，就如同他一般，那么漂亮，那么光洁，却又沾染满了鲜血。

满院的尸体，满院的鲜血，满院的樱花。

不知何时，一切都恢复了一片寂寥，天边升起了一轮红日。

他的白衣上沾满了鲜血，却依然给她一种十分干净的感觉。

他对呆呆跪坐在地上的她伸出了手。

“你不会没入泥土里。”

“你身上……好香……”

“这是白梅香。”

“白梅……那是什么？和樱花一样那么漂亮吗？”

“不，不一样。白梅是在雪里盛开的花，越是严酷，它便开得越是美丽。”

“即使如此，也会没入泥土里……”

“即使如此，却也是芳香如故。”

她小心翼翼地把冰凉的小手放在了他的手里，他的手很凉，甚至比她的还要凉，她却从中感到了一种安心的感觉。

“你叫什么名字？”

“彻……我没有姓，我的名字叫作彻。”

“我也没有姓……乳母叫我冰儿……”

“冰儿，跟我走吧。”

“彻哥哥……”

……

“彻哥哥……”

司徒晓喃喃着，再次张开眼睛的时候，却发现自己躺在一处乱石堆里，一旁是已经摔得破碎的“滑翔翼”。看来自己还真是命大，这悬崖就跟自己亲戚似的，两次坠崖居然都能大难不死。

“你醒了。”

不像是问句，倒像是个陈述句。

听见这声音，司徒晓抬起头，看到了坐在离自己不远处的赵无琦，或者已经不该叫他“赵无琦”了。

“你是……彻？”

司徒晓微微蹙眉，直直地盯着眼前的男子，他不是赵无琦，在悬崖上，她听到他的声音的那一刻，忽然有些陌生，想想此前的一切，一直都觉得哪里不对，虽然有着一样的脸，但是感觉却依然是不一样的。

“你果真是冰儿……之前不记得我，倒不像是假装的。”

赵彻似乎并不意外，只是有些落寞地笑了笑。

司徒晓按了按自己的太阳穴，看来是没错了，眼前的这个人便是那个黑衣人司徒彻，只是，看他的面相，倒不像是姓司徒的，倒更应该是姓赵的吧！司徒冰凝记忆里的彻哥哥，那个比她的生命更重要的彻哥哥……这具身体的记忆似乎在一瞬间全然苏醒了一般，司徒晓就仿佛在看一个与自己毫无关系，而自己却又似乎参与了其中的故事。

“冰儿……早就已经死了，我不是冰儿……”

“是吗？从上一次掉落悬崖的那一刻开始？哈……”

“不……是从更早以前……你应该早就察觉到了的，不是吗？她早就死了……冰儿……”

赵彻眯着眼睛看着司徒晓，却不再言语，只是一直看着。

“赵无琦呢……真正的赵无琦……在哪里……”

司徒晓咬了咬牙，问出了这个在方才就一直藏在心中的问题。

“呵……既然我就是赵无琦，那么，他……还有活下去的必要吗？”

司徒晓心里一震，攥紧了拳头，一时之间，竟不知道该用什么样的表情来面对。这一刻，她突然发现，原来在很多时候，心痛如斯，却是没有办法掉下眼泪的。

“你们……究竟是什么关系……”

“关系？你觉得，我们该是什么关系呢……一个活得风光明亮的人，和一个只能隐藏在暗处的，不为人知的影子……”

赵彻的声音冷冷的，却藏着难掩的悲伤，一瞬间，司徒晓忽然觉得，他是个可怜的人，可怜到即使对一直跟在身边的司徒冰凝，也从不曾透露半分真心话，可怜到即使是面对那个真心待他的人，也无法敞开心扉……

司徒晓想要起身，腿却动不了，阵阵剧痛让她不自觉地咬紧了嘴唇。

“不要挣扎了，只会让你伤得更重。你的腿摔伤了，不知道情况有多严重，如果断了，不及时处理，以后大概站不起来了吧。”

“你放心，没你想的那么严重。”

司徒晓检视了自己的腿，幸而情况并没有那么差。

司徒晓忽然发现赵彻一直坐着一动不动，左腿上流出汩汩的鲜血。

“你的腿……”

“似乎比你伤得严重。”

赵彻满不在乎地说着，仿佛正在谈论的并不是自己的腿。

“摔下来的时候，你护着我了?”

凭借着隐约的记忆和感觉，司徒晓有些不确定地问道。

赵彻没有应声，淡淡地瞥了司徒晓一眼。

“你……就从未想过和冰儿一起……一起去过自由的生活吗……”

“心若是有枷锁，在哪里都不自由。心若是无枷锁，怎样都是自由。”

“你不试试看，又如何知道能不能打开那道枷锁……”

“已经来不及了，不是吗？因为在很早以前，冰儿就已经死了。”

“从一开始你就知道，冰儿她……”

“这是她自己的选择。”

“彻哥哥……”

“不要那么叫我。你不是冰儿……”

“那我是谁呢?”

“你是谁于我而言根本不重要。也许你是司徒冰凝，但你却不是冰儿……”

“我不是冰儿，也不是司徒冰凝。我却也不能是我自己……”

……

远处忽然传来了杂乱的脚步声，赵彻和司徒晓都紧张地四处张望着，不知前来的究竟是哪路人。

“看来上天终究是待我不薄啊。”

赵彻忽然笑道。司徒晓的心却是沉了下去，他们都听到了对方呼唤的声音，唤的分明是“王爷”。

赵彻忽然强忍着剧痛站了起来，拖着依旧流血不止的腿，一步一步缓慢地走到了司徒晓跟前，一把抱起了她，小心翼翼地不碰到她的腿。

“你做什么?!”

“还想活，就不要出声。”

赵彻沉声说着，把司徒晓抱到了一块巨石后的草丛里，轻轻地放了下来。他的身上依旧有着淡淡的白梅香，让人心中顿感安宁的白梅香。

大齐的侍卫终是寻到了他们的“王爷”，却谁也没有发现，咫尺之内，那块巨石后头便是亚当斯的哈那玛伊。

当侍卫们议论着与王爷一起掉落山崖的哈那玛伊的下落的时候，赵彻颇有深意地说了一句“生死有命”。

司徒晓不明白，赵彻为什么放过了自己，那个毫不犹豫地用司徒冰凝的一生去实现自己计划的冷酷男人，怎么可能在这个紧要关头放过了自己……

## 7

清阳是在入了夜的时候寻到司徒晓的，后来，司徒晓听闻，那个时候的清阳，就如同发了疯的野兽一般，不顾众人的劝阻，一直在寻她。

刚到瑠俅俾留山为他们安排的住处，司徒晓便见到了久违的故人——百里瑄。百里瑄称是明月公子不放心她，差遣他来照顾的。司徒晓自然也在司徒冰凝的记忆中搜寻到了百里瑄，遇到百里瑄的时候是和赵彻在一起的时候。那些记忆，虽然并非自己的，却在涌上心头的时候让她有一种感同身受的感觉，她觉得自己似乎一并接受了司徒冰凝的爱恨情仇，一并承受了她的苦痛。

在养伤的几天里，虽然司徒晓并未表现出什么异常，但清阳还是感觉到了她的变化。

司徒晓的腿伤并不严重，在百里瑄的调养下，不几天就能下床活动了。闷了许久的司徒晓终于得以出门活动，清阳早已经备下了一壶清茶。

"你想问什么就问吧，这几日里，你总是这样欲言又止的。"

司徒晓突然对清阳说道，她知道，她的任何一点点变化都是瞒不过清阳的眼睛的。

"你们……发生了什么事……"

"发生的事情，实在太多了，多得让我有些措手不及……"

"若是想说，我便听着，若是不想说，我便也不去想。"

"许多事情，还是不要想的好。只是，有句话，也许你听了也不明所以，但我还是想告诉你。"

"什么话?"

"你的兄弟……他并未背叛你……背叛你的那个人……并非你的兄弟。"

司徒晓说着，眼泪已经不受控制地顺着脸颊滑落。

"耀华，你……"

"我没事……能哭出来是好事……你不知晓，我哭不出来的时候，心里有多痛苦……"

那一天，司徒晓哭了许久，她似乎明了了许许多多的事情。赵无琦没有背弃她，没有背弃赵无矶，那个人不是他，不是他……然而，她却无法去恨赵彻，那个毁了她一切的人，她的脑海里有着关于他的满满的故事和回忆，甚至情感。司徒冰凝把他看得比生命还要重要，他想要什么，她便为他全心全意去完成……直到那一天，她知晓了自己的身份，知晓了自己只是他手中的一枚棋子……她绝望了，所以精通医术的她才会甘愿投身他人所设的陷阱，任由自己的生命凋零在风里……也许别人不明白，但司徒晓却能感受到，她的绝望里没有一丝一毫对赵彻的怨恨，那么赤裸裸的绝望，和那么绝望的爱……

在司徒晓养伤期间，瑠俅的老百姓们每天都络绎不绝地登门送上各家各户的东西，从萝卜白菜到寺庙里祈求的平安符，应有尽有，大堆的东西都已经不知道该怎么处理了，说明了不要吧，竟然还有人悄悄放在门口便跑了，一时之间，搞得司徒晓住的府邸跟寺庙似的，众百姓都来进行"供奉"。

由于零陵郡王赵无琦受了伤，一时之间，两军休战，赫玛城却成了无人认领的空城，双方进入了对峙的局面。

在到达瑠俅之后，娜美吉拉公主每日都会到街上走动，每次回来都是一脸不悦的样子，引起了俾留山的担忧。在进入暂时的和平局面之后，俾留山总算有了些许时间，与娜美吉拉公主一同上了街。在街上，听到的最多的谈论基本上都是关于“哈那玛伊”的。

“将军有什么感想?”

走了不多久，娜美吉拉公主突然问道。

俾留山一愣，有些不明所以。

娜美吉拉接着说道：“在这众人的眼里、心里，现在都只住着一个人了。”

公主的话让俾留山心中一震，一股不祥的预感自心中涌起。

一路上，娜美吉拉公主再未言语。

回到府邸，俾留山借口有事，急匆匆离开了，却不曾发现有人跟在自己身后。当俾留山急匆匆赶去见司徒晓的消息报到了娜美吉拉面前的时候，俾留山却不知，正是他的举动，最终为司徒晓引来了杀身之祸。

“姑娘还是即刻离开吧。功高盖主，是比背叛更危险的事情。”

俾留山只留下了这句话，便匆匆离开了。

公主的不满和杀意，司徒晓和清阳并非完全没有感觉，只是，如今连将军都这么说，看来是要尽快离开才行了。

俾留山走后，司徒晓便遣人送了封信去给无欢公子，大致将此事如数说了一遍，只等无欢公子回音一到，便即刻找借口离开瑠俅。然而，他们却未曾想到，公主的杀意爆发得如此之快。

入夜，四处一片静默。睡梦之中，司徒晓忽然惊醒，呛鼻的浓烟从屋外涌了进来，原本应该漆黑的夜却是一片火光冲天的景象。司徒晓急忙起身，只觉周身一阵酸软，伤还未曾好全。

“耀华！快走!”

清阳突然破门而入，迅速拿了一件单衣披在司徒晓身上，便拉着她往外跑。

府邸外已经重重围满了侍卫，准备着弓箭，凡是见到有人从府中出来，千万支箭便会齐刷刷飞向他，想要存活着离开这片火海，几乎是不可能的。

“想不到，公主竟如此迫不及待要置我于死地!”

司徒晓咬着牙，看着眼前这片火海，难道这就是自己最终的葬身之地吗?!

“你一定会活着出去的。”

清阳突然沉声道，随即把司徒晓抱在怀里，骑上了马。

“清阳，现在冲出去的话……”

“你要相信，我们一定会护你周全。”

清阳沉声说完，只见他一抬手，顿时间，众人像是早已经商量好的一般，从马厩中骑着马一拥而出，把清阳和司徒晓围在了中间，清阳用整个身子把司徒晓护住，整个队伍就这样保持着队形，迅速地冲向门外的重重包围。

“不……不要啊——!!”

箭雨一层层飞了过来，却不曾打乱重重的包围圈，司徒晓就像是圆的中心点，看着周围与自己一同出生入死的兄弟一个接一个纷纷倒下，倒下一个，圆圈便缩小了一些……整个圆就这样慢慢越来越小，却始终围绕着圆心，不曾脱离……

“不要啊……不要……黄成大哥……陀螺……贝子……”

司徒晓叫着他们的名字，看着一张张熟悉的面孔消失在自己眼前。

“一定要活下去，若是你不能活，就对不起所有人。”

清阳咬着牙，一字一句地说着，紧紧地抱着怀中的司徒晓。背后的痛楚让清阳的额头渗出了细密的汗珠，身后插满的箭羽在夜色里闪烁着瘆人的光。

原本的圆圈现在只剩下唯一的一匹孤马在夜色中奔驰了，大批的追兵紧随其后，清阳的视线已经有些模糊，却依然鞭笞着一直陪伴着自己的坐骑，是否能安然护下她，他不知道，但他却愿意用生命去尝试！

司徒晓窝在清阳的怀里，忽然感觉有些湿乎乎的，他的身上似乎已经被汗水浸湿了。

“清阳，是不是很累……怎么出了那么多汗……”

司徒晓声音有些发颤地说着，心中顿时一阵不安，然而，她不愿意去想那个最不幸的可能。

“我……没事……一定……一定会……护你……”

清阳有些吃力地说着，视线已经越来越不清楚了，难道，已经到极限了吗……可是，还没有护送她到安全的地方，怎么能到极限呢？还不行，还不行啊……如果就这么离开了，她该怎么办？她痛苦的时候该怎么办？她哭泣的时候又该怎么办……

前方忽然出现了一队人，司徒晓看不清是谁，若是敌人，她的命数大概也将在这里画下休止符了吧。

越来越靠近，月光下，一轮温润光洁的白玉面具顿时让司徒晓安了心，是明月公子！是明月楼的人！

“你……”

明月公子策马而来，在看到清阳的时候，分明是愣住了。

清阳用尽了全身的力气，把司徒晓从飞奔的马上抱了起来，稳稳地丢到了明月公子的马上。

“我……把她……交给你了……”

无琦……清阳露出了一丝破碎的笑容，却也夹杂着一阵心安。终究是护得她周全了，只是，他与她，终究是不曾有缘分的……见到明月公子的那一刻，他便感觉到了异常的熟悉感，那是和他一块儿长大的兄弟，怎么可能认不出？只是，他自私地不愿意去这么想，直到司徒晓对他说了那番话，他大约便能确定了，也好，他从未背叛过……

“清……阳……”

司徒晓不可置信地看着无力地“挂”在马背上的清阳，他的背上已经数不清插了多少支箭。

“姑娘……小生清阳……家住……家住洛水村……今日巧遇……但求姑娘……芳名……”

清阳苍白的脸上挂着温和的笑容。

“小女子耀华……家住洛水村……得与公子相见……相见……即是……缘分……”

司徒晓已经泪流满面，在夜色中断断续续地说着。

“有缘得见……一生……相随……”

清阳虚弱地说着，从怀里掏出了一个东西，把手伸向了司徒晓，司徒晓伸手过去，清阳把手里一个带血的平安符放在了司徒晓手心。

司徒晓一怔，这不是她当日在王府赠予兰陵郡王赵无矶的礼物？莫非他根本没有失忆?!

清阳温和的笑消散在夜色中，他软软地趴了下去，跌坠在黑暗之中。

明月的马没有停歇，载着司徒晓一路奔驰，身后的追兵越来越远，那个一直守护着她的人，也越来越远……

“不要……不要啊……清阳……清——阳——!!”

凄厉的声音回荡在夜色中。

抱紧怀里不断颤抖的柔弱身躯，明月痛苦地闭上了眼睛，那一刻清阳注视着他的眼神，他知道，他一定认出了他，他的皇兄赵无矶，他“唯一”的兄弟。

第二日，当俾留山站在司徒晓曾经住的府邸前的时候，他的眼前只剩下一片废墟。原本以为娜美吉拉派自己亲自去赫玛城查探消息，只是任性地闹脾气，惩处自己帮司徒晓说话，却不曾想到她竟是要做这件事情。

“怎么？心痛了?”

不知何时，娜美吉拉公主已经站在了俾留山身后。

“为什么……”

“为什么？本来我是没下定决心杀了她的，多亏了你，我的将军。你竟然跑去向她通风报信……是你，是你让我下了杀她的心!”

“公主……你怎可以这样……你何时变成了这样……你曾经不是这样的，你那么善良，那么温柔……”

“将军，请注意你的言辞。怎么，因为你看上的女人而悲伤？那么就告诉你个好消息吧，那个女人逃走了！不过你放心，只要她还在亚当斯的土地上，我就能找到她。哈那玛伊？哈哈哈哈……草原上只能有一个哈那玛伊，只能有一个太阳女神！那就是我——亚当斯唯一的公主!”

俾留山痛苦地闭上了眼睛，沉声对身边的侍卫说道：“所有死去的勇士……厚葬……”

## 8

在逃离之际，为了分散追兵的目标，明月楼的众人分作不同的方向而去，奔驰了一个昼夜，明月公子与司徒晓到了一处十分陌生的市镇，看眼前的样子，似乎是脱离了原本预定的线路，到了不知名的地方。

看着陌生的市镇，明月公子没有贸然进入市镇，而是先把司徒晓放在了一处破庙里，决定自己只身先去镇中打探一番。

从昨夜开始，司徒晓便一直呆呆地看着手中的平安符，一句话也不说。虽然把现在这个样子的司徒晓丢下，明月很不放心，但若是不尽快做出下一步打算，可能会将两人置身于更加危险的境地。

破庙里有一尊已经掉漆的大佛，明月公子将司徒晓放在了大佛后，嘱咐她不要乱走，有人进来也不要出声，但司徒晓依然没有任何反应，只是继续呆呆地看着手里的平安符。明月公子只得叹了口气，满怀担忧地离开了。

多番打听下，明月得知，这个镇子叫锤头镇，是亚当斯较为偏远的一处小镇，与大齐的一个同样不受重视的小镇接壤，大约正是由于两个镇子都因为贫穷落后而不受当地政府重视，即使在战争时候，两个小镇竟也相安无事，继续往来贸易。虽然如此，但为安全起见，明月公子还是买了两身亚当斯的服饰，准备带回去和司徒晓一同换上。

司徒晓所在的破庙虽然看上去人迹罕至，但也正因为如此，反倒是成了一帮混混们的聚集地，什么见不得光的交易基本上都在这里完成。

在明月公子离去后不久，便有3个甚是猥琐的家伙来了。

“昨个儿和常贵的老婆，嘿嘿，不错吧？”

“甭提了啊！那狗娘养的，好事还没正式开办，猪肉贵就回来了……”

“没砍掉你命根子，算你走运！”

“砍我命根子?！你看着，往后我怎么砍了他命根子！”

……

3个人你一言我一语地说着走进了破庙，像往常一样席地而坐，又开始讨论着些偷鸡摸狗的事情。突然其中一个人眼睛直勾勾地看着大佛。

“看什么呢你?”

“大佛后头好像有人，你看——”

那人压低了声音说着，指了指，其他两人顺着他的手指看过去，佛像后隐隐看见一只穿着绣鞋的脚，分明是个女子！

那个率先看到的人站起了身，悄声走了过去，另外两人也追随其后。

“还真是个小娘子呀！”

3人看到了呆呆地坐着的司徒晓，率先看到的人一脸淫笑着，满眼淫欲地打量着司徒晓。

司徒晓仿佛活在另一个世界一般，只是继续看着手里的平安符，没有任何反应。

“这小娘子是脑袋有问题吧？”

“有问题不是更好，老子就喜欢这种水嫩嫩又有问题的！”

“怎么着也得老子先来吧！昨个儿就没成好事！”

……

3个人争先恐后地扑上去，撕扯着司徒晓的衣服，突然不知谁的手一把抓住了司徒晓的手，想要把她的手拉开，看着手中的平安符遭到“侵略”，司徒晓的眼中突然迸射出一股冷酷而决绝的愤怒，扬起手扣住抓住自己手腕那人的手，一用力，只听“咔嚓”一声，男人发出了刺耳的尖叫声。

“你们，都要去为他陪葬。”

司徒晓不带感情地说道，随即从身旁抄起一块佛像上碎裂脱落下的石块，朝着他们头上狠狠砸了过去……

明月公子刚一走到破庙门口，便隐隐闻到了一股血腥味，明月公子急忙冲进了庙里，一进去便看到满地的血，以及地上躺着的3具脸被砸得稀巴烂的尸体，尸体旁有一个大石块，上面沾满了血，大概便是凶器了。司徒晓正在一边的墙角，抓起散落在墙角的稻草擦着手上的血。

“你……没事吧……”

看着眼前的景象，明月公子一时之间竟不知道该如何反应。

“我没事，放心吧。打探到什么消息了？”

司徒晓笑了笑，应着声，仿佛什么事也不曾发生过一般，这样的反应却更让明月感到不安了。

“我买了这两身衣裳……这里叫锤头镇，是亚当斯的边陲之地，虽然近来还算太平，但为了避免麻烦，我们还是稍微乔装的好……”

“嗯，公子想得甚是周到。衣服很漂亮，在许久许久以前，清阳也曾送过我一身一样的。”

司徒晓接过了衣服，微笑着说着。那个时候，她还是赵无琦的王妃，那个时候，他还是名扬天下的兰陵郡王。

明月忽然从背后一把抱住了司徒晓，抱得很紧。

“你可以大哭，可以大喊……不要这个样子……”

“我现在应该做的，是找到无欢公子，把所有发生的事情告知他。”

“然后呢？”

“让那些该为清阳的死付出代价的人，得到他们应得的下场。”

司徒晓的声音很清冷，但明月却从中听到了巨大的悲伤。

集市上，司徒晓和明月换上了异族服饰，扮作一对卖艺的夫妻，在集市上小心地打听着关于亚当斯与大齐之间战争的消息，并沿途留下记号，试图能遇到无欢门的人。

司徒晓和明月住进了一家客栈，起初，并未察觉有什么不对，只觉此处似乎荒凉了些，但由于市镇位处边陲，二人也并未多想。刚住进客栈的第二天，一大早，便听得外头传来吵吵嚷嚷的声音，司徒晓从窗口望出去，只见对面的天福客栈不知为何，出现了很多的卫兵，司徒晓急忙藏在窗后，小心翼翼地窥探着对面的情形。

侍卫们封了天福客栈，随即，大约是原本住在客栈里头的客人们唯唯诺诺地跟在侍卫身后走出了客栈。

“小二哥，这天福客栈出什么事了？昨个儿不是还好好的？”

恰逢店里的小二送来了司徒晓吩咐备下的酒菜，司徒晓便向他打听道。

“这位姑娘你刚到此地，有些事儿啊，你不清楚……你说你们也真是，早不来晚不来，偏偏赶上了个这么流年不利的日子……”

“什么意思啊小二哥？发生什么大事了吗？”

“我悄悄跟你说，你可别说是我说的呀！那个天福客栈啊，你现在是万万不要靠近的，近来锤头镇发了疫病，厉害着呢！昨个儿晚上，天福客栈便是发现有一个客人得了疫病……要说姑娘，你们运气也好，选了我们客栈，我们客栈啊就是风水好，啥都行，连风水都比他们强！”

“嗯嗯……是啊。不过，侍卫们抓了那些无辜的群众，有什么打算呢？”

“当然是隔离起他们了，以免他们传染了嘛。”

“喔……”

司徒晓应着，微微皱眉，他们也真够倒霉的了，一到这个陌生的地方吧，还遇上了传染病，这一个不小心，可能就会送命的啊……不过好在看来这古代人也还是蛮人性化的，懂得隔离危险，进行专门治疗。

虽然遇上了这档有些晦气的事情，但司徒晓也并未放在心上，依旧和明月一同到了此前答应过的客栈里进行“演出”。大约是因为早上发生了一起疫病的缘故，今日的人并不是很多，见也打探不到什么有用的消息，司徒晓和明月正欲离去，忽然一队侍卫冲进了客栈，一个肥肥矮矮的男人随即在其后大摇大摆地走了进来，似乎是当地的行政长官。

“听说你们客栈里——有疫病啊。”

肥肥矮矮的男人拉长了声调说着，眼睛却一直瞄向司徒晓。

“长官，怎么会呢！我们这里绝对干净的啊！”

掌柜的觍着一张笑脸迎了上去，适时地往肥矮男人手里塞了点什么，自然，不用看也知道是贿赂了。

肥矮男人掂了掂手里的东西，脸上的肥肉颤了颤，肥嘟嘟的厚嘴唇弯起了一个满意的弧度。

“那就撤吧，掌柜这里很是干净。不过，这位姑娘——见着眼生啊。”

拿了好处之后，肥矮男人的目标转向了一旁的司徒晓，一双贼溜溜的眼睛淫邪地在司徒晓身上游走着。

“长官，我和内人来此地，只是想混口饭吃，还望长官高抬贵手。”

明月急忙迎了上去，从怀里掏出了一个玉坠子，双手奉了上去，把司徒晓挡在了身后。

肥矮男人眯着眼睛打量了明月许久，接过了玉佩，转身走了，临走之前不忘深深地看了司徒晓一眼，这一眼看得司徒晓顿时毛骨悚然。

待男人走后，掌柜的突然急急地对司徒晓和明月说道：“二位还是赶紧离开吧……这锤头镇苦困于疫病，况且本就不富庶，待在这里啊，交出去的远远多于拿到手的……况且……这位姑娘，为了避免惹麻烦，你们还是立刻离开的好啊……”

司徒晓和明月自然也明白，那个什么狗屁行政长官，一看就不是什么好东西，想必也不是一块玉佩就能打发的。何况，在锤头镇的这些日子里，关于他的传言，听得也并不少了，这家伙出了名的好色，凡是他看中的姑娘，无论怎么费尽心思也是要得到的。

其实，在得知村子出了疫病之初，司徒晓和明月就意图离开了，只是，在锤头镇附近的村镇由于惧怕疫病，竟私下设了封锁，禁止从锤头镇而来的任何人进入镇中。司徒晓的身子尚未痊愈，自然也受不得奔波劳累，只得暂时在这里休养，可哪知会惹上这么个麻烦。

两人刚回到住处，却见掌柜在大堂里一副正襟危坐的样子，桌面上摆着的却是一个十分眼熟的包袱。

“二位客官回来了？这是二位的行李，还有二位的房钱，二位还是投宿别处吧。”

一见到明月和司徒晓回来，掌柜的就满脸堆笑，讨好地说着。

“掌柜的，你的意思是……”

“对不起啊，姑娘，咱这小店可惹不起大长官……你们还是速速离去吧，这整条街的客栈，恐怕都没有敢接待你们的了……”

“掌柜的何出此言？我们并未得罪那个长官啊，只是有了一面之缘……”

“唉……那位大长官也不是第一次看上卖唱的歌女了……有一次他看中了一个歌女，那歌女却抵死不从，最后生生被逼得吊死在了梁柱上……那个歌女所投宿的客栈，也因此事一度被牵连……总之，我看姑娘也并非愿意委身于那长官的女子，还是速速离去的好……”

明月公子还想说些什么，却被司徒晓拉住了，轻轻地摇了摇头，背起并不多的行李，走出了客栈。

人在世上，总是有许许多多的无奈，你去和一个小人物理论什么公理正义都好，顾自己都顾不上的时候，谁还会有闲情去理会别人的公理正义呢。

然而刚走出客栈不多久，司徒晓和明月就被一伙人拦住了去路，看这些人，虽然是一副家丁的打扮，但身上所穿的衣物却是价值不菲。

“这位大人，不知有何事？”

明月谨慎地看着眼前的这些人，心里叹了一声，来得还真快。

“我们大人想要请二位到府上为其表演，自然，演出的费用是绝对不会亏待你们的。”

看着一众人的架势，怕是想拒绝也拒绝不了了。司徒晓笑了笑，轻声道：“即使如此，便走一趟吧。”

虽然目光看着这伙人，但话却是对明月公子说的。

行政长官的府邸很是豪华，丝毫也看不出边陲小镇贫穷落后的影子。

进了屋便是常规的表演，那长官竟也未曾有什么不当的动作，几曲完毕之后，行政长官命人赐了司徒晓和明月酒，并命管家带明月前去领赏钱，随即屏退了左右的人，房间里霎时只剩下了长官和司徒晓二人。

“耀……耀华姑娘……你……你真是美……”

长官打着酒嗝摇晃着肥胖的身躯凑到了司徒晓面前，浓烈的酒臭味让司徒晓不由得皱紧了眉头。

“这位大人，还请你离我远一些，太臭了。”

司徒晓冷冷地说着，眼里满是嫌恶地看着眼前的猥琐男人。

长官突然端起了司徒晓面前的空杯子，满脸淫贱地笑着：“赏你的酒……味道还不错吧……是不是身上，有些热了?!”

司徒晓轻蔑地看了他一眼，这男人还真以为她是二货一个，什么都不懂啊，这傻瓜分明是在酒里下了药了，当她司徒晓白痴，人家让她做什么就能做什么?! 那杯酒早趁他不注意之际倒在袖口里了，古人的袖口大就是好啊，什么都能往里头塞。

见司徒晓一动不动，长官大概以为自己的药已经奏效了，急不可待地扑了上去，司徒晓忽然迅速伸出手，一把扣住了猥琐男人的喉咙。

“外头疫病正苦害百姓，你这家伙却在这里做这种事情，不觉得愧对你头上顶着的官衔吗?”

司徒晓的眼神煞是冷冽，与方才完全不同，气焰逼人，倒是让被扣住了喉咙的行政长官大惊失色。

“今天只是给你点小小的教训，你下次再敢打本姑娘的主意，我灭了你这个小小的行政府!”

一顿“严刑拷打”之后，司徒晓搓着手，俯视着趴在自己眼前的这只大肉球。虽然说，面对小人，要做就要斩草除根，不过她并不想惹这么大的麻烦，若是因此泄露了自己的行踪，恐怕会引来更大的危险。

司徒晓的“严刑拷打”自然是不会留下伤痕的，猥琐长官作为一个大男人，自然也不会好意思让别人知道自己偷鸡不成蚀把米，把一个歌女狠狠修理了一顿，虽然心中满是怨恨，竟一时之间不好在众人面前发作。在司徒晓和明月领了赏钱正欲离去之际，猥琐长官突然心生一计。

“二位请留步。二位即是外来人口，考虑到百姓的安全，请务必要接受我们的疫病检测，暂时隔离起来一段时间，一旦确定了二位身体健康，本官会立刻放二位离开。”

“隔离……大约多长时间?”

“不多不多，至多也不过3日而已。”

“既然是为百姓的安全考虑，一切就听从大人安排吧。”

司徒晓自然知道他是故意在找碴儿，但无论如何，方才教训了他一顿，也该给他点儿甜头乐呵乐呵，让他觉得自己报了仇，心里舒爽了，也就不至于成日里纠缠了。小人这种东西，是非常不好对付的，即使够不上什么威胁，也足以烦死你。

然而事实证明，司徒晓想得实在太天真了。

所谓的“隔离区域”是在镇子东南角的一处山谷，在狭长的山谷口设置了一道关卡，阻止山谷中的人擅自出来。而此地，虽说是暂时隔离疑似病患的“地方”，但实际上却是隔离疫病之人的地方。也就是说，那些与疫病接触过的无辜百姓，根本就没有接受所谓的“检测”，就被投入了这个“死亡”之地。在这里，即使你没有疫病，感染率也是极高的，这猥琐长官看来是想置他们于死地啊!

不能退，只能进。

在身后数十个侍卫的注视下，司徒晓和明月走进了这片山谷之中。

情况比想象中的还要糟糕，谷中只简单地搭着几个木棚子，有病的和没病的人混在一起，全都是一副等待死神降临的样子，眼中是满满的绝望。对于谷中突然出现了新成员，似乎也并没有人关心，在他们看来，这个地方，随时都可能加入如同自己一般，没钱贿赂长官的倒霉人。

看着眼前的一切，司徒晓大为震惊，这就是所谓的“隔离区”吗？难道“隔离区”，就是为了把无辜的老百姓们推向死亡而设置的吗?!

忽然，一个在司徒晓不远处躺着的妇人突然全身抽搐，口吐白沫，她的胸前还伏着一个仍在襁褓中的婴孩。婴孩全然不觉周遭的一切，依然贪婪地叼着母亲的乳头，酣然入梦。

“糟了，她发病了！快点来帮忙！”

一个戴着头巾和面罩的年轻男子突然从人群中钻了出来，蹲下身子去查探妇人的情况。

“我们能做什么？”

虽然眼前的景象让司徒晓胃里一阵翻腾，但危急关头，也顾不得许多，司徒晓急忙迎了上去，试图帮助青年。

“帮我按住她，把那边的药壶拿过来，灌她药……”

司徒晓和明月按照青年的吩咐，忙活了许久，妇女总算是捡回了一条命，大口地喘着粗气，依旧躺在原地，看着那片遥远的天空。

“你是治疫病的医生？”

“呵……这里哪有什么医生……我只略微懂些医术，不想让这些人随随便便死了罢了……”

“你是好人。”

“好人……有什么用，不是一样束手无策……”

“我看你像是挺健康的，也是被那可恶的长官抓来的？”

“我是自愿进来的……总是想着能救人……不过，似乎想得太天真了……”

“天真一些，总是好的，这个世界，任何时候都需要天真和善良。”

“多谢姑娘。我是扎木那，不知姑娘如何称呼？”

“我叫耀华，和我一起的公子唤作明月。”

从扎木那那里，司徒晓基本上了解了锤头镇目前的状况，起初发疫病的时候死了许多人，后来长官便将那些生病或者疑似生病的人全部都赶入了这个峡谷，避免疫病在镇子里传播出去。而此际，亚当斯帝国正在和大齐对峙，众人都害怕承担责任，并未将疫情上报朝廷。朝廷只知有疫病，却不知究竟严重到何种地步。况且，在战争跟前，统治者也无暇去顾及区区一个市镇的百姓。

政府每日只对山谷里的人供应十分少量的粮食和药材，别说病患了，即使是原本身体健康的人，在如此恶劣的条件下，恐怕也熬不了多久。

“扎木那，我想召集大家一起做些事情，你在这里时间久，他们都听你的，你帮我好不好?”

在山谷里待了两天之后，司徒晓突然托明月叫了扎木那来。

“耀华姑娘想要做什么?”

扎木那问着，随着司徒晓一同到了一处空地，只见面前的空地上画着许多大大小小的奇怪的图，细看下来，像是许多份图纸的样子。

“在这样恶劣的条件下，别说是病患了，正常人都受不了。扎木那，你不是希望能拯救大家吗? 那就让我们马上开始吧。这些是我考察了一下谷中，根据所能够得到的材料所构思的一些工具和建筑的图解，首先我们要做的，就是把几间破草棚搭成能够遮风挡雨的屋子，还要将现在铺陈在其中的稻草松一松，放在阳光下消消毒。清洁卫生一些，对他们的病总是有所帮助的……”

司徒晓滔滔不绝地解释着自己画在地上的每一个图纸，阐述着自己的想法，一旁的明月一直看着她，视线不曾离开。他从不知道，他的妻，竟是如此聪慧之人，他也从不知道，原来他的妻身上，那耀目的光辉便是来自她的灵魂，而非仅仅是一副美丽的皮囊。

## 9

在扎木那的召集和动员下，工程很快便动工了，司徒晓还组织了一些身手较为敏捷的人，源源不断地把山谷中的消息传递出去，意图能找到一些心存善念的“志愿者”来一起帮忙，不求他们能如同扎木那一般投身谷中，也愿他们能够尽一份力，向行政长官多申请一些补助，发放给“隔离区”的人。

司徒晓就如同一道明媚的阳光，照进了死气沉沉的山谷，带给了那些心已经到达地狱的人星星点点的希望。

一日夜里，忽然下起了大暴雨，司徒晓从梦中惊醒，一个闪电划过天际，随即便是轰隆隆的雷声。司徒晓颤抖地缩在一处角落里，紧紧地捂着耳朵。3 年的时光已经教会她如何独自度过风雨交加的夜晚，但是却无法教会她如何克服恐惧。

在惊雷响动之间，司徒晓突然想起，傍晚时候还未完工的那所木屋子，好不容易从外面运送进来的少量的药材还堆放在里头。虽然十分恐惧，但一想到那些每天都死于疫病的人，司徒晓便也顾不得许多了，毫不犹豫地冲进了雨中。

暴雨的夜里，还有一人未曾入眠，那便是明月，他一直看着司徒晓休息的木屋的方向，担心这样的夜里她是否也和从前一般害怕。正思索着，就见一个单薄的熟悉的身影从屋子里出来，冲进了雨中，明月一怔，急忙随之跑了出去。

“你怎么出来了?! 下那么大雨!”

“屋子里，药材，要赶快转移。”

忽然天空一个惊雷，司徒晓紧紧闭着眼睛，双手死死地捂住耳朵，不由自主地蹲了下去。

“没事了，没事了，有我在，有我在。”

明月爱怜地把司徒晓抱在怀里，双手温柔地捂在她的手上，不断地轻声说着。

一股无比熟悉的安心感让司徒晓渐渐安定下来，曾几何时，也曾有个人如此，安抚着她，把她抱在怀里，好似一座能为她遮风挡雨的屋檐……

暴雨中，两个人辛苦地搬着，雷声惊起了扎木那，扎木那急忙叫了一屋子的人一起去帮忙，然而，大部分的人却依旧是充当看客的角色。

“你们是真的不想活了吗?！即使那些药材远远不够救活所有人，难道你们就宁愿大家一起抱着等死，也不愿意去留一点点生的希望吗?！”

扎木那愤怒地朝着站在屋檐下麻木地看着他们的人怒吼着。

众人呆呆地看着他们，看着这些日子以来一直忙碌着的人，他们也曾经抱着活的希望，但是看着一个个健康的人相继染上疫病，看着一个个得了疫病的人相继在痛苦中死去，他们不知道，自己再做什么是否还有任何意义。

雨中，司徒晓脚下一滑，突然栽倒在了地上，然而怀里依旧牢牢地抱着一包包的药材，满身泥泞地爬起来之后，看着怀里的药材安然无恙，不由得长舒了口气。看着她柔弱却倔强的身影，一股难言的酸涩顿时涌起。站在一旁的看客们纷纷有人加入了其中，甚至有些已经身染疫病的人也陆陆续续加入了其中，在雨中，他们所搬运的不仅仅是药材那么简单，还有他们对生命的渴望。

那一夜之后，山谷里发生了巨大的变化，许多人一同加入了建设房屋以及照顾病人的行列之中，每天依旧有人死去，有人从死亡边缘挣扎回来，但任何人都能感觉到，有些东西却是不一样了。

“……哈那玛伊……哈那玛伊……”

阳光下，一个老者忽然跪倒在了司徒晓身边，眼里含着泪水，张开双手不住地喊着，仿佛看到了希望一般地虔诚。

老者的这一举动吓到了司徒晓，也让明月大惊失色。

“这位老人家，你在做什么……我不是什么哈那玛伊……”

“哈那玛伊……我们的太阳女神，你一定是上天派来带我们出苦海的……哈那玛伊，我见过你……我见过你……在那场生死一线的战役里，在白骨累累的战场之上……哈那玛伊……你又出现了，你又出现了……神之降临，必然带来希望……”

老者自顾自地说着，眼里噙着激动的泪花，声音也越发的高昂。

众人顿时都愣住了，看着眼前这一幕，忽然人群之中不知谁说了一句：“啊……那个老头不是以前跟随过俾留山将军的将士吗……我见过他，怎么也到了此地……”

这句话一出，众人顿时骚动起来。虽然这里的人并未见过那个为亚当斯带来奇迹的哈那玛伊，但就如同传闻中所说，那女子光耀万里、美艳绝伦，身着红衣，手引圣火……虽然司徒晓未曾身着红衣，手引圣火，但在阳光之下，却让人有种不敢直视，却又离不开视线的光耀……何况，曾跟随着俾留山将军的人，必定是见过哈那玛伊的人，见过哈那玛伊的人，哪怕只有一眼，他们相信，也是绝对不会认错的！

一时间，众人竟纷纷拜倒在地上，高举着双手，如同疯了一般喊着：“哈那玛伊——”

扎木那惊讶地看着阳光下如此美丽的司徒晓，缓缓地随着众人跪了下去，高举起了双手，嘴角绽放开灿烂的笑容，这个自称耀华的神奇的女子，果然是闪耀着可比日月的光华，哈那玛伊，为亚当斯带来希望的女神！

山谷中的骚动很快传到了行政长官处，也很快流传到了外头。听闻哈那玛伊在山谷中照顾身染疫病的人，一时之间，许许多多的人陆陆续续自愿来到了山谷之中，争当志愿者，其中不乏一些有钱的商人，也开始捐出了粮草药材。原本最为接近死亡的山谷日渐变成了一个真正的"隔离区"，一个真正的为疫病中的人带来希望的地方。

"哈那玛伊……你确定那个老头以前跟过俾留山将军？如果那个女人真的是……"

"大人，如果那个女人真的是哈那玛伊，我们的好日子就来了！"

"好日子个屁?！她要真是哈那玛伊，我们这样对她，还不是死无葬身之地！"

"大人，公主已经发布了哈那玛伊葬身火海的事情了，小人有个远房亲戚，就在公主手下做事，小人听他说起过，是公主亲自下令杀死哈那玛伊的。当然，这件事情不能对外宣称。这个时候，不管这个女人到底是不是哈那玛伊，我们只要把她的人头献给公主，自然能得到嘉奖。若她真是哈那玛伊，便是遂了公主的心愿，若她不是，胆敢冒充公主憎恶之人，想必公主也会因为大人英明的决定而给予嘉奖的！"

听着阴险的师爷这么说着，肥胖的猥琐长官满意地抖动着脸上的肥肉。好你个卖艺的，丢你进山谷你都命这么大，这回看你还能怎么飞出去！虽然是可惜了这副好皮囊啊！

"师爷，我们该以何名目杀了她?"

"自然是冒充'哈那玛伊'，不敬神明！"

两人相视而笑，一副奸计得逞的样子。

翌日，一群侍卫冲进了山谷，不由分说便抓了司徒晓。

"你们干什么?"

明月冲了出来，眼睛里满是杀气，司徒晓急忙按了按他的手，示意他千万不要在这个时候惹事。

"大人有令，这个女人胆敢冒充'哈那玛伊'，不敬神明，若是有人胆敢阻拦，便会和她一同带走！"

"若她真是哈那玛伊呢?！出了事你们担当得起吗?！"

扎木那急忙从人群中冲了出来，大声质问着。

"是不是真的，大人自会查明。"

侍卫冷冷地回应着，不顾众人的反映，便带走了司徒晓。

没有所谓的审问，自然也没有所谓的查明，司徒晓直接被丢进了一处牢房里。

虽然一直低调行事，却不想始终还是躲不过这些灾祸，却不知无欢门现在究竟是不是已经知悉她的下落了，无欢公子此刻又在何处呢……若是清阳在的话……

思及此，司徒晓不由得按了按一直放在胸前的清阳临死之前递给她的护身符。从此，世界上再无一个人会如此待她了吧，用尽一生，这么待她……

“姑娘，姑娘，这个给你。”

忽然一个低低的声音唤着，司徒晓看过去，是一个有些胖胖的大娘，正悄悄把一个盘子盖着的碗从木栅栏的缝隙里塞进来。司徒晓爬了过去，接了过来，打开一看，里头是满满一碗丰盛的饭菜。

“这是?”

“嘘，姑娘你快些吃吧，我是在这里负责送饭的，这些都是我偷偷带来给你的，你快些吃，别让那些混蛋看见了，我一会儿再来收拾碗碟。”

“可是，为什么……我们并不熟识……”

“我家那口子之前顶撞了长官几句，被抓进了山谷……我都从外头听到消息了，多亏了姑娘，不然我家那口子早就去见阎罗王了……自然，姑娘救的人太多了，不记得我家那口子是谁，但姑娘的大恩大德，我们没齿难忘……只是，我人微言轻，不能为姑娘做什么，也只能照顾些姑娘的伙食了……”

听着胖大婶这么说着，司徒晓突然觉得鼻子一酸，她确实不知道她家那口子究竟是哪一个在死亡线上挣扎的人，但此刻，她心里是有些满足的。

司徒晓被关了 3 天以后，长官直接下达了即将要处死司徒晓的决定，一时之间，众人哗然。当这个消息传入山谷中的时候，众人开始骚动起来。明月脸色一沉，这种时候已经顾不得低调不低调了，大步朝着关卡处走去，见明月走了过来，两名侍卫上前阻挡，被明月公子一掌打了出去，抢了腰间的刀，两个侍卫顿时成了刀下亡魂。其他侍卫见到这一幕，急忙也拔出了刀，刚要冲过去，随即满脸惧色，竟扔了武器，逃命似的转身就跑。明月公子愣住了，一回头，只见身后上百人站着，手里抄着石块木棍什么的，全是谷中的人。

“公子是要去救耀华姑娘吧，怎么不算上我们一份！虽然谷中许多人身染疫病，不宜出谷，但不要忘记，还有我们这些身强力壮的，以及从死亡线上挣扎了出来，现在生龙活虎的弟兄们!”

扎木那走上前，郑重其事地对明月说道。

看到这一幕，明月有些动容，一时之间竟激动得不知道该说什么。

浩浩荡荡的人群涌上了街头，竟和一群看似有组织的百姓们不期而遇，相互一问，众人的目的竟都是一个——救出哈那玛伊！

一大早，司徒晓趴在稻草堆上睡得并不安稳，忽然听得外头似乎是一阵阵的骚乱，想要询问一番，但狱中竟不见一个狱卒。正在纳闷之际，忽然有个眼生的少年跑了进来，见到她以后忽然兴奋地大叫着：“找到了！在这里！在这里!”

司徒晓一愣，这是来找自己的吗……果然，随着少年的喊声，一个扛着斧头的大汉走了过来，手起斧子落，精准地劈在了那把已经生锈的锁链上，“哐当”一声，锁链滑落到地上，少年急忙打开了牢房的门，兴奋地喊着：“哈那玛伊——哈那玛伊——快出来，已经没事了!”

司徒晓就这样在震惊和莫名之中被这二人带出了监狱，在监狱外，几个狱卒被扒光了捆着挂在门楣之上，门外是一片乌压压的人群，一时之间竟无法统计人数。众人一见司徒晓走了出来，都齐声欢呼着：“哈那玛伊——!!”

明月从人群中走了出来，一把抱住了司徒晓，抱得很紧。

“明月公子……”

司徒晓略有些尴尬，企图挣脱出他的怀抱。

许久之后，明月公子才恋恋不舍地松开了手，沉声说道：“你没事……就好。”

“公子，他们是……你带来的？”

“怎么可能？我哪有那么大本事，他们都是来营救哈那玛伊的！他们的太阳女神！”

明月笑着，白玉面具在阳光下散发出温润的光辉。

司徒晓一愣，看着一张张陌生却如此友好的面孔，看着那些山谷中或熟悉或陌生的人，顿时热泪盈眶，她从未想过，他们会以这样的方式来“迎接”她从狱中离开。哈那玛伊，她真的是哈那玛伊吗？她真的可以这样担当吗？

顿时，一个大胆的词语出现在了她的脑海中，并且越来越坚定——革命！

在众人的簇拥之下，司徒晓到了锤头镇的广场之上，这里一般是行政长官发表讲演的时候才会到来的地方。司徒晓找了一处稍高的石头，爬了上去，并示意明月将一旁插着的锤头镇的一面旗子递给了她。

“大家，听我说——！今日，你们救了我，他日，那个恶霸必然不会放过你们！锤头镇不是他一个人的，这里的每一寸土地都是你们每一个人的家！是经过你们的汗水灌溉的，是由你们的手来开垦的！没有任何人有权利从你们手中夺取它！你们每一个人都是属于你们自己的，你们每一个人的命运都是应该由你们自己来掌握的！但是——在这里，在锤头镇，却出了这样一个人，一个恶霸，一个贪官，一个死不足惜的混蛋。他为所欲为，霸占了原本应该属于大家的财富，甚至奸淫你们的妻子女儿，这样的人，锤头镇真的要拱手交到他的手上吗？!”

司徒晓的话一字一句敲击在众人心上，一时之间，人们陷入一阵静默，每个人脸上却都燃烧着熊熊烈火，人群之中，隐隐还传来了一些隐忍的抽泣声。

“愤怒，痛苦，这些都于事无补。为什么我们要任人宰割?！作为父母官员，他们的权力不是天赐的，而是人赐的，不是亚当斯的皇帝，不是任何一个官员，而是我们——是人民赐予的！然而，对于此，他却不懂得感恩，反而骑在我们的头上作威作福，这样的人，我们怎么还能把自己的信任交付于他?!”

司徒晓说着，不动声色地把手伸进了怀里一个小袋子，里面装着此前神医给的，还剩下些许的矿物粉。沾满了矿物粉之后，司徒晓忽然举起了手中拿着的锤头镇的旗帜，手迅速从裙摆边擦过，高高地向着太阳举了起来，顿时，司徒晓的右手燃烧起熊熊烈焰，一把抓住了旗帜，旗帜顿时间燃烧了起来。

“太阳之火——哈那玛伊——太阳之火——”

一把火点燃了一场惊动了亚当斯帝国的革命。在司徒晓的带领之下，百姓冲入了行政长官的府邸，将那作威作福的猥琐胖子吊了起来。

草原上，陨落的传说再次恢复了生命力，如同燎原的火焰一般，愈演愈烈。

## 10

“公子，无欢门的人已经联络我们了。”

司徒晓看着刚收到的信笺，微微笑着对明月公子说。

“那我们尽早离开此地吧。现在你在锤头镇的消息，恐怕亚当斯帝国所有人都已经知道了。”

“嗯。娜美吉拉很快也会采取行动了吧。我们是要走，不过，我们要往庆良镇走。”

“难道你打算……”

“既然革命已经掀起了，就不能半途而废。这些人，他们是为了我才走到今天这个地步的，我自然不能让他们为我而牺牲。这个世界上，没有谁是永远的敌人，当利益共同的时候便是朋友，若是当利益相左，那就另当别论了。”

司徒晓笑着，眼睛却顿时有些黯淡。

“清阳……即使泉下有知，也不希望你如此陷入苦痛……”

明月别过头，挤出了一句话。

“公子多想了。确实，我要对付娜美吉拉，的确有想为清阳报仇的缘故在……但却也是不得不这么做，已经走到了今天这样的地步，我不能让这些追随着我走上‘革命’这条路的人自生自灭。若是我们不能争取到哈塞尔，若是不能击溃娜美吉拉，那么他日，这锤头镇，必然是娜美吉拉铁骑踏足之地，这些百姓又如何能有机会回到曾经安居乐业的生活呢?!”

听到司徒晓这番话，明月不再多言。他自然也知道这些，却还是压抑不住心中的那股醋意。虽然他也为了赵无矶的死而悲痛不已，即使司徒晓不做，他也绝对不会放过娜美吉拉的。可是，看到她这样在意他，心中却还是不免有些不痛快。

司徒晓将锤头镇的事情就交代给了扎木那，此后便和明月一同离去，前往庆良镇了。时间不等人，拖得越久，锤头镇的人就越危险，还好现在两军对峙，亚当斯帝国也无暇去管边陲小镇的事情，但即便如此，怕是也拖不了多少日子，必须尽快争取到哈塞尔才行。

司徒晓和明月在庆良镇外打探了许久，发现守城门的几乎都是哈塞尔王子手下的亚当斯人，虽然为了统一，都穿的是大齐的军服，但从面相上来看，还是能够看出明显的特征的。于是二人便依旧装扮成了异族的卖艺人进城。守城的卫兵见来的两个卖艺人是亚当斯人，同乡的感觉油然而生，尤其是看着那些自己昔日穿的家乡的服饰，心中更是亲切，没有经过多番盘问便将二人放入了镇中。

在守城卫兵盘问常规问题之际，司徒晓和明月就故意有意无意地提起了关于锤头镇哈那玛伊带领众人革命的事迹，并加以一番渲染。这件事情其实早已经传到了庆良镇，只是上头下了令，谁都不敢公然谈论罢了，其消息来源自然也有限。

司徒晓所说的话很快便在庆良镇里的亚当斯人中传开了，甚至越说越玄乎，故事比原本她说的版本更多了几分奇异的色彩和一波三折的情节。虽说是夸大了，但这也正是司徒晓所希望的结果。

和在锤头镇一样，司徒晓和明月在各个客栈唱曲卖艺，几番打探之下得知原来在大齐军队中，原本跟随着哈塞尔王子的亚当斯人虽然骁勇善战，但在军中地位却极低，遭到了大齐军人们的打压。打仗的时候永远冲在第一，论功行赏却永远排在最后，这些不公正的待遇早已经引起了亚当斯人的不满，更为甚者，在大齐人的欺压下，不打仗的时候，所有低等的活计都是由亚当斯人所担任。比如守城门的活儿原本应该是各军轮换的，然而现在却几乎都是亚当斯人在担任，而这也是司徒晓和明月得以轻易进入庆良的原因之一。

寄人篱下的日子并不好受，若非是对王子哈塞尔忠心耿耿，恐怕亚当斯人早已经叛变了。这些日益加深的矛盾成了司徒晓的突破口，也成了她将哈塞尔推向不得不与无欢门结盟的武器。

司徒晓得知，在亚当斯人中，除了王子哈塞尔以外，最有威望的人应是一直跟随着王子的亲信克蒙。克蒙虽并非将领，却与亚当斯将士们往来密切，由于其一直以来都跟随在哈塞尔王子身边，故而在将士们看来，他是仅次于哈塞尔王子的最有威望的人。

虽然如此，但克蒙并没有什么大架子，相反地，他秉承了亚当斯人不拘小节、耿直热情的天性，平日里最喜欢的事情便是与一群将士们到一个东北角的小馆子里饮上一场，听听小曲。

这几日来，司徒晓和明月辗转各处小店里唱曲卖艺，却又刻意地避开了大齐的将士时常出没的地方，一时之间，关于一个美艳绝伦的异国卖唱女子的传闻不胫而走，尤其是让大齐那些只听得其名却一直不见其人的将士们心痒痒。

这一日，克蒙和几个亚当斯的将领相约到了老地方喝酒，几个将领满脸愁云地抱怨着大齐的军士们趾高气扬的样子。虽然克蒙也和众将士一般，对大齐人心存不满，但由于王子的指示，克蒙也不便说什么，只能好言相劝着。正喝着的时候，店外头突然走进来一名女子，艳若桃李，曼妙绝伦，尤其是她身上所穿着的亚当斯的服饰，引起了克蒙等人的注意。

“各位大爷，可有兴致听听曲子？”

司徒晓挨桌询问着，酒馆里的人并不多，不一会儿便到了克蒙跟前。

“莫非她就是这几日市井之中传闻的那个女子？”

一个将士看着司徒晓的装备，顿时想起了众人一直议论纷纷的亚当斯姑娘。

“你是……亚当斯人？”

克蒙略有些惊讶，正值战事之秋，亚当斯的姑娘怎么跑到庆良来谋生了？

“我是从锤头镇来的。”

“锤头镇？听说那里发生了疫病和叛变，你是逃出来的？”

“这位小哥，你误会了吧！锤头镇确实发生了疫病没有错，可是才没有什么叛变。是哈那玛伊，哈那玛伊降临在锤头镇，救了我们！我本就是游走各地的卖艺人，一路走的，便走到这处来了。”

“哈那玛伊……小姑娘，在这里可不能提这个，会惹麻烦的！”

“哈那玛伊是亚当斯的太阳，是庇佑亚当斯人的女神，怎么就不能提了呢！”

司徒晓一跺脚，扭过头，佯装有些恼怒，不再答理克蒙，作势便要走去问别桌。

“诶，小姑娘，别走啊，我们要听曲，我们要听曲！你也别恼，咱也是亚当斯人，不让你提，是为你好，怕你在庆良惹了麻烦！”

坐在克蒙对面的一个粗犷汉子急忙站起身来解释着。

“你们是亚当斯人?”

司徒晓满是怀疑地盯着这些穿着大齐人服饰的男人。

“好了好了，小姑娘，有些事儿，跟你说你也不懂！就给咱唱个曲，解解闷吧！”

“好吧，看这位大哥倒也亲切。”

司徒晓说着，这才露出了一个娇憨的笑容，开始引吭高歌。

司徒晓唱的是亚当斯的歌，是她在锤头镇的时候学的，高亢明亮，宛如将众人带回到了无边无际的大草原，带回到了那些纵情马上的自由奔放的日子。一曲毕，就见那名挽留司徒晓的汉子眼中竟泛着泪光，蓦然把头别向了一旁。

另一头，明月公子故意在一群大齐将士旁和别人谈论起了那个卖艺女在小酒馆卖唱的事情，早已经心痒痒的几个大齐将士便呼朋唤友地也朝着平日里他们不会踏足的那家小酒馆去了。

几个人还在酒馆外，就听得一阵美妙的声音在高歌着，然而唱的却是亚当斯的歌。刚踏进酒馆，几个大齐将士就看到了在克蒙等一桌人旁高唱的司徒晓。美人如斯，怎么不让人心动。

“真没想到，亚当斯那穷乡僻壤的，还能出这等水灵灵的姑娘呀！”

为首的一个大齐将士嬉笑着，毫不掩饰地打量着司徒晓。

那亚当斯汉子顿时一阵怒气，刚要起身却被克蒙拉住了，在克蒙的示意下，汉子只得又重重地坐回了凳子上，一杯接一杯地喝着闷酒。

“怎么，小姑娘，快来这边，给爷们唱上一曲儿，爷的赏钱可是比那些穷酸相的多多了！”

几个大齐将士调笑着，故意坐在了克蒙等人的对面，一副挑衅的样子。

“那我就给几位大爷唱一曲我家乡的曲子吧……”

“听什么你家乡的曲子！大爷要听，自然是要听大齐那温柔乡里头的靡靡之音……小姑娘声音这个脆，唱出来别有一番风味啊！”

“哈哈哈哈……说的是，说的是……”

在大齐人的调笑里，司徒晓嘴角扬起了一个不易察觉的弧度，随即便开了嗓子，放声高歌。但她并未唱大齐的曲子，依旧唱的是亚当斯的曲子，这一次，她唱的是在赫玛城和瑠俅镇的时候所听到的，百姓们见到她的时候所唱的歌，这是一首亚当斯古老的民谣，歌颂太阳女神哈那玛伊的歌，哈那玛伊就如同亚当斯的灵魂一般。

大齐人听不懂司徒晓所唱的是什么，但这个异国女子完全放肆地无视他们，这不免让这些趾高气扬的家伙有些愤怒，一个大齐将士有些不耐烦地站了起来，径直朝着司徒晓走了过去。

“你是听不懂大爷的话是不是!”

扬起的手眼看就要打在司徒晓脸上，司徒晓目光锐利地盯着眼前的男人，却没有停下歌声的意思。

亚当斯大汉再也无法忍受，一把甩开了克蒙的手，“噌”地站了起来，一把抓住了走上来的大齐人的手腕，用力一甩，那人摔了出去。

“亚当斯的人，不由得你们这些大齐人任意欺凌!”

汉子怒目睁圆地吼着，将司徒晓护在了身后。在不久以后，司徒晓知道了这名汉子的名字，他叫扎姆赫齐，是哈塞尔手下的首席大将，同时更有渊源的是，他是扎木那的兄长。

那一晚，酒馆里的两伙人打了起来，这是亚当斯的军人第一次公开与大齐的军人发生冲突，大齐人被打得落花流水，司徒晓一直在一旁，冷眼看着眼前发生的事情，嘴角挂着似有若无的笑。大齐人被打跑了，亚当斯人开始各自举杯痛饮狂歌，仿佛又回到了大草原上，没有任何顾忌的日子。

当太阳升起的时候，几个酩酊大醉的汉子从桌子上爬了起来，睁开眼睛看着各自脸上的伤痕，不由得苦笑起来。司徒晓已经不知去向了，但昨夜她的歌声却一直回荡在每一个人的心里，那是故乡的呼唤，是太阳女神的声音，是亚当斯最原始的自由与渴望……

虽然已经做好了心理准备，但他们却完全没想到，一回到军营，等待着他们的竟是整装以待的大齐军队，庆良作战的最高统帅是大齐的一名大将，他显然并不打算听他们任何一个人的解释，直接把众人捆了起来，绑在军营门口示众，克蒙也未能幸免于难。

“竟让老子受到这等耻辱!”

扎姆赫齐咬牙切齿地说着，整个脸涨成了猪肝色，他可是亚当斯的大将，是亚当斯受人尊崇的英雄啊!

这一刻，克蒙也无法再说出什么好语来相劝了，往地上狠狠地啐了一口唾沫，目光直直地盯着周遭看热闹的、满堂哄笑的大齐人。

从日出一直到日落，再到月亮静静地升起，悬挂在天边，他们被捆了整整一天，已经筋疲力尽，无力地垂着头。在不远处，是亚当斯的战士们整齐地呈队列站在一块儿，自愿陪同着他们的将领被“处罚”，每一个人心中都燃烧着愤恨的火焰。

“你们是亚当斯的英雄，是哈那玛伊都该敬佩的男人……你们不该受到如此的待遇，然而却怎会遭遇这样的事情……亚当斯人不该受任何人的驱使，我们顶天立地，自由有力，不受束缚地驰骋天地……”

一个清脆却透着坚毅的声音在黑夜中响起，宛如清泉一般，有节奏地流淌着，在这夜里煞是好听。

众人朝着声源的地方看过去，一个披着头巾的女人缓缓从黑暗中走出，头巾滑落在肩上，女人光洁的面容在月光下仿佛笼了一层朦胧的雾气，显得煞是柔媚。

“你是卖唱的那个姑娘?!”

扎姆赫齐眯着眼睛打量着眼前的女人，半天才说道。

“多谢将军在酒馆中出手相助。将军并非贪生怕死之辈，正气凛然，雄才伟略，却为何要受到大齐此等羞辱?!”

“哼……你这个小姑娘懂什么?! 快些走开，别在这里看兄弟的笑话!”

“诸位将军就不曾想过，让这些大齐人沦为阶下囚，我们亚当斯占领庆良吗?”

“少说这种话，我们是不会背叛王子的!”

克蒙愤愤地嚷着，司徒晓微微一笑，轻声说道：“是不会背叛王子，还是怕了这些大齐人呀!”

“你究竟是何人? 来此地有什么目的?”

一直没开口的一个白脸男子突然冷冷地问道。

司徒晓扫视了众人一眼，这才说道：“我自锤头镇而来，锤头镇的人们，他们是你们血肉相连的同胞，和你们同为亚当斯人。他们愿投身于哈塞尔王子手下，但他们却不愿意受制于大齐。在亚当斯，还有像锤头镇居民这样的千千万万的亚当斯人。比起大齐的军人，难道他们不应该是你们更为亲近的同胞吗? 他们是为你们而来，你们却会为了大齐人而和他们一同互相伤害，让大齐人捡便宜吗?”

不等众人回答，司徒晓拉起头巾，盖在如墨的发上，随即转身一步步离去，没入了黑暗里，她唱着亚当斯的歌，歌声愈来愈远，却一直回响在每一个亚当斯军人的心中，那个时候，无论是受辱的亚当斯将领，还是那些燃烧着怒火的亚当斯士兵，每一个人心里都苏醒了一些从前一直逃避、一直沉睡的东西。

司徒晓离去之后不久，果然传来了亚当斯人前来攻城的消息，然而这一次不同的是，来攻城的并非驻守瑠俫镇或者赫玛城的人，而是离这里还有几个市镇的锤头镇的人。

收到敌人来袭的消息，亚当斯的将领们被从柱子上松了绑，和以往一样，他们被安排在最前锋，只是，这一次，他们的心中都产生了一股犹豫，亚当斯的歌声回荡在胸口，司徒晓的话语犹在耳旁，那死在他们刀下的可是他们血肉相连的同胞，他们屠杀同胞，却是为这些大齐人做军功……

“……他们是为你们而来，你们却会为了大齐人，而和他们一同，互相伤害，让大齐人捡便宜吗?”

“不——!! 为什么我们要听大齐人的? 为什么要屠杀我们的同胞——!!”

冲在最前锋的队伍中，突然有人大声叫道，一时之间，这句话仿佛点燃了亚当斯人心中的信仰和骄傲，他们原本就不是被人驯服的狗!

戏剧性的一幕出现了，冲到前方的亚当斯人突然倒戈相向，和前来攻城的“敌人”一起，回身打向了庆良镇，大齐的军队一时之间无法应付此等状况，被打得措手不及。亚当斯人一阵酣战，一直打到了庆良镇中，占领了庆良镇。

当哈塞尔与零陵郡王商讨完事情归来庆良镇之际，一切却都已经来不及了，一切事情都已经不再有回头的余地。

“王子陛下……您不要生气，真的是这些大齐人，实在太可恶了……”

看着哈塞尔王子一直铁青的脸，克蒙意图解释点什么。哈塞尔没有说话，凝眉深思了片刻，随即沉声问道：“你方才说，来攻城的是锤头镇的人？他们要来投奔我？”

“嗯嗯，是的，锤头镇的人都是来归顺王子的！”

克蒙点头如捣蒜般。

“锤头镇……哈那玛伊……呵……果然又是她，这次是非要逼我走投无路吗……”

哈塞尔王子喃喃着，脸上却悄然爬上了一丝笑容。

“克蒙，让锤头镇的头儿来见我。惹出这么大的事情，我也该会会那人。”

出乎哈塞尔预料的是，所谓锤头镇的头儿，竟是扎姆赫齐的兄弟扎木那。看到扎姆赫齐勾肩搭背地、亲昵地和扎木那一同进来，哈塞尔的脸色顿时凝住了。

“王子，我可真不知道领导锤头镇来的是我兄弟，我们也是木已成舟之后才知道的！这可是真的，不是我做的……况且，也是因为兄弟们早就对大齐人……”

看到王子脸色的扎姆赫齐也不笨，自然明白王子在担忧什么，虽然解释没什么用，但这种时候，还是要为自己努力辩解一下的吧。

“还真是缘分……不过，我想锤头镇的‘头儿’应该不止你一人吧。”

哈塞尔微笑着，突然对扎木那说道。

“王子好眼力。还有另一个人要见王子，并且为王子带来了一份大礼。”

扎木那恭敬地说着，退到了一侧。

一个戴着褐色头巾的女人走了进来，身边跟着一个戴着白玉面具的男子。随即，一群人被押了进来，仔细一看，这些衣衫凌乱容颜憔悴的人，都是大齐的将领。

“这些人是在混战中意图逃出庆良的家伙，被我们抓住了。庆良一只苍蝇也没有飞出去，所以王子大可放心，大齐朝廷暂时是不会知道这里发生的事情的。”

司徒晓边走向前边将头巾拿下，看着哈塞尔王子笑道。

“果然是你——哈那玛伊——耀眼的女神。”

哈塞尔的话让扎姆赫齐一愣，克蒙也呆住了，两人面面相觑，不可置信地盯着眼前这个此前还在他们面前卖唱的小姑娘。

“世界上没有永远的敌人，也没有永远的朋友，但是却有永远的利益。您说对吗？王子陛下。”

司徒晓走到了离哈塞尔很近的地方，单膝下跪。

“你能为我带来什么？”

“我能为你带来的，远比大齐能为你做得多。我将会为你带来一个哈那玛伊，一个能够让你拥有无数个‘锤头镇’的哈那玛伊——亚当斯需要一个明主，而只有那抹耀眼的光辉能引导着他们看向最正确的方向！”

“哈那玛伊……”

哈塞尔王子起身走到了司徒晓跟前，向司徒晓伸出了手。

## 11

她从天而降，美艳绝伦，手引太阳之火，照亮黑夜之殇，她如同太阳，恰似希望，让亚当斯人得以看见正确的方向，勇敢向前……

正如司徒晓所说，她为哈塞尔王子带来一个哈那玛伊，一个引导着亚当斯人前行的灯塔。无数个如锤头镇一般被压榨、被迫害的小镇兴起了革命，一时之间，娜美吉拉的势力竟有土崩瓦解之势，哈塞尔的力量迅速在亚当斯壮大起来。为了不让大齐朝廷成为妨碍，哈塞尔安排了人源源不断地向大齐朝廷送回去战场上的假消息。

当初，为了夺取皇权，除去哈塞尔，娜美吉拉软禁了亚当斯王，自此独揽朝政。所谓擒贼先擒王，司徒晓等人趁着各地相继兴起革命之际，组织了一支精锐部队，偷偷潜藏行走，不日便能抵达亚当斯的都城。

原本众人打算趁着娜美吉拉在应付外战的情况下偷偷进攻皇城，直接救出亚当斯王的，但娜美吉拉公主却不知从哪里得到了消息，也即刻起程，命俾留山护驾，急匆匆地赶回了皇城。

"哥哥，许久不见，你依然如同从前那般啊。"

金銮大殿之上，这对为了争权夺利而反目成仇的兄妹终于相聚。

"是吗？你却似乎已经不似从前了。"

哈塞尔看着娜美吉拉的目光中闪过一丝冷冽。

"我真后悔，那天居然没有多指派一些人，让那个装神弄鬼的女人得以逃脱……她若是不逃，或许也不至于到了这般地步……哈哈哈……从看到她的第一眼开始，我就知道，这个女人会成为我的克星。"

娜美吉拉笑得很美丽，边说着，边看向了站在哈塞尔身旁满脸寒霜的司徒晓。

"你最大的错误在于你害死了他。你可以杀死我，你却怎么可以杀死他？"

司徒晓的声音冷冷的，没有任何一丝的感情。

殿外隐约传来了打打杀杀的声音，哈塞尔凝眉看着娜美吉拉，叹息了一声道："你已经失去这些了，我的人已经来了，他们很快会救出父王，到时候……"

"哥哥，你听到了吗？风的声音，它在说你很快就回来了……它还说，没关系的，总有一天……总有一天……我不再是草原的礼物，肆意送人的礼物……"

娜美吉拉忽然悲伤地说着，捂住了肚子，嘴里喷出了一口血。

"娜美吉拉！"

哈塞尔王子不顾众人阻拦，急忙冲了出去，一把抱住了即将倒下的娜美吉拉。

"我恨死……你了……为什么……为什么你偏偏可以……可以呼风唤雨……无论我如何努力，我永远不是……男子……"

"娜美吉拉……为什么……我不会杀你的，我不会的……你为何却要选择这条路……"

哈塞尔王子抱着娜美吉拉，悲伤地喊着，然而，他怀里美丽的女子却永远地闭上了眼睛。他怎么都没想到，娜美吉拉会选择这样来结束自己的生命。

她曾是草原上一朵灿烂美丽的玫瑰，她曾如此美好，如此温柔，哈塞尔还记得，当年纪尚小的他被派遣去大齐的那一天，所有人都认为他会有去无回，唯有她，这个同父异母的妹妹，这个从小就喜欢跟在他后面做小尾巴的妹妹，哭得稀里哗啦地来为他送行，小小的她抱着他的腿哭喊着："不要你去，不要你去……"

正是因为那抹小小的身影，原本充满了恐惧的他才能强打起精神，满是自信地告诉她："哥哥一定会回来的，当你听到风的声音的时候，风便是在告诉你，哥哥一切都好，哥哥很快就要回来了……"

到底是什么时候？到底是从什么时候开始，那么温柔、那么美丽的她不见了？到底是从什么时候开始，她已经不愿意再跟在他的身后，看着他的背影了呢?!

"公主……"

俾留山满身是血地冲进了大殿，他好不容易杀出了一条血路，他只是想带她走而已，哪怕她不愿意，他也要强行带她走，让她拥有新的生活，可是，他还是来晚了一步……

俾留山"扑通"一声跪在了地上，向着娜美吉拉一步一步跪着"走"过去，留下一条触目惊心的血路。

"是我的错……若是我能早一些，不去顾忌什么君臣、什么伦常，如果我能鼓起勇气，在那天就带你离开……也许这一切就不会如此了……娜美吉拉，是我……是我杀死了你……是我……是我杀死了你……"

俾留山一直喃喃着，一步一步朝着他心中的女神，他这辈子最爱的女人爬过去，只是，即使到了她的跟前又如何？她已经远去了，远到了一个他永远也无法企及的地方……

那一年，她14岁，一个美丽如花的年纪，那时候，亚当斯和拜安部族正值分裂时期，亚当斯王为了拉拢一直处于中立的厄多族长而答应将亚当斯最美丽的公主——耀眼的娜美吉拉嫁给他。那个时候的厄多族长已经年近半百。

那个雨夜，雨下得很大，轰隆隆的雷声一声接连一声，娜美吉拉浑身湿透，站在了他的门前，俾留山还记得，那个时候的娜美吉拉公主，脆弱得让人心痛。

"我听不到风的声音……我听不到哥哥要回来的消息……哥哥什么时候才能回来……"

她充满哀求地看着他，她的眼里满是让人心碎的颜色。

"公主，你会受凉的……"

他却说不出任何话来，即使他的心里一直呐喊着，我会保护你，我要带你走，我们远走高飞，一起离开这里，逃到天涯海角……可他毕竟没有说，他是臣子，是亚当斯帝国的臣民，他怎么可以做出背叛亚当斯的事情呢？

"俾留山，你带我走好不好……我们去大齐，我们去找哥哥……只要找到哥哥，我就不用嫁给那个老头了，我就没事了……只要哥哥回来就好了……"

"公主……即使哈塞尔王子回来了……也不会改变什么的……我们不能贸然去大齐，若是我们去了……会引起两国……"

那一夜，俾留山的话还未说完，娜美吉拉便转身走了，没入了倾盆大雨之中，她的背影在黑夜里，那么孤独，那么无助……可是他甚至连追出去的勇气都没有，他害怕，害怕自己一旦追出去，就再也无法放手了……

第二天，她出嫁了，穿上鲜红的嫁衣，红得如此刺目。

“父王，我希望俾留山将军能作为我的送嫁人，亲自护送我嫁到厄多部族。”

笑靥如花的她端正地跪在亚当斯王面前，提出了最后一个要求。

那一天，他骑马走在她的轿辇旁，亲自一步一步，将自己心中所爱，送到别人的营帐。

“俾留山，我要你记住这一天，你是如何送我来到这个地方的，你是如何让我一步步走向死亡的……我再也听不到风的声音了，我再也盼不到哥哥回来了……”

这是娜美吉拉对他说的最后一句话，她鲜红的背影一步步走向黑暗的深渊，只留下一抹心碎的颜色，印在他的眼眸里……

当亚当斯部族一步步吞并了厄多部族之后，她回来了，依旧是那么美丽，依旧是亚当斯最为尊贵的公主，草原上最夺目的玫瑰。然而，他知道，她已经不再是她了，那个曾经如此美丽温柔的她已经被他一点点杀死了。她是娜美吉拉，是锋芒毕露的女将士，是雄才伟略的统治者。她疯狂地渴望着权力，一步一步走到了今天。

“我永远不会再一次背叛你，永远都不会……哪怕你到了天涯海角，这一次，我再也不会离开你半步了……”

俾留山伸出手，温柔地抚摸着娜美吉拉苍白的容颜，拔出了腰间的匕首，直直刺入了自己的心脏。

“俾留山!”

哈塞尔大惊，看着自己昔日的好友就这样软软地倒了下去。俾留山的目光中却似乎并没有看见哈塞尔王子，没有看见别的任何人，只有她——娜美吉拉。

那个风雨交加的夜晚，雷声轰鸣，她站在雨中，悲痛凄然。

“我带你走，天涯海角，生死相随……”

他笑着，对她说出了这句藏在心里的，却迟了许多许多年的话……

被娜美吉拉软禁的亚当斯王终于获得自由，再次登上了王位，并再一次正式地宣布，哈塞尔王子将会成为他的继任人。举国欢庆，却似乎没有人再记得那些在战争中死去的千千万万的人，也没有人再记得，就在昨天，他们实际上的统治者，还是那个美丽强势的女人，那个消逝在黑夜中的娜美吉拉。

大殿上的血迹已经被冲洗得不留痕迹，哈塞尔却清楚地记得，他的妹妹，他曾经的兄弟，是在哪一块地方结束自己生命的。他呆呆地看着那里许久，却找不到一丝一毫的痕迹，仿佛那一切都是一场梦一般，却留下了真真切切的伤痛。

“你听到风的声音了吗？哥哥回来了。”

哈塞尔王子俯下身，轻轻抚摸着那块地方，轻声说着。

亚当斯王决定要将娜美吉拉作为“叛国者”处理，永远载入史册。哈塞尔王子却公然在朝堂之上，在天下人面前宣布，娜美吉拉公主将会举行国葬，亚当斯所有臣民将要为她守孝。而娜美吉拉公主将会以保护亚当斯帝国，抵抗大齐的英雄身份，永远载入亚当斯的历史。

这是他的决定，而非询问。直至这一刻，亚当斯王才清楚地意识到，哈塞尔王子将他从软禁中解救了出来，但事实上，却是将他关入了另一个牢笼，他不过只是一个戴着王的桂冠的老人罢了，现在眼前的这个儿子，才是真正的亚当斯的王。

“这是你对你妹妹的补偿？因为内疚自己当年不能保护她？”

哈塞尔站在王城最高的地方，看着娜美吉拉出殡的队伍，司徒晓站在他的身旁，淡淡地问道。

“父王不过是个草包。这些年来，实际上真正统治亚当斯的人是娜美吉拉。这是她应得的。”

“若是如此，你当时为何不干脆成全了她，离开亚当斯……”

“因为皇权。最高的巅峰，那里风景独好。”

“皇权……这东西究竟是什么？比任何东西都要好吗？”

“这东西真的好……却不是比任何东西都好……比如现在……得到的代价，却是失去了他们……小的时候，我们3人时常在一起……”

哈塞尔说着，从怀里掏出了一个东西，打开秀丽的锦帕，里面是一只草编的，已经变成了黄色的蚱蜢，似乎轻轻一碰就会碎裂。这是在战前，俾留山退回来时，他曾送给俾留山的礼物。在收到这东西的那一刻，哈塞尔其实很震惊，他未曾想到，他的好友竟会把这东西一直带在身边……

哈塞尔扬起手，一阵风过，蚱蜢随风逝去，碎裂在空中，一切，终于画下了句点。

“哈塞尔王子，既然你已经得到了你想要的东西，是否也该兑现对我们的诺言了？”

明月的声音陡然响起，一步步走到了哈塞尔王子跟前。

“放心，本王子绝对不会食言。况且，零陵郡王早晚都会知道这些事情，大齐也不会放过我们。帮助你们，同时也是助了亚当斯。”

“我要去一趟瑠俅。”

司徒晓突然开口道，从将士口中，她得知，在瑠俅事件之后，俾留山曾命人将所有无欢门遇难的人厚葬，并多番打听到了他们的姓名，立了墓碑，清阳也在其中。

众人被葬在瑠俅的一座山上，风景宜人，却是一处不错的地方。在青山绿水映衬下，倒是别有一番轻松自在的惬意。

司徒晓站在清阳的墓碑前，久久凝视着，仿佛他就站在自己的对面一般，看着自己，露出依然温柔的笑容。曾经的点点滴滴仿佛就在昨日，他的笑颜还留在眼前。

“姑娘……想带他回大齐吗？”

明月压抑着心中的悲痛，问道。

司徒晓摇了摇头：“不……这里很好。清阳会喜欢这里的。大齐，太多纷扰了，还是留在这里吧。安宁，平顺。”

在哈塞尔的掩护下，一行人浩浩荡荡直往大齐都城——安都。

安都，这里就如同司徒晓的故乡一般，这是她在这个时代的人生开始的地方，重回安都，一切就仿佛一场梦境一般。缘分短暂的爹爹，她甚至没有见到他临死前的最后一面。天真烂漫的晴好，直至今日，也依然是生死未卜。还有他——她的夫君，那个和她有着月下之盟的男人……他真的死了吗？

今夜，注定又是一个不眠之夜。

## 12

安都，皇城之中，大殿之上，零陵郡王正襟危坐，看着殿中烛火闪动，夜色之中弥漫着危险的味道。

"王爷，今夜已经很晚了，回府吧。"

赵舍浑厚的声音在烛火闪动中响起。

自从皇帝处于病重之中，零陵郡王几乎每日都在皇城之中处理事务，直到入夜才离开皇城回郡王府。虽然赵舍已经多年未曾再参与王爷的事务，但多多少少也能猜测到一些，皇帝有病看似并不是真的。难道至高无上的权力，真的会改变一个人吗……

"今夜，总觉得会有什么事情发生。"

赵彻淡淡地开了口，随即闭上眼睛，不再言语。

"报告郡王，哈塞尔王子前来求见。"

门外一个侍卫小心翼翼地进来传话。听到哈塞尔的名字，赵彻睁开了眼睛，似乎陷入了沉思。根据近来传来的消息，哈塞尔似乎已经借大齐军夺回了政权，虽然这些消息都是好消息，却让赵彻心中隐隐有些不安。怎么可能一切突然之间变得如此顺利呢？莫非冰儿已经……不，不可能，若是如此，没有理由来人不报，这么重要的消息……

"宣。"

赵彻摆摆手，示意侍卫让哈塞尔王子进来。一切当面问他，大约就都能清楚了吧。

"都下去吧。"

赵彻随即对赵舍说道。每次凡是要谈什么事情的时候，赵彻必定都会让赵舍离开，赵舍曾是赵无琦的心腹，一直追随左右，若是突然之间打发他走，势必引起别人的怀疑。但正因为赵舍如此熟悉赵无琦，所以赵彻才不能让他参与到任何事情里面去，只要他一旦怀疑自己的身份，自己很可能陷入危险之中。一想到那日从自己手中逃脱的赵无琦，赵彻眼底就浮上一抹寒光。他究竟在何处？为何哪怕利用自己的情报网，也一直无法找到他的踪迹？

正思索着，哈塞尔已经走了进来，身后跟着一个戴着头巾的小随从。赵彻瞄了一眼哈塞尔身旁的随从，并未放在心上。空旷的大殿之中只有3个人，在烛火闪动中，弥漫着一股诡秘的气氛。

"王子如此着急要觐见本王，不知有何事？"

赵彻懒懒地靠在龙椅上，斜睨着哈塞尔。

“自然是要答谢王爷，若没有王爷，本王子又如何能夺回政权？此次本王子前来，便是为王爷送上贺礼的。”

“哦？贺礼？”

“哈塞尔愿奉上亚当斯数座城池，以表对大齐的忠诚。”

哈塞尔王子说着，摆了摆手，身后瘦小的随从低眉顺目地连忙从怀里拿出了一个卷轴，呈上前去。

赵彻冷冷的目光一直盯着小随从。小随从缓缓地打开了卷轴，是亚当斯的地图，卷轴之中一阵寒光，赵彻眯着眼睛，说时迟，那时快，小随从一把从卷轴中抽出了一柄匕首，直直地抵在了赵彻脖子上。

头巾滑落，司徒晓的脸在烛火映衬之下显得更为艳丽了。

“哈哈……果然是你，冰儿。这是当年我赠予你的匕首，如今你却用它来对付我。”

赵彻似乎并不意外，却是面带笑容地说着。

“彻哥哥……赵彻，明月公子已经去救皇帝了，你已经……没有胜算了……”

“明月公子？”

听到这个名号，赵彻微微皱了皱眉，随即突然大笑了起来。

“你笑什么？”

“你莫非真的不知？若是一切如我所想，那可真是有趣多了。”

赵彻话音未落，突然殿外火光冲天，司徒晓和哈塞尔都愣住了，随即就见一堆侍卫手执火把冲了进来，团团围住了他们。

“怎么回事？!”

司徒晓一惊，这些都是大齐的侍卫，并非他们带来的无欢门的人。

“怎么，你们的伙伴似乎没有把他的计划告知你们啊……”

赵彻笑着，平静地扫视着众人的脸。

司徒晓满是迷茫，看来这些侍卫也并不是赵彻的人，难道是明月公子已经救出了皇帝……

正这么想着，忽然听到外头敲响了钟声。

“新皇即位的钟声……”

哈塞尔喃喃着，紧紧地抿着嘴唇，眯起眼睛看着窗外的夜。

“新皇……”

司徒晓陡然一惊，脑子里突然出现了一个猜测，月下之盟，明月楼，明月公子……

“赵无琦……果然不好对付。”

赵彻的一句话彻底打乱了司徒晓的思绪。

一夜之间，皇城突然火光冲天，新皇即位才会敲响的钟声回荡在安都城内，众人都不明所以究竟出了什么事。

零陵郡王府内，苏烟正支着柔弱的身子从床上起来，看着不远处的皇城，一股不安的情愫涌上了心头。

"快……备车，我要进皇城!"

苏烟惴惴不安地吩咐着，急忙起身着了衣衫。

街上一片寂寥，不明所以的百姓们都闭门不出，生怕惹上了什么祸端，苏烟的马车一路奔驰到了皇城，守门的卫兵都认识她，但一时之间，竟不知是否应该放她入皇城。

"我要去见王爷，你们也听见了，这是新皇即位的钟声，除了王爷，你们认为谁还有这样的资格?"

听了苏烟的话，守门的卫兵犹豫了片刻，便放行了，听着宫里的动静，倒像是零陵郡王终于逼宫了，反正这是郡王妃，即使放她进入，大约也不会有什么问题吧。

司徒晓、赵彻和哈塞尔3人被带上了金銮殿，站在大殿之上的人竟是戴着白玉面具的明月公子。明月公子身着龙袍，威风凛凛地站在大殿之上，看着被侍卫带进来的3人。

"明月……"

司徒晓不可置信地看着眼前那个救了自己无数次的男人。

"这……这……九龙佩……确实……确实是真的……"

一个大臣颤颤巍巍地捧着一枚玉佩，双手恭敬地呈了上去，递到了明月公子手中。

"吾皇万岁万岁万万岁……"

看着明月公子接过了九龙佩，众人齐齐下跪，高喊着。

"你究竟是何人?为何冒充本王?你这张脸，是从哪里得来的!"

明月公子的声音冷如寒霜，直直地盯着赵彻的脸。

"这张脸?哈哈哈哈哈……这张脸的主人，有一个就够了，那就是我。"

赵彻的话顿时勾起了明月公子——赵无琦的回忆。那日，他便是这样对自己说的，那张和自己一模一样的脸。那个人拿起利剑，一刀刀划在自己的脸上，那种痛楚，现在还记得一清二楚，若不是看守自己的人不留神，若不是在途中被百里琄所救，恐怕自己早已命丧，而且，这世界上恐怕没有任何人知道，他赵无琦已经遭遇那样的下场。

赵无琦缓缓抬起了手，拿下了脸上的白玉面具，触目惊心的伤痕遍布在原本俊俏非常的脸庞上，看着那张曾对自己许下承诺的脸，看着那张曾经魂牵梦萦的脸，司徒晓的心仿佛被揪住了一般，不可置信地往后退了几步，若不是哈塞尔及时扶住她，恐怕已经瘫软在地上。

对峙之中，一个身着白纱的女人在众宫女的簇拥之下缓缓走上了大殿，女人的脸色有些苍白，两鬓也已经见了霜雪，但依然能看出，她也曾是个绝代佳人。

司徒晓怔怔地看着这个女子，顿时想到了当初赵无琦曾与她一同进宫之时，到过一处宫苑……莫非她就是赵无琦的生母，兰舍绘颐?!

兰舍绘颐提着裙摆，一步一步，雍容华贵地走过司徒晓身旁，一股清冽的白梅香让司徒晓一个激灵，猛地看向了赵彻。赵彻的目光一直追随着兰舍绘颐，眼中尽是痛苦的神色。赵彻、赵无琦、白梅香、兰舍绘颐……一切东西交织在司徒晓的脑海里。

"无琦……孩子……"

兰舍绘颐向赵无琦伸出了苍白的手。

"母妃……"

赵无琦不可置信地看着眼前的女人，他一直渴望见到的生母，终于肯走出深宫来见他了……

兰舍绘颐的手温柔地抚过赵无琦脸上的伤痕，随即转过脸来，锐利的目光看向了赵彻。

"是你让我的孩子变成这样的吗?"

她的声音有些苍老，像极了一个母亲在质问伤害她孩子的人。

"你的孩子……"

赵彻喃喃着，突然凄然地笑了起来。他的笑声回荡在大殿里，充满了痛苦。

我也是你的孩子，你亲手毁了的孩子，你投入了黑暗中的孩子……若不是你，若不是你，我怎会没有自己的人生……我痛恨这张脸，痛恨你，痛恨你竟然是我的母亲……

赵彻在心里呐喊着，却始终一句话也没有说出来。

忽然之间，赵彻迅速转身，从司徒晓手里夺过了那把匕首，在众人惊诧之中狠狠地插入了自己的心脏，鲜红的血顺着匕首的寒光点点滴落，在地上开出了一朵朵红艳艳的花。清冽的白梅香混合着淡淡的血腥味，这种味道，仿佛将司徒冰凝再次带到了那个遇见他的夜晚。司徒晓的心脏一阵疼痛，仿佛插入赵彻胸口的那把匕首，同时也插入了自己的心脏一般……

"冰儿，我始终还是打不碎自己心中的枷锁……"

赵彻喃喃着，眼中一片迷离。

"彻哥哥，现在，一切都结束了……"

司徒晓仿佛听见司徒冰凝这么说着，她感觉到自己身体里有一部分东西仿佛被抽离了一般。恍惚之间，她仿佛看到司徒冰凝伏在赵彻的身上，面容上挂着美丽的笑……

"王……爷……"

一阵怯怯的声音传来，苏烟面色苍白，不可置信地看着眼前的一切，自己的夫君躺在血泊之中，紧紧闭着眼睛。

"苏烟……"

赵无琦看到苏烟，显然有些惊愕，他差点忘记了这个小妹妹，他曾许诺她，会给她找一个让她幸福的男人。

苏烟有些踉跄地走到了赵彻身旁，跪了下来，睁着美丽的大眼睛，怔怔地看着这个男子，泪簌簌地掉落在他的脸上。

"苏烟，你……"

"王爷不必说了，我大概懂了是怎么回事。苏烟眼拙，未曾早些认出王爷……

是苏烟的错……现在，应该称呼您皇上了吧……皇上万岁万岁万万岁……”

苏烟平静地说着，头深深地埋了下去。

“苏烟……这不是你的错，朕一定会补偿你的……”

“那就请皇上，准许苏烟领回夫君的尸首吧。”

“你……”

“苏烟别无他求……”

“……朕准了……”

“多谢吾皇开恩……”

苏烟的头一直深深地埋着，直至退出金銮殿，才传来一声凄厉的哭声，如同一把利剑，刺穿了司徒晓的心。也许最初，苏烟一直爱的人是赵无琦，但这一刻，司徒晓却突然觉得，苏烟也许早已经知道他并非赵无琦了，可是她没有说，她一直待在他的身边。今后，直至永远，也许，她也依然会一直待在他的身边吧。就如同司徒冰凝一样，从遇见他的那一刻开始，就再也无法离去了……

一切事情都失控地顺利发展着，被赵彻软禁的皇帝不知为何在那一夜自愿退位，成了太上皇。久居深宫别院的兰舍绘颐终于肯与儿子相见，成了太后娘娘。零陵郡王赵无琦成了大齐的皇帝，而在那一夜，攻入皇城的无欢门消失在了历史的洪流之中……

那些曾在洛水村熟悉的面容，如今却是面如死灰，无欢门彻底覆灭了，连同赵彻一起，原来从一开始，他们也便是赵无琦的目标。司徒晓看到了绿娆的尸首，一瞬间，她想起了那时与戴着面具的明月公子一同看着那个被处死的冒充娜美吉拉公主的女子时候的情形。她记得那个女子的名字——绿蔓。她是绿娆的妹妹。然而，没有人见到无欢公子，他就如同消失了一般，没有人知道他在哪里，是生，还是死。

司徒晓被软禁在了皇城中的一处别院，她不愿意见任何人，只是呆呆地坐在房间里。她不知该如何面对发生的一切。百里琯在她的门前跪了整整 3 天，直至体力不支昏倒，她也未曾开门。她并不怨百里琯，她不怨他未曾告诉她明月公子的身份，她只是不知道应该怎么办。这几天，她想得最多的人是清阳。老天总是喜欢开玩笑，总是喜欢在他们失去了珍贵东西的那一刻，才让他们意识到，那东西是有多么多么的重要。

“耀华姑娘，我就要回亚当斯了，想来同你作别一番，可愿见见我?”

哈塞尔王子的声音自门外响起。屋子里没有半分动静，过了许久，门缓缓地开了。

“王子一路走好。”

司徒晓的声音没有半点儿生气，说完正欲关门之际，哈塞尔王子突然抓住了司徒晓的手。

“在亚当斯，女子也是有自由选择夫君的权利的，不喜欢自己的丈夫，便可提出分离。哈那玛伊，可愿随我一同去那个自由的天堂!”

司徒晓一愣，甩开了哈塞尔的手，哈塞尔哈哈大笑着，依然一副玩世不恭的样子，随即摆了摆手转身走了。

司徒晓关上了门，靠在门上，缓缓摊开了手，手心里有一张纸条，是方才哈塞尔递给她的。

烟雨蒙蒙，细碎的雨滴温柔地打落在地上，赵无琦凝望着窗外的雨丝，犹记得当年在王府里的时候，她最喜观雨……

不知不觉到了别院处，赵无琦呆立了片刻，这些天来，她都不愿意见他，他自然知晓，要她那么容易原谅自己，几乎是不可能的，可是他也有他的无奈啊。

“冰凝……见一见我，可好?”

赵无琦轻声说着，许久许久，屋里却无半点回应。赵无琦心下一惊，伸手推了推，门从里面上了闩。赵无琦用力敲了许久，屋子里却依然没有半点声响。

“冰凝?！冰凝！你没事吧?！”

赵无琦吼着，用力撞开了门，屋子里却空荡荡的，哪里还有司徒晓的身影。

赵无琦愣愣地走了进去，几乎把房里翻了个遍，却什么也未曾找到。赵无琦颓然地坐在床上，手抚到床的时候，有一种不平整的感觉。赵无琦一把掀开了被褥，用手轻轻地敲了敲，床板下竟是空的。

蓦然想起，这里曾是哈塞尔王子被囚大齐的时候所住的地方，在哈塞尔离去之际曾来拜访过司徒晓……

“哈塞尔……亚当斯……”

赵无琦攥紧了拳头，眼里迸发出愤怒的火焰。

细雨蒙蒙中，哈塞尔一队人乔装成了商人，在一处山坡上停留着。

“王子，我们已经在这里候了 3 日了，究竟在等什么呀?”

克蒙撑了把伞，站在哈塞尔身旁，全然不解，王子不是已经一一向安都所有认识的姑娘们都告别了吗？难道还有别的姑娘会来？

“我相信，她一定会来的。”

哈塞尔说着，脸上挂着玩味的笑，一直看着远处的丛林。

细雨中，一个撑着伞的身影从丛林中走了出来，轻盈如林中的精灵一般。

“啊——！！耀华姑娘！”

看清了来人，克蒙大惊，虽然大齐的皇帝赵无琦没有明说什么，但任谁都知晓，她与赵无琦之间的关系可不简单，王子这是想些什么啊?！

“哈那玛伊，让我们一起奔向自由吧！”

哈塞尔大笑着，露出了洁白的牙齿。

司徒晓脸上却无半点笑容，蒙着一层淡淡的清冷。

“你知道我是谁吗?”

“我当日敢在零陵郡王面前向你示爱，今日又会怕什么呢?”

“原来你知道我是谁。”

“哈那玛伊——我的太阳女神。”

“我只想……去瑠俅……”

“姑娘运气真是极好，我们的马车正好经过那里，可搭姑娘一程！”

哈塞尔绅士地做了一个“请”的姿势，满面笑容。

“谢谢你。”

司徒晓淡淡地笑着，上了马车。

队伍起程，朝着远处的亚当斯驶去……

别了，大齐，别了，赵无琦……别了，司徒冰凝……

此生，只愿离去这一切的纷扰，走到遥远的彼岸，只求平顺、安宁。

# 第四章 美人泪

## 1

“春色转呀夜色转呀，玉郎不还家，真叫人心呀梦呀魂呀，逐杨花……春花秋月，小楼昨夜，往事知多少，心里面想啊飞啊轻啊细如发……新秋年年有，惆怅还依旧，只是朱颜瘦……”

清脆婉转的歌声在平静的江面上翩然飘荡，司徒晓披散着一头墨发，独自撑着一只木筏，青山碧水，加上一袭碧绿纱裙，整个画面清新宁静。

曾不知，原来真的有一些如此安宁美好的时刻，会让人想唱出婉转的歌曲。

转眼，在瑠俅已然待了3月，哈塞尔王子果然守信，在回亚当斯的时候，在瑠俅放下了她。哈塞尔命人为司徒晓在清阳墓旁建了一所屋子，在这里，司徒晓终于得到了一直渴望的平静，也是在这里，她终于可以拥有自己真正的名字了。她告诉哈塞尔，我的名字是司徒晓。这是她来到这个时代之后，第一次感觉到，这是自己的人生。

木筏悠然靠岸，丛林中走出两个男子。

“晓晓，想不到你唱歌这样好听，真应该收了你去我那儿，好天天给我唱歌啊！”

哈塞尔大笑着，依然是那副没正经的样子，身后的克蒙默默瞥了王子一眼，心里不由得吐槽着：“真是永远没个正经，所以直到现在也没能好好找个王妃定下来。”

“哈塞尔，怎么不是听闻最近要发生大事情了，你还有闲情视察民情到瑠俅来？”

司徒晓偏头看着哈塞尔问着，自从自己在这儿住了下来之后，哈塞尔“视察民情”就没停过，而且似乎总是刻意于视察瑠俅的民情。哈塞尔对自己的感情，司徒晓并非未曾察觉到，只是，现在的她，心里还有太多放不下的人、放不下的事，她也不知道会在多久之后，她才能真正开始自己的人生，但她知道，总有一天，一定会的，这是她最初的渴望，也会是最终的渴望。

“嗯，亚当斯就要发生大事了……父王近来身体不好，决定要正式将王位传给我。过几天便是大典了，到时，我会在各处进行游行……下月，便会到瑠俅……”

哈塞尔说着，脸上却闪过一丝淡淡的失落。亚当斯的王，这原本该是他的期望，只是，成为王，便有太多太多的担当和顾虑了，到时候，许多事情就由不得自己的想法了。可笑的是，直到这一刻，即将真的登上巅峰，他才意识到，原来即使站在权力的最高点，却也并非是最自由的，反而更像是走进了重重的监牢。

“恭喜王子，很快就会成为王了。”

“若是成为王，就不能时时来瑠俫听你唱歌了……若是……”

“王子的大典上，司徒晓没有什么贵重的礼品相赠，若是王子不嫌弃，司徒晓会为您唱奏一曲，以贺新王登基。此后，若是不得空闲相见，司徒晓也会感念王子的恩德的。”

司徒晓打断了哈塞尔王子的话。哈塞尔一怔，自然明白，即使他说出口，希望她能随自己一同进入那个“牢笼”，她也不会跟随的。

“我明白。晓晓，送我一曲，声音可是要大一点啊，否则在民众见到本王子如此帅气的样子，高声欢呼之中，可能就收不到你的礼了！哈哈……”

“王子放心，司徒晓定然会努力大声地吼出来的。”

这是她唯一能够送给哈塞尔的礼物。

很快，亚当斯新王登基的消息便传遍了各处，哈塞尔王子正式成为了亚当斯的王。司徒晓是在瑠俫镇上的公告上看到这个消息的。

很快，哈塞尔王巡回全国的游行便到了瑠俫。

这是一个并不阳光明媚的日子，反而有些阴沉，一大早便开始下着窸窸窣窣的雨。但天气并没有妨碍到瑠俫镇的喜庆。要知道，王的巡游大典一般都只会选在特别重要的市镇，像瑠俫这种小地方，无论如何也是不曾想到能够享受此殊荣的，自然要倾尽一切来接受这天大的恩泽。

司徒晓抱了一把琴，很早便到了城中最高的城楼上，还准备好了两个一早便让人打造的大“喇叭”作为扩音器。

在从前，司徒晓从未想过自己会成为如此有“诗意”的人，没事还吹拉弹唱一番，倒是在这里，过上了这自由怡然的日子，反倒激发出她的音乐细胞了。

王的队伍很快进了城，瑠俫四处都张灯结彩，百姓站满了街道两旁，相继跪拜高呼。哈塞尔坐在轿中，却一直仔细地看着外头，在人群中寻着那抹熟悉的身影，却一直都未曾看见。

“沧海笑，滔滔两岸潮，浮沉随浪记今朝……苍天笑，纷纷世上潮，谁负谁胜天知晓……江山笑，烟雨遥，浪涛淘尽红尘俗世知多少……清风笑，竟惹寂寥，豪情还剩了一襟晚照……苍生笑，不再寂寥，豪情仍在痴痴笑笑……”

琤琤的琴音合着铿然有力，却又清脆非常的歌声传来，仿佛飘荡在天际一般，回响在瑠俫镇。

哈塞尔听到琴音和歌声的瞬间，整个人怔住了，抬起头，却见城楼之上一抹艳丽的红色。

司徒晓也不知为何会选了《笑傲江湖》这首歌，也许是期望着，也得如同词曲之中所唱一般，笑傲江湖，笑傲这尘世间吧……只是，词句虽是潇洒，却始终唱不出那些许的自由，反而其中却渗透着深深的苍凉感、求而不得的无奈……

不觉之间，已是泪流满面。

直到行走的轿辇远去，司徒晓依然立于城头之上，远远地看着那方向。

直至再也见不到那抹艳丽的身影，哈塞尔依然看着后方，恋恋不舍。

烟雨蒙蒙，就如同他带她离开大齐的那日……

司徒晓垂手而立，忽然在人群中看到了一个熟悉的身影，略显消瘦却依然清丽的面容，那么熟悉。

“晴好……”

司徒晓不敢相信，自己竟有一天能够再见到她。

司徒晓急匆匆地奔下了城楼，在人群中跌跌撞撞地四处寻着，走了许久，隔着街，司徒晓终于见到了她——晴好。

司徒晓急忙躲到了一旁，生怕晴好见着了她。若是她现在过得好，若是她得到了平静的生活，自己又何必打扰？顿时，司徒晓这才想起，自己早已经不是司徒冰凝的脸了，晴好又怎会认出自己？不觉哑然失笑，心里却有一丝淡淡的失落。

司徒晓一直尾随着晴好，她只想看看她现在过得如何，不想追究她去了哪里，经历了什么。

晴好在热闹的人群里低头前行着，不时四处张望着，衣衫已经有些破旧，头发也有些略微的凌乱。众人都在热热闹闹地谈论着方才哈塞尔王的游行，晴好怯怯地走到了一个包子铺前，趁着老板没留意，一把抓起了几个包子，拔腿就跑。谁知还没跑出几步，就被老板逮个正着。

“你这个小偷，竟敢偷东西！”

老板是个壮硕的妇女，一把拎住晴好，轻轻一推，晴好便摔倒在了地上。

“对不起，对不起，我好久没吃东西了……对不起，我以后再也不敢了……”

晴好趴在地上，不住地道歉，楚楚可怜的样子，让司徒晓一阵心痛。

那妇女却全然不理会，抬起手便要打上去，司徒晓冲出了人群，一把扣住了妇女的手腕。

“住手！不就是几个破包子吗?！这些钱够了吧！”

司徒晓从怀里掏出一串钱按在了妇女手里，妇女揉着疼痛的手腕，虽有些不甘心，但也觉出，眼前这出头的柔弱女子像是个练家子，自己估计惹不起，权衡了片刻便骂骂咧咧地走回了铺子里。

“你……没事吧……”

司徒晓俯下身子，向晴好伸出了手，看着晴好的样子，心里如同被刀子一刀刀割下般难受。

“多……多谢姑娘……”

晴好怯怯地，在衣服上擦了擦手，这才小心翼翼地握住司徒晓的手，站起了身子。

“姑娘你……怎会……你家住哪里？”

司徒晓想问她过得好不好，想问她为何流落于此，但却不知该如何问起。

“我家……就……就在前头……”

晴好的声音越来越小，怯生生地指了指一个方向。

“我送你回去吧。”

不由分说，司徒晓便随在了晴好身旁，晴好也不好说什么。

两人走了许久，却总是在一个地方绕圈圈。司徒晓终于忍不住，站定了，柔声问道："姑娘，我们已经在这里绕了很多个圈子了，姑娘究竟住在哪里?"

"其实……我住在……"

晴好犹豫地伸出了手，指向一个地方，司徒晓顺着晴好指的方向看过去，那是一座已经废弃的桥，桥下是一处干涸的河塘，在龟裂的土块上隐约可见堆着一些破布什么的。

"你住在这里?"

司徒晓的声音略微有些颤抖，眼睛已经红扑扑的。

"是……我住在这里……"

"跟我走。"

司徒晓一把抓住了晴好的手，不由分说拉着她便走。

晴好有些疑惑，但却乖乖地跟在司徒晓的身后，随着她一同到了司徒晓所住的那所小房子。虽然是所小木屋，但里头的东西也算是一应俱全了。

"以后，你就住在这里吧。我这里地方大，够你一块儿住。"

"可是……"

"不要可是了，听我的就没错。"

"姑娘……你我素未谋面……"

"不要这么说，求你了……就当我……一个人太寂寞了，请你留下来陪我，可好……"

司徒晓制止晴好再说下去，轻轻咬了咬嘴唇，才把快要溢出眼眶的泪硬生生逼了回去。

入夜，乌云蔽月，司徒晓蓦然在睡梦中听到一阵抽泣声，循着抽泣声而去，只见在庭院中，晴好瘦弱的身躯跪在地上。

"小姐……我对不起你……老爷……我对不起你……晴好……晴好没用……没有勇气去陪你们……晴好没用……连小姐最后的嘱托也没有完成……晴好没用……没用……"

晴好边抽泣着，边痛苦地"忏悔"着，消瘦的身躯不住地发着抖。

看着晴好痛苦的样子，司徒晓再也无法克制自己，冲了出去，一把抱住了跪在地上的晴好。

"笨蛋！你这是干什么！我根本没有怪你！爹爹也不会怪你！明不明白?！我一直期望，期望着你能好好活着，好好活着呀!"

听到司徒晓的声音，晴好一愣，不敢置信地瞪着红肿的眼睛看着司徒晓，过了许久，才犹豫着试探性地喊了一声："小姐？你是……小姐吗?"

"笨蛋……你还活着……太好了……你知不知道，我有多担心你……笨蛋……我怎么会怪你……"

司徒晓不住地点着头，随即紧紧地抱住晴好。这一瞬间，她突然感觉自己不是寂寞的，她并没有失去一切，她还有晴好，她还有晴好。

那一夜，两人都没有入睡，司徒晓简要地把自己发生的事情说了一遍，晴好听得一愣一愣的，睁着那双天真的大眼睛。看着晴好的样子，司徒晓不由得笑了，这丫头，似乎依然和当时一样，一点儿也没变，依然是一副傻傻笨笨的样子。

在讲完自己的事情后，晴好也将自己的经历大约说了一番。

原来当日，晴好随着百里瑄走了，却在半路忽然被一群人掳了去。之后，掳她去的人将她卖到了一伙人手里，之后又辗转卖了几次。经历了许多，晴好才得以逃了出来，但逃出来以后才知道，原来司徒光程早在数月前就被处死了，连收尸也不知道该去何处。原本她想自杀，却又鼓不起勇气，于是便一直四处流浪……

虽然对于掳走晴好的人是何人抱持着许许多多的疑问，但司徒晓此刻已经不想再追究什么了，她还活着，那就好。看着晴好的样子，司徒晓一阵心疼，她一定吃了许多苦头。

"晴好，以后，我们又能在一起了。我已经不再是小姐了，以后，你也不再是丫鬟了。以后你就叫我姐姐，你就是我最亲的妹妹。"

司徒晓握着晴好的手，诚恳地说着。

"不行，那怎么行！小姐就是小姐，奴婢就是……"

"你不是奴婢！我已经没有亲人了，晴好，你现在是我最亲的人，最亲的妹妹啊！"

司徒晓打断了晴好的话，紧紧地握着晴好的手。看着司徒晓坚定的目光，许久，晴好才重重地点了点头。

"姐姐……"

"我的好妹妹。"

司徒晓从腰间解下一枚白玉环佩帮晴好佩戴上，两个人紧紧拥抱在了一起。

失去许久，终于得以重逢。

## 2

亚当斯皇城之内，哈塞尔眉头紧皱地看着一封信。这封信是从大齐快马加鞭送来的。

"王上，又是……大齐皇帝吗……依然还是为了司徒姑娘吧……"

克蒙满脸忧心地看着哈塞尔，哈塞尔没有回答，但从他的脸色可以看出，确是如此。

自从哈塞尔带走了司徒晓之后，大齐便差人不断送来信件，其内容大约都是向哈塞尔要人的，每一次，哈塞尔只能装憨搪塞。哈塞尔何尝不知道，只要司徒晓在瑠俅的一天，在亚当斯的一天，赵无琦就不会放过他，亚当斯就随时处于危险之中。而现在的亚当斯，在经过一系列的征战之后的亚当斯，根本难敌大齐。

"克蒙，今年听闻有些新的香料不错，准备一些送去大齐吧……"

哈塞尔疲惫地闭上了眼睛，他只想保住她，让她能够自由地活着。

"王上，每次都用这样的方法搪塞恐怕……"

克蒙话音未落，只见哈塞尔抬起手摆了摆，示意克蒙下去，克蒙也不便再说什么，只得退了出去。

大齐皇城之内，看着从亚当斯快马加鞭送来的上等香料，赵无琦面无表情。

“这些香料倒是不错，若是皇上不喜欢，不如送给哀家吧。”

兰舍绘颐皇太后缓缓走了进来，看到案上的香料，自然明白发生了什么。

“若是母后喜欢，拿去便是。”

赵无琦淡淡地说着，心里却憋着一股怒气。

“皇上……你是一国之君，有些事情，不要太过于执着。”

“母后，听闻近来您睡得不好，听说有的香料有助于睡眠，朕让他们给您配一剂吧。”

赵无琦淡淡地说着，不愿正面回应太后。

兰舍绘颐顿了顿，沉思片刻，随即笑道：“可是无论如何，你登基已经数月，若是一直没有皇后，没有妃子，那可不成，不合礼数啊。”

“妃子……不是还有一个吗……”

“你说……纳兰芯蕊……虽然你从未正式休了她，可她现在一直都在庙里静修……再说，朝中大臣也多次提出，你该有个皇后吧……”

“皇后……下月初八，举行封后大典。”

赵无琦突然沉声说道，眼中闪过一抹寒光。

“是是……可是，皇后……”

听到赵无琦松了口，兰舍绘颐不由得浮上一丝喜色，但同时也很疑惑，皇后的人选不是还没敲定，怎么就定了这封后大典的日子了呢。

“总之，朕自有定夺。还劳烦母后张罗此事了。”

赵无琦心下已经有了打算，他不能再给她时间了，她离开得越久，他就觉得她走得越远。她愿意也好，不愿意也罢，他的人生里，不能没有她。或者该说，他的人生里，他不愿意没有她！

封后的圣旨迅速传遍了全国，甚至还向周边各国发出了请柬。自然，作为大齐的盟国，亚当斯也收到了，唯一不同的是，在送给亚当斯的请柬中，还附了一张告示和一张画像。看到告示的一瞬间，哈塞尔的脸整个沉了下来。

“下月初八……封后大典……皇后若是……有半分差池……必定……血洗天下……”

克蒙断断续续地念着，惊诧地看着告示上女子的画像，分明是司徒晓的模样。

大齐的皇帝，竟用这样公然的方式来逼迫亚当斯交人?! 下月初八，是最后期限了。随即，大齐军集聚安都，大肆整军的消息也陆续传来，仿佛在准备着一场恶战。

“王上……大齐皇帝不是开玩笑的……他是认真的……王上……”

“够了，下去。这个消息不许透露出去，若是任何人知道了……本王定不会放过你!”

哈塞尔咬着牙说着，痛苦地将告示揉成了一团。

刚从哈塞尔房中退了出来，克蒙就收到了侍卫呈上的一张告示，和那封寄给哈塞尔的信中所附的告示一模一样。

“这是哪里来的？”

“庆良。属下听闻，大齐各地都贴满了此告示，随处可见。”

“知道了，你下去吧。”

克蒙将告示折叠起来，小心地放在身上。这一次，哪怕违了命令，也决不能让亚当斯万千的士兵白白牺牲！

打定了主意，克蒙没有告知哈塞尔，径自匆匆地出了城，直奔瑠俅。

3天3夜，几乎不曾停歇，入夜时分，克蒙终于到达了瑠俅，司徒晓所住的那座山头。还未到达司徒晓的住处，却见前方一个熟悉的身影。克蒙大惊失色，愣愣地看着眼前憔悴的男人，看来哈塞尔大约是在知道自己不见之后便快马加鞭到达此地的。

“克蒙参见王上。”

“王上？你还当我是王上？”

“在克蒙心中，王上永远是王上。但这一次，克蒙不能服从王上的命令。千千万万的百姓、千千万万的士兵，他们都是王上你的臣民啊！”

“既是我的臣民，就应为我而战！”

“既是王上的臣民，王上就该保他们周全！”

两人僵持在夜色之中，这是克蒙第一次如此顶撞哈塞尔。

保他们周全，哈塞尔又何尝不知，登上顶峰，便也意味着背上了一道责任。然而，他只想放纵自己这一次的任性，就一次，行不行呢……

“哈塞尔王子？啊……不对，现在应该称呼您为王上了呢。”

突然，一声清脆的女声打破了两人的对峙。

哈塞尔闻声看去，晴好正满面笑容地看着他们。

“你……”

“啊……王上一定不记得我，我以前跟随小姐的，我叫作晴好。”

“晴好……晓晓提起过你，你怎会……”

“日前我与姐姐总算是重逢了。倒是王上，怎会深夜来访？不过无论如何，快快随我去见姐姐吧，见王上前来，姐姐一定十分高兴！”

晴好笑得很开心，迎着哈塞尔和克蒙往不远处的屋子走了去。

对于哈塞尔的突然造访，司徒晓虽然感到很奇怪，但也并未多问，若是有事，他自然会告知。

哈塞尔和克蒙都陷入了沉默之中，倒是晴好似乎全然不觉这诡异的气氛，依然是一副高高兴兴的样子，招呼着客人，斟茶倒水。也不知是不是见到了王上十分紧张，一个不小心竟绊了一下，整杯茶都泼到了克蒙身上。

“啊！对不起对不起……我太不小心了……”

眼见自己闯下的祸事，晴好急忙慌乱地拿出怀里的手帕，急匆匆地在克蒙身上擦拭着。

“没事，没事，我自己来……”

克蒙红着脸往后退缩着，长这么大还从不曾与女子如此亲近过呀！

“诶，这是什么？湿了，不要紧吧？是不是什么重要的东西啊？”

晴好从克蒙衣襟中突然抽出了一张折叠的纸，纸上印上了一层水印。哈塞尔和克蒙还来不及阻止，晴好已经打开了那张纸。

“唔……这是什么……姐姐的画像？”

晴好疑惑地看着纸上惟妙惟肖的肖像，饶有兴味的样子。

“晴好，拿来我看看。”

司徒晓从晴好手中接过了告示。

气氛陷入了一片静默之中，司徒晓将告示细心地折叠好，放在了桌上。

“原来是为此事来的……”

“你不用担心，我一定会护你周全的！”

听到哈塞尔的话，司徒晓顿时想起那最后的一夜，清阳也是这么对她说的……“我一定会护你周全”……若是护她周全的代价是如此的话，她宁愿一点也不周全！

司徒晓站起身，亲自斟了一杯茶，放到了哈塞尔面前。

“你现在是王，是亚当斯的王。你要护的是你的百姓，你的士兵，你的领土周全，不是我。这样挺好，我去了，便是大齐的皇后，全天底下的女人都会艳羡我的境遇，怎会如此之好……”

“即使全天底下的女人都艳羡，你却不会快乐，不是吗？”

“有一种人，无论在怎样的境遇之中都能快乐，因为她的喜乐是不由旁人控制的。我想成为那样的人，也许现在还不能够，但终会有那么一天的。”

“晓晓……”

“曾经有个人说过，心中若是有枷锁，到哪里都不会自由……同样地，只要心中没有枷锁，那么无论在哪里……都会自由……”

司徒晓缓缓起身，抱着一把琴走出了屋子，没入了夜色之中。

“姐姐……”

“晴好姑娘，留步，让她去吧，她有需要告别的人……”

哈塞尔阻止了意图追随司徒晓出去的晴好，呆呆地看着门外说着。

清阳的墓碑安静地矗立在夜色中，司徒晓的手抚摸上坚冷的石碑，没有一丝的暖意。

“清阳，我始终还是要走了……也许这样也好，心中未了的结，总是需要有个了结。只是，再不能伴你了……我想为你唱首曲子……唱得大概不好……但总想为你唱个曲子……除此之外，便也不知该如何告别了……”

司徒晓端坐在清阳的墓前，抱着琴，深深地凝望着冰冷的墓碑。

“黄粱梦，花语时，行人立马意迟迟……初相见，喜相逢，却恨不逢未嫁时……别离后，忆相逢，几回魂梦与君同……前尘旧事已成空，多少情仇一梦中，海角天涯，还望君珍重……”

珍重……早已无法对你说出珍重，却除此之外，不知如何作别……

大齐，全城张灯结彩，军队却是严阵以待，谁也不知晓今日究竟是喜庆的封后大典，还是血流成河的死生之战。然而，那些站在命运十字路口的士兵们，却也不知道自己的命运究竟会走向何方，更不知，若是一战，究竟是为何而战……

皇城之中，国乐奏响，钟声洪亮地回荡在整个安都的上空。

赵无琦端坐在龙椅之上，面无表情地看着红毯空荡荡的另一端。他的脸上依旧布满了伤痕，却再也不曾戴上面具了。现在的他是天子，是众人仰望的神，谁敢议论他的容颜。

与赵无琦同坐在一起的兰舍绘颐皇太后也面色凝重，一语不发地盯着远处，不知在想些什么。而一直“卧病”的太上皇依然深居简出，不曾出现，为他准备的龙椅空荡荡地立在那处。

“皇上真的执意如此吗……”

最后一声钟声敲响之际，皇太后幽幽地说道。

赵无琦并未言语，站起了身，一步一步沉重地走向前去，抬起手，正欲发出“出发”的命令。红毯那头猛然出现了一道身影，赵无琦愣住了，看着那抹熟悉的身影，手停在了空中。

司徒晓的画像张贴满了各个地方，大齐几乎每一个人都能认出，这便是他们的皇后，因此，一路上，直到进入宫廷之中，司徒晓都未遇到任何阻碍。

红毯的另一头，是那个曾与她有着盟誓的男人，是曾让她魂牵梦萦的男人，同时，也是那个让她失去一切的男人……他是大齐至高无上的皇帝，但他还是那个自己曾深深爱上的赵无琦吗？

隔着一条长长的红毯，两个人相望着，眼中却藏着无法诉说的千言万语。

许久许久，司徒晓终于迈出了第一步，每走一步，步子就越发的沉重，每走一步，就离赵无琦越发的近，就离皇城那个牢笼，越发的近。

“民女司徒晓，承蒙天恩，不慎惶恐……”

司徒晓直直地看着赵无琦，一字一句地说着，这一次，她要他记住她的名字，她不是司徒冰凝，不是耀华，她只是司徒晓。这一次，她要以自己的身份站在他的身边，无论结局是好是坏，她也要以自己的身份走上等待着她的命运之路。

“司徒晓……这是你期望的名字吗？是你真实的名字吗？司徒晓，若你希望我这么叫你，我便如此叫你……皇后……晓晓……”

赵无琦向司徒晓伸出了手，他努力克制着自己激动的心情，压抑着眼中的湿润。终于，他能够再次牵上这双手，终于，他能够再次拥抱这个人了！

司徒晓的手缓缓放在了赵无琦的手心，一阵暖意传来。直至这一刻，司徒晓才知道，原来他一直在心里，未曾离去……只是，他们之间，是否真的还能跨越那么那么多的恩怨，回到从前……

“皇上万岁万岁万万岁，皇后娘娘千岁千岁千千岁……”

文武百官的跪拜声震彻天地，如同一张张交织的网，密密麻麻布满在司徒晓的天空……

在遥远的亚当斯大草原上，哈塞尔策马奔驰着，风景在眼前飞速地移动着，却无法平复纷乱的思绪。

“她是大齐的皇后——!! 她已然成为大齐的皇后了——!! 我的哈那玛伊——!!”

哈塞尔在风中发狂一般地吼叫着，天地间回荡着他悲怆的声音。他耳边仿佛又回荡起了司徒晓的歌声，那一声声充满了无奈和悲伤的歌声……

“总有一日，我的铁骑要踏进大齐的都城！总有一日，我要让你再次在草原上绽露笑颜!!”

哈塞尔看着大齐的方向，对着太阳许下誓言。

## 3

“啊……皇上，姐姐……娘娘她……她……”

看到赵无琦大步走来，站在凤仪宫门口的晴好一阵慌乱，她的好姐姐好小姐可是为难死她了，今天可是她正式封后的日子，在民间的话，就是她和赵无琦的洞房花烛夜，她竟直接关上了房门倒头就睡，全然没有要等新郎官的意思。她只是个小小的丫鬟罢了，怎么跟高高在上的九五之尊解释，他的皇后不想见他啊……

赵无琦停下了脚步，站在晴好跟前。

“继续叫姐姐吧，无妨。在冰凝……晓晓心里，你就如同她的亲妹妹。”

“是……皇上……”

晴好怯生生地应着，权衡许久，放弃了挣扎，算了，宁愿让皇后娘娘骂一顿，也不能如此得罪皇上啊，她还要留着小命追随娘娘呢……

赵无琦深深地望着凤仪宫许久，却似乎没有要走进去的意思，许久之后，才幽幽地叹了口气。

“她……不想见朕吧……”

“皇上……是姐姐她太累了……从瑠俅赶到安都，一刻也没歇着……”

“罢了……至少，现在她在朕的身边，总有一天，一定可以再走进她的心里……”

赵无琦微微凝眉，苦笑了一下，随即便摆驾离开了。看着皇上远去的身影，晴好长舒了口气，也算是不负司徒晓的所托了呀！

“看你那没出息的样子……连跟他说句我不愿见他都不敢。”

听到司徒晓的声音陡然响起，晴好吓了一跳，一回头，只见司徒晓披着一件单衣站在夜色中，一头墨发倾斜在肩上，煞是美丽。

“呀！姐姐你都听到啦……唔，你怎么这般样子出来了！要是让侍卫看到可不好，快些进去！快些进去！”

晴好急匆匆地挡住司徒晓，手刚触到司徒晓便觉一阵冰凉，看来她站在这夜色中也并非一时半会儿了。

“放心吧。侍卫们巡视不会经过此地。他知道，我不喜欢太多人看着，跟坐牢似的……所以，凤仪宫的侍卫们都是暗中保护的……”

说这席话的时候，司徒晓的心里有些酸楚，赵无琦那声叹息仿佛遗落在了她的心底一般。

一夜无眠，凤仪宫整夜灯火通明，司徒晓剪着那对龙凤烛，看着它们闪动着，燃烧至天明。

大婚之后，司徒晓依然对赵无琦避而不见，赵无琦也并未来叨扰，倒是让司徒晓的心中平添了几分惆怅。

不过月余后的一天，司徒晓如同往日一般，百无聊赖地坐在窗前，把从庭院中捡来的小石头朝着外头，瞄准一个个目标扔着，这便是连日来她排遣无聊寂寞的玩意儿之一。晴好突然慌慌张张地冲了进来，差点绊倒在门口。

“不好了，不好了，姐姐，出大事情了!!”

“悠着点儿……能有什么大事啊……这日子过的，我还真巴不得能有点事儿出一出呢……”

“这回真的是大事啊姐姐！皇上……皇上……皇上要选妃了!”

晴好的一句话如同一声惊雷，轰然击打在司徒晓的脑子里，顿时只剩一片空白。

“喔……皇上选妃……想想也是……之前他的几位夫人都相继出了事情，现在……一国之君只有一个老婆……是不太合适……不过，挺快的……”

司徒晓愣愣地说着，心里却如同堵了块大石头一般，有些喘不过气来。一时之间，她真心佩服那些在古代背着“贤良淑德”名号的女子们了，竟能够忍受别的女人和自己分享丈夫，并且还能友好相处……可天底下，只要有爱，大致都是一样的心情吧，心中的那些苦，旁人又怎会理解……

“姐姐……怎么办……”

“什么怎么办？难道皇上要选妃，我还能让他别选不成？那我恐怕要记入史册，成为千古流传的‘妒妇’了吧……”

司徒晓看着一脸什么都不懂的晴好，有些哭笑不得。当然，会不会背上“妒妇”的名声，她司徒晓并不在乎，人一死，一堆白骨，一抔黄土，谁还管以后什么个事儿。只是，即使她说“不行”，难不成站在她眼前的皇帝就能放弃三宫六院不成……

晴好不断地将选妃的进展和消息带回来，有时候说起来，眉间竟都稍露些喜色出来。自从来到这宫里头，确实挺无聊的，能发生些事情作为谈资，自然也难掩兴奋。只是，越是听着晴好说得热闹，司徒晓的心里就越发的憋屈。

层层关卡过后，很快便到了殿选，作为皇后，原本该是和皇上、太后以及太上皇一起参加殿选的，但司徒晓实在不想看着自己所爱的人牵上别的女人的手。

“姐姐……那个……苏姑姑来了……”

晴好有些犹豫地进了屋子回报，司徒晓正散着头发，呆呆地看着镜中的自己，不知从何时开始，自己的表情似乎总是这副半死不活的样子，这可不是什么好事情啊。

“苏姑姑……谁是苏姑姑啊?”

“唔……就是一直跟在太后身边服侍的苏姑姑……”

司徒晓皱了皱眉头，太后？似乎一直以来自己和她并不熟悉，甚至没见过几次面，她身边的人怎么来了……难道是因为自己没去请安什么的，找人来责问？那也不必非要等到今天吧……

“她来做什么啊？有什么事吗？”

“姐姐……那个……”

“有什么就快些说。”

“太后遣了苏姑姑来，还备了轿辇……说是……说是……如果皇后娘娘身体不适，就将皇后娘娘抬上金銮殿的凤椅上，皇上选妃是大事，皇后不可缺席……”

司徒晓咬了咬嘴唇，心中略有些不爽。这个太后和司徒冰凝一样，曾是兰舍皇族，两人之间也并无仇怨，按道理来说，更应该是添了一分亲近才对，可不知为何，司徒晓却总觉得这个太后让她嗅到了危险的气息。听闻，在赵无琦即位后不久，太上皇原本的皇后以及深受宠爱的秦贵妃就相继离世了，如今剩下的都是些没势力也不受宠的妃子，在宫中没什么存在感，只太后一人独大了，总觉得这些事情，和她是脱不了干系的。

“姐姐……姐姐……你在想什么呢？要不我去回了苏姑姑……”

“算了，我去。太后连轿辇都准备好了，我不去，岂不是公然与她作对了……她可是赵无琦的亲妈啊……”

司徒晓迅速打扮了一番，特意挑了一件颜色稍微鲜亮些的衣服穿上，随着苏姑姑去了金銮殿。

大殿之上，赵无琦早已经面无表情地坐在那里，看到司徒晓的时候，脸上闪过一丝惊诧的表情，似乎没有想到司徒晓会来。

“见过太后……皇上……”

司徒晓简单地行了礼，便落座在了凤椅上，兰舍绘颐只轻轻地点点头，却并未再看向她，虽然如此，司徒晓却依然无法卸下戒备感，多年生死边缘的生活让她敏锐得如同动物。

一个个美艳的身影如同一只只美丽的蝴蝶，飞进了皇宫这个大牢笼，大殿上的女子们翩然舞动的倩影，却都未能落入赵无琦的眼中，他只是一直看着坐在自己身边的司徒晓，她有些消瘦了，胭脂的颜色似乎特意打得红了一些，她此刻的心中究竟在想些什么呢……

“皇后觉得如何呀？为皇上选妃，哀家和皇后还是该多尽尽心的。”

兰舍绘颐的声音庄重地回荡在朝堂之上，打乱了司徒晓的思绪。

“我很好奇一件事情，各位前来应征的姑娘们，你们为什么来呢？是因为进了皇宫就等于荣华富贵吗？你们有没有恋爱过？有没有爱过一个人？你们有没有向往过爱情？你们心中的爱情又是什么样子的呢？”

听着司徒晓“文法怪异”且毫不稳重的言语，兰舍绘颐的脸色沉了沉，用眼角的余光瞥了一眼赵无琦，但并未言语。

大殿之上一阵安静，许久，一个胆子略微有些大的女子发了话。

“回皇后娘娘……皇上乃是九五之尊，能够服侍皇上，那是前世修来的福气……”

不等女子说完，司徒晓便打断道：“这话是你的爹娘告诉你的，还是你自己这么想的?”

“这是臣女的爹娘说的，但臣女也是……也是……这么想的。”

女子的话语有些犹豫。

司徒晓看着眼前这些美丽的女子，哑然失笑，大好的年华呀，却要自己走进牢笼之中，和众多的女人去抢一个男人，这不是幸福，却是最深沉的悲哀啊!

“羞日遮罗袖，愁春懒起妆。易求无价宝，难得有心郎。枕上潜垂泪，花间暗断肠。自能窥宋玉，何必恨王昌……诸位姑娘定然都是出类拔萃的女子，好与不好，全在皇上的喜与不喜之间罢了……又何须我来决定!”

司徒晓凄然地说着，对着众人莞尔一笑，翩然离开了大殿，那一瞬间，所有人都屏息而立，那抹笑，颠倒众生，震彻魂灵……

赵无琦起身随着司徒晓身后走出了大殿。

“皇上——”

太后的声音有些颤抖。

赵无琦站定了脚步，回过头朝着兰舍绘颐灿然一笑。

“一生一世一双人。”

兰舍绘颐重重地坐在了凤椅上，看着越走越远的赵无琦，冷若寒霜的脸上顿时有些寂寞的神色。

“彻儿……这一切究竟是谁的错啊……”

兰舍绘颐低声叹息着，痛苦地闭上了眼睛。

司徒晓还不等走到凤仪宫，就被赵无琦从后面拦腰抱上了一匹马，司徒晓慌乱地挥舞着手脚，没形象地喊着：“啊——!! 你要做什么?! 赵无琦! 你放开我! 你在宫里怎么骑马?! 喂——!! 你聋啦?! 快放开我!!”

凄惨愤怒的吼叫声回荡在皇城上空，然而却无一人敢上前阻拦，“施暴”的人可是当今圣上啊，谁没事会拿自己的脑袋开玩笑……就这样，在无人阻拦的情况下，赵无琦牢牢把司徒晓扣在怀里，策马向着宫外狂奔而去。

大约是嗓子已经叫哑了，司徒晓也坦然接受了自己的命运，反正叫到死，他估计也会当没听到，那些混蛋侍卫什么的也是，根本没什么用……

马背上很是颠簸，司徒晓却蓦然有种心安的感觉，在多年以前，皇宫的那场夜宴之上，赵无琦也是这样带着自己策马而去的，只是，那个时候，他是零陵郡王，她是郡王妃。却未曾想到，多年以后再现这一幕，他是皇上，她已然是皇后，只是，当初的那份心情，又是否还能拾得回来……

司徒晓没想到的是，赵无琦竟骑着马直接载着她冲入了曾经的零陵郡王府，府中的一切还是原本的样子，只是现在却没了主人而已。

马儿一路奔到了听风阁外，这才停了下来。司徒晓怔怔地看着眼前矗立的听风阁，在听风阁旁还有另一座高楼，悬挂着牌匾，上书“观雨楼”3个字。

“听风阁外观雨楼……”

司徒晓喃喃着，惊讶地看着这座新建起的高楼。当初被迫离去的时候，以为此生再也不会有机会看到它完成之后的样子了，想不到现在，它就这样矗立在自己的眼前……

……

“若是王妃喜欢，每到下雨之时，本王愿意陪王妃一同赏雨。”

“在我的家乡，人家都说，男人靠得住，母狗都会上树。所以王爷说的话，我也就当听听罢了。”

“喔？你家乡的男儿不懂一诺千金的道理？”

“这哪是道理的事儿……与其盼着王爷时时陪我观雨，倒不如期盼王爷在这孤零零的听风阁外建座‘观雨楼’赠予我算了，这样，每当落雨之际，我就可以假装王爷在这听风阁中陪伴我一同观雨。至于王爷人究竟在哪儿，倒是不再重要了……”

“这岂不是谎言？王妃对自己也说谎话吗？”

“女人，在许多时候，总是愿意活在谎言里吧……虽然心里跟明镜似的，却总是沉溺于比起现实而言更加美好的虚假……”

“听风阁外建一座观雨楼，这个想法甚好。落雨之际，本王陪王妃登上观雨楼。风起之时，王妃便随本王一同在这听风阁，是人间一大美事。”

……

昔日的一切浮现在眼前，司徒晓捂住了嘴巴，眼泪吧嗒吧嗒地掉落了下来。物是人非事事休，欲语泪先流……因为无法言语，不知该如何言、言何物，才会让满满的心事化为泪水，滴滴洒落……

“无论你是王妃，还是司徒冰凝，还是兰舍的公主，还是耀华，还是哈那玛伊，还是司徒晓……不管你是谁，无琦对你的心，从未变过……明月或是多变，却永远都挂于空中，不会因任何事而消亡……一生，一世，一双人。我愿为你一心人，从此白首不相离……”

赵无琦从身后紧紧抱住了司徒晓，在她的耳边深情地说着，司徒晓只觉得有些温热的液体滴落在了自己的脖颈上。

“你……是皇上……怎么可能与我……”

“我是赵无琦，永远只是赵无琦……皇上是一个身份，却永远都排在赵无琦之后……你懂吗？我不是零陵郡王，不是皇上，那些都只是一个身份，我只是一个爱着你的男人赵无琦，此外，别的都不重要……”

“无琦……无琦……”

“晓晓，晓晓，天涯海角，生死不相离，月下盟誓，海枯石烂，天地寿尽……”

“我只问你一个问题，无琦，你要老实回答我，无论答案是什么，我都要听真的。”

“无琦绝不欺瞒于你。”

“杀尽无欢门……可是你……一早就打的主意……”

“……我从未下令斩杀无欢门……只是……来不及阻止……”

“你未曾下令，莫非是……太后?！她是兰舍的郡主啊！”

"但她现在是我的母亲，是大齐的皇太后！"

司徒晓怔住了，不可置信地看着赵无琦，虽然，她多么希望他并非一开始就做好了利用无欢门的打算，但这一刻，听到这个答案的时候，她的心中却更加不安了。那个女人，那个让她感觉到危险的女人如此狠辣……可她，是赵无琦的母亲啊，是他一直期盼着能够见到的女人……

"晓晓，你不信我？"

"不，只要你说，我便信。"

司徒晓闭上了眼睛，泪无声滑落，她的心中有太多对不起的人，死去的清阳、失踪的无欢公子、血流成河的无欢门……可纵然如此，她也想陪在这个男人身边，遵循自己的心意走下去，哪怕这条路依然布满荆棘。

回宫之后，赵无琦即使下令取消选妃，在众人的惊诧和不解之中，却无半句解释。他是天子，他想做什么，又何须向他人解释呢？

"奉天承运，皇帝诏曰，从此废大齐选妃制，独有一后，携手白头，死生与共。钦此。"

"皇上三思啊——！"

"皇上不可啊……事关子嗣……"

"皇上不可废祖宗先例……"

……

在此起彼伏的反对声中，赵无琦走下朝堂，嘴角挂着一抹笑意。他是赵无琦，王爷也好，皇上也罢，只是个身份，又怎能让这身份束缚了他赵无琦想要做的事情呢！

## 4

河内疫病横行，干旱蝗灾并进，一时之间，各地纷纷奏报各种灾情，仿佛大齐一夜之间从国泰民安到了民不聊生一般，一切都集中在了这个时候——皇上废选妃制之后。无论是大小官员，还是占星卜士，都纷纷上奏弹劾皇后气量狭小，不容后妃，故而引得天怒人怨，上天便是因此降下处罚，令大齐陷入危亡之中。

"赵舍，你如何看？"

书房里，赵无琦看着堆积成山的奏折，不用看也知道里面都写些什么，难免有些不悦。

"回皇上，各地灾祸连年均有，是否上报，全在官员自己定夺。如今无论大小灾祸，一应俱全，纷纷上表奏报，只恐是……背后有所授意啊……"

赵舍垂手而立，思索片刻之后，谨慎地说出了这番话。

"朕明白。是母后……有所不满。"

赵无琦何尝会什么都不知，他也有他的情报网。若非是有人背后如此授意，百官又怎会如此有默契？只是，即使知道根源又如何？他也只能装作不知，否则，难道要他直接上门，去质问他的母亲吗？

沉默了片刻，赵无琦揉了揉有些隐隐作痛的太阳穴，问道："让你调查的事情怎么样了?”

“回皇上，各地灾情尚在可控制范围内，毗县、魏安、东临等县贪污受贿之风最为严重，稍加严惩，相信各地便会引以为鉴。但河内的情况却不容乐观……”

“不容乐观究竟是多不乐观?”

“疫病之灾横行，百姓纷纷出逃，为免扩大疫病范围，只得暂且封城，等待朝廷进一步指示。”

“封城? 疫病当真如此厉害? 太医院的人都是做什么的?!”

“疫病难除，也不全然是太医院的职责……”

“看来也只能暂且封城了。”

赵无琦无奈地挥了挥手，示意赵舍退下。封城，这是一个十分残酷的决定，然而却是一个可以阻止疫病蔓延到其他地方的好办法。若是为了顾全大局，弃卒保帅却是必需的作为。

入夜，月色清冷，凤仪宫内，司徒晓坐在床上，看着即使在睡梦中也依然眉头紧皱的赵无琦，手指轻轻放在他的眉间，想要抚平他的郁结。在此之前，司徒晓从未想过，一个皇上只是宣布一生只要一个妻子，怎会引起如此轩然大波，一切都摆在眼前的时候，她才意识到，赵无琦做这个决定所需要面对的压力。但赵无琦却未曾在她面前透露半分，她却也只能在他不安稳的睡梦中揣测到一二。

次日，送赵无琦上朝之后，司徒晓将晴好叫了进来。

“晴好，怎么样了? 朝堂上那些老不休，还是不断地弹劾我吗?”

“姐姐，那些老混蛋真是太不像话了! 一定要让皇上严惩他们!”

晴好嘟着嘴，一脸的不高兴，滔滔不绝地把近日打听来的事情一一告知司徒晓。

“疫病? 干旱? 蝗祸? 我还真是厉害啊，这些都能归咎到我的头上……”

司徒晓真是有些哭笑不得了，这时机说也真是凑巧，这些事情发生也不是一天两天了，偏偏早不上奏，晚不上奏，这个时候全给报上来了。

“姐姐……还有……嗯……”

“不要吞吞吐吐的，还有什么就快点说。”

“是这样的……现在外头有许多人都在乱说话……谣言满天飞……”

“什么谣言?”

“说是亚当斯曾经也发生过疫病，全凭亚当斯的哈那玛伊才拯救了那场疫病……还有人传说……说大齐的皇后就是那个哈那玛伊，是她把疫病带来了大齐……她是亚当斯的奸细……”

晴好的声音越来越小，边说边观察着司徒晓的反应。

对于各种把天灾归咎于皇后的流言，司徒晓并未觉得奇怪，她反正是注定成为众矢之的了。只是，让她意外的是，在这通信如此不发达的朝代，大齐的人怎会知道她就是曾经在亚当斯的哈那玛伊呢? 更重要的是，连锤头镇的事情都能知道，看来是有人故意放出消息，要让她成为大齐人心中的罪人啊!

“晴好，准备准备，我们去大殿上。”

“啊?!”

“啊什么啊，快些准备。”

司徒晓打定了主意，既然是想逼她，那她就迎难而上好了。流言猛于虎，天长日久下去，必定不是法子，要想堵住悠悠众口，也只能她亲自下趟龙潭虎穴了。

朝堂之上，一如既往，各种弹劾的奏报已经让赵无琦听得耳朵都快生茧子了。看着朝堂上声泪俱下的各种老臣子，赵无琦却只觉一丝困倦。从一开始他就知道，自己注定并非明君，故而，他曾经多么希望登上这皇位、这宝座的人是赵无矶，是他那个悲天悯人的皇兄，而不是他。

“各位大人都说得颇有道理，不过这老天爷真是厉害得很，对许多事情都能未卜先知呀！西北等地的干旱已有月余，蝗祸为患日子也不短了，再说这疫病，从病发之初到现在，竟也有快两月的时间……本宫很是佩服老天爷的未卜先知啊，竟在皇上做了这样的决定之前，就能够开始降下惩处了。”

司徒晓悠然地说着，气定神闲地走上了朝堂，脸上挂着让人参不透的微笑。

“皇后娘娘……您……您怎么能上朝干政……”

刚才声情并茂侃侃而谈的老头听到司徒晓这番话，顿时脸上红一阵白一阵的，颤颤巍巍地看着司徒晓说着。

“皇后是国母，天下臣民就如同皇后的孩子，若是孩子有所不测，作为母亲的自然不能坐视不管。本宫有所耳闻，各地灾祸虽是天灾，却也不乏人祸，既是人祸，想必皇上已经有所打算，不消几日，便能控制。令本宫担心的，却是河内疫病之灾，朝廷选择封城并无不妥，却是伤了百姓的心。”

司徒晓一步步走到了赵无琦身边，看着他一字一句地说着，眼神中尽是深情款款。随即，司徒晓转过身，俯视着朝堂之上的各个臣子。

“本宫决定亲赴河内，定会解除这疫病之灾！若是这疫病真如各位大人所说，是上天因本宫德行不佳而降下惩罚，那么本宫就亲自去领罚，亲自让这老天爷承认本宫是大齐的皇后，是皇上唯一的妻子！各位大人还有什么异议吗?”

司徒晓的话字字铿锵，朝堂之上顿时陷入一片沉寂，大家面面相觑，显然未曾想到这皇后娘娘会突然出现，还许下如此天不怕地不怕的承诺，谁不知现在河内已经封城许久，对付疫病的法子却还未出来，别说疫病横行了，百姓们现在对朝廷更是仇恨异常，这一进河内，不是难以活着出来了吗!

听到司徒晓的话，赵无琦也愣住了，一把抓住了司徒晓，刚想加以阻止，便被司徒晓制止了。

“无琦，你知道各地灾祸最主要的还是人祸，却迟迟未曾处理，不就是怕天下人认为你将罪责归咎于臣子，只是为了保住你的皇后吗?现在，只要我去了河内，无论这灾能不能解，你也大可放手去做你想做的事情了。何况……民间各种谣言，你不会不知晓吧……河内，我不得不去……锤头镇的疫病助我们掀起过一场革命，那就让河内的疫病助我坐稳这皇后的宝座，堵住天下悠悠众口吧!”

“锤头镇的疫病怎能与河内的疫病相比?!当年锤头镇之所以疫病横行，全然是因为官员不正，而如今，河内的疫病没有对策，也已封城数日，我怎能让你……”

“无琦，你信我吗？你若信我，我在此向你起誓，定会安然归来。”

司徒晓将手指放在赵无琦唇边，笃定地看着他说道。

两人对视良久，赵无琦才重重地点了点头。

要解疫病，靠这些窝在宫里头的太医是没希望了，若不亲自赴病区，又怎会有找到解决之法的途径呢？

听闻司徒晓要亲自前往河内，晴好整个人都呆住了。

“姐姐你不能去河内！”

“说出去的话，泼出去的水，这一趟，我不去也得去了。”

“不行，你若是有事……”

“那就是天命。但我司徒晓不信天命，我的人生才刚刚开始，不会因为这么小小的事情就死翘翘的！”

“呸呸呸！姐姐不要乱说话，你若非要去，我便陪你一同去！”

“你去做什么，乖乖留下等我回来。”

“不行，我……”

“我已经打定主意了。你不懂医术，身子也弱，抵抗力差，不能去。”

这一趟危机重重，司徒晓断然不会让晴好跟去的，她若去了，自己还得分心照顾，况且，留在安都，也让她放心。

此前，司徒晓大致分析了一番情况，她所需要的，是一群甘愿为百姓出力，不畏惧死亡的人，还有一批物资。河内被封，想必现在城中物资已是十分缺乏，必须要让周边的市镇都出具一批物资才行。

思及此，在昭告天下她将亲赴河内之后，司徒晓令人贴出了“征集令”，征集天下所有健康年轻的“志愿者”们，加入拯救河内百姓的行列。自然，其中最重要的便是需要医生。皇榜贴出一直到起程的日子，自愿加入，并且身强力壮的人只有十几人，虽然对此略有些失望，但有总比没有强。

起程之际，司徒晓看着眼前愿意与自己同去的众人，目光坚定。

“司徒晓在此多谢各位，愿与司徒晓一同前往河内，为百姓谋一条生路。我们此去不是去送死，而是去救人，所以，我希望各位能把自己的生命首先放在第一位！只有先让自己生，才有机会让更多的人生！从现在开始，司徒晓并非皇后，只是你们中的一员，和你们一样，想要为天下苍生做些事情！从这一刻开始，我们便是同伴，是生死相依、互相信任的同伴！既是同伴，我们一同去，便势必要一同回！”

司徒晓的每一句话都发自肺腑，说得真诚，让这些百姓很是出乎意料，原本众人心中都有些犹豫，想着若是这皇后娘娘只是走走过场，并不打算实际有什么行动的话，自己就偷偷离开。但听完司徒晓这番话之后，心中的顾虑消了大半，不管她说的是真是假，暂且先看看好了。

“司徒姐姐，放心放心，我们一同去，自然一定会一同回的！”

人群中突然响起了一个熟悉的声音，只见一个长相清秀的少年自人群中走出，笑得很是灿烂。

"小瑄?!"

来人正是百里瑄，自从上次在瑠俅一别之后，司徒晓再未见过百里瑄，之中也曾向赵无琦询问过他的下落，只知这小子自诩为"名医"，去"悬壶济世"了，倒没想到他会在此出现。

"作为悬壶济世的名医，河内之灾我怎能不去！你说对吗？司徒姐姐。"

看着这年纪轻轻的少年，腰间挂个葫芦，和皇后娘娘一副熟络的样子，众人开始议论纷纷。近来，民间流传说有一少年医术高明，堪称当世医者第一人，并且说话总是真真假假，总说自己和当朝的皇后娘娘十分熟识……莫非他就是那位众人传说中的少年名医?!

"'毒公子'成了悬壶济世的名医，还真有些奇怪……"

一直站在司徒晓身旁的穿着一袭水墨衣衫的男子似笑非笑地发话了。

对于此人，百姓一开始权当他是皇后的护卫，他脸上纵横交错的伤痕让人感到有些恐惧，但这些伤痕却也依然遮掩不住他是个俊俏男子的事实。

"啊……皇……"

"黄大人是前来为我送行的。"

司徒晓打断了百里瑄的话，此次离开，她早已吩咐一切要低调，首先是不想有作秀的嫌疑，但更为重要的是安全。河内之行本就是有人有意为之，若是再大张旗鼓，岂不是让暗处的人对自己的行动了如指掌？那便是置自己于死地啊！

百里瑄顿时也心领神会了，笑着对前来送行的赵无琦说道："请黄大人转告皇上，百里瑄自会拼上性命也要保娘娘平安归来。"

赵无琦点了点头，眼中尽是千丝万缕的情愫，许多话想说，却又许多话说不出。许多情想诉，却又是如何也诉不尽的。

"等我回来。"

司徒晓粲然一笑，轻轻拍了拍赵无琦的手，翻身上马。

"长亭外，古道边，芳草碧连天……晚风拂柳笛声残，夕阳山外山……天之涯，地之角，知交半零落……人生难得是欢聚，唯有别离多……问君此去几时还，来时莫徘徊……一壶浊酒尽余欢，今宵别梦寒……"

司徒晓的歌声悠然响起，渐行渐远，弥漫在安都湿润的空气里，渗着淡淡别离的忧伤。赵无琦久久站在风里，看着那远去的人儿，心仿佛也跟随到了远方……

皇后起程前往河内之际，大齐皇帝亲下诏令，处理了毗县、魏安、东临等县的官员，斩首示众，一时之间，百官惶恐，纷纷展开了赈济灾民的行动。

皇城里太后所住的长宁宫内，兰舍绘颐正坐在铜镜前，一直跟随着她的苏婵为她梳着头。

"转眼间，竟已经老了……那些在王府里的日子，婵儿还记得吧……如今啊，大家都得叫你声苏姑姑了……"

"太后娘娘不老，美貌依然如故……"

"美貌？哈哈哈……从前，我就比不过姐姐，更何况如今……我真后悔……应该要让他看着，看着如此美貌的姐姐日渐老去的容颜……可如今呢……在他的心中、眼中，姐姐永远都留下了最美丽的样子……我却老了……”

兰舍绘颐眼中涌上浓重的悲伤，苏婵微微皱眉，却不知该如何安慰她。这些年来，她一直跟着兰舍绘颐，从兰舍的郡主到成为宏盛皇帝的妻子，到幽禁自己于深宫之中，她的苦楚，她是看得清清楚楚，又岂是三言两语可安慰的……

“娘娘……皇后已经起程前往河内了。”

苏婵微笑着说道，听到这个好消息，只期望太后能有些许高兴。

“嗯。倒是没想到，她走得这么快。本以为还要添些火候才能逼得她走，没想到她倒是胆子挺大不怕死啊……她现在的脸，和姐姐一点儿也不像了，可是每次看到她，依然还是仿佛能看到姐姐一样……真是让人很不高兴啊！”

兰舍绘颐的眼里满是恨，满满的恨。

## 5

“小琯，筹措物资的事情怎么样了？”

“顺利得很，我们人还没到呢，他们就都给准备好了，一分一毫也没少。”

“竟没什么阻碍，还真是难得。”

司徒晓喃喃着，心里确实有些意外，这些一毛不拔的家伙，竟然没有找任何借口搪塞，如此干脆。

“那有什么可奇怪的啊！我们刚一离开安都，皇上就砍了几个官，那些老家伙还不担心得要死！何况——来收账的可是皇后啊！”

一旁的何书突然插嘴道，众人也开始纷纷表示赞同。

这何书虽然名字叫得挺斯文的，但却是个粗犷汉子，是安都的杀猪大户，他家的肉在安都可是出了名的。据何书的回忆，当年他爹是个秀才，娶了一个屠户家的女儿。他爹给他取名何书，便是希望他能好好读书，结果怎么也没想到，他最后继承了外公的衣钵！

起初，虽然司徒晓说过，让众人不把她当作皇后，但大家依然有所顾忌，吃饭什么的也都拘谨得很。结果这些日子过去了，大约是相处得久了，也熟悉了司徒晓的性子，众人倒开始有些没大没小了，这样的氛围倒是让司徒晓感觉窝心了许多，好像找到了组织似的。

眼看前方便是快到河内的关卡了，众人心中不免都有些紧张。

忽然，前方路上出现了一个人，躺在了路中央，也不知是死是活。

“这大白天的，还没到河内呢，就遇上这种事情……真是不祥啊……”

何书嘟囔着，他胆子大，见众人都停住了，便欲上前查看，刚走没几步，就被司徒晓一把揪住了耳朵。

“说了多少遍了！快到河内了，很危险！要是他是感染疫病的人怎么办！查看之前要做好措施不知道啊！”

司徒晓一阵愤怒，不觉手上多用了些力，揪得何书“哇哇”直叫。

为了避免被感染，司徒晓订制了一批口罩和手套，已经多次强调，让众人一定记得要做好防范工作，结果就是这个大咧咧的何书，总是记不住，让司徒晓真是又气又急，直后悔当初没搞个智商测试来筛选人。

“这个人昏了，但已经有了疫病的迹象，不过幸而还不是很重，正好可以作为观察的对象。”

在司徒晓教训何书之际，百里琯已经查看完了倒在地上的男人。

“还未到河内，莫非疫病已经扩散到了河内之外的地方了？”

“这倒未必，司徒姐姐你看，这家伙应是刚经过了一番急速的奔跑，衣服也多处被树枝挂破了，倒很有可能是从河内逃出来的……毕竟河内是灾疫之地，朝廷又封了河内，在老百姓心里，待在河内便是等死，谁都想要逃出来吧。”

听着百里琯的分析，司徒晓心中顿时有些凝重，人自然都是想求生的，可是若是再这样下去，再寻不到对策，带着疫病的人终归是会把疫病的灾害范围扩大的啊。

“准备好担架，把这人一同带走吧。就像小琯说的，他正是疫病发病之初，正好可以作为观测。大家都准备好防范措施，这是我们接触到的第一个病人，可别把自己搭进去了！我们是来救人的，不是来被救的！”

司徒晓说着，众人按照司徒晓的吩咐忙碌了起来。

约莫一个时辰后，众人寻了块地方正在休息，担架上的男子动了动，睁开了眼睛，挣扎着试图起来。在离男子不远处的何书见着了，正欲过去，突然又站定了，一拍脑袋，自语道：“诶呀！差点忘记了！耳朵再遭殃怕是要掉了啊！”

男子一脸茫然，看着眼前的大汉从一个木箱子里掏出一副似乎非常有弹性的，像是动物膜做成的东西套在手上，随即又拿了块帕子捂住了口鼻，这才朝着自己走了过来。

“你……你……你……要干什么……”

“什么干什么啊，你不是醒了吗？这不是来照顾你了吗……给你馒头，看你像是饿了许久了。”

何书一脸茫然，把手里的馒头递了过去，全然不知这男子为何如此惊恐。

“拜托，何老大，你长这么面不善的，人家自然被吓着了，还搞得跟强盗似的。”

百里琯调笑着也走了过来，细细查看男子的状况。

“你们是谁？为什么我会在这里？”

“你昏倒了，在路上被我们看见了，便带你一块儿走了。”

听见有女人的声音，男子循着声音看了过去，看到司徒晓的瞬间，男子有些呆滞，从未想过在这穷乡僻壤的，竟还能看到仙女呀！

“别看了，凶悍着呢……”

何书小声嘀咕着，偷偷瞥了司徒晓一眼。

“你们……这是……这是往哪里去？”

男子这才回过神来，看着周围似乎很是熟悉的景象，心中顿时涌起了一阵不安。尤其是当听到从司徒晓口中吐出“河内”二字的时候，男子顿时陷入了绝望。

“不……不要……我不去河内，你们让我走……我没事了……”

"你有事。你已经患上了疫病。"

听到百里瑄的话，男子顿时呆住了，过了许久，才幽幽道："想不到……我也……还好……还好……没让我跑了出去……你们快离我远些！"

看到男子的样子，似乎并不知道自己得了病，而且也似乎并不想因为自己的病而波及无辜。在细细询问之下，司徒晓一行人得知，原来男子是河内林县令的独子林思远，此次出逃原是为了去寻曾与父亲交好的官员，希望他们能够将河内没有染上疫病的百姓救助出来，但是却不知道，原来自己也染上了疫病，险些害了别人……

看林思远懊恼的样子，司徒晓顿时有些钦佩他的父亲了，自然是一个好的父亲，才能教育出一个拥有悲天悯人心性的儿子。

"不知林县令可还好？"

"家父……家父已经……"

林思远泪如雨下，司徒晓心中也不禁一阵叹惋。

"求求你们了，帮帮河内的百姓吧！曲阳县的王大人、松平县的李大人，还有淮安的安巡抚，他们都是我爹爹的同窗好友，你们代我去找找他们，他们定能救河内的百姓的……"

听到林思远的请求，众人面面相觑，何书性子直，直接应道："你太天真了吧小子，你说的那些什么什么大人的，对这疫病都是避之不及！谁肯让百姓到他们的地盘上，那要是出了问题，百姓在他们心中事小，这乌纱帽和脑袋还要不要了……要是肯帮忙，还用得着等到现在你拼了命地逃跑去求他们？"

听到何书的话，林思远颓然地垂下了头，他说的这些他不是没想过，只是心中始终还是抱着一丝的希望，想起父亲临死前的交代，直到死，父亲都记挂着河内的百姓，可是他却连父亲的遗愿都不能完成……

"在这里！快！他在这里！！"

一群官兵突然冲了出来，似乎是来追捕林思远的。

"你们干吗呢？别过去啊，他现在可是得了疫病了，被传染了，咱可管不着。"

何书斜睨着这群突然冲出来的凶神恶煞的家伙，不屑地说着。从以前他就最讨厌这些当差的，见着上头的人就唯唯诺诺，净欺负老百姓了！

一听到林思远得了疫病，官兵们都不敢上前了，为首的官兵竟吩咐人拿出了弓箭。

"你们想干什么？近距离射杀怎么的?！你们得了谁的命令可以滥杀无辜了？"

看见这些人的动作，司徒晓怒不可遏。

"我们是奉命封锁河内的！这人身上带着疫病，若是出去感染别人了，那可是天大的祸事！"

"我们便是要去河内的，自然会带他回去，就不劳烦各位费心了。"

百里瑄走上前来，把手套和口罩脱下。官兵们都不自觉退了一步，大家可都看得真切，方才这少年和林思远离得可是很近的。

"你们是什么人？凭什么来命令大爷？大爷说他现在得死，他就活不下去。你们是不是想和朝廷作对，跟他一块儿上黄泉路啊!”

为首的官兵叫嚣着，甚是嚣张，反正看眼前这群人的打扮，并不像什么富贵之人。

“敢问这位大爷姓甚名谁？在哪里任职?”

司徒晓浅笑着，看着这个嚣张的家伙。

“好说，小姑娘，大爷就是松平县李大人的外侄李德，怎么样？看你还算懂事，乖乖把人交出来，再给大爷斟个茶认个错，大爷就放过你!”

“原来是李大人的外侄，既然如此，这个东西应该也是见过几次的吧？李大人大概也收到文书了吧?”

司徒晓淡淡地说着，从怀里掏出了一个卷轴。这李德自然是见过的，这可是皇上的圣旨啊！顿时想起日前接到过通知，县里筹措物资，皇后娘娘一行人亲往河内，便在这几日内会到达河内。松平县与河内相接，担忧河内的疫病波及到松平县，故而设置了官兵进行把守，势不能让河内任何一人进入松平。

“难道你是……你是……你是……”

李德已经吓得腿都软了，半天说不出一句话，“扑通”一下就跪到了地上。

这林思远也愣住了，不敢相信地看着眼前这个仙女一般的姑娘，她难道就是当今的皇后娘娘?!

“看到没有，你想求的那李大人，正让人牢牢守着不让任何人进松平呢……”

何书此时也不忘嘀咕上一句，以证明方才自己观点的正确性，这些个什么什么大人啊，全都是混蛋。

“正好，本宫这里正缺人呢，李德是吧？你也不用回松平了，就跟着本宫跑跑腿吧，这一去河内啊，也不知道要去多久。你们剩下的人，去回了李大人，就说他侄子跟着本宫一块儿去河内救百姓于水火之中了，要是有个什么好歹，记得给他立个碑，让大家都观摩观摩什么叫‘英雄’。记住了吗?”

“是……属下定当把话带到。”

一群没义气的家伙听到司徒晓发话，急急忙忙地应着，慌乱地跑了，就这样把李德丢在了这里。

“娘娘饶命，娘娘饶命啊……小的有眼不识泰山!”

李德不住地磕着头，这去河内，不是相当于判了死刑吗!

“饶命？饶什么命？本宫又不是要处死你。记着，本宫是带你去救人，是给你积福的，像你们这种人，仗着自己后头有人撑腰，做了太多缺德事了。小琯，带他去，教教他应该怎么做，尤其是提醒他，别跟何书似的不带脑子!”

听到司徒晓的话，百里琯愣了愣，嘀咕道：“还要教他……不是应该把他丢去河内自生自灭吗……”

“都说了，现在缺的是人手！不是再添个负担！他没德行，咱能跟着失德吗?!”

司徒晓瞪了百里琯一眼，继续坐回地上去啃馒头了，真是吃顿饭都不得安宁。

看着眼前这毫无形象的皇后，李德整个呆住了，看来这宫里头的人，好像和这县里头的村民没什么大的区别吧……

刚进入河内，眼前便是一阵萧条，林思远看着原本热闹的家乡，如今却是这般模样，也不觉潸然泪下。在林思远的引路下，一行人好不容易总算找到了县老爷的府邸，也就是林思远的家。

府前已然一片破落景象，丧事用的白灯笼孤零零地摇晃在风里，显得煞是冷清，若不是眼前的林思远便是林大人的儿子，司徒晓真要以为这个地方都已经荒废了。

宅子里已经没什么人了，据林思远说，自从林老爷染上疫病之后，家里的下人能跑的早就跑了，剩下的也都染了病，不久也就去了，原本以为自己身强力壮能挺一挺，谁知却也逃不过这场灾。

刚在府邸中安顿下来，司徒晓就听得外头传来了吵吵嚷嚷的声音，心里顿时有些疑惑，这原本萧条的街道怎么还能聚集这么多人？莫不是来迎接他们的？

其他人自然也听到了吵闹声，刚走出去打开宅门司徒晓就后悔了，门前聚集了一群人，老老少少都有，全都扛着锄头拿着棍子的，更夸张的是，竟还有人把家里的锅都给搬来了，自然最可怕的应该是那个拿着菜刀大约是屠户的家伙了吧……众人眼中似乎都喷着愤怒的火焰一般，死死地盯着站在大宅子门口的众人，扫视了一圈之后，全部的目光都集中在了司徒晓身上。

司徒晓浑身一震，强烈的、不祥的感觉袭来，这些人怎么就像来寻仇似的……可是她司徒晓是第一次来河内啊，不至于面目可憎到如此地步吧……

“妖后！她一定就是妖后——!!”

人群里一个声音高亢地吼了起来，司徒晓一愣，这“妖后”是怎么回事？这搞了半天，他们是冲着“皇后娘娘”来的啊?!可是皇后亲自到河内来帮助众人，怎么反而招致怨恨了……

“快！打死妖后！打死妖后老天爷就会收回惩罚了！”

“对！烧死她，烧死她！”

“快打死妖后——!!”

……

村民们突然激愤起来，扛着武器眼看着就要冲上来，原本站在司徒晓身边的李德腿一软坐在了地上，慌乱地喊着：“我和他们不是一伙的，不是一伙的……”

看着李德那窝囊样，众人气就不打一处来。何书骂了句什么，拿起了放在一旁的门闩就想往上冲，被百里琯抓着衣领阻止了。

“各位——！你们看我——我像‘妖后’吗？对，我是这里唯一的女人，可是你们看我，穿得多寒碜啊……再看看我吃的是什么？是什么？是馒头诶！我藏起来了半个，为什么？因为饭都吃不饱……况且，各位，皇后娘娘那么尊贵，有那么多人服侍，真的会来这么危险的地方吗？大家说对不对啊？大家都是可怜人，你们可不能滥杀无辜啊……要是对我们这些可怜人造成了什么严重的后果……这老天爷可是更会生气的……”

司徒晓走上前，看着村民们，神色自若地说着，流露出一副苦情相。

听得司徒晓的话，似乎也有那么些道理，村民们倒是都呆住了，一时之间也不知道该怎么办。

“那……那你是谁啊？就算不是妖后，也一定是她身边的人！”

这么一说，众人又开始连连称对。

司徒晓一阵郁闷，这些人还真是见风就是雨的，有没有自己独立思考的脑袋呀！

“是——我自然是皇后身边……服侍的人，可是大家有没有想过，那么多人服侍皇后娘娘，为什么偏偏是我，我被派来了呢？”

“忌妒你比她漂亮？”

人群里一个有些稚声稚气的声音叫了出来，顿时大家这才注意到，眼前的姑娘确实美艳不可方物，这看着，也真不像个坏人……

“这位小朋友只说对了一半……其实，这是因为是我提出了应该救助百姓……皇后……那妖后表面上同意了，还昭告天下要亲自来拯救黎民百姓于水火之中，实际上只是想堵住天下悠悠众口……一来到松平县，那妖后就被县太爷安排得好吃好喝，然后就把我……把我们这些真心想要帮助大家的人……赶了过来，还不许我们透露半分……”

司徒晓边说边垂着眼睛，一副苦大仇深的样子，让瘫坐在地上的李德张大了嘴巴，看着眼前这个撒谎连草稿都不打的皇后娘娘，真是不知道该说什么了。

“你说我们就信哪……”

“大家看他，应该有人认识他吧？他就是松平县李大人的侄子——李德。这位公子当时只不过质疑了一句，在那妖后面前不长眼地问了一句：‘娘娘，你不是要亲自去救灾吗？’结果现在，他被妖后硬塞到我们中间，一块儿来这儿了……说起来，现在我们大家都是同病相怜的……我是真心希望能帮助大家，但同时，也要大家帮助我们才行呀……这一次，我们也带来了很多的大夫，只要我们团结一心，一定可以渡过这一关，把妖后的劣事告知天子，正朝纲、救大齐啊！！”

司徒晓说着，一把把李德从地上拎了过来，看着百里琯和何书等人似笑非笑的目光直直盯着自己，再看看眼前如狼似虎的村民，李德只得咽了口唾沫，拼命点头，以佐证司徒晓说的确实是真实的。

打发走了众村民，司徒晓一行人急忙关上了大宅的门，齐齐靠在门上长舒了一口气。

“娘娘，您说谎的技术真是一流……”

何书不禁感慨着，众人也连连点头。

司徒晓白了何书一眼：“就你，管好你的嘴。听着了，以后谁要是再敢叫我娘娘，咱就一起死吧！这皇后的名声算是坏透了，现在要是让那群人知道我是皇后，还不得活活把我们都给弄死啊……还有你，李德，你要是敢说出去——哼哼，别忘了，你也是共犯，他们也不会放过你的！反正现在对于那些镇民来说，横竖都是一个死，刺激了他们，你也别想活！”

看着司徒晓挽着袖子恶狠狠地威胁，李德点头如捣蒜，生怕她真的直接在这里把自己给办了。

这场骚动让司徒晓的心情越发沉重了，镇民们的心理承受力都处于崩溃边缘，若是不能尽快解决疫病的问题，只怕是凶多吉少啊……况且，估计在民众之间的流言也都并非空穴来风，定是有人故意为之，以后，还是要处处小心为好啊！

**6**

“好一张巧嘴，这些愚民竟也如此容易愚弄！”

兰舍绘颐的手重重拍在桌子上。

“娘娘息怒啊，奴婢倒是认为，皇后这一来倒是把自己置于更危险的境地了。现在河内的百姓几乎看不到什么希望，等他们的情绪逐渐走向崩溃的时候，若是再知晓，竟被皇后所愚弄，想必，不出事都难吧……”

苏婢小心地捧着太后兰舍绘颐的手，微笑着说着。

听完苏婢一席话，兰舍绘颐的脸色才缓和下来，嘴角慢慢浮上了一丝淡漠的笑。

“行了，叫他们好好做吧。”

远在河内，在司徒晓的安排和指挥之下，林家的大宅子成了一所“救助医疗站”，由于担心河内的百姓暴动，在司徒晓安排下，援助的物资大约每个星期送来一次，每次数量也都不多，仅是够用而已，以避免百姓们一哄而上抢了去。

“开饭啦！今天有烤地瓜来改善伙食啊！”

百里琯放声喊着，何书一脸委屈地慢悠悠晃了过来，不满地嘀咕着：“又是地瓜……连点儿荤腥都见不着……”

“得了吧！抱怨什么哪。这连日来的鬼天气耽误了救援物资的运送，过几天就好了。再说了，耀华姑娘那是什么人，她都和咱们一样，咱们吃什么，她吃什么，活儿也没少干。她一句抱怨话都没有，你一个五大三粗的汉子，跟个娘们似的！”

发话的是李德，为了避免泄露自己的身份，司徒晓吩咐了下去，众人都称呼她为“耀华姑娘”。

听到李德这番话，一向沉默寡言的刘秀才赞道：“真是士别三日当刮目相待啊，李兄弟加入我们不过几日，这觉悟就已经达到了。何兄弟，唉……”

“哎哎哎……够了啊你们，一个狗官，一个酸秀才，哼……”

何书白了刘秀才和李德一眼，径自拿起了一个地瓜，坐到一边狼吞虎咽去了，有的吃总比没的吃强啊。

“一人一个，你怎么揣俩啊你，刚才刘秀才还夸你有觉悟呢……”

看到李德挑了两个地瓜揣在怀里，负责伙食的王厨子大声说道。

“我说你们，才是最没良心的，只顾着自个儿吃，耀华姑娘还在清点物资呢，我不给她送一个去，等她来了，好的都被你们这群没良心的给吞了！”

李德说着，揣着地瓜走了出去，朝库房的方向去了。

“哟，这李德最近不正常啊……一口一个耀华姑娘的……”

“切……你也不想想，当初要不是她得罪了耀华姑娘，至于跟我们一块儿到这儿吗？这不是得趁着机会赶紧拍拍马屁啊，不然得担心这秋后算账了，哈哈哈……"

众人你一言我一语地调侃了起来，破旧的房子里不时传出一阵阵爽朗的笑声。

李德刚到院子里，便见一个穿着破破烂烂衣服的男人站在院子里。

"诶……你是谁啊？这里不能擅自进来的，知道吗？"

李德走了过去，拍了拍男人的肩膀。

"哈哈……地瓜……地瓜……哈哈……"

男人转过身来，笑得一脸口水，看到李德怀里的地瓜，哈哈笑着，忽然一把抢了一个过来，抱在怀里就转身往大门外头跑。

"哎——哎——你——你——"

话音未落，男人已经跑出了虚掩的大门。

"真倒霉……疯子跑得都这么快吗……都是那个讨厌的二狗子，吃饭也不记得去把门关上。"

李德郁闷地嘟囔着，把门关了起来，看看怀里的地瓜，哀叹了一口气，看来这顿自己得饿着了。

李德到库房的时候，司徒晓刚点清楚剩下的东西，李德把烫乎乎的地瓜递给了司徒晓。

"你的呢？这么快吃了？"

司徒晓刚打算开吃，看到李德一副快流口水的样子盯着地瓜，便随口问道。

"别提了……都怪那二狗子，一听开饭，门也不关好就跑了……害得我的地瓜被人给抢了……"

"抢了？哈哈……这可真奇怪了，这进来了人不抢别的，专抢地瓜啊？还给你留了一个，不错，挺有良心的……喏，给你一半。"

司徒晓爽朗地笑着，掰了一半地瓜，递到了李德手里。李德愣了愣才接了过来，他倒是真没想到，这辈子还能和皇后娘娘分着吃一个地瓜啊……想着想着，不觉脸上竟有一些滚烫。

"唔……那个男人是个疯子……住在后村……话说这疯子的身体就是比一般人好啊……听说那个村里的人全都感染上疫病，死了大半了，想不到他还健健康康的……"

心中一阵慌乱，李德急忙找些话说着，眼睛四处乱望着，竟不敢直视司徒晓。

李德无心的抱怨倒是引起了司徒晓的注意，一个几乎全村人都感染了疫病的村庄里，有一个人却一直生龙活虎，她可不认为这仅仅是因为幸运！

"你说那个疯子住在后村？你认识他？知道住哪里吗？"

"这……谈不上认识，只是这邻里邻县的，自然听说过一些……他好像姓水，以前是个秀才，后来好像是老婆跟人跑了就疯了……他就住在水家村，东南角那家就是……耀华姑娘怎么突然对这个疯子有兴趣了？"

"李德！你知不知道，你可能立了大功，你可能救了河内的百姓，救了我们呀！李德你真是太棒了！"

司徒晓兴奋地站了起来，脸上仿佛忽然有了光辉一般，若是她没有推测错的话，在这个疯子水秀才身上，很有可能找到救治疫病的方子！

“快些快些，我们去找小瑄，你带路，我们去找这个水秀才！”

司徒晓把地瓜三口并作两口地吞了下去，急匆匆地拉着李德便往外跑。

虽然很是不明所以，但李德还是顺从地跟着司徒晓小跑着出去了，看着司徒晓兴奋的样子，李德的心里竟滑过一丝淡淡的甜蜜。

“小瑄——小瑄——小瑄呢？”

“耀华姑娘，百里公子现在在林公子房间呢。”

“林思远怎么了？”

“林公子发病，现在很危险……”

听到这个消息，司徒晓急忙冲了过去，还未进房就见百里瑄出来了。

“小瑄……”

“司徒姐姐放心，没事了……但是……再这么拖下去，林思远怕是会熬不住……我给他用了许多药，虽然能够延缓病情，但却始终还差一些东西……这关键性的东西，怕是还需一些时日……”

“也许很快你就能得到关键了。”

“莫非……有什么发现？”

“自然是的，若是真能成，李德就是大英雄、大功臣了！快些随我去查看吧！”

……

在李德带领下，司徒晓和百里瑄到了后村，村口的牌子已经掉落在了地上，蒙上了厚厚的黄土，司徒晓扶起了牌子，用帕子拭去牌匾上的尘土，“水家村”3个字在牌子上显得煞是有些苍凉。

水家村是最先遭到疫病侵袭的村庄，村里的人死得差不多了，大多也都离开了，一时之间看上去竟阴森得有些可怕，明明是大白天，艳阳高照，却似乎感觉不到一丝的暖意。

到了水秀才的屋子，3人敲了敲门，没人应声，司徒晓轻轻一推，门便开了。屋子里几乎没什么摆设，四面墙也破旧得摇摇欲坠，似乎随时可能坍塌，墙角处却是一堆有些潮湿的稻草。在这样恶劣的地方生活，却竟然未曾染上疫病，这更加坚定了司徒晓的猜测。

“小瑄，你查看一下，他这里有什么特别的，为何竟能挡住疫病。”

司徒晓吩咐着，也开始四处查探，但其实这屋子哪需要查探什么，几乎是一眼便可窥见全部了，可以说和荒郊野外的并无多少差别。

“我以前当差的时候，听说这个水秀才家以前是开医馆的，他疯了以后，也总是会上山去采药……还有人传说他疯疯癫癫的，多半跟乱吃药有关系……”

听了李德的话，司徒晓和百里瑄对望了一眼，顿时有些丧气，这不是与大海捞针无异吗……这山上千百种药草，总不能让林思远神农尝百草一般吧，恐怕不等他尝试完，就一命呜呼了！

外头忽然一阵响动，便推门一看，门口站了一个衣衫褴褛、满脸脏兮兮的男人，嘴角还沾着黄色的地瓜，乍一看上去，有些恶心，不免让人联想到一些比较恶心的事情。

“水秀才，他就是水秀才。”

李德指着水秀才喊道。

水秀才看见3个陌生的人站在自己屋里，先是愣了愣，听到李德这么一吆喝，随即把左手捏着的一把植物塞到了嘴里，还含糊不清地说着：“不给你们……不给你们……”

“诶诶诶……你干什么啊……快吐出来，吃死了怎么办！”

司徒晓一个箭步冲了上去，企图阻止水秀才，但只是转眼之间，那水秀才硬生生地把那把没看清楚是什么的植物给吞了下去，嘴角还残留着一瓣黄色的花瓣。

“你你你……你这个吃货！”

司徒晓顿时有些恼怒，真想给这个水秀才一耳光。

“这是……”

百里琯轻轻把沾在水秀才嘴边的黄色花瓣捻在手上，放在鼻翼下闻了闻。

“这是黄芽子嘛……这东西好像是有毒的啊，这疯子没事吧……”

李德伸过头来看了看，不免皱眉瞄了一眼水秀才，顿时觉得村里人的谣传可能是对的，这家伙变成这样，大约真和他四处乱吃东西有关系了。

“黄芽子？”

“我们这儿以前可多黄芽子了，小的时候玩过不少。不过听说这东西是有毒的，后来为了种地都给铲了，现在倒是不常见了……”

“小琯，这黄芽子难道就是……”

“我不知道，从它的气味来判断，它确实有一定弱的毒性和药性。若是能找到完整的，也许就能知道它究竟是不是我们在寻找的关键了！”

听到百里琯的话，司徒晓更恼怒眼前这个疯男人了，若他再晚那么一时半刻的，不就可以节约不少时间了！

“李德，你说以前这黄芽子到处都是，如今知道在哪里能找着吗？”

“这……以前是挺多，我也多年未见着了……”

李德挠了挠头，有些无可奈何。

3个人的目光同时射向了呆呆站在一旁的水秀才。

“决定了，小琯，你先回去，好好看着林思远，他现在病情很反复，随时可能有危险。我和李德押着秀才去找黄芽子！”

司徒晓吩咐着，把手搭在了水秀才肩上，眯着眼睛盯着他。水秀才缩了缩脖子，惊恐地看着司徒晓，咽了口唾沫，大约虽然是疯了，但也还是能够敏锐察觉到威胁的吧……

百里琯回到林府的时候，林府里头一阵安静，一个说话的声音都没有，这可是难得的情况，带着些许疑惑，百里琯刚踏进门，就被一把杀猪刀横在了脖子上，刀上还残余着生猪肉的腥味儿，让百里琯不觉有些恶心。

“你们做什么？”

看到围在自己周围的一群满脸杀气的村民，以及被控制住的同伴，百里琯心里一阵不安。

“你们都跟妖后是一伙的！要对我们赶尽杀绝！！”

“杀了他们！杀了他们！杀了妖后！”

……

“等一等，之前不是都说了，是误会……”

不等百里琯说完，一张略有些旧了的告示出现在了他眼前，这是当初赵无琦昭告天下册封皇后时候的告示，上面有司徒晓的画像，栩栩如生。这告示已是许久前的事情了，差不多也都被人们淡忘了，现在突然出现在此，却不像是个巧合。

“把他们关起来！等找到妖后，就把他们一起烧死！”

在领头人的号召下，村人们把百里琯五花大绑，和众人一起关进了柴房。门外窸窸窣窣了一阵之后，突然腰间别着刚才用来指着百里琯的那把屠刀的主人走了进来。

“说！你们都把东西藏在哪里了?!”

原来这些人是想找他们存放物资的仓库啊，为了避免物资被哄抢的局面，司徒晓把林府里的一处暗仓作为了存放物资的仓库，若是找不到机关，是很难找出这个地方的。

“只有皇后娘娘知道……所以，你们还是等娘娘来告诉你们吧。”

百里琯冷冷地说着，只有这样才能确保他们至少会先把司徒晓活着带到宅子里吧，至于怎么脱身，到时候再说了。

在后山上走了许久，天都已经见黑了，这水秀才却也不知是故意还是无意，似乎带着他们游山一般，从东蹭到西，从南晃到北，却始终未曾见到半株黄芽子。

“你你你！这个水疯子！你再不好好带路，我就把你一块块撕碎吃掉！！”

司徒晓几乎是咆哮着，揪着水秀才的衣领不断地摇晃着。生平她最怕和疯子打交道了，思维上完全无法沟通，偏偏你又不能拿他怎么样，你就算怎么样了他，不能沟通，还是不能沟通。

“好像有火光冲着我们这里来了……”

李德眺望着山下，讪讪地说道。

司徒晓看了过去，确实隐隐可见一些火光，心里总觉得有些蹊跷。隐隐约约，似乎还能听到吵吵嚷嚷的声音。那声音越来越近，司徒晓努力分辨出了两个字——妖后。

“看来有人已经开始行动，要借刀杀人了……快点走！”

司徒晓沉吟着，一把揪住了水秀才的衣领，示意李德跟紧自己，朝着一处丛林里快步走了进去，虽然丛林里危险多，但也是较为容易隐藏的地方。

刚走了没几步，水秀才突然扭动着身子，挣脱了司徒晓，朝着一处小道一跳一跳地跑了过去。司徒晓暗自咒骂了一句，急忙追了上去，李德也紧紧跟在了身后。

水秀才蹦蹦跳跳地到了一处很陡的山坡，在山坡前傻笑着，指着一处蹦蹦跳跳，看着这一幕，司徒晓的心都快提到了嗓子眼儿，不由得吼道：“你傻啊你！还不赶紧过来，很危险……”

话还没说完，只见在清冷的月光下，一株开着金黄色小巧花瓣的花颤巍巍地合拢着，在清冷的风中摇曳着身躯。

“黄……黄芽子？快！李德你快看，这是黄芽子吗？”

司徒晓兴奋地扯着李德的袖子，指着那株不起眼的小植物。

“是啊！黄芽子！总算找到了！”

李德兴奋地喊着，急忙走了过去，小心翼翼地这株黄芽子连根拔起，从怀里拿出一条帕子，小心地包着。

听得村民的声音似乎越来越近了，司徒晓眺望了四周一圈，下山的路只有那一条，若是再和这些人纠缠，却不知那林思远还等不等得到。

“听着，李德，你拿着黄芽子赶紧下山去林府，不管行不行，只能搏一搏了，希望林思远福大命大。你带着水秀才一块儿走，把他带下山就行，村民见了他也不会为难他，先赶去林府才是最重要的大事！”

李德点着头，却似乎觉出哪里不对，这才问道：“那……耀华姑娘，你呢？”

“我？自然是得为你开一条路了！”

司徒晓笑了笑，李德一愣，顿时明白，原来她想自己去做诱饵，引开那些村民，好让自己下山。

“那怎么可以！要去也是我去！耀华姑娘你不可以有事！”

“不是我不可以有事，是我们大家都不可以有事。在来之初我便说过，大家一块儿来，就要一块儿回去。李德，你虽然并非与我们同来的人，你也并非自愿加入我们，但是这些日子里，我们大家都把你当成了自己人，与我们是一个整体。是我带你们来的，自然要保你们回去。再说了，我也很珍视自己的性命，我也有……一定要回去见到的人。所以，我不会有事的，你也一定要保证，尽快把东西送到小琯手上……林大人在河内是个好官，林思远怎么也算是有几分威望的，若是能救活他，他也许能够安抚这些村民。时间不多了，快些，不要有任何的犹豫！明白吗?!”

司徒晓严肃地说着，拍了拍李德的肩膀，随即便在月光下轻灵地跃入了树丛里，一阵悠扬的歌声响起，在树林里回荡，往另一个方向越飘越远……

“红藕香残，玉簟秋，轻解罗裳，独上兰舟……云中谁寄，锦书来，雁字回时，月满西楼……花自飘零，水自流，一种相思，两处闲愁……”

后面的歌声却再也听不清晰了，那清脆嘹亮，又透着丝丝哀婉愁绪的歌声，将一群愤怒的村民引向了相反的方向。李德呆呆地站在月光之下，他从未听过这么美妙的歌声，正如这么多年来，他从未过过像这一阵所过的，这样的日子——不能耍威风，不能欺压良善……却也不用溜须拍马，不用挂着不像自己的面具……

“水秀才，快走。”

李德下定了决心一般，一把抓住了水秀才的手，急匆匆往山下跑去。无论如何，他一定要尽快将黄芽子送到百里琯手中，无论如何，这是她的嘱托，他一定要完成！

“快，抓住妖后——抓住妖后——”

村民们的声音越来越近了，已经跑了这么远，李德应该已经有足够的时间脱身了。为了引开村民，司徒晓故意放慢了自己的脚步，还以歌声为引路，生怕这些家伙走错了方向，和李德撞个正着。可是却没想到，在差不多想到要脱身的时候，司徒晓却发现自己站在了一处“走投无路”的陡坡旁，不由得心里感慨着，自己和悬崖绝壁什么的，怎么那么有缘分啊……或者应该说，这些古人到底是怎么搞的，会不会城市建设啊，留这么多高山悬崖不开发，难道专门让人坠的不成！

正郁闷地想着，村民已经点着火把围了上来。司徒晓往后退了一步，看着这些面带杀气的老百姓，心中甚是郁闷。

“各位……”

“妖后！你不要再狡辩了！我们已经识穿了你的真面目！”

“你受死吧！”

听着村民唧唧喳喳，不给自己有说话的机会，司徒晓只觉得头一阵疼痛，她又不是什么妖精，犯得着火把锄头的扛着围上来吗！

“啊！！那是什么?!”

司徒晓突然尖声叫道，众村民一愣，纷纷回过头，司徒晓急忙提着裙子，打算趁机迅速从人群中穿过去，却刚冲了过去，就见一个人似乎被人推了一下，整个往前撞了过来，一柄锄头重重地撞到了司徒晓腹部，一阵冲击力使得司徒晓往后飞了出去。

“小心——！！”

人群中突然传出一个熟悉的声音，接着只见一个穿着灰色麻布衣的身影从人群中飞了出来，朝着司徒晓的方向一跃，紧紧抱住了司徒晓，两人顺势滚下了山坡。

一阵天旋地转之后，司徒晓眼前一黑，昏倒之前，似乎看到赵无琦出现在自己眼前……

## 7

李德带着水秀才狂奔了许久，本想在水家村放下他，但一想到他住的那破房子的样子，不由得心里有些同情，思索了片刻，还是决定带他一同到林府，寻思着到时候能给他找个住处，或者能有时间帮他修缮一下住所也是好的。

可没想到的是，刚一踏入林府，李德和水秀才就被众村民给抓起来了，直接给扔到了柴房。

见到只李德一个人回来，还带着个疯子，百里瑄有些急了，忙问道：“娘娘呢?”

李德紧紧皱着眉，一副痛苦的样子，抿着嘴，从袖子里掏出了帕子包裹着的黄芽子。

“一些村民去山上找我们，耀华姑娘说林思远不能等，让我把这个带来给你……耀华姑娘她……”

“做诱饵去了吧。”

不等李德说完，百里瑄便接口道，声音甚是平静，似乎早已经料到会是这个结果一般。自然，他跟随了司徒晓这么久，怎么会不了解她呢。

“我们有治疫病的方法了！快放我们出去!”

百里琯冲着屋外喊着，却久久听不到回应。众人纷纷一起帮忙，喊了许久，才有一个人缓缓地打开了门。

“你们要什么花样都没用了……看着大家在眼前就这么一个个去了……我们也快了……”

看着来人虚弱的样子，似乎也感染上了疫病，李德不由得捂住了口鼻，往后稍微挪了挪。

“我们真有法子了。若是你们不信，放我们出去，把药给林思远吃了。有没有效果，一试便知。若是不让我们出去，林思远怕是也挺不过今夜了……不管怎么说，他都是林大人的独子，听闻林大人在河内，对各位都是有恩德的人，各位应该不至于连恩人的儿子都不肯高抬贵手，救一救吧!”

百里琯说得诚恳，来人却依然有些犹豫，满是不信任地看着百里琯。

“我觉得这位小哥说得颇有道理，死马也该当活马医一医，不是吗？况且，听闻各位在找寻藏在林府的仓库，这林府可是林公子的家，若是这林公子得以侥幸活下来了，各位不仅有活的希望，还有找到物资的希望啊。倘若是诸位执意不从，要与他们同归于尽……那老朽也不便再说什么了……”

一个苍老的声音忽然传了过来，虽然是一名老者，但声音却是苍劲有力，透着一股让人不容置疑的威信。

百里琯从打开一半的门里看出去，心下一惊，来人竟是赵舍?! 虽然是一身粗布麻衣的打扮，但此人的面容，百里琯决不会认错。既然赵舍来了，那是不是说明皇上也在附近?!

那人听完赵舍的话以后，把门合上了，似乎是去找人商量了，过了不久，柴房的门被打开了，腰间别着杀猪刀的屠户走了进来，粗鲁地解开了捆着百里琯的绳子，沉声说了一句：“你快点儿去瞧瞧林公子，要是敢耍什么花样，老子就砍了这里这些个人!”

百里琯本想顶撞几句，却似乎隐隐听到了林思远的呻吟声，当下也顾不得跟这个屠户斗嘴，急忙地冲了出去。这可是司徒晓拼了命换来的，不管它究竟是否真的是那个关键，时间紧急，也只能搏一搏了！

天刚微微露出一抹鱼肚白，司徒晓眼皮动了动，只觉得脑袋有些疼，似乎肿了个大包似的。挣扎着睁开了眼睛，身上有些微凉，像是被露水打湿了衣衫。头动了动，司徒晓这才意识到，自己似乎压着什么，偏过头一看，是一个穿着灰色粗布衣的男子。想起了昨夜的事情，这个男子是和村民一起上山的，但是却似乎是扑出来救她的。带着一丝疑惑，司徒晓侧过了身子，赵无琦的脸赫然出现在了眼前。

“无琦……”

司徒晓用力揉了揉眼睛，不敢相信地死死盯着赵无琦的脸，伸出手摸了摸，直到触到他冰凉的皮肤，这才确定自己不是做梦。

“无琦！无琦！你没事吧？快醒醒!”

“唔……我没事……只是有点痛……”

赵无琦闷哼了一声，慢悠悠地张开了眼睛，微笑着看着司徒晓。

“你……你怎么会在这里……”

“接到骚乱的消息以后就赶来了……还好我赶来了……”

“可是你怎么会和村民们在一起?”

“昨夜，我和赵舍乔装来到此地，到山脚下就听一群人说什么要去杀妖后，我担心便跟过来了，让赵舍先去寻小琯他们……想不到这群愚民竟如此无礼！真是不能纵容!”

“不是他们的错……这件事是有人煽动的……况且，对于百姓们而言，若是连命都朝不保夕了，又怎么还去理会‘礼’呢……还有你！你可是皇帝啊，不是应该好好在安都管理朝政！怎么可以为了一个……”

话音未落，赵无琦的嘴已经堵了上来，疯狂地吻着司徒晓。

“你不知道，我是怎么过的……每天为你担惊受怕……我是无琦，在你面前我只是赵无琦，要我说多少遍……你是我的妻，在你成为我的妻的那天，我便担负起了保护你的责任……我不该让你独自犯险的，是我的错……是我的错……”

赵无琦紧紧地把司徒晓抱在怀里，总算能够安心地闭上眼睛休息片刻了。当他听说了此次骚乱，便猜到定是有人暗中指使，从那时起，便陷入了日夜的担忧里，生怕失去了她。关于谁是幕后指使者，赵无琦心中也猜出了几分，只是，那几分却是他不愿承认也不愿面对的几分，他不知该如何是好，除了亲自到她的身边，确保她的安全，他真的不知还能怎么做。

两人相拥了许久，天边的红霞让天地开始走向白昼，司徒晓这才突然发现，这处深谷之中，竟然遍地都开满了黄芽子，在阳光和露水的洗礼下含羞待放，怀抱着晶莹的露珠，似在等待着最完美的绽放。

“无琦，黄芽子，黄芽子!”

司徒晓激动地指着遍地不起眼的小黄花，仿佛发现了什么宝藏一般。

“这些花怎么了吗?”

“它们也许就是对付疫病的关键啊!”

“只是也许，还不确定，你就高兴成这样?”

“总之我们先赶快回去，如果林思远还活着，说明这一次，上天都在帮我们!”

司徒晓兴奋地嚷着，这才发现赵无琦身上许多细细碎碎的伤口，道道血痕有些触目惊心，想是滚落下来之际，他一直护着自己的缘故。

“不用担心，这种伤只是小意思。”

看出了司徒晓的担忧，赵无琦安慰道，其实也是实话，想想自己脸上这些一辈子都无法消除的伤痕，这些血都出不了多少的小伤又算得了什么呢。

司徒晓和赵无琦一身狼狈样地回到了镇上，四周是一阵出奇的死静，也不知人都到什么地方去了。在到林府的一路上，司徒晓一直都十分忐忑，赵无琦紧紧地抓着她的手，才让她稍微安下心来。

刚一踏入林府，就听到一阵哭声，司徒晓和赵无琦相互对望了一眼，大惊失色，想来大概是林思远出了事情。两人冲了进去，却见林思远脸色苍白地被高大强壮的何书“驾”着，站在房间门口，一大群的民众围在周围，哭声震天。

“大家……看到了……我们真的……有救了……有救了……是皇后娘娘……皇后娘娘天恩浩荡……”

林思远的声音很虚弱，在众人的哭声之中几乎是细不可闻。

“黄芽子真的有用?！是真的吗？小琯！”

看着林思远的样子，虽然依旧十分虚弱，但俨然是一副好转的迹象，司徒晓不禁欢喜地喊了出来。

听到司徒晓的声音，众人齐刷刷回过了头，村民们如同见了鬼魅一般，急速后退，缩成了一团，喊着：“妈呀！鬼呀！”

百里琯一行人见到了司徒晓，皆是惊喜之色，尤其是那李德，竟是哭得一把鼻涕一把眼泪过来的。

“耀华姑娘，你没事……太……太……太好了……”

李德一个大男人哭得稀里哗啦，引来了众人一阵调笑。

“还叫什么耀华姑娘呢！现在可以正大光明地叫皇后娘娘了！”

何书憨厚地笑着，要不是现在搀着林思远这个大病初愈的家伙，他也想一同围过来，确定下司徒晓健健康康、完完整整的。

百里琯率先见到了站在司徒晓身后的赵无琦，顿时一愣，刚想要行礼，却被赵无琦制止了。

“黄大人怎么也来了?”

人群中不知是谁竟认出了赵无琦。实际上认出他来并非什么难事，毕竟他脸上那些与俊秀的面容形成鲜明对比的疤痕实在是让人难以忘怀。

“自然是奉了圣上之命，前来护娘娘周全。顺便看看，有没有人对娘娘无礼。”

赵无琦说着，目光冷冽地射向了一众村民。

“没有人对我无礼，我也很周全，现在最重要的是配制治疗疫病的汤药，配送给百姓，还有那些救援物资，近日来天气有好转的迹象，也该催催他们尽快运来了。为了安全起见，依然还是按照之前的方式运送。”

司徒晓挡住了赵无琦几乎可以杀人的目光，分配着每个人的任务。

“黄芽子……以前山上很多……可是全都给人铲了……此后就十分少见了……”

一个胆子稍大的村民结结巴巴地发了话，众人顿时心头又觉得一阵寒凉。

“放心吧，我找到黄芽子了。这还要感谢各位了，要不是各位逼得我滚下山，恐怕就算是找到了配方，也要为主要的一味药发愁了呢！”

司徒晓半开玩笑地说着，语气中自然也不乏挖苦之意。

在百里琯的调配之下，很快便有了对付疫病的方子，原本处于绝望之中的百姓又看到了希望的光辉。在这一段时间里，司徒晓依然和从前一样，挽着袖子帮众人一起干活儿，一起照顾病患。随着曙光的到来，回想到此前是如何对待这位皇后娘娘的，众人也有一些悔恨，却一时之间也不知该如何是好，便只能偷偷表达自己的歉意。司徒晓几乎每个早晨醒来，都能在自己房间门口看到一堆东西，什么鸡蛋萝卜、白菜豆腐，应有尽有，倒是为林府省了不少伙食。

赵无琦虽是和司徒晓一同待在林府，却也不得与她过于亲近，毕竟他是以“黄大人”的身份而来，总不能和皇后过于亲密吧。

河内的情况渐渐稳定了下来，司徒晓带领众人为林思远的父亲建了一个纪念亭，并让林思远接替了其父的职位，为一众百姓重建家园。在河内日渐恢复繁荣景象的同时，李德却似乎越发的心事重重。

这日，李德刚吩咐完一众村民关于城西堤坝的修葺工作，一个穿着嫩黄色罗裙的姑娘羞答答地跑到了他身旁，塞给了他一个香囊，便红着脸跑了。这一幕正好被何书看到了，何书调笑着凑了过来，一把抢过了香囊。

“真香啊！我说那小姑娘怎么最近老往咱这儿张望，原来是看上你小子了……好福气，好福气啊！你呀，真要谢谢娘娘……”

“你喜欢，便送给你吧。”

李德淡淡地说着，转身欲走。

“喂喂，李德，你怎么了？开个玩笑嘛……你最近到底是怎么了？老是这副死样子，疫病过去了！咱都活着！这可是天大的好事！”

“疫病过去了，耀华姑娘也该回去继续做皇后娘娘了……你们也该走了，我也该回去继续做我的狗官了……就好像做了一场梦，虽然是个美梦，但醒了之后……一切还是没有改变……”

李德笑了笑，眼里却满是落寞。

“你变了很多，怎么会没有改变呢?”

百里琯从回廊走了过来，笑着对李德说道。

“百里公子……正是因为某些东西变了，才会对某些永远不会变的东西感到痛苦。当一切又回到从前，谁能保证，我不会也回到从前那般呢……若是可以，我倒宁愿死得轰轰烈烈，为一个值得的人。”

“想到死，莫不如想着如何好好活。”

李德没有应声，有些落寞地走开了，何书手上还拿着那只绣工精致的香囊，一时之间到不知该怎么处置了。

河内的事情基本上已经处理完了，在司徒晓和赵舍的苦劝之下，赵无琦总算答应暂且先与赵舍一同回安都。

“我在家里等你，快些回来。”

别离之际，赵无琦捧着司徒晓的脸，依依不舍。

司徒晓在赵无琦脸上亲了一口，柔声应道：“我很快就会回去。无琦……我爱你……”

赵无琦执起司徒晓的手，深情道：“一生一世一双人，天涯海角，生死相随。”

正巧经过后院的李德看到了这一切，急忙躲了起来，看着司徒晓送别赵无琦离去，李德这才意识过来，原来这位黄大人就是当今的皇帝，也就是耀华姑娘的丈夫。李德突然感觉心中一阵难以压抑的痛楚，一瞬间，他才意识到，他的心里动了不该动的感情，起了不该起的念头。也许，从遇见这个女人的那一刻，他的一生就已经偏离了原本的轨道，但不管终点是什么，他却都庆幸，有生之年能遇到她。

河内渐渐恢复到了往日的繁荣，百姓们也充满干劲地开始重建家园，在林思远的带领下，这个原本宛如地狱的地方再一次充满了阳光和笑容。水家村已经没什么人了，有人想把水秀才接出水家村，但水秀才却不肯走，河内的一个大员外便出了资，帮水秀才修建了房子，毕竟他现在可是河内的大英雄。司徒晓一行人离去之际，几乎全城的人都来送别了，何书不忘说着风凉话，感慨这些人是何等的现实，刘秀才反复吟着那几句他记得熟烂的诗……

李德一直跟随在队伍里，走了许久，似乎才有人想起来，他应该前往的地方是松平县，但他似乎已经走过头了。

“我……好不容易可以休息，去安都看看也好……”

这便是李德对众人疑问的回答，众人感叹他爱玩，却唯独只有百里琯一语不发，李德的话一直萦绕在他的脑海里，他隐约觉得，那就如同一个魔咒一般，总有一天，似乎李德总会如同他所说的一般，走向那条死亡的道路。这个担忧很快就被验证了。

众人行至襄河，便停留下来，准备扎营了。过了襄河，再不远便到达安都了，只是夜路难行，尤其是还要过河，更加不便，于是便决定在野外住宿一宿。

刚入夜，忽然黑暗中听到一阵响动。不知是谁喊了一声，众人都从睡梦中惊醒了，一群黑衣人仿佛突然之间从黑暗中闪现出来一般，举着刀便冲了过来，目标却极其明确地指向了一个人——皇后娘娘司徒晓。

众人大多并非练武之辈，虽也不乏身强力壮之人，但实际上却当不得用。李德虽然也并非什么高手，但拳脚功夫还是有这么几下的，一直护在司徒晓的四周。百里琯平日里虽是专供医术毒药，但其实暗器功夫也是极佳，尤其喜欢在暗器上涂上他新研制的毒药来进行试药。

众人打得不可开交，然而司徒晓一行人却逐渐落了下风。正在危急之际，忽然丛林里又跳出了另一伙黑衣人，众人一看，不妙，这怎么又多了一拨！但未曾想到的是，这一拨的黑衣人却仿佛和之前那群人不是一伙的，双方竟激战了起来。

正在混战之间，忽然远处的丛林里飞出了一支箭，以强劲的力量朝着司徒晓射了过来，不等众人反应过来，箭已经几乎是插进了司徒晓的身体。忽然，一个身影挡在了司徒晓的面前，倏然倒了下去，那支箭深深地插进了他的胸口，血汩汩地流了出来。

“李德——!!”

司徒晓张大了眼睛，急忙扶住了突然冲出来护住自己的李德，一时之间，司徒晓的脑海里出现了那个人的身影，那个也曾是这样护着自己的人——清阳。可是如今，他却埋骨异国他乡，她已经再也见不到他了……

前来刺杀司徒晓的黑衣人渐渐不敌，竟集体吞毒自尽了，丛林中射出箭的人却已然了无踪影。

众人围了上来，百里琯查看了李德的伤势后，脸色凝重地摇了摇头，咬牙道：“箭上喂了毒。”

“不要死……不要再有人因为我而死了……不要……”

司徒晓紧紧地抓着李德的手，仿佛又回到了那一刻，看着清阳消逝在自己眼前的那一刻。

“……耀华……姑娘……我……活了……一次……真好……”

李德的脸色却是满足的笑容，他闭上眼睛的那一刻，依然是笑着的。百里琯怔怔地看着李德，又想起了他说的那番话：“……若是可以，我倒宁愿死得轰轰烈烈，为一个值得的人。”

仿佛上天开了一个玩笑。

血染红了这个夜晚，也再一次地刺痛了司徒晓的心。她只是想要教训教训这个纨绔子弟，却未曾想过，最终会要了他的命。

前来刺杀的黑衣人没有留下任何线索，就如同前来帮助她的黑衣人一般，也未曾留下任何线索。

## 8

“本宫不辱使命归来，吾皇万岁万岁万万岁……”

朝堂之上，在百官的注视下，司徒晓却是一袭素衣，跪在大殿之上。

听到朝臣对于自己的装饰议论纷纷，司徒晓淡淡地开口道：“日前，本宫的一位挚友为救本宫，不幸罹难，本宫不能为他做什么，只愿能表达自己的哀戚之情，诸位莫非也有异议吗？”

“娘娘贵为皇后，贵为国母，怎能与山野村夫相交为挚友……”

“闭嘴！”

不等大臣的话说完，赵无琦便怒吼道，手重重地拍在龙椅上。众人皆惊，齐齐跪下。

赵无琦站起身，走下了朝堂，伸手扶司徒晓站了起来。

“山野村夫？山野村夫却能为了皇后舍弃自己的性命，倒不知你们又为皇后做了什么?！以命相交若还不能称为挚友，那你们倒说说，怎样才能称为挚友?！从今天开始，谁再敢议论皇后半分，休怪朕翻脸无情。”

赵无琦冷冷地说着，牵着司徒晓的手拂袖而去。一时之间，司徒晓心中倒真觉得自己有些“红颜祸水”了，这要是记在历史里头，自己恐怕就是苏妲己一流的。

“你还真不是个好皇帝……”

跟在赵无琦的身后，司徒晓突然脱口而出。说完话才意识到，自己似乎不该这么说，正欲解释，却见赵无琦突然笑了。

“你说得对，我不是个好皇帝。这一切就像一场梦一样，我原本只想成为人臣，我心中的皇帝却……我原本只想救出母亲，却一时鬼迷心窍，把自己锁进了这个牢笼……如今，却是不知如何才能逃出去……不如赶紧生个孩子，把担子丢给他，然后我就携着佳人一同畅游天涯，可好？”

“孩子……”

听到这个词语，司徒晓心下一惊，不自觉地抚上了自己的小腹。

"这一次，一定不会再让他受到分毫伤害……"

赵无琦轻轻拥着司徒晓，在她耳边保证着。他们原本应该已经有了一个孩子的，他们原本应该已经能够听到那声"爹"和"娘"的，然而，却是造化弄人。

"还有……未了的事……"

司徒晓喃喃着，虽然这次她回来了，但并不意味着危险已经过去，还有未了的事，还有未能如愿的人，若是不能了结了这些恩怨，又怎么能放下一颗总在悬着的心。

赵无琦张了张嘴，始终没有应声，眉头却是紧紧纠结。

"姐姐！姐姐！太好了！你安全回来了！担心死我了！"

一接到司徒晓回宫的消息，晴好便在宫门口张望着，见到司徒晓的时候，激动得满脸泪水，又哭又笑的。

在帮司徒晓整理行装之际，晴好发现司徒晓行囊里有一束头发，用一方帕子小心地包着，正在晴好查看之际，司徒晓走了过来，从晴好手中拿过了那束头发。

"这是一位挚友的，他舍命救了我，虽相识的时光甚是短暂，却依然让人十分难忘，他的名字叫作李德。"

司徒晓也不知为何会想对晴好说这些，也许总是想找个发泄情绪的渠道吧，那一夜，司徒晓说了很多很多话，大多都是重复地述说着与李德相处的短暂的时光里的平凡故事。也许她不懂，为何李德会为了她连命都不要，但晴好却似乎是懂的。

再醒来的时候，一切又是崭新的一天，过去并非应该完全忘却，但决不能成为前行的阻碍。

迎着朝阳醒来的司徒晓是满面笑容的，全然难以想象，昨夜里她曾伤痛不已。晴好帮她梳着头，欲言又止，似乎看穿了晴好的心思，司徒晓突然微笑着说道："有些人，有些事，除了痛，更多留下的应是前行的勇气和希望。"

她并不指望晴好真的能懂她在说什么，也许仅仅只是说给自己听的罢了。这些日子以来，自己似乎变了许多，成长了许多，也坚强了许多。伤得多了，自然便也开始学会了防御。

虽说司徒晓是皇后，但从成为皇后的那一天开始，一直到此刻，她其实并未好好看过这宫苑，对这皇宫唯一较为清晰的记忆，竟是多年前与赵无琦一同到宫里见皇帝的情形，她还能记得那个御花园的样子，以及兰舍绘颐曾住的深宫围墙。

"我们去转悠转悠吧晴好，好不容易能看看货真价实的皇宫，以后啊，想看都只能在博物馆了……"

"姐姐，什么是博物馆啊？"

"唔……一时之间也不好说，总之就是收藏了很多值钱古董的地方就是了……"

司徒晓含糊其辞地解释着，两人一前一后，随心地晃悠着。

也不知走到了哪个园子，只觉四周的景象一片陌生，两人竟然迷路了。正在懊恼之际，司徒晓突然闻到一股清新的花香味，似乎是风从附近的某个园子里带来的。不知不觉，司徒晓跟着这股清新宜人的香味走到了一处园子，园子没有挂任何的牌匾，园中的花却是开得极其艳丽，一个稍微有些驼背的老人家正在修剪一条花枝。

“好棒的花，开得真好，真是一幅绝佳的百花争艳图！”

司徒晓赞叹着，走进了园子里。

老人听到司徒晓的声音，微微一怔，回过头来，迎上了司徒晓的目光。

看到老人的面容，司徒晓心下一惊，竟然是太上皇——宏盛皇帝！

当年，司徒晓与赵无琦进宫，曾与太上皇有一面之缘，故而还能够记得他。当时，太上皇曾因为她的容貌而震惊不已，现在，她已然换了一张脸，想必太上皇已经认不出她了。

“这位娘娘是？”

“大胆，见了皇后娘娘竟不行礼！”

不等司徒晓回答，晴好边抢先大呼，司徒晓急忙制止了晴好。

“是晴好多嘴了，还往父皇不要见怪。”

司徒晓微笑着恭敬地行了礼，听得司徒晓叫他“父皇”，晴好才意识到自己险些闯了大祸，连连跪下叩头认错。

“算了，不必这么怕，我已不是皇上了。倒是你，丫头，还能记得我。”

太上皇笑了笑，一时之间，司徒晓有种错觉，感觉眼前的他与第一次见面时候的他相比，似乎整个人更为轻松了似的。

“听闻父皇一直病重……”

“还能活出些年头……只是，这活着却也不见得是好事情啊……”

“父皇怎么这么说……”

“你知道吗？我想见她了。”

太上皇突然露出了一个调皮的笑容。司徒晓一愣，她，莫非指的是……

见司徒晓欲言又止的样子，太上皇突然笑了起来。

“她在大齐是个禁忌，在我这里却不是……我巴不得总有人向我提起她……却又偏偏害怕别人向我提起她……浅眠……”

太上皇开始絮絮叨叨地讲述起了埋藏在历史尘埃里那一段不为人知的往事。

“兰舍王朝，那本是一个辉煌繁荣的时代。朝中最显赫的四大家族，兰舍家、赵家、万俟家以及穆家。兰舍家本不姓兰舍，却是唯一一家得到了皇家赐姓的大家族，故而位列四家之首。赵家掌管军权，与兰舍家的地位实则不相上下。而万俟家主法，穆家主文，各有所长。

“当年，我与七皇子兰舍曜情如兄弟，18岁那年，在秦安城外的苏青河畔，我与七皇子一同遇到了她，那个改变了我命运的女人——兰舍浅眠。她是兰舍家的大小姐，初次遇着她的时候，她却是一身渔家女的打扮，披着蓑衣，挽着衣袖，在竹筏上头摇着竹竿摆渡。那个时候，我们都惊呆了，从未想过，这世间，竟会有如此美好的女子……不仅仅是美丽，是美好……那幅画面至今还留在我的脑海里，她就如同最耀眼、最干净的，清晨第一缕的阳光……

“我们3个人曾度过了一段非常美好的时光，可是最终，我们不可能永远如此下去……她嫁给了曜，我最好的兄弟。她出嫁的那一天，我是护送她轿辇的将军，我亲自一步一步地把她送入了皇城，送到了我最好兄弟的手里。可是那一刻，看着他牵着她手的那一刻，我的心却告诉我，我不甘心。

“兰舍最有名的大师曾说过，她有凤凰命格，是注定成为凤凰的女子。他的话应验了。第三年，曜成了兰舍的皇帝，而她，也成了兰舍的皇后。凤凰命格，凤凰必须要有龙来配，不是吗……

“我开始有了妄想，人一旦有妄想，那是可怕的，那说明，他的欲望开始逐渐膨胀。便是在那时，兰舍绘颐出现了。兰舍绘颐虽然是兰舍家的远亲，血统并非十分优秀，但她却和浅眠十分要好，亲如姐妹。浅眠成了皇后，兰舍绘颐便封了郡主，一时之间，风光无限。可她偏偏看上了我，赵家威风凛凛的大将军。

“前来说媒的人是浅眠。她的一颦一笑、一举一动，无不刻在我的心里。我娶了兰舍绘颐，做出了我这一生最荒唐的决定……

“我成了龙，天子，哈哈哈……

“我却失去了她……”

太上皇没有说，“失去她”失去的是谁，是兰舍浅眠？还是兰舍绘颐？他也没有说，他是怎么失去她的……但从他的话语中，司徒晓却隐隐觉得，太上皇似乎对兰舍绘颐有着某种恨意以及隔阂。

那一天，司徒晓和太上皇聊了许久，都是些可有可无的话语，絮絮叨叨地，竟然也说了几个时辰。司徒晓猛然惊觉，眼前的老人是真的老了，可一想，也许他早就老了，早在他背叛兄弟、覆灭兰舍、建立大齐之际就老了……或许其实在更早的时候，送那个女子出嫁的那日，他也许就已经老了……

作别之际，太上皇忽然怔怔地看着司徒晓说了一句：“你和浅眠……真的很像。”

“我和浅眠……像吗？”

司徒晓有些不明所以，司徒冰凝确实像兰舍浅眠，但自己的容貌却是与她并无半分相似的。

“像，不是容貌，而是灵魂……像得惊人……”

从太上皇有些混浊的眼中，司徒晓似乎看到了某些闪光的东西，她知道，那叫作回忆。

别离之际，太上皇弯腰拾起整理盆栽的工具，在与司徒晓擦肩而过之际，若有所指地沉声说道：“身边之人，往往才是你最难想到的敌人。”

太上皇未曾停下脚步，司徒晓甚至有些迷惑，这话究竟是对自己说的，还是仅仅是太上皇自己的低语。

走出园子，司徒晓却见晴好靠在墙上，眼睛红扑扑的，像是哭得十分伤心。

“晴好，你怎么了？”

“啊……姐姐……我没事，只是方才听故事，听得有些难受……太上皇真可怜……兰舍皇后……也很可怜……”

晴好说着，揉了揉眼睛，挤出了一丝笑容。

司徒晓看着晴好许久，点了点头，一语不发地转身离去。

身边之人，往往才是你最难想到的敌人。

这句话一直在司徒晓耳边回荡，许久也未曾散去。

## 9

庆贺皇上登基的纪念日转眼就快到了，时光匆匆如流水一般奔腾远去。看着宫里四处张灯结彩，准备迎接这个隆重的节日，司徒晓的思绪却回到了赵无琦莫名登基的那个夜晚，那一夜，赵彻血溅当场……

司徒晓对赵彻是不曾有感情的，甚至可以说，她并不认识赵彻其人。但司徒冰凝的记忆和感情，她却如同亲身经历过一般，说不上刻骨，但却也无法忘却，纵然她并非司徒冰凝。在这样的日子即将到来之际，司徒晓自然而然地想起了那个女人，那个曾深深爱着赵无琦，最后却情愿一生去为赵彻守灵的女人——苏烟。

对于苏烟的记忆已经很是模糊了，司徒晓记得，似乎自己和苏烟的碰面和交谈，只有多年前在王府里的湖心亭短暂的一次而已，并且并不是那么让人印象深刻的谈话，她甚至已经不记得当时说过什么话了。

"姐姐要去看苏烟姑娘?！为什么?!"

听闻司徒晓竟想要去探望苏烟的消息，晴好表现得很是震惊，并且也不是那么愉悦。

"有什么好奇怪的，曾经也是相识一场……"

"姐姐想找她定然不是那么简单吧，毕竟姐姐和苏烟姑娘从未有过任何交情。"

晴好用鲜少会有的不悦的语气说着，司徒晓不由得皱紧了眉头。

"我的意思是，苏烟姐姐在守墓，姐姐去怕是会沾了晦气……"

也许是看到了司徒晓的不高兴，晴好急忙解释着，司徒晓只是摆了摆手，示意晴好去准备，其他并未多言。

为什么会突然想探望苏烟，司徒晓也不知道，大概是想去他的墓前看一看吧，自他死后，她还从未到他的墓前祭拜过。

司徒晓只带了晴好上路，坐了一辆极其平常的马车，不愿让人认出她来，以免多生事端。马车似乎走了很远的路，停下的时候，已经到了一处山清水秀的地方，与安都的繁华似乎隔着一个世界般。

见到苏烟的时候，司徒晓略微有些震惊，她原本就是清丽的女子，如今一袭素衣，头上戴着一朵小白花，更添了几分让人心碎的颜色。对于司徒晓的到来，苏烟却是颇为诧异的，这种诧异甚至超过了一般人的惊讶。也许正如晴好所说一般，自己与她素来不曾有什么交情，却又突然拜访，实在是让人觉得别有用心吧。

"许久不见了，苏烟姑娘。我只是……想来看看……"

司徒晓试图解释着自己的来意，却发现，自己也说不清楚，究竟是想来看看什么。众人未曾明了她和赵彻的关系，而她和苏烟也算不上是熟识，一时间，竟找不到合适的理由了。

"嗯……这里，很好……皇后娘娘若不嫌弃，可进屋休息片刻。"

苏烟脸上的讶异只是一闪而逝，随即便恢复了淡然的神色，似乎什么也惊扰不了她的心境一般。司徒晓犹豫了片刻，看了看赵彻冰冷的墓碑，留在这儿似乎也没什么话跟赵彻说的，便应了苏烟的邀请。

苏烟的住处倒是和当年在王府之中的屋子颇有几分相似，只是当年是在府中营造这样安宁的画面，今日却是真的到了这山野之间。司徒晓打发了晴好在屋外候着，便随着苏烟进去了。

“皇后娘娘今日突然造访，倒是让苏烟有些意外。想当年，苏烟与娘娘不过是点头之交，未曾想到，如今娘娘还会记得苏烟。”

“在这里就不要叫皇后娘娘这么见外了。虽然当年我们未曾有缘结成姐妹之情，但到如今，却总是会思念故人，也许是因为一个个都远去了吧……想到了你，便想来看看。”

“礼数还是不可免的，娘娘，苏烟并非洒脱之人，还是循规蹈矩的好。世事变迁，自然免不了物是人非的境地，然而对于苏烟而言，却是不曾有多少影响的。苏烟的日子一向如此，平淡如水，以前是如此的过，现在也是如此的过。”

面对苏烟刻意的疏离，一时之间，司徒晓有些窘迫，竟不知道该说什么了。两人无言地对坐饮茶，倒是越发尴尬。

沉默了许久，司徒晓才开口道：“其实苏烟姑娘大好年华，不必……”

“为死去的人浪费光阴吗？敢问皇后娘娘，若是有一日，皇上也如这般离娘娘而去，娘娘会如何面对？”

司徒晓一怔，这个问题她不是未曾想过，当她知晓赵彻不是赵无琦的那一刻，她一瞬间确实想过，赵无琦是不是已经永远离开了这个世界，可是那时，她却并未想过自己未来的人生会怎样，其实从坠崖的那一刻开始，她便以为自己与赵无琦从此缘分已尽了……若是此刻，他死了，永远消失在了她的生命中，她会如何？她能够去寻觅另一场幸福吗……

“娘娘，处于局外，自然能看得清晰、看得透彻，明了路该如何走，才是最最好的……可是走路的这个人在路上，却是难以如此简单地进行抉择的……旁观者清，当局者却迷，即使你将最清晰的蓝图铺陈在当局者面前，她也未必愿意走出这迷局……也许，她是自愿走入那场迷局，下了永不离开的决心。”

苏烟的话似乎话里有话，司徒晓有些惊诧地看着她，莫非她早已经知道了赵彻并非赵无琦的事情……虽然司徒晓并未求证，但是从苏烟的眼中，她确确实实看到某些东西，某些让人心痛的东西——爱情，她对赵彻的爱情。

作别之际，苏烟忽然对司徒晓说道：“皇后娘娘，苏烟并非多管闲事之人，也只想安然度日，但依旧想提醒娘娘一句，身边的人，往往可能是你最大的敌人，也是你最意想不到的敌人。”

与太上皇如出一辙的话。

一次寻常至极的会面，司徒晓却未曾想过，这是她最后一次见到苏烟。

马车低调地驶回了凤仪宫，却在下马车的那一刻，司徒晓得悉了苏烟的死讯。脑袋嗡的一声，司徒晓顿时有些无法思考，就在方才，她还与苏烟面对面坐着，她还在和她说着漫无边际的话语……一切发生得让人猝不及防，快得让人难以接受。

苏烟曾是零陵郡王的妾室，赵彻的事情是皇家的一个大秘密，故而，对于苏烟，皇家对百姓的交代便是与出家的纳兰芯蕊如出一辙，自然便是所谓为大齐祈福之类的，如今苏烟死了，按理来说，她的身份依旧是皇家中人，自然不能没有一个交代。

皇太后让人意外地十分重视这件事情，迅速命人彻查，宫里一时之间闹得人心惶惶。

司徒晓自然知晓，太后定是从耳目之处得知自己曾去见过苏烟，并且甚是有可能，自己便是见到苏烟最后一面的那个人。虽然知晓，却依然要费尽周章去查，去做给天下人看，不外乎是想要借此铲除她罢了。

对于苏烟的死，赵无琦是真正难过的，他一直把苏烟当成自己的妹妹一般，她是个如此纯净的女子，温柔善良，可最终却落得了这样的下场。

“皇上，哀家得到消息，在苏烟死前，曾见过一位访客。”

“访客？谁去见了苏烟？”

刚到书房门口，司徒晓便听到了房内太后和皇上的声音，赵舍迎了上来，司徒晓示意赵舍不用通报，便径直推开门走了进去。

“本宫就是去见了苏烟的访客。”

司徒晓说着走了进来，脸上并无一丝的惧色。这件事情早晚要引到自己身上来，与其让别人“查”出来，倒不如她自己来说了。

“原来是皇后啊。不过据哀家所知，皇后和苏烟似乎并没有多少交情，怎么突然想起来去探望她了，真是有些匪夷所思啊……”

“近些年来，本宫虽还未到衰年，故人却纷纷离本宫而去，每每思及此，本宫便觉心痛难耐……苏烟虽与本宫并无深交，但却亦是本宫的故人，感念此，便前去探望她，有何不可……但却是没想到，这一面，却是最后一面。”

司徒晓说着，面露悲戚之色，这倒并非是装出来的，那些在自己面前死去的人的脸，一张张都深刻地烙印在她的脑海里，从来未曾忘却，每每出现，便是难掩的哀痛。

“皇后说的话倒是声情并茂，却不知这其中真相几何。皇后你前脚刚走，苏烟后脚便去见了阎王，这其中究竟藏着何种奥妙呢？而且，皇后前去探望苏烟，本是一件仁德的事情，却偏偏似乎要隐瞒身份，又不知皇后作了何打算而去的。”

太后一字一句针锋相对，就差指着司徒晓的脸骂她是“凶手”了。

“太后您说得是啊，这本宫刚走，苏烟便出事了，本宫再不济也不至于这么笨，让人闭着眼睛也能把脏水泼过来吧。于天下人而言，苏烟是为大齐祈福而自愿离宫修行的，但实际上事情如何，想必当年经历了那件事的人都不会毫不知情。本宫是皇后，自然应当谨言慎行，若是有错，也只是错在不能控制自己内心的情感，冲动之下，前去见了不该见的故人罢了。再者，本宫现在贵为皇后，为何要以身犯险，去害一个对本宫毫无威胁的人呢！”

两个女人之间仿佛出现了战争的火花一般，互不相让，面对太后的咄咄逼人，司徒晓也丝毫不相让。即使她再怎么想陷害自己，没有杀人动机，一切自然是子虚乌有的指控。

“皇后，有些事情，哀家不说并非是不知。若是哀家未曾记错，令尊当年是犯了勾结乱党的罪被斩首的吧。皇后当年进王爷府究竟是为了什么？这些事情，大概不必哀家明说，那赵彻与皇后之间若是有什么往来被苏烟知晓了，苏烟无辜被害，也是情理之中的事情。毕竟你贵为皇后，又怎能因一点点的小事情就惹火烧身，失去一切呢！”

太后疾言厉色，字字透着杀气。

当年，司徒冰凝与赵无琦险些因此事而决裂，此后发生了那么多事情，直至最后，赵无琦也未能确定，司徒冰凝和司徒光程背后，究竟是何人操控？而司徒光程的死、赵彻的出现、赵无琦的隐姓埋名，一切都让这件事情就这样不了了之，但司徒晓却未想到，多年以后，这件事情竟被太后拿出来当作对付自己的利器。看来，当年隐居深宫的皇太后，似乎并非过着与世隔绝的生活，这外头发生的大大小小的事情，她可是一清二楚啊！

“本宫进王府，是皇上的旨意。”

司徒晓冷言说着，心中却是一阵不安，司徒冰凝确实与赵彻的关系非同一般，而这太后与赵彻更是关系匪浅，虽无确实的证据，但司徒晓却几乎可以肯定，赵彻是太后最为亲近的人。赵彻给予了赵无琦一生也无法磨灭的伤痕，这耻辱的印记是赵无琦人生中永远无法抹去的痛楚。司徒晓不知道，那些伤害究竟有多深，她甚至感到不安，赵无琦对赵彻的恨，是否会动摇他们的爱情……

一旁的赵无琦始终沉默不语，不知在思索着什么，沉默之中尽是压抑。

赵无琦突然站起身来，大步走到了司徒晓面前，两人对望着，似乎想在对方的目光中寻找到什么。

“司徒晓，你有没有做过？”

“我若是说没有，赵无琦你信我吗？”

“你说，我便信。”

“我没有做过，苏烟的死与我无关。”

“我信你。从此以后，任何人不许再将此事与皇后扯上干系，过去的事情就该画上一个句号，谁都有不干净的底。”

赵无琦淡淡地说着，没有看太后一眼，但话语中的语意有所指却让太后顿时脸色有些煞白。

“赵舍，彻查这件事情，务必要还苏烟一个公道。对外，便宣称苏烟病弱离世吧……追封为‘清怡贵妃’。”

## 10

苏烟的死对于司徒晓而言并非那么云淡风轻，司徒晓一直觉得，若不是自己去打扰了她平静的日子，若不是自己那一次的突然造访，也许她现在依然还过着与世无争的日子，陪伴在赵彻墓前。旁人看来或许是凄清的，但她却应是满足的。

带着这些难以磨灭的愧疚，司徒晓向赵无琦请求，要亲自承办苏烟的葬礼，在获得首肯之后，司徒晓便写了信给苏烟的父亲苏通判，希望他能同意将苏烟葬在此地，葬在赵彻的墓旁。好在苏通判也是通情达理之人，一心也愿还女儿心愿，便将一切事宜都交给了皇后决定。

这一场葬礼，司徒晓几乎事必躬亲，众人看在眼里，不知情的，还以为这苏烟与皇后的交情甚深。而知情的人，却不乏暗自猜测，皇后这一出戏便是要演给天下人看的，以彰显自己的大度。毕竟在赵无琦宣布大齐从此只有一后的那一刻开始，对于先前两个妃子"为国祈福"的所谓"真相"便是层出不穷了，大多数人所认可的自然是皇后娘娘因妒成恨，逼迫两名无辜的妃子从此与青灯相伴。

司徒晓何尝不知道，自己越是对苏烟的葬礼尽心，便越是会引起众多猜测，每当此际，她便会想起赵无琦所说的："……皇上是一个身份，却永远都排在赵无琦之后……"是的，什么头衔都只不过是一个身份罢了，最重要的，自己始终是自己，若是不能遵循自己的心，越发惊人的头衔，只不过是越发狭小的监牢罢了。

葬礼当天，司徒晓着了一身素衣，头发只简单地盘了个发髻，戴着一朵白色的小花，看着镜中自己的装扮，苏烟的样子又浮现在了脑海中。司徒晓幽幽地叹了口气，眉间满是悲伤。

"姐姐，时辰快到了。其实姐姐已经把一切事情都交代妥当了，何必还非要自己去……苏烟姑娘虽然说是为国祈福而身居宫外的，但实际上不管是什么理由，她都已经不再是妃子了……就算是皇上对她有所追封，姐姐可是一国的皇后，从身份来说，她可是受不得姐姐这么大礼数的……"

晴好边帮司徒晓披上外衣，边有些不高兴地说着。

"晴好，为何总觉得你似乎不喜欢苏烟?"

"除了姐姐之外，任何人在晴好眼中都是不值一提的。"

"你如此说，倒是让我有些心不安了。可千万别真这么想。"

司徒晓拍了拍晴好的肩膀，目光中闪过一丝复杂的神色。

前来吊丧的人并不多，大约正如晴好所言，对于众人来说，无论表面上的理由有多么好听，苏烟不过是离开了皇宫的一名普通女子罢了。对于皇后亲自来了，众人倒是颇为意外的，自然也有不少人议论纷纷，认为皇后可能是"做贼心虚"。

司徒晓并不在意他们的想法，只是做着自己认为对的事情。看着苏烟终于入土为安，永远陪伴在了赵彻的身旁，司徒晓顿时稍微有些安慰了。

"晴好，我想自己去走走。不用管我。"

司徒晓对晴好说完，自己一个人没入了林中。彷徨了许久，不知不觉走到了苏烟曾居住的屋子前，司徒晓犹豫了片刻，走了过去，轻轻推了推，门没有锁，一推便开了。屋子里的摆设依然和日前无二，只是主人如今却已经香消玉殒了。

"究竟发生了什么事……到底是何人害了你……"

司徒晓坐在桌旁，喃喃着。日前，苏烟还在这里为她斟了一杯茶。

忽然，外头一个小丫鬟鬼鬼祟祟地朝着屋里张望着，似乎在犹豫着什么。

"谁？进来！"

司徒晓厉声说着，目光灼灼地与屋外的小丫鬟撞了个正着。小丫鬟一惊，颤颤地推开门走了进来，“扑通”一下跪倒在了司徒晓跟前。

“皇后娘娘饶命……奴才……奴才……”

“起来吧，本宫似乎在哪里见过你?”

“回娘娘，奴婢秋玲是苏姑娘的丫鬟，娘娘日前来这里的时候，曾见过奴婢一次，只是娘娘未曾留意……”

“似乎是这么回事。你起来吧，不用那么害怕，本宫也不会吃了你。本宫只是想到这里坐坐，缅怀一下苏烟妹妹，真是想不到会这样……”

听着司徒晓似乎并不打算追究什么罪责，这个名字唤作秋玲的小丫头才战战兢兢地站了起来，一副欲言又止的样子。

“你有话对本宫说？莫非……那日本宫走后，你看到了什么？你知道是谁谋害了苏烟吗?”

看着秋玲的样子，司徒晓眉头紧锁，直觉告诉她，这个小丫鬟来这里绝非偶然，她一定隐藏着什么。

“娘娘！苏烟姑娘是被人害死的，但是秋玲不知害她的人是谁……苏烟姑娘一直对秋玲很好，秋玲实在不忍她含冤九泉啊……”

秋玲突然跪了下来，泪流满面地说着。

“苏烟的事情，皇上已派人去彻查，不管你知道什么，切不可四处乱说。有些事情，皇家一定会查个水落石出，但却不能公示天下，懂吗?”

“是，娘娘……”

“不过本宫有件事情倒是很好奇，凡是知情的众人都猜测，苏烟的死与本宫脱不了干系，你却为何反而让本宫来为她伸冤？你怎么知道本宫究竟是不是杀了苏烟的人呢。”

司徒晓一席话让秋玲愣住了，显然未曾想到皇后会这么问自己。犹豫了许久，秋玲从怀里掏出了一个精致的小盒子，捧在手上，递了过去。

“就凭这个，秋玲认为，娘娘不是杀害姑娘的凶手。”

“这是?”

“那日，娘娘走后不久，秋玲一进屋，便见到姑娘坐在这里，口吐鲜血……姑娘见了秋玲，临死之前把这个盒子托付给了秋玲，并一直说要交到皇后娘娘手里……然后姑娘就……这个盒子奴婢曾见过，是姑娘一直小心翼翼带在身边的，这定是姑娘很重要的东西……姑娘既在临死前，要将这件东西托付给娘娘，说明娘娘是决不会害姑娘的……虽然众人都不知道，但娘娘与姑娘定是有着不一般的交情……”

听着秋玲的话，司徒晓有些疑惑，一定要交给自己的很珍贵的东西，到底是什么呢?

“她还说了什么？有没有说究竟是谁害了她?”

秋玲摇了摇头，过了一会儿，忽然抬起头说道：“奴婢记得，姑娘似乎还说，让皇后小心……但是话还没说完，姑娘就……”

“小心?”

司徒晓接过了盒子，却不知苏烟要她小心谁。是太后吗？却似乎不尽然，太后对她的恨意虽然有些莫名，但已经赤裸到她不可能没发觉的地步了。蓦然，司徒晓想起那一日作别之时，苏烟对她说的话。需要小心的是身边的人……

“秋玲，你下去吧。今日的事情，不许对任何人说起，否则，你也许会将自己置于危险之中。这个盒子也好，苏烟的死也罢，你一定要忘记，不管任何人问起，都不能透露半个字，即使是你最亲近的人亦如此。”

司徒晓认真地嘱咐着，让秋玲退下，自己把盒子小心翼翼地收了起来。

司徒晓心事重重地准备离开之际，忽而见到晴好在教训一个小丫鬟，走近了一看，竟是方才与自己交谈的秋玲。

“你方才是不是冒犯娘娘了？有没有对娘娘无礼？”

“回姑娘，奴婢不知道娘娘在里面，奴婢只是想进去整理一下苏姑娘的东西……”

“冒冒失失的，你可知若是冲撞娘娘是多大的罪责！”

……

司徒晓皱眉看着眼前的一幕，晴好近来的表现总是让她觉得有些奇怪，她似乎不喜欢自己与苏烟，以及与苏烟有关的人有过多的接触，可是这又是为什么呢？晴好与苏烟是从未有过过节的啊……小心身边的人……司徒晓猛地摇了摇头，身边的人，需要小心的，决不会是晴好！

“晴好，准备回宫吧。这个小丫鬟没有惊扰到本宫，不必像审问犯人那般。今日咱们是来吊丧的，不是来施下马威的。”

听到司徒晓的声音，晴好微微愣了一下，随即顺从地走到了司徒晓身边。

回到宫中，支开所有人之后，司徒晓小心翼翼地打开了秋玲交给自己的盒子，盒子里是一个已经略微有些掉色的香囊，已经没了味道了，香囊的绣工并不是很好，针脚处有些混乱，一看便是新手的绣工。在香囊的底部，依稀可辨出一个“冰”字。

“司徒冰凝……”

司徒晓喃喃着，摸到这个香囊的瞬间，她能感觉到这个香囊出自司徒冰凝之手。这似乎是司徒冰凝首次做绣工所绣的……在脑海里细细搜寻着并非属于自己的记忆，司徒晓脑海中出现了小小的司徒冰凝一针一线小心翼翼地绣这个香囊的画面。她将香囊交给了他，她的彻哥哥，一针一线都是满满的爱意。

“赵彻的香囊，为何苏烟会交给我……”

司徒晓仔细查看着香囊，心中满是疑问，忽然发现在香囊侧面有一处针脚十分整齐漂亮，似乎与原先的绣工并不一样，并且从绣线的色泽来看，似乎是后来才补上的，看来有人曾经拆开过这个香囊，之后又将它缝上了。

司徒晓仔细摸着，忽然感觉香囊里头除了香料和花瓣以外，似乎还有些别的什么东西。司徒晓拿起剪刀，拆开了香囊的线，里头掉落出来了一块镂空雕刻着山水图的翡翠，以及一张已经发黄的纸。

这块翡翠虽并不是什么贵重的宝物，但上面的雕工却是极其精细的，想来定是出自名家之手。司徒晓收起了翡翠，虽不知它有什么意义，但似乎是很重要的东西。

拿起那张有些泛黄的纸，打开来后，苍劲有力的字体出现在纸上。

“冰儿，若你见此信，我们定然是已经天各一方，或者永不再相见，也或许我已魂飞天际。我却不知究竟是否该期望你见此信了。”

司徒晓读着，微微皱眉，这是赵彻写给司徒冰凝的?!

“我本是皇家一脉，却注定成为影子，我恨那个与我有着一样的容貌却命运截然不同的兄弟。我更恨那个毁了我一生的女人。我最恨的却是我自己，无法违抗她，也无法放下心中的枷锁。”

“你或许永生不会忘记我们相遇的那一日，并且将永生心怀感恩，然而你若是知道事实，或许就能放下这一切了。”

“你与乳母被追杀，一切早已在我的掌控之中，你是兰舍浅眠皇后的女儿，这便是你被追杀的缘故，便也是我选中你的缘故。你可知，我的母亲，兰舍的郡主，她此生最憎恨的人是谁？那便是你的母亲，兰舍最美丽最高贵的女人，兰舍浅眠。正是因为她的存在，我的母亲一辈子也无法得到父亲的心。我恨她，要以我的一生来作为报复的代价。所以，我也要报复她。”

“当你越来越像你的母亲的时候，我是那么欣喜，我的冰儿终于长大了，并且还成了你母亲那般的美人儿。你将会嫁给我母亲的儿子，高高在上的零陵郡王，你将会站在我的父亲和母亲的面前，让他们看到兰舍浅眠再一次从他们的记忆里活过来……”

“每当想到这一切，我就如此兴奋，我渴望你伤害那个我无法伤害的女人。冰儿，这便是我选择你的缘故，我不是你的救世主，我是将你拉入万丈深渊的男人，让你从此万劫不复。你若是有幸还能见到此信，就忘却这一切，好好活下去吧。若是你此生未能有幸见到此信……来世，我会远离你的生命，让你得平安喜乐。”

“彻哥哥……听你这么叫我很是欣喜，只是，这份欣喜只是因为你的信任，让我得以顺利实现我的计划。我并非你心中所想的那个人，从一开始，一切不过是场局罢了，你我之间从未有过除局之外的任何情感。当你知道这一切真相的时候，恐怕我们也再无任何交集了，你也大可不必花费时间来恨我，忘却，才是最好地表达恨的方式吧。当你忘却，这世上，再也不会有人知道有过一个叫作‘彻’的人存在过。这便是最狠的报复。”

司徒晓手一颤，信飘落在地上，一时之间，竟不知该如何言语自己心中的情感。

听闻兰舍绘颐当年生下了两个孩子，但其中一个却不幸夭折，只剩下了一个，便是赵无琦。只是未想到，兰舍绘颐竟亲手抹杀了赵彻的存在，亲手将他埋进了黑暗里。这一切，难道都只是为了报复太上皇对自己的“不忠”吗？怪不得，即使她陷于深宫，却对外界之事了如指掌，怪不得，赵彻身份诡秘，却能在朝中上下无往不利。赵彻所经营的一派势力，全然便是兰舍绘颐的势力。怪不得，兰舍绘颐对司徒晓有如此莫名的恨意，因为她是兰舍浅眠的女儿啊！是她这辈子最恨的女人的女儿……

一瞬间，司徒晓觉得兰舍绘颐是可悲的，一个乞求着自己丈夫的爱，却始终不得的女人，一个直至今日也无法释怀的可怜女人。这爱，变成恨与执念的时候，是多么可怕……

## 11

苏烟的事情还未完全明朗，却突然传来了太上皇病重的消息。

看着赵无琦日渐消瘦的样子，司徒晓十分心疼，但接踵而来的事情，却也让她无可奈何。那封赵彻留给自己的信还藏在首饰盒里，原本想给赵无琦一看，但见他现在这副样子，却是不想再为他增添烦扰了。

“无琦，父皇他不会有事的。”

司徒晓轻轻抚摸着赵无琦拧成一个疙瘩的眉心，心疼不已。

“不用安慰我了，父皇的病太医已经禀明了。其实，我与父皇并不是很亲近，他对我，总有些许的隔阂和生分。如今我却不尽然是为他而悲伤的。我只是觉得，似乎会有非常不好的事情即将发生，而我，必须从中做出选择。”

赵无琦悲伤地笑着，把司徒晓揽入怀中，抱得很紧。

司徒晓的心顿时也沉了下去，仿佛有什么东西压在心头似的。这一刻，司徒晓突然觉得，也许从一开始，赵无琦便知晓，或者说便已经开始怀疑，种种事情，都是他的母后兰舍绘颐操纵的，只是，让他如何能够承认、能够面对呢？兰舍绘颐，那是他的母亲啊。

天还未亮的时候，晴好突然闯了进来。

“怎么冒冒失失的，吵了皇上怎么办！”

司徒晓轻声斥责着晴好，为赵无琦掖了掖被子，好不容易他才入睡，这几日来，他已经疲惫不堪了。

司徒晓起了身，示意晴好跟随自己到了大堂。

“什么事？怎么突然闯了进来？”

“姐姐，是赵大管家……啊，不对，应该叫赵大人了……说是太上皇病重，他身边的人派人来传旨，说要见姐姐……”

“见我？”

“是，太上皇还说了，只见姐姐一人，像是有什么话想要交代姐姐。”

“知道了……准备更衣，赶紧过去吧。”

司徒晓应着，回头看了一眼寝室。对于太上皇要见自己，司徒晓并不意外，上一次的谈话之中，太上皇就尽然表现了自己对兰舍浅眠的爱意，虽然现在脸不一样了，但始终司徒冰凝是兰舍浅眠的女儿，也因为这层关系，太上皇大约才会一直对自己另眼相看吧。

由于时间尚早，况且，司徒晓也不想惊动了赵无琦，故而只带了晴好随着赵舍一同到了太上皇所居住的偏殿。刚到殿外，便听见一个女人怒不可遏的声音。

“你说什么?！他不见哀家?！凭什么！哀家是他的妻子！难道直至最后一刻，

他也不想见到哀家吗?!”

显然声音是兰舍绘颐的，不一会儿，只见兰舍绘颐提着裙子怒气冲冲地出了偏殿，见到司徒晓的时候，显然有些讶异，停住了脚步。

“皇后，你怎么会在这里?”

“回太后，是太上皇的旨意，要召见皇后……”

不等司徒晓回话，赵舍便上前一步应道。

“什么?! 他要见你?!”

听得赵舍的话，兰舍绘颐甚是震惊，眼里的恨意似火焰般喷涌而出，一时之间倒好像是司徒晓抢了她的丈夫一般。

司徒晓想说些什么，但想了想又没有说，这种时候，恐怕是不管她说什么，在太后听来都是十分刺耳的，是炫耀挑衅的，莫不如乖乖闭上嘴巴，看赵舍如何应付吧。

兰舍绘颐咬着嘴唇，似乎在竭力克制着自己的情感，与司徒晓对峙许久之后，愤然离开了。看着兰舍绘颐离去的背影，司徒晓这才松了口气，一旁的赵舍和晴好也才长长地出了口气。他们哪里会知道真是这么冤家路窄啊，而且，太上皇还不愿见太后，这一切实在是太匪夷所思了啊……

“真奇怪，太上皇和太后怎么说也是夫妻，怎会闹得这样……听说自从太后娘娘从那宫里出来了，不再禁足之后，太上皇也不肯见她，本以为是传言，但如今看来却似乎是真的呀……而且，还有人说，当年太后娘娘才不是什么自囚深宫，而是被太上皇打入冷宫的……”

“晴好，不可胡言乱语，还要不要小命了。”

听得晴好在一边嘟嘟囔囔，司徒晓轻声斥责道，这可是皇宫，一句话说不对，就可能让你命丧当场的地方!

让晴好和赵舍候着，司徒晓进了太上皇的寝宫。

寝宫里甚是朴素，连摆设也不曾有几件。太上皇躺在床上，俨然只是一位虚弱的老人家，干枯瘦弱。

“冰儿……你来了啊……”

听到太上皇如此亲昵地叫她，司徒晓顿时有些不习惯，但还是走了上去，蹲坐在太上皇的床畔。

“父皇，是我，您身子好些了吗?”

“好得很……很快就要见到她了，竟有些紧张……她一定还是和从前那般，美丽非凡……我却已经老成了这副模样，倒不知，她是否还能认出我来了……”

太上皇的声音很虚弱，但这虚弱之间，似乎又透着淡淡的欣喜。司徒晓自然知道，他所说的“她”不是别人，正是兰舍浅眠。

“……父皇……即使容颜不再……她一定能认出你的……你们曾是……那么好的……朋友……”

司徒晓吃力地说着，生怕哪句话刺伤了眼前脆弱的老人。

“我是背叛者……但不重要了，等一切都烟消云散了……他们也会原谅我的……哈哈哈……我真是厚脸皮啊……知晓无论是浅眠还是曜，她们都是那么……善良的人……”

太上皇说着，已是老泪纵横。

司徒晓默然无语，也不知该说些什么来宽慰他的心。不等司徒晓发话，太上皇突然一把抓住了司徒晓的手。

“冰儿，绘颐会杀了你的，一定要小心，她如此心狠，一定不会放过你。河内的教训，你要牢牢记住啊！”

“河内……莫非那伙黑衣人……救我的人，是父皇你……”

司徒晓很是震惊，若是要杀她的人是太后的人，那么也就是说，救她的另一伙黑衣人，是太上皇派去的?!

“这是我唯一能做的了……我对不起浅眠，只能为她的女儿做这么一点微不足道的事情了……可是以后，我却再也无能力了……”

“父皇……若不是有你，冰儿恐怕已经身首异处了……”

司徒晓紧紧握着太上皇的手。

忽然想到了方才在殿外见到兰舍绘颐的情形，司徒晓心中顿时对她产生了一股同情，从她的眼中，司徒晓看到，兰舍绘颐是很痛苦的，她爱着太上皇，深深地爱着她的丈夫，也正是因为这份爱，这份如此执着的爱，才会变成如此刻骨的执念与疯狂。

“父皇……无论曾经发生了什么……也许，你也该见见太后……无论她做了什么、说了什么，她都是你的妻子。我曾对无琦说过，一个男人，是有义务要保护他的妻的……”

“冰儿，你知道吗……你和你的母亲一样善良……唯有这个，我是做不到的，我此生，定不会再见兰舍绘颐一眼……这是我曾在神明面前许下的誓言，哪怕日后魂飞天际，六道轮回，也决不会与她相见！”

“父皇，为什么……”

司徒晓十分意外，太上皇如此决绝的态度，若是据他所说，当初对不起兰舍绘颐的人是他，利用兰舍绘颐的人也是他，但却为何如今竟连见她一面也不肯……

沉默了许久，太上皇把头转了过去，闭上了眼睛，一滴泪从眼角滑落。

“兰舍绘颐，她杀了我这辈子最重要的人……我赵世元对不起兰舍绘颐，但也永生不会原谅她。从今以往，天上地下，六道轮回，永不相见。”

太上皇的声音很轻，却很决绝，每一句都透着彻骨的痛。

司徒晓震惊地看着他，兰舍绘颐杀了兰舍浅眠?! 她们曾是最好的姐妹不是吗?! 司徒晓已经不记得自己是如何离开寝宫的，只觉心中一阵空洞，仿佛什么东西被抽空了似的。刚走到回廊，却见一个白玉环扣掉落在地上，司徒晓走了过去，拿起了白玉环扣，这不是自己在与晴好结认为姐妹的那一日亲手为她佩戴上的吗……

出了太上皇宫殿的时候，只有赵舍在一旁候着，却已经不见了晴好。

“老爹，晴好呢?”

“回娘娘，晴好姑娘说身体不舒服，便先离开了。”

“何时的事？”

“就在方才。”

“她一直在这里候着？”

“呃……去了趟茅房……有什么事吗娘娘？”

“不……没什么，可能这丫头又贪嘴，吃错了东西吧，我们走吧……”

司徒晓笑了笑，转身离开，眼中渐渐浮上一抹疼色。

回到凤仪宫的时候，只见晴好正和一群小丫鬟在一块儿扑蝶。

“身子好了？”

司徒晓笑着看着晴好。

听到司徒晓的声音，晴好吐了吐舌头，笑着跑了过来。

“姐姐……晴好错了嘛……在那里候着有些无聊，看到一只好大的蝴蝶朝着这处飞来了，便想抓住给姐姐瞧瞧，这才托病偷偷溜了……”

“好了，你去和她们扑蝶吧。真是个小孩子。”

司徒晓说着，挥了挥手，看到晴好转身过去，脸上的笑容倏然消散。司徒晓径直走向自己的寝殿，把藏在袖中的环佩顺势滑落在一块石块旁，若无其事地走进了房中。

不一会儿，一个小丫鬟突然兴奋地叫道：“呀！这是什么呀？真漂亮，捡到宝贝了呢！”

众人都围了上前，看着小丫鬟拿着一枚白玉环佩，兴奋地嚷着。晴好一愣，低头看了看自己腰间，急忙拨开人群冲了上去，抢过了环佩。

“原来在这里！丢了可就惨了！”

“原来是晴好姐姐的啊……还以为捡到宝贝了呢……”

……

在房间里，司徒晓从虚掩的窗口看着这一幕，随即偏过头离开了。难道，连一直在身边的晴好也是需要提防的人吗……难道她纯美如孩童一般的笑颜，也是不应该相信的吗……司徒晓的心仿佛笼罩上了一层愁云，久久不能散去。

当夜，太上皇驾崩的消息传遍了整个皇城，丧钟鸣起之际，司徒晓正看着漆黑的夜空，心里说不上是悲伤还是什么感觉，只是太上皇的那些话语久久萦绕在心中，让人无法释怀。那一夜，长宁宫里传来了响彻天地的哭声，凡是巡夜路过长宁宫的侍卫婢女们都听到了痛彻心扉的声音。那一夜，皇太后兰舍绘颐痛不欲生，她如同疯了一般，喊着：“赵世元！你就这样负我一世！负我一世！！”

但那一夜的事情，谁也不敢说，谁也不敢提。

夜里，司徒晓怔怔地坐在榻上，手里拿着一小块白色的布料，若有所思。

敲门声响起，司徒晓应了一声，晴好推门而人。司徒晓将那块白色布料放在了腰间。

“来了？”

“嗯。姐姐这么晚叫晴好来，不知有何事？”

"今夜太后吩咐要独自为太上皇守夜，任何人不许打扰。我原本想要陪侍左右，但太后拒绝了。我吩咐厨房炖了一碗参汤，你亲自送过去吧，以表我对太后的一点心意。"

"今夜太后独自守夜?"

"嗯。我担忧太后伤心过度。你快去快回吧。"

"是，姐姐，晴好定然办好。"

看着晴好离开，司徒晓关上了门，一滴泪无声地从眼角滑落。

长宁宫中，兰舍绘颐正欲前往灵堂，忽然见柱子上一枚飞镖钉着一封信，兰舍绘颐皱了皱眉，命苏婵取下了信查看。苏婵从柱子上将信取下，打开看了一眼之后大惊失色。

"怎么了？写了什么?"

"奴婢……奴婢……"

"算了，拿来哀家自己看。"

兰舍绘颐一把抢过了信，只见信上写了一句话："兰舍绘颐罪恶滔天，天上地下，六道轮回，永不相见。"

兰舍绘颐一怔，不由得踉跄了几步，曾经，赵世元便是这样对自己说的，天上地下，六道轮回，永不相见，自此，他再也未曾见过自己。谁会知道这句话呢，难道是司徒冰凝?！她想做什么?！兰舍绘颐咬了咬嘴唇，接着看了下去，在这行字下有一行小字，写着："我手上有你所有的罪证，若是不想昭示天下，便到御花园后假山一见。"

"娘娘……"

"去御花园。哀家倒要看看，她能把哀家怎么样!"

……

"晴好姐姐，这是娘娘吩咐炖的参汤，炖了好久呢。娘娘对太后真是有心了……"

厨房的小丫鬟把准备好的参汤递给了晴好。

"知道了，我马上送去。"

晴好应着，笑了笑，端着参汤，转身没入了夜色之中。一路上，确实连巡夜的人都比较少，据说是太后吩咐下来的，说太上皇不喜吵闹，让人不许接近，这倒是给自己添了几分便利。

晴好将参汤放在一处石桌子上，将身上披着的单衣脱下，里面是一袭白衣，石桌下早已藏着一个白纱的斗笠，晴好戴上斗笠之后，直往灵堂奔去。

太上皇的灵堂一片凄清，烛光摇曳着，更添了几分落寞。偌大的灵堂之上，只有一个瘦削的身影跪在堂前，头垂得很低，生出一股人见犹怜的感觉。

"兰舍绘颐，你身为兰舍郡主，深受皇后隆恩，却背叛兰舍，杀害皇后，你罪恶滔天，死不足惜!"

低沉而愤怒的声音回荡在灵堂之上，一个白色的身影走进了灵堂之中。

"无欢公子。"

黑色的身影哑声说道，像是哭了许久的声音。

“真难得，皇太后娘娘竟能认出在下，在下真是荣幸之至。就让在下送你一程，让你有机会在兰舍皇后面前忏悔吧！”

白色的身影说着，抽出长剑直直朝着黑色的身影刺了过来。

跪坐在灵堂之上的身影转过了身来，满脸泪水，竟是司徒晓！

长剑直直过来，就在即将刺到司徒晓的一瞬间，急急地收了回去，由于惯性，白衣人倒在了地上。

“无欢公子……还是我应该叫你……晴好……”

司徒晓的声音回荡在大殿之上，伴随着汹涌的泪水……

## 12

白衣人的斗笠掉落在地上，晴好泪流满面看着眼前的司徒晓。

“看来，你都知道了。”

“为什么……偏偏是你……”

抓在手里的某些东西似乎悄悄地不见了一般，司徒晓只觉得一阵无力，身边最亲近的人，往往可能是那个你最不容易发现的、潜藏着最多秘密的人，辨不清是敌是友，但事已至此，无论是敌还是友，那些彼此间的信任，却是再也回不去了的。

“我……一定要为皇后……报仇……可是……为什么，你会……”

晴好把头别过了一边，不愿再看司徒晓一眼，这是她最不愿意面对的局面。

司徒晓从腰间拿出了一小块布料。

“这是我在你房间的衣服上剪下的，应就是你身上所穿的这件。这是洛水村所出的纺线，是洛水村的人一针一线纺成的，我一直在想，你是哪一个……却从未想过，你就是……无欢公子……为什么……要骗我……”

“……公主可还记得，无欢曾说过，无欢不愿欺骗公主，但眼下有许多事情，为了避免误会，还请公主不要怪罪无欢的不能言……这便也是不能言。”

“不能言……所以从一开始你接近我，便是因为我是兰舍的公主，是兰舍浅眠皇后的女儿，从一开始，我就已经步入了你的局是吗？”

“无欢只是想保护公主……公主作为兰舍唯一的血脉，是应该为兰舍、为报仇而舍弃一切的！可是公主却……公主却想丢弃自己的命运……”

“难道那一切都是你做的？是你在宴会上刺杀兰陵郡王？是你将我的身世告诸天下？是你……”

“事已至此，无欢已经没有什么好欺瞒的了。是我，一切都是我。为了让朝中上下互相猜忌，陷入混乱，为了让零陵郡王与兰陵郡王两大势力陷入纷争，我精心策划了一切，然而却未想到，你竟以命相护。那时我才意识到，我应该做的，是让你，让兰舍的公主回来！你在外面已经待得太久了……于是我将你的身世告知了苏烟，谁知那个时候，赵彻冒了出来，他的所作所为着实帮助了我们。与明月楼结盟，是我最大的错误，我相信了那个女人，那个狠毒异常女人。我从未想过，竟然是她……杀了皇后……”

"那个女人……你说的是……"

"兰舍绘颐。"

晴好咬牙切齿地说出 4 个字。

"那天在回廊偷听太上皇和我说话的人，果然是你。"

司徒晓痛苦地闭上了眼睛。为什么，一个已经死去了那么久的人，直至今日，却依然还让无数人为之而疯狂。活着的人，难道永远都无法释怀那些已经烟消云散的过去吗?

"承欢，真没想到，现在的你，竟是这副模样?哈哈哈哈……还敢直呼哀家的名讳，没有人教导，果真是不分尊卑啊。"

兰舍绘颐的声音忽然响起，司徒晓和晴好纷纷回头，只见兰舍绘颐悠悠地走了进来，睥睨着司徒晓和晴好。

"承欢?"

司徒晓甚是疑惑，她叫的是晴好原本的名字吗?可是她怎么可能认识晴好呢?按照晴好的年纪来说，晴好出生的时候，兰舍绘颐应该已经禁足深宫了，纵然说她对外头的一切都了若指掌，并未真正闭塞在深宫之中，但不管怎么说，她也不可能和晴好有所交集的，但看这番样子，兰舍绘颐倒像是十分熟悉晴好一般。

"怎么，皇后竟然不知道，按辈分，你还应该唤承欢一声小舅舅呢!不过……现在看来似乎是该唤声小姨姨了吧!哈哈哈哈……"

兰舍绘颐笑得甚是癫狂，司徒晓却全然不明白她话里的意思，晴好不自觉地握紧了手中的剑，恨恨地瞪着兰舍绘颐。

"郡主，真没想到，再见到你，竟是这般模样。更没想到，心狠手辣，谋害皇后的人，竟然是她最信任的人。"

"最信任的人?我要她的信任做什么?我要她死啊!兰舍浅眠，为什么偏偏是她?为什么所有人都偏偏爱她?她哪里比我强?哪里比我好?"

"比你好一千倍，一万倍。你的男人不是也这么认为吗?"

晴好挥起长剑，指着太上皇的灵堂，轻蔑地说着。

一时之间，司徒晓只剩下满头的问号，晴好叫兰舍绘颐郡主，他们认识，可是他们究竟又是什么关系……

"晴好，你到底是谁……"

司徒晓喃喃地问着，看着眼前的两个人。

"殿承欢，若是我未记错，承欢这个名字还是兰舍浅眠为你取的吧?! 5 岁的时候，全家惨死于仇家之手，被兰舍家收养，此后成了兰舍浅眠的侍卫。兰舍浅眠做皇后的那天，你还站在她的一侧，和赵世元一起送她进的宫。"

兰舍绘颐不带感情地说着，冷冷地看着晴好。

"殿承欢……侍卫……"

司徒晓不可置信地看着晴好，若是像兰舍绘颐这般说，那殿承欢应该是一个已年近 40 的男子才对，可在眼前的晴好，不过是大好年华的姑娘而已啊!甚至还比自己要小上几岁!

“你可换脸，又怎知无欢门里没有东西可以让他殿承欢改头换面呢！哼……我的情报网居然找不到你，真没想到，你竟会成了这番模样！难道就为了在那个小丫头旁边伺候着？哈哈哈……殿承欢啊殿承欢，无欢公子殿承欢，原来你不敢以真面目示人，便是因为如此啊……”

兰舍绘颐疯狂地笑着，司徒晓只觉一阵无力，颓然地坐在了地上。为什么会是这样？从一开始，晴好便是一个不存在的人，从一开始，她便是孤独的一个人，没有人可以依靠，没有人可以相信……

“兰舍绘颐，我要为皇后报仇！”

晴好举起了长剑，朝着兰舍绘颐刺了过去。

“那就杀死哀家吧！反正这一切都已经毁在哀家手里了！苏婵！杀了她——！！杀了她——！！”

兰舍绘颐吼叫着，张开了双手，迎接着晴好的剑。

苏婵突然从窗外跳了进来，也手执一把长剑朝着跪坐在灵堂之上的司徒晓刺了过来。

“姐姐——！！”

几乎没有犹豫，晴好一个回身，飞身扑向了司徒晓，用身体挡住了苏婵刺过来的长剑，手里的长剑也直直刺入了苏婵的心脏。

“晴好！”

“苏婵！”

两个声音几乎同时响起，两个人的剑刺入对方身体里，随即直直地倒了下来，灵堂之上，一片嫣红之色。

“晴好……”

司徒晓抱着晴好，看着她渐渐失去血色的脸。

“姐姐……晴好是真的……把你当姐姐……就像……承欢是真的……把浅眠姐姐……当作……亲姐姐那般……”

晴好的手重重垂了下去，这一刻，她只是晴好，是属于司徒晓的晴好，她不是殿承欢，不是无欢公子，只是那个司徒晓最先遇到的那个笑靥如花的小姑娘。

“苏婵无法完成……娘娘的……嘱托。”

“没关系，剩下的事情，就让哀家亲自来做好了。”

兰舍绘颐轻轻合上了苏婵的眼睛，从她手里拿起了长剑，站在司徒晓面前，冷冷地看着她。

“皇后，让哀家给你讲个故事吧。”

兰舍绘颐收起了泪水，回复了清冷无情的声音。

“在很久很久以前，有一个小女孩，她有一个非常尊贵的姓氏，她姓兰舍，那是皇家的姓氏，是让人望而生畏的姓氏。但即便如此，这个姓氏却未给她带来任何的好处，反而因为这个姓氏，她成为了众人嘲笑的目标。”

“兰舍家族十分庞大，她出生在一个偏远地方的一处小地主家里，虽也同姓兰舍，实际上却没有什么权力和影响力。她是庶出的女儿，是全家人弃如草芥的孩子。可她偏偏有一个尊贵的姓，就好像是一个灰头土脸的小丫头，非要说自己是公主一般。”

“原本，这个小女孩已经接受了自己的命运，她别无所求，此生大约便应如此度过……直到有一天，她第一次到了皇城，繁华的秦安城，华灯初上，满眼尽是数不尽的奢靡。她卑微得如同最微小的尘埃，甚至都不敢抬头，去看看这个世界如此光辉亮丽的一面。”

“在一处奢华的府邸，上面和她的家一样，挂着‘兰舍’二字，然而虽同是兰舍，却是天差地别。她如同进了仙宫一般，惴惴不安，连一草一木、一花一石，都小心地，生怕自己污了它们的颜色。”

“她第一次见到了那个女子，她也姓兰舍，她也是女子，然而，她却如同众星拱月一般，如同最耀眼的太阳一般，照亮了整个黑夜，甚至让人不敢直视。众人都爱她，众人都敬她。为什么？为什么?”

“这个女子的出现，告诉了这个小女孩，原来姓兰舍的女子，并不是都和她一样，低如尘埃。也有高贵如公主的、美丽如日月的。她可以，为何她却不行呢?”

“这个小女孩仿佛看到了自己命运的转折点，她觍着脸去讨好她，讨好那个与她一样，不过是兰舍家女儿的她。她为她摘来她最喜欢的花，给她做她最爱的点心，她如此卑微，如此放下自己的身段，只是为了终有一天，可以取代她的地位!”

“有一天，在围猎的猎场里，她误闯了进去，差一点儿被一头猛虎所伤，就在她以为自己将要死在此地的那一刻，就在她多么不甘心的那一刻，一支箭将猛虎射死，救了受惊的她。那个男子出现了，他骑在马上，英姿飒爽，那是她见过最美丽的男子，如同天神一般，那一刻，她的心就沦陷了。那个男子叫作赵世元，那个名字深深地刻印在了她的心里。”

“可是她却万万也没有想到，那个男子，那个闯进了她世界的男子，竟然……也和众人一样，她看到他的眼中映着另一个女人的样子，可那个女人偏偏不是别人，为什么……为什么偏偏是兰舍浅眠?！是其他任何人都可以呀，可为什么偏偏是她呢……”

“后来，她做了皇后，就像先生所说的那样，她有凤凰的命格，注定要一飞冲天。在她的施舍下，那个女孩子成了郡主，从备受欺凌的兰舍家远亲庶出的女儿成了尊贵的郡主。一句话、一抬手，她便可以改变一个人的命运！这就是兰舍浅眠！这个与生俱来便拥有一切的女人！上天为什么偏偏那么不公平!”

“后来，他还是娶了我，赵世元娶了兰舍绘颐。新婚的那一夜，他酩酊大醉，你知道吗？我的新婚之夜是怎么度过的？他一直叫着别人的名字，他一直叫着，浅眠，浅眠……我却只能强颜欢笑，因为我只能如此做……”

“兰舍浅眠有凤凰的命格，唯有天子才能拥有她。公子，你的身上有龙象啊，终有一天会龙飞九天！哈哈哈哈……好难忘记哦！那个被我收买了的老家伙跟赵世元说这句话的时候，他脸上的表情太可笑了！为了那个女人，他还是背叛了他们的感情，背叛了兰舍……那一刻，兰舍浅眠一定恨死他了，还有兰舍曜……那么爱她的男人，毁了她的一切，多么好的结局啊……”

“可他却还是在找她，我帮他成为了天底下的皇帝，他却还是没有忘记那个女人！甚至在我生产的时候，他听到了那个女人的消息，竟然一直未曾出现。在生死之间，我生下了两个孩子，两个可爱的男婴，他们是我最后的依靠，如果他找到了兰舍浅眠，如果他把那个女人带来了，我该怎么办……”

“彻儿……我把彻儿偷偷藏了起来，我需要一个人，需要一个只属于我的人，帮我做一切的事情，我不能信任任何人，他们都可能背叛我！”

“他回来的时候我好开心啊，因为从他的眼睛里，我知道，他没找到兰舍浅眠。当乳娘告诉他，他的孩子有一个夭折了的时候，他竟连一丝悔恨也没有！”

“可笑的是，他一直苦苦寻找着的兰舍浅眠却找到了我，我亲手杀了她，她血的温度，我现在还记得，她眼睛里还倒影着我的模样，那种感觉真好，她终于可以倒在我的脚下，唯有我，才是最后的赢家！我——兰舍绘颐，才是有凤凰命格的女人！”

“我是助他得到天下的人，我背弃了兰舍，背弃了一切，他却从此发誓不再见我，还抢走我的孩儿，将他交给了另一个女人去抚养……可是没关系，我还有彻儿，我要让彻儿颠覆他的天下，我要让彻儿帮我铲除一切阻碍我的人！”

“可是连彻儿也背叛我……他居然救了你，你这个贱人……你和她一样，一样拥有那么多，一样那么让人讨厌！我恨不得杀了你，喝你的血，吃你的肉！我恨不得将你锉骨扬灰，你就像你的母亲那般让人厌恶！”

“你夺走了我的两个儿子，甚至还有赵世元，那个负了我一世的男人！兰舍浅眠，你还不够吗?！为什么，为什么偏偏是你！为什么你永远都挡在我的面前！为什么你就像一座山那般，死死地压着我！”

兰舍绘颐忽然疯了一般，哭喊着，拿着长剑刺向了司徒晓。

千钧一发间，一支箭从身后射入了兰舍绘颐的胸口，妖娆的嫣红顺着白色的丧服滴落下来，仿佛盛开了一片繁花。

赵无琦站在殿门口，手里还执着长弓，保持着射箭的姿势，久久站在那里。

“彻儿……琦儿……”

兰舍绘颐喃喃着，一滴泪划过，重重地倒了下来，倾倒了一世繁华。

“无琦……无琦……”

司徒晓站起身，跌跌撞撞地朝着赵无琦奔了过去。

“总有一日，是要面对，要选择的……”

赵无琦痛苦地闭上了眼睛。

清冷的月光下，两个人紧紧相拥，血染红了灵堂，在夜色中显得分外妖娆。

# 尾声　莲花与碧玉盘

亚当斯帝国在哈塞尔王子即位之后迅速崛起，不过10年间，便成了草原上一股不容小觑的力量。好战的游牧民族凭借着强壮的身体和坚韧的兵器，侵略着周边各国的土地，犹如一只猛虎，终于展开了它的利爪。

大齐却在风雨飘摇之中逐渐走向了衰弱，大齐曾经的传奇也仅仅成为了书写在历史上的传说。随着宏盛皇帝的离开，他一手创建的帝国也逐渐走向了没落。直至亚当斯帝国的触手终于伸向了它。

亚当斯皇城之内，克蒙大步流星地冲进了殿中。

“王上！那道命令一定不是您下的吧！”

“是本王下的，你有所质疑？”

“何止是克蒙！想必天下的人都会质疑吧！”

“质疑什么？本王只是去迎回哈那玛伊，有什么问题？她是草原上的太阳，这里本就是她应该回来的地方！”

“王上，她是大齐的皇后啊！”

“大齐的皇后？那又如何？只要是在亚当斯的土地上，她就能够自由地选择丈夫，自由地生活而不受束缚。”

“那不是亚当斯，那是大齐！”

“很快，那里也会是亚当斯的土地。”

哈塞尔眯着眼睛，如鹰一般，盯着远方的土地，嘴角挂着一丝迷人的笑容。

亚当斯的军队出发了，护送着千万黄金和奇珍异宝，一路向着大齐的皇城安都驶进，这是亚当斯给大齐的礼物，而这礼物只是为了一个人。

大殿之上，来使的亚当斯使者高昂着头，傲慢地看着大齐的臣子。

“大齐皇上，本特使受命前往大齐，带来了最为珍贵的礼物，为了大齐与亚当斯的和平，希望大齐愿将一人赐予亚当斯，她会成为亚当斯最尊贵的女人，而亚当斯与大齐也将永久交好，互不侵犯！”

“哈塞尔王想要和大齐联姻？哈塞尔王风流倜傥，大齐的女子们也是人尽皆知，若是知道哈塞尔王想要娶个皇后，相信定是趋之若鹜。”

赵无琦冷冷地说着，不知亚当斯此次又是打的什么主意。

“王上说了，寻常人家的女子怎可让亚当斯众人信服？王上此次只为一人前来。那就是大齐的皇后——司徒晓。她将跟随本特使回到亚当斯，成为亚当斯的哈那玛伊，王上相伴一生的王后。”

特使此言一出，朝中上下哗然，议论纷纷。

“大胆！司徒晓是大齐的皇后，岂容你再次无礼！来人！拖出去！”

赵无琦大怒，一挥手，特使在叫嚷着被拖了出去。一阵愁云密布心头，他竟还未死心。

一场大战无可避免地展开了，在亚当斯骁勇善战的铁军进犯之下，大齐节节败退，甚至在朝堂之上，竟有人提出让皇后前去和亲，以拯救天下黎明百姓。赵无琦怒不可遏，拂袖而去之后再未上朝。

夜色阑珊，败仗的消息屡屡传来，赵无琦在房中坐着，不知在想些什么。

“无琦……”

司徒晓轻轻推开门走了进来，径自到了赵无琦身旁。

“我很没用是不是……自从那件事情以后，一直无法振作起来……我不是一个好皇帝……从来都不是，我很累……晓晓，我真的好累……”

赵无琦将头靠在司徒晓肩膀上，低声说着。他无法忘记，自己亲手射杀了自己的母亲，那个对自己从未有过多少感情的女人。那一刻的痛苦一直铭刻在他的心中，久久无法抹去。但他知道，如果重来一次，他依然会如此选择，因为他无法，也断然不会让司徒晓就这样在自己眼前死去。

“我们一起逃跑好不好……逃到很远的地方去，浪迹天涯……过自由自在的日子……我们一起成为罪人，成为全天下唾骂的人，然后一起，去很远很远的地方好不好……”

司徒晓摩挲着赵无琦的头发，柔声说着。

“逃到很远的地方去？如何逃？”

“我们从皇城之上飞到很远很远的地方，从此便不再回来了。你若愿意，我们不要大齐的土地，我们让天下人都唾骂，我们……”

“我们可以吗？”

“你会背上千古骂名，我亦如此，但我们却可从此逍遥。”

“晓晓，我不在意会不会背上千古的骂名，只是……担心大齐的百姓。”

“天下的兴亡交替，不过是一部分野心家的得失罢了。从兰舍到大齐，百姓们又有什么改变呢？兴，百姓苦，亡，百姓苦。谁是统治者，对于百姓们而言根本不重要，重要的是能否安居乐业，了无战事。如今大齐若是负隅顽抗一拼，必定是生灵涂炭，所争的不过是当权者们的利益罢了，百姓永远只是一个借口。”

“当权者的利益……晓晓，你怪我吗？若从此颠沛流离……”

“无琦，曾有人说过，若是心中有枷锁，到哪里，定然都是监牢。就如若是心中怀着平顺安逸，颠沛流离也是幸福喜乐……”

那一夜，紧紧相拥，不曾入眠。如果非要选择，那么，我们选择自由，如果要成为罪人，那么，我便与你坚定不移，一同走向万丈深渊。

翌日，大齐的军队突然接到了“不抵抗”的命令，四处奔命，亚当斯军队如入无人之境，一路畅通无阻，凡所到之处，竟相开城投降。一时之间，大齐的皇帝被天下人所唾骂，众叛亲离。

不出 10 日，哈塞尔王子率领着军队直抵安都，冲进了皇城。在皇宫最高的城楼之上，赵无琦和司徒晓并肩而立，司徒晓一袭素衣，墨发披散，赵无琦身着水墨长衫，甚是潇洒。在众人的瞩目之中，两人乘坐上了一个竹木所编的篮子中，篮子上方一个巨大的“气球”，里面点着火把。空气受热之后，热气球渐渐膨胀开来，缓缓上升，向着天际飘飞而去。

哈塞尔翻身下马，冲上了城楼，看着站在热气球中的二人，司徒晓对他笑着，甚是美丽。

“哈那玛伊——！”

哈塞尔悲怆的呼声回荡在安都的上空，忽然，从热气球中传出了一阵悠然的琴声，一个清脆的声音缓缓而歌。

“沧海笑，滔滔两岸潮，浮沉随浪记今朝……苍天笑，纷纷世上潮，谁负谁胜天知晓……江山笑，烟雨遥，浪涛淘尽红尘俗世知多少……清风笑，竟惹寂寥，豪情还剩了一襟晚照……苍生笑，不再寂寥，豪情仍在痴痴笑笑……”

那是在瑠俅之际，她为他而歌的，那是送别之时，她为他而歌的……

热气球越飞越远，他的哈那玛伊也越来越远。

原本以为只要夺取了这天下，便能让她能够在他的庇护之下安然一生，却未曾想过，即使夺取了这天下，她若不愿留下，便是谁也留她不住的。哈那玛伊，他自由美丽的太阳女神……

克蒙随着哈塞尔冲上了城楼，看着哈塞尔王郁郁寡欢的样子，轻轻拍了拍他的肩膀。

哈塞尔回头冲着克蒙笑了笑，甚是悲凉。

“我真傻，是不是……能留住她的人，只是因为留住了她的心罢了。我不是那个人。”

皇城之下，众将士高声欢呼，为他们取得的土地和胜利。却没有人知道，在皇权之巅的那个人此时是有多么寂寞。

热气球悠然飘飞在天际，赵无琦拥着司徒晓，忽然，司徒晓像是想起了什么，从怀里掏出了一块翡翠，碧色的翡翠上勾勒着一片河山。

“晓晓，这是什么？”

“我不知道，这是赵御留下的。不过……”

司徒晓举起了手中的翡翠，放在了火把下面，火光透过翡翠，放大的映像照射在地面上，一幅壮丽非凡的地图显现了出来。

“难道，这是……碧玉盘?!”

司徒晓一惊，顿然想起了关于兰舍王朝的那个传说。碧玉盘是地图，那么所谓的莲花，应该就是打开宝藏之门的钥匙?! 原来赵御早已经得到了碧玉盘，怪不得，自己说帮他寻宝物谈条件之初，他答应得如此爽快，因为这是一个永远无法完成的任务啊！

“碧玉盘？这不是你到我府中要寻的东西……”

“是啊，我知道下一站我们去哪里了。”

司徒晓笑着，指着地图上有着莲花标记的地方。就让她去看看，兰舍的宝藏里究竟藏了多少值钱的东西吧！

“传说碧玉盘和莲花是打开宝藏的关键，就算它是碧玉盘，可是莲花……”

“先去吧，也许，莲花也在我们手里了呢。”

……

昔日的秦安城早已不复存在，但地图上那座秦安城外苏青河畔的高山却依然巍巍而立。顺着地图上的指示，赵无琦与司徒晓一同寻到了山巅一处瀑布后的洞穴，倒是像极了水帘洞。洞穴口是一块平整的空地，四周并未看到什么钥匙孔之类的，也没有看到任何机关。两人寻了许久，却始终没有发现任何可以打开的地方，不由得有些失望。

“看来我们似乎打错了算盘啊。”

赵无琦坐在一旁，有些失望地说着。

“嗯……到底是哪里不对呢……难道那真的只是个传说。”

司徒晓有些颓然，四处晃动着，突然觉得脚下似乎有些不对，踩了踩，她确定自己似乎听到了某些机关启动的声音。

“等一下，无琦，似乎有问题……”

司徒晓示意赵无琦退到了一旁，随手找了几根棍子，敲打着地上，在不同的地方敲打，会听到不一样的声音，也就是说，这里就如同一个巨大的保险箱，而这片空地便是输入密码的地方，只要你输入对了密码，便能够打开保险箱的大门，可是密码究竟是什么呢？

莲花……莲花……

司徒晓的手抚在了自己胸前，那朵绽开的莲花，兰舍浅眠的手腕上也有一朵……

顿时，一阵模糊的记忆涌了上来，记得小的时候，乳娘总是在教司徒冰凝跳一首歌谣，边念着，边跳着，要司徒冰凝牢牢记住那个步伐……

“苏青河畔可采莲，莲叶莲花何田田，鱼儿蜂拥莲下戏，莲叶间来，莲叶东来，莲叶西来，莲叶北来，莲叶南……”

循着那些断断续续的记忆，司徒晓边念着这首童谣，边遵循着记忆的步伐轻灵地跳跃着。

顿时，一阵轰隆隆的声音，整个洞穴开始摇摇晃晃地震颤着，前方石壁上轰然裂开了一道石缝。

司徒晓和赵无琦相视而笑，一同走入了洞穴之中。然而，却并不似他们所想那般，这洞穴里并未堆满了金银珠宝，甚至连一个铜钱也没有。洞穴之中只有一幅画在墙壁上的画，画中一共有5个人，两名女子，两名男子，还有一个约莫六七岁的孩童。

画上的两名女子艳若桃李，巧笑倩兮，其中一名手腕上盛开着一朵莲花，明艳照人的面貌，便是兰舍浅眠，而另一名女子温婉怡人，别有一番小家碧玉恬淡，细细看来，容貌之间竟是兰舍绘颐，只是，在司徒晓印象中所见之人，却早已全然没了这画中的恬淡。两名男子其中一名眉目之间有些像赵无琦，想来应是当年的赵世元，而另一名剑眉星目的男子大约便是兰舍的七皇子兰舍曜了。还有那名孩童，眉目之间甚是清秀，看了许久，司徒晓张了张嘴，眼睛有些泛红，轻声叹道："殿承欢……"

这幅巨画右下角落款：浅眠。

顿时间，两人心中都涌上了一股苍凉，原来，这就是兰舍的宝物，这就是兰舍浅眠皇后留下的最为重要的宝藏。也许，她在留下这个的时候，便料到天下人都会为之而争夺，也许，她便是盼着终有一天，她的女儿能够带领着这些迷失在自己执念中的人打开这个巨大的宝藏，让他们看到最为珍贵的曾经……

只是，一切都已经尘埃落定，他们最终也未能看到，在那个改变了他们一生的女子心中最为重要的宝藏究竟是什么……

司徒晓将赵无矶染着血的护身符、李德留下的一缕头发，以及晴好留下的白玉环佩都留在了洞穴之中，这些便是她的宝藏，永远无法忘却的曾经。

洞穴关闭之际，赵无琦轻轻牵着司徒晓的手，柔声道："那些重要的东西都放进去了?"

"还有最重要的一样还未放?"

"哦？什么最重要?"

司徒晓执起赵无琦的手，十指相扣，嫣然笑道："便是在我手中的这东西，既已在我手中，在我心里，便不需放进去了。"

洞穴口轰然封闭，兰舍的宝藏再次陷入了传说之中，也许有一天会有人再次开启这里，当那一天到来的时候，他们或许并不会明了其中的意义，但却一定能够感受到，满满的爱，满满的，对于他们而言，如此珍贵的曾经，现在，以及未来……